U0675439

性价比

VALUE

刘紫薇 著

作家出版社

真诚、真挚、真实：永远是现实主义
创作的法宝

个人认为小说精彩与否，有两点至关重要：一是故事性强，情节跌宕起伏；二是情感真挚动人，别有光彩。但除了精彩、有趣，从鲁迅先生写出第一篇《狂人日记》开始，小说就被赋予了除却"讲一个好故事"外，更重的责任——反映现实。青年作家刘紫薇的长篇小说《性价比》不仅做到了讲一个精彩的故事，而且让人读过之后，掩卷沉思。

与大部分作者对当下避而不谈将视线转移至古代或未来不同，刘紫薇大胆地将笔触伸向了现代。《性价比》描写的是当下，写当下都市青年女性的婚恋观，写她们对情感与事业的抉择，写她们的所思、所想、所感。笔力或许略有不足，但无疑说出了大多数青年女性的心声。

网络日益发达的今天，表达也越来越呈现口语化的倾向，随之而来的是过度的虚构与美化。网络信息爆炸的今天，越来越多的作品，日新月异的表达形式，非但没有让大家认清现实，反而使得现实与虚构的界限更加模糊了。

《性价比》的亮点在于，它用一个虚构的外壳，包裹了一个现实主义的内核。一对双胞胎姐妹不知彼此的存在，机缘巧合的相遇，从相互不理解，到彼此扶持成长，"奇遇式"的剧情编排，偶然之中又充满着命运般的必然。小说语言诙谐幽默，登场人物虽多，但都令人印象深刻，相信这得益于作者对生活的细心观察。

在主题方面，《性价比》着眼于近年来大众聚焦的"子女不婚不恋"问题，直击现实的痛点。虽然凌家姐妹是故事的核心，但得益于本书的群像描写，我们不只看到了一对姐妹所代表的价值观，同时也看到了被功利性所蒙蔽的情感世界。

我认为这部作品的可贵之处在于，作者愿意借由自身经历剖析90后这一代的女性所面临的处境。我认识的部分女性，在这样一个年龄，尚且沉浸在"灰姑娘"童话式的滤镜当中，幻想属于她们的爱情奇遇。作者却不同，文中金句频出，"人无法拯救别人，也无法被别人拯救，只能自救"体现出超越这一年龄段的深刻思考。

《性价比》贵在真诚，它赤裸裸地将当代中青年女性婚恋的现状摆在了大家眼前。真诚、真挚、真实，永远是现实主义题材创作的法宝。从这部作品中，我能够体会到作者对于文学的热爱，以及对世情的关切。文学的本质是表达，是记录时代，是让人能够在作品中体味自己不曾体会过的人生。

我曾和作者私下交流过，她说从十六岁开始写网文，到如今出版第二部长篇小说，如此漫长的岁月，她从未后悔以笔为剑投身这文学的战场。六年前，她写长篇小说《胡不归》，源于她四年半的海外留学经历，她想让更多人了解真实的留学生活。

《性价比》聚焦女性婚恋的困局，代无数需要向长辈们"解释"却不知如何开口的晚婚不婚女性说出自己的处境。十余年的笔耕不辍，两部长篇小说，每部四五年的创作周期，我想，足以证明作者对读者的诚意和不忘初心。

在阅读《性价比》这部小说期间，我也时常会想起四十多年前的自己，一个十六岁的少年，在课堂上偷偷看小说的情景，重温当年那种对于文学的感动，以及由此带来的对未来的憧憬与向往。期待刘紫薇的新作。

现作此序，愿更多的年轻人投身到文学创作中来。

原《中华读书报》总编辑　王玮

女人拜金浮于表面，男人现实深入骨髓。

　　截至 2022 年，我国一线城市大龄单身女性比例大幅上涨。其中本地的大龄女青年比例更是空前高涨。

　　究其原因，一线、二线大城市男女比例严重失调。据调查，很多"漂一族"的女性都表达了想和本地男士恋爱结婚，留在大都市的想法。

　　通俗一点讲，僧多粥少的情况形成了……

"我让你往左拐！！刚才那个口，为什么不出去？"

过于现实的新闻播报让楚芳华眉头紧锁，把手机往皮椅上一摔，将面前的椅背拍得砰砰响。

豪华车司机吓得一激灵，缩着脖子吞了下口水，斜睨了眼后视镜，小声争辩道："这位女士，咱不说好按导航走嘛，您这是……"

"按导航，按导航！就知道按导航！你一开车的自己不认识路吗？有没有点职业素养？要不是今天喝酒不能开车，我用你？！提前半小时出的门，你看看现在，都迟到二十多分钟了，这个责任你负吗？你负得起吗？！"

楚芳华眉头皱成"川"字，双手环抱胸前，往后座上一靠，一串连珠炮似的责骂堵得司机一句话都不敢回。

车七拐八拐到了酒店门口，楚芳华却没下车，还是一副"你自己看着办"的表情。

司机透过后视镜小心打量，撞上一双怒火满盈的眼睛，无奈地拍了拍方向盘，将已经到嘴边的那句"堵车谁有办法"咽了回去，强行换成：

"那女士您看这样行吗？我少算您二十块，就当是——给您赔个不是，这也是没辙，干我们这行的，谁不希望按点把客人送到啊，能不耽误您，肯定不耽误您啊。"

"哼，今天有急事，没空和你计较！再有下回，我就直接投诉了，知道吗？"

楚芳华说完，用尖头的高跟鞋顶开车门，将限量版的链条包背在肩上，理了理自己新买的香云纱中式套装，昂首阔步，向酒店转门走去。

司机盯着楚芳华的背影忍不住"呸"了一声，直接在顾客评价上按了个差评。

"好望角，马宁。"

"好的女士，请跟我来。"

楚芳华跟着领班上楼。

电梯门打开，酒店三层铺着红色的长毯，三三两两西装革履的"成功人士"打电话的打电话，攀关系的攀关系；楼梯转角处，还有个把半老徐娘的华服"美女"，四十五度角忧郁地凭栏远望，身边围着几个大腹便便嘘寒问暖的秃顶男人，也不知是老同学还是过往的追求者。

楚芳华冷笑一声。

她一贯讨厌参加同学聚会就是这个原因。

真关系好的私下都有联系，要见早见了。一群八百年不联系的牛鬼蛇神，忽然就同学情深非要见一面不可了。

无非是：要不有事，要不有情。不然半截入土的人了，谁愿意听谁吹牛跑火车回忆那些模糊的往昔啊！

头顶水晶灯折射的光让人目眩神迷，楚芳华一眼望去，见大厅里没有自己认识的，脸色更沉。

一边加快脚步，一边皱眉对身边的领班道：

"怎么？今天还不止我们一个学校聚啊？"

"女士，是这样的，我们酒店的宴客厅能同时容纳一千多人，普通同学聚会的话，三五家一起办，我们也是有承接能力的。"

两人没走两步，一个矮胖秃顶的男人便搓着双手，一路小跑地迎了上来。

"哎哟！楚局！大忙人啊！请您都得请了十来年了，终于有空赏光了？"

迎着领班诧异和羡慕的目光，楚芳华颇为得意地挑挑眉道：

"忙是真的忙，不过想想——你说得也有理，不能因为忙就不顾同学情分嘛——"

楚芳华嘴上应酬着，脚步却没停，伸手点了点愣在一边的领班，继续道：

"走啊！我俩说话，你不干活了是吧？"

"你不用管，楚局什么身份的人，哪能你带路啊！楚局，我带您去。你，还不赶紧下楼迎别的客人去？"

矮胖秃顶的男人冲领班使了个眼色，极其狗腿地接过了带路的任务，走在楚芳华身侧。

一双水牛眼滴溜溜转了转，开口奉承道：

"这么多年不见，我看您啊，还是风采依旧！我一眼就认出您来了！"

矮胖秃顶男巧舌如簧，哄得楚芳华又有了笑意，像是想到了什么，楚芳华忽然停下脚步道：

"马宁你这嘴啊——怪不得当年你能当上学生会会长呢！我哪有什么风采，论风采，还得数人家菲菲。别人找工作，就她找了个有钱老公，现在啊——"

话音未落，面前走廊里转出一群男男女女。

被围在当中的女人一身淡紫色旗袍，乌黑的头发高盘在脑后，银色流苏耳坠上白玉蝴蝶振翅欲飞，道不尽的风情。若不看眼角的细纹，一眼望去，说那女人三十出头也有人相信。

"菲菲，这还没开始呢，你怎么就要走啊！"

"就是啊菲菲，难得你有空来，我还想跟你说说我儿子工作的事呢——哎、哎！这谁啊！楚局嘛不是——楚局，咱可有日子没见了！"

随着这声招呼，围着紫色旗袍女子的众人顿时都将注意力转移到马宁身边的楚芳华身上。

交头接耳后，像是达成了某种共识，不约而同地开始往楚芳华的方向走。

没一会，紫色旗袍女子身边就不剩几个人了。

孙菲菲，你也有今天！

楚芳华眼见自己出了风头，得意得不行，随口应承着老同学们的恭维，心却早就飞上了云端。

嫁得好有什么用？自己狗屁不是，还不是被她比得没形？

"菲菲你别往心里去，楚芳华嘛，一直就那德行，这次升了局长，估计今天就看她狂了。你说她也是狗屎运——"

"我不在意那些，都多大岁数的人了，还能拼几年啊！现在啊，到了该比下一代的时候了。"

孙菲菲说完，不顾同学诧异的目光，端起一杯红酒笑盈盈地走向楚芳华，皮笑肉不笑地祝贺道：

"楚局，恭喜升迁啊！咱得有快二十年没见面了吧？不和我喝一杯？"

楚芳华闻言站起身，端起酒杯和孙菲菲轻碰，然后在周围同学一片起哄叫好声中将手中的酒一饮而尽。

眯着眼睛打量了一下面前的孙菲菲。

紫色旗袍颜色典雅，上面绣的兰花更是绣工精致。刚才离得太远没看清，现下看清楚了，一琢磨，这旗袍估计没个几万块下不来。

那张连细纹都得拿着放大镜才能找到的脸，更是一看就是"钻石级护理"的结果。因攀比而来的不悦，又升腾起来，忍不住开口道：

"是啊，这么多年不见，你最近怎么样，坐下聊一会？"

"我能怎么样？还不就那样嘛——"

还没等孙菲菲伸手，旁边一个男同学便主动帮她搬了把椅子。

楚芳华见了，表面维持着笑容，心里却忍不住大翻白眼。

这么多年过去了，这帮男同学还是看见孙菲菲就走不动道。

孙菲菲轻轻拢了拢滑落的羊绒披肩，冲那搬椅子的男人笑着点了点头，轻声道：

"谢谢。"

那男同学一听这话顿时脸涨得通红，仿佛一瞬间又回到当年追女神的青葱岁月，连连摆手道：

"菲菲你这可就太客气了，都应该的、应该的。"

应该个狗屁！

楚芳华表面是在用湿巾擦手，心里却早把那献殷勤的男同学骂了个千百遍。

都是些只知道看脸的肤浅男人，要不是这帮人，就凭孙菲菲，哪是她楚芳华的对手？

孙菲菲的文艺委员倒也不是白当的，见楚芳华头昂得鼻孔都快上天了，慢条斯理地喝了口茶，又道：

"不说咱俩了，十个我也没一个你能干啊！对了，梦楠怎么样了？上次我见她，她还是个孩子呢！我闺女还说呢，好久没见她了，婚礼喊她来参加，她也没来。哎呀，你说我闺女也是，随我，怎么年纪轻轻就嫁人了呢——"

"嫁人怎么了？女孩嘛，嫁得好，比什么都强！"

帮忙搬凳子的男同学还舍不得走，闻言赶紧帮腔，一抬头却看见楚芳华没好气地瞪了他一眼，赶紧岔开话题道：

"这……这酒喝得差不多了，我去找服务员再要两瓶哈！你们聊，你们聊。"

"菲菲，你这就凡尔赛了吧？我可听说了啊，你那女婿啊，中石油地区总代！女儿前些日子不也怀了吗？还是龙凤胎。这什么运气啊！咱们这帮老同学啊，没有能赛过你的喽——"

男人话音还没落，旁边吃猪蹄吃得满嘴油光，留着栗色卷发的中年女人，便酸溜溜地放下手里的骨头甩出一句奉承。

"啊？中石油总代，哪个啊？"

这话一出口，同桌的同学们顿时都坐不住了，交头接耳议论纷纷。

"陆恒。"

"猪蹄大妈"抹了抹嘴，自顾自地解释了一句。

"哎哟喂，陆恒多厉害啊！《财经日报》都登他头版头条了。论起来，我侄子还在他手底下工作呢，回头让他关照关照哈——"

"去去去，一边去，你侄子的事哪有我儿子重要。菲菲啊，我儿子正想着调动的事呢——他啊，一直特别崇拜陆恒，菲菲你看哪天陆总有时间，安排一下？我请客，咱叙咱的旧，给他们年轻人一个接触的机会？"

一石激起千层浪，原本吃得正香的老同学们像是忽然想起了正事。一个两个地纷纷起身凑到孙菲菲身边。

"楚局，楚局？楚局！！"

楚芳华气得七窍生烟，想要讽刺两句，却搜肠刮肚也找不到一句合适的话。直到被拍了肩头，这才回过神来。转头一看，原来是马宁端着酒站在她身后，马宁一看众人又开始围着孙菲菲歌功颂德，撇撇嘴道：

"楚局你别往心里去，咱懂得都懂。孙菲菲嘛，靠完老公靠闺女，靠完闺女靠女婿，没什么了不起的。那帮势利眼，不理也罢。走，咱去别桌看看，不在这儿待着了。"

"你家孩子怎么样了？银行，那挺好啊，稳定。哪像我家的啊，连份正经工作都没有，非说要当什么电竞选手，那不就是个打游戏的无业游民嘛——"

"唉，最近我那股票赔得啊，绿得都发蓝了，你怎么样？"

"房贷车贷，月月都得还，真烦死了。说真的，你们有什么来钱的门路，可别藏私啊！"

"你命好，婆家帮着带孩子，我就不行喽——俩小玩意折腾得我这老胳膊老腿的……"

马宁毕竟是这聚会的主事人，将楚芳华"解救"出来没多久，便又出去应酬了。

楚芳华端着一杯香槟，穿过人群，走到窗边。

屋里老同学，听起来各有各的苦楚。只有孙菲菲，众星捧月似的被紧紧围住，精心保养过的脸在水晶吊灯下熠熠生辉。

凭什么就她这么好命？上学时候就一堆人追，这些年也没努力过，却过得比其他人都好？

楚芳华就着月光和怨气将香槟干了，一股无名火升腾起来。

有什么了不起的，不就是女儿嫁了个好老公吗？就她孙菲菲有女儿是吧？她楚芳华也有！

楚芳华将酒杯重重撂在窗台上，拿出手机，点开几个同事亲戚群，编辑了一条信息，群发了出去：

"打今天起，大家认识的适龄单身男士，全都可以介绍过来！若是成了，以后，必有重谢！"

别开生面的拍卖会正在进行，与会的男人戴着狮子、老虎、犀牛、恐龙各种动物的面具，或坐或站，在黑黢黢的台下仰头看向台上。

二楼包厢里的面具男们优哉游哉，西装革履，桌上还放着水晶玻璃杯，红酒和西式前菜。一楼前排座位的男人们稍显逊色，不过也都一人坐在一把软沙发椅上，看上去有些闲情。

三十排往后便只有木制的四脚凳了，坐着一些姑且还穿着正装的男士，一个个抻着脖子，见缝插针地从沙发软椅的空隙间，透过前排男人们头部看向台上。

五十排以后，便连四脚木头椅子都没有了，只剩下塑料的短腿小马扎，那里的男人们委屈地坐在小马扎上，间或有几个不甘心的，直接站在马扎上，却被周围其他相同处境的男人拽下来，嘲讽道：

"怎么着，没见过女的啊？这么迫不及待，真丢咱男同胞的人！"

"就是就是，老子就是这辈子不娶了，也不会像你这么没骨气！"

虽不甘心，站在马扎上的男人顶着男同胞这个天大的名头，只得红着脸坐回自己的马扎上，但这一来，便什么都看不见了。

在马扎男身后，是几千甚至上万排看不到头的席地而坐的方阵。

这个区域的男人们衣服便风格多样起来，有穿着十几块钱 T 恤的，有穿着记者最爱的多口袋马甲的，还有穿着实用标配的冲锋衣的，不一而足。

真到了这个方阵里，那些男人便顾不得矜持了，甚至还有好多直接扯过前面"马扎男"的衣服，将自己和马扎男的位置互换。

"老子就是倾家荡产也要娶媳妇，你假矜持就闪一边去，让开让开！"

男人们争位置的同时，后台也紧锣密鼓地进行着准备。

候场的是一个个被打扮到各自颜值上限的女人。

"一会上去不用你们说话，直接站在天平上就行。你觉得你值多少钱不重要，天平才是最权威的答案，记住了吗？"

女人们点了点头，但终究对于彻底将自己作价上市的行为有些犹豫，站在队里你推我，我推你，谁都不肯先上去。

"怎么，怕自己不上价啊？谁让你们平时不知道好好保养的——"

一个十八岁的长腿网红主播穿着一件高开衩的水晶长裙，脚踩玫瑰金的高跟鞋越众而出。

打量了一下队伍前面那些化了妆依旧没能脱离"凡人"颜值范畴的女人，骄傲地走到队伍的最前面。瞥了眼本来站在第一位，却低头不语的某个"微胖的普女"，冷笑道：

"我先去吧，帮你们热热场子。毕竟，都算是女同胞不是吗？你，也别抖了，本来就胖，再哆哆嗦嗦的，哪个男的愿意啊！"

网红主播嘲讽完，不顾站在第一个的女人已经红了的眼眶，直接走上了台。

在舞台正中，是一个两人多高的巨大天平，地面上贴着一张纸，上书：

"请上秤。"

网红主播没有再说话，谨遵后台主办方的要求，迈上了天平，才一上去，天平一端便沉到了底。

一旁主持人手中托盘里的筹码，甚至还一个都没放上去，便已经听见一层软椅区有人喊价道：

"我出二百万！"

男人话音还未落，便听二楼包厢有人喊道：

"五百万，北京一套房！"

"六百万，北京三环内一套房再加一辆奥迪A8！"

"八百万！北京三环内一套房，加两辆跑车，牌子随便你挑！"

"一千万……"

主持人还什么都没说，台下的气氛便已经进入了白热化，富豪们的竞争让网红主播面子十足，站在天平上，挺了挺傲人的上围。

环顾台下，沙发软椅区和木质椅区也有一些男人蠢蠢欲动，但后排马扎区和席地而坐区却异常安静。

"一千万一次，一千万两次——

顺便一提，这位小姐还是中泰混血，大家了解一下——"

"一千三百万，北京两套市中心学区房。"

二楼某位神秘富豪一锤定音。

听到这样的价码，一层的男士们顿时都闭上了嘴。

网红美女也因此被盖章下台，由专门的工作人员领到二层包厢区，与她的"真命天子"会面。

"我，我能不去吗？"

后台，原本排在第一位的女人，不停地往后退。

她穿着白色过膝连衣裙，将原本就微胖的身形衬得更膨胀了一些。可惜放在古代算是"健康、富态"的身材，搁现代就是不符合审美。

听得前面的网红主播拍了一千三百万和两套房，原本就怯懦的女人更加不敢上台过秤了。

"那可不行，报名参加这个活动的嘉宾都是签了'生死状'的。你上也得上，不上也得上！来人！上秤！"

女人几乎是被工作人员五花大绑到秤上的，她满脸通红，透出盖着的浓妆，一双眼睛不知往哪看，死盯着地面。

即便化了妆，依旧是放在人堆里找不出的容貌和微胖的身材，以及刚过三十的年龄，让原本持平的天平微微往下沉了沉，不仔细看，几乎看不到天平的移动。

女人拗不过工作人员的力气，虽然放弃了挣扎，但瘫坐在天平上，佝偻的身形，和前面昂首挺胸的网红主播比，显然"商品成色不足"。

主持人看场面有些尴尬，便催促道：

"没有哪位男士愿意出价吗？要是实在拿不准，也可以上台来，先上秤，我们比较下。

"这位女士筹码还有很多，北京户口，独生子女，985研究生，月薪八千，温柔贤淑，勤俭持家，母亲体制内高级官员。没有人愿意吗？"

主持人将筹码一个个放上去。

可惜的是，不管再怎么加码，和前面空手上秤就沉到底的混血女网红相比，连衣裙女的筹码带给天平的浮动几乎可以忽略不计。

在主持人接连不断的催促下，一个戴着恐龙面具，身高看起来不足一米六五的男人从席地而坐区挤上来，走上了舞台。

只见他两手空空，并没有任何其他筹码，在台下男人们的议论声中，他爬上另一边天平。

"让我们鼓掌，这位来自B县的小伙，勇气可嘉！让我们来看一看他的基本情况，二十六，大专，计算机维修专业，月薪一万二，工作能力极强！父母都是工厂退休工人。有一弟一妹，是家里的老大，也是顶梁柱！哇，真是天赐良缘！"

现场众人再看天平，只见天平向男方沉了沉！

主持人激动宣布"牵手"，女人犹犹豫豫地跟着男人走下台，伸手揭开男人面具，发现下面竟然也是一张恐龙的脸！

女人想要跑，男人却死死拉住她！女人吓得尖叫起来，疯狂想要挣脱。

"凌梦楠，快起来！中午的相亲，你是不打算去了？"

楚芳华一声暴喝，叫醒了眼角含泪，心惊肉跳，已经滚下了床的梦楠。

慌慌张张地冲到洗手间匆匆洗了把脸，梦楠对着镜子开始化底妆。

镜子里的女孩一张讨喜瓜子脸，却因为体重原因生生膨胀成了小圆脸，亚洲人常见的单眼皮和肿眼泡，肉头的鼻子，有些发白的嘴唇，稀疏而紧贴头皮的长发，整个人就像只落汤鸡，显得没什么精神。

脸几乎要贴到镜子里了，眼线还是歪歪扭扭。梦楠涂了擦，擦了涂，化了三四遍，黑色眼线依然像两条蜿蜒的蚯蚓，在眼皮处招摇。

"凌梦楠，你磨洋工呢！！就剩半个小时了！还不出门？！"

完蛋，看来口红只能上车再涂了。

梦楠手忙脚乱地套上白色连衣裙，用梳子拢了拢有些凌乱的头发，从衣帽架上拽了一个小包，随手将口红塞进去，踩上小高跟便向楼下冲去，边跑边叫了辆出租车。

坐上后座，气还没捯匀，便赶快拿出手机和口红补妆。

红灯。

司机一个急刹车，口红直接画到了两个耳朵边，镜头里的那张脸，直接媲美马戏团的小丑。

梦楠叹了口气，从包里翻出化妆棉，准备重新开始。

好不容易涂好了轮廓，正准备填下颜色。

"嘀——"

一辆路虎加塞，连转向灯都没打，伴随着司机气急败坏的喇叭声，从出租车前呼啸而过。

又急刹车。

口红再次涂到了下巴上，手机镜头里的梦楠，这次直接变成了印

第安部落酋长。

梦楠叹了口气，翻出化妆棉开始擦口红，准备下一次的重复作业。

司机从后视镜看到，觉得好笑，开口道：

"小姑娘，相亲去吧？不用那么努力，喜欢的怎么着都喜欢；不喜欢的，怎么着都白搭。"

有耍嘴皮子的工夫，您倒是好好开车啊！

梦楠心里不赞同，却不想同司机争执，叹了口气，将口红收进包里。

"小姑娘，大哥是过来人，啰唆两句。当年我老婆见我的时候，什么妆都没化，我就认定——傻×，骑那么快，赶着去投胎啊！"

司机大哥正准备给梦楠灌输点经验之谈，一辆外卖电动车从眼前呼啸而过，吓得他也是一个激灵。

梦楠有些后怕，往后靠了靠，伸手拉紧扶手小声道：

"师傅，您还是专心开车吧。我不化妆了，咱不说那些了，别出事故就行。"

司机急停了几次，险象环生，也不敢再聊天，理亏地专心开车。

两人一路无话，一会便到了约定好的会所。

某高端私家菜会所前。

梦楠不顾门口礼仪小姐诧异的目光跑进大厅，推开玻璃门冲了进去。

进门没多远，就看到一个男人伸出粗壮的手臂，冲她打招呼。

梦楠这才注意到周围人异样的眼光，有些不好意思地拢了拢已经跑乱了的头发，小碎步紧捣，跑到桌前，侧身挤进沙发椅上坐定，低头连声道：

"抱歉，实在抱歉，路上、路上出了点事故——我——"

那男人不以为意地摆了摆手，伸手将菜单往梦楠眼前推了推，用手指点了点菜单道：

"先点菜，点完咱再聊。"

梦楠见对方好像没有怪她的意思，这才鼓足勇气抬头瞥了眼男人。

男人穿了件与身材气质不太相符的范思哲丝绸衬衫，将啤酒肚勾勒得格外明显，下身一条不知什么材质的裤子，紧贴在腿上，膨胀感极强，看起来比照片上还要再胖上个三四十斤。圆脸，厚嘴唇，酒糟鼻，不大的眼睛下面因为常年熬夜饮酒而来的黑眼圈分外明显。

比衣服更耀眼的是男人手腕上一款存在感极强的金色手表，男人虽胖，但个子却不高，手也不算大，那金表却分量十足，表盘几乎挡掉了他三分之一个手背。

男人见梦楠视线落在金表上，像是有些得意，故意将戴着金表的手往梦楠面前伸了伸，敲敲菜谱道：

"点菜啊！他家不好订，上菜慢，你先点，不然等咱聊完了都未必吃得上。"

梦楠瞥了眼菜单，那上面的价钱令她咋舌。

一个粉蒸狮子头，起了个名叫"掌上明珠"，就敢要三位数。

深吸了一口气，梦楠颤巍巍地点了几个相对便宜的，这才向服务员点了点头，示意自己点完了。

点菜期间，梦楠感觉男人的目光一直停留在她脸上，顿时有些不自在，不由自主地低下头，轻咳了一声，伸手去够旁边的白水。

"先生，如果没什么别的要补充的，我先去下单了。"

服务员拿着点单器给男人过目，梦楠闲着没事干，便开始观察男人。

那金表存在感实在太强，梦楠想要忽略都没有可能，更不要说——此刻男人不知是有心还是无意，将菜单立了起来，用戴金表的手撑着面向她。这样一来，脸和身材全都被挡住，能看见的，只有男人粗壮的手臂和那块闪瞎人眼的大金表。

刚才看得仓促还没注意，现在定睛一看——这表除了是金的，整点时刻竟然还镶了钻！那视觉效果，就好像有人把一辆车，一栋房，直接戴在了手腕上一样。

就算是炫富，这表也太俗气了点。

梦楠盯着金表出神，不由得地想起母亲给她的资料。

李察德，三十七岁，身高一米七，体重九十公斤。父亲是山西煤老板，母亲是家庭主妇，年轻时候一直浪迹花丛，却因找的女友都是些网红模特家中不喜，一直没能结婚。

目前自己在北京开了一家酒吧。平时搞搞风投，和志同道合的朋友们（狐朋狗友）谈谈生意，家里希望他能找个贤妻良母，早点安定下来。他也觉得到岁数该结婚了，同意出来相亲。

"你怎么净捡着便宜的点啊，是真不爱吃，还是给我省钱啊！不用省，咱有的是——服务员，把头两页这些招牌菜一样儿加一盘——"

"不用——那太多了，两个人根本吃不了！"

几乎是条件反射，梦楠起身阻拦，李察德却借机用戴着金表的手在她鼻头上刮了一下，笑道：

"吃不了打包啊，小傻瓜。"

梦楠下意识地皱眉后闪，坐回沙发上，拉远了距离，同时伸手抚了抚自己起了一片鸡皮疙瘩的手臂。

"凌梦楠是吧？"

服务员一走，李察德顿时变了脸，撤下自命潇洒的笑意，阴沉着脸绕过桌子，走到梦楠身边坐下。

梦楠忍不住往沙发座里面躲了躲，让开了李察德揽过来的手。

"我问你件事，是我李察德不配了，还是你平时也这样？"

梦楠没听懂李察德的意思，眼带疑惑地看向他。只见他摸了摸下巴，露出一个有些玩味的笑道：

"你是故意不化妆，自降颜值，打算让我主动拒绝你；还是想和我表示表示但是不会化妆啊？"

梦楠闻言有些委屈。

妆她化了啊！就是没时间，没顾上涂口红——

"迟到，还不化妆；出来相亲，还假矜持。怎么着，被家里逼的是吧？看不上我是吧？看不上你直说啊，还见面干吗？浪费时间。我告你，我也是被家里逼的，我就算出轨，随便玩玩都不找你这样的。看都看不过眼，别的还怎么继续啊，闹呢？"

"你——"

梦楠没想到自己大周末匆匆忙忙准备的一切，被李察德几句话，贬低得一文不值。更没想到，连个暴发户都看不上自己——

嫌弃自己年龄大，长得丑。

一时间委屈得眼眶发红，嘴唇发颤，不知该说些什么。

"我怎么了？我忙着哪！你委屈？我他妈还委屈呢！我跟介绍人说找个贤妻良母，是想找个家世清白点的正经姑娘。不是找个连化妆都不会，碰都不让碰的圣母白莲花——想找贞洁的，我道观里找个尼姑不好吗？你都多大岁数了，还假矜持。您矜持着吧，我可不伺候了——服务员，结账——我有点事得先走了，这位小姐吃不完，给她打包就行。"

李察德说完，从腰包里拿出鼓鼓囊囊的一个皮质钱包，将一沓子百元大钞甩在前台，不顾服务员"先生得找钱"的招呼，头也不回地走了。

"什么？他扔下你走了？你怎么聊的？介绍人说——他家听了咱们的条件，本来是千万个愿意的——怎么能搞成这样？"

楚芳华抱着手臂坐在沙发上，见梦楠灰头土脸的一副受气小媳妇的模样，拎着好几盒子的剩菜回家，顿时气不打一处来。

"他……他就一个暴发户，戴了特别夸张的金表，点菜也是——根本不看价钱。我们俩还什么都没聊呢，他就挑我见他迟到，还不化妆——还、还想动手占我便宜，被我躲了，他就生气了。说我，假矜持，找我，不如找个尼姑庵的尼姑——"

梦楠壮着胆子把李察德的恶行一一揭发了，偷眼看到楚芳华若有所思地点了点头，不由得松了口气，心知危机多半解除了。

母亲最讨厌男人自以为是，还乱占女性便宜。谢天谢地，这李察德雷点全踩，不然，还不知道要怎么收场。

"我就让你早点起床打扮出门，你偏不听——算了，一个暴发户而已，谈不成也不可惜。原本我就对他之前那些乱七八糟的情史不太满意；再说，开酒吧，也不算个正经营生——我再给你发两个，明后天他们就会联系你，吸取教训，下次一定不能让男方先说不行，知道吗？不行也得咱说不行，轮不到他们！"

"可是妈——"

梦楠还想再争辩两句，楚芳华已经拿出手机将新的相亲对象的资料发过来了。

"没什么可是，有数量才有质量——人家愿意见你，你就都得试试——"

梦楠闻言眼眶有些发红。

别人这么说也就罢了，自幼相依为命的母亲现在也把她当个"大甩卖"的物件，一副恨不得赶紧摆脱她的样子，让她忍不住又委屈起来。

"我明天还有会，资料你自己抓紧熟悉，同样的错误不要反复犯，知道吗？工作不行我也不管你了，恋爱这方面你稍微上点心，不能什么都让我丢脸吧？"

梦楠闻言再也忍不住，起身冲向自己的卧房，落了锁，钻进被窝咬着嘴唇哭得上气不接下气。泪眼蒙眬中，之前分手被指摘的一幕幕纷至沓来：

"抱歉，我还是喜欢身材好一点的女人。"

"我、我可以减肥啊，我愿意为了你减肥——"

"总说减总说减，三天打鱼两天晒网的，我得等到猴年马月啊！我干吗不直接找个身材好的啊？分手吧。"

"你太保守了，现在都公元几几年了，不让碰算了，分手吧。"

"也、也不是不可以；那……我们能先订婚吗？"

"订婚和结婚有什么区别啊？哎我说，你是不是性冷淡啊，算了，咱分手吧，太累了。"

"你都快三十了自己不知道保养？这么不会打扮，我可不找带出去丢人的女朋友。"

"我……我也有保养啊。可，她们那些保养，都很贵的——"

"你几个意思？想你好看我得掏钱呗？甭跟我来这套，我都打听了，人家那都是自律——不会打扮，看看美妆视频会不会？少吃两口会不会？下个健身软件每天跟直播会不会？算了算了，和你说那些个都没用，分手分手。"

"你是不是恨嫁啊？谁说相爱就必须得结婚啊？那×××和×××都恋爱八年了！"

"他……可他们是明星啊，我、我等不了那么久——"

"等不了就算了，没听过好饭不怕晚吗？我还没做好准备你就逼婚，以后结婚了是不是又要逼我生孩子啊？我还得奋斗事业呢，可不想这么年轻就被一个女的套牢。"

"我想找个贤内助，不想找个麻烦精。我的工资足够咱俩花的了，你一个女的要什么事业？你的事业应该就是辅助我，让我做好工作！"

"那、那我可以不做现在这份工作，找个在家也能做的，可以吗？"

"不是，我就不懂了，你为什么非得工作呢？你就把家里事做好了就行，不用你工作！真服了，讲不通，我就知道这女的一有学历就活思想多，祝你前程似锦吧，我受不了这。"

"你是不是韩国电视剧看多了啊？中国女的谁过那些个节啊？你要真漂亮得和高圆圆似的天天过节我也没意见，可就一普通人，还讲什么浪漫，你自己浪去吧，我可不奉陪了。"

"我也……我也没要他们那种特别离谱的浪漫啊，我就想着——既然是男女朋友——过节，有个小祝福小礼物总可以吧？"

"我没你那么闲，我得工作。再说了，谁不知道手工做个破玩意除了花点时间其实没多少钱。给你买花买礼物，那可都是真金白银——我说，你们女的是不是都喜欢空手套白狼啊。还小礼物，有意思吗你们？"

……相似的场景，不同的分手理由，每一次都是她说着讨好的话，卑微地看着对方离去的背影。

不能再这样下去了！她要努力奋斗，只有自己优秀了，才不会再被渣男甩！

凌梦楠！你可以的！

用冷水洗去脸上的泪痕，像是下定决心一般，梦楠盯着镜子里的自己，深深地吸了一口气。

三个月后，"真爱碰碰对"节目组报名现场。

"李先生，您的报名表已经核对好了，身份证您收好，回家等节目组通知就行。"

李察德从工作人员手里接过身份证，手腕上的大金表一如既往地熠熠生辉。正准备从楼里出去，却看到一个熟悉的身影。

凌梦楠？

不对，不像啊，这打扮得也太时尚了！而且，怎么变好看了呢？瘦了得三十来斤吧？

李察德不由自主地跟着那个很像凌梦楠的女人走，只见她穿着一件 Burberry 的经典款驼色风衣，脚踩裸色高跟鞋，头发梳成高高的马尾，侧脸弧度优美，自信的欧美妆让她气场格外强大。

和三个月前相比，简直判若两人。

确实是凌梦楠。

那张倒胃口的脸虽然经过妆容的修饰，他还是认得出来的。他李察德别的记不住，但流连花丛这么多年，女人的长相他还没记混过。

半是好奇半是惊喜，李察德走上前，伸手拍了拍梦楠的肩膀，一副老朋友的口气道：

"行啊你，仨月不见，换工作了？你看你，想打扮，这不也挺会打扮的嘛——是我当时误会了，一会忙完——"

还没等李察德搭讪完，梦楠便转过头来，退后几步甩开李察德的手，凤眉一挑，双手抱臂，冷声道：

"这位先生请您自重！搭讪也要看场合——什么换工作？我们瑞恒和'真爱'是官方合作关系，我是来工作的，不是来报名的。想搭讪？报名区出门右转——呵，不过——看您这副尊容，除了上节目，估计现实里也不会有几个女嘉宾愿意选择您吧？"

一段夹枪带棒的回复，让梦楠身后的工作人员险些笑出声来，周围有些来报名还没走的人，听了梦楠的话，也都议论纷纷。

李察德彻底没了面子，怒气上头，忍不住上前用手指着梦楠的鼻子道：

"合作个屁！你还来劲了是吧？又当婊子又立牌坊！仨月前和我相亲时候胖得和球似的，被我甩了屁都不敢放，当时你撒谎的是吧？还说自己是什么教育机构老师！大家过来看看！这女的就是一骗子！！装不认识我是吧？当时装清纯跟我那玩矜持，现在——"

"抹黑人也得有个限度，你现在的话已经构成恶意诽谤了！大家看好他，别让这个流氓跑了！保安！快来，有人耍流氓！怎么——以为我从上海调来的就可以随便欺负是吧？你想得美！"

李察德正准备继续骂架，却被梦楠喊来的保安制服，压在旁边玻璃窗上。一张圆脸被按得和大饼一样，油乎乎的，在窗户上留下一个印子。

眼见身边围着的人越来越多，梦楠直接报警，警察闻讯赶到。

被绑在椅子上"公开处刑"的李察德，见到警察就像见到了救星，连忙开口道：

"警察同志，都是误会，我根本不是流氓。她是我相亲对象，之前有点不愉快——我本想着今天弥补下，她因为当初那事，还在生我的气，才故意设计我的。真的！就仨月前，我俩在'俏佳人'相亲来着，您不信，可以问会所老板——"

警察闻言狐疑地看向一边没好气叉腰瞪人的梦楠，又看看被绑在椅子上还努力起身，撅着屁股，玩命解释的李察德，咳嗽一声道：

"这位女士，他说的是实情吗？如果是因为误会，我看，他也受了一定的惩罚了，这次就放过他吧。您要是不想和他继续纠缠，有什么话，在这说开就是了。"

"什么实情？我根本就不认识他！我上周才调到北京，之前一直在上海工作。三个月前，我根本就不在北京，又何来和他相亲一说？我是不知道他把我当成谁了，反正我不认识他，这人开口闭口说我是女骗子，我要求他赔偿我精神损失费。"

梦楠脸上怒容还没退去，但一番话却是有理有据有节，说得警察也有些发蒙了，过了好一会才又开口道：

"女士，方便看下您的身份证吗？"

梦楠从精致的手包里拿出身份证递给警察，李察德继续撅着屁股，也抻着脖子看向身份证。只一瞥，就傻眼了，也忘了继续用力站着，连人带椅子跌倒在地上。

旁边工作人员终于忍不住爆笑出声。

警察也想笑，但考虑到自己立场，还是轻咳了一声，强忍笑意，伸手将摔在地上的李察德扶起来，又帮他解开绳子，掸了掸身上的土道：

"怎么？认错人了？"

不是认错人——

李察德很想这么说，但眼前的状况让他云里雾里，一时间说不出话来。

身份证上那个女人长相和凌梦楠如出一辙，就是瘦了三十斤左右的版本，可名字却不一样。身份证上明明白白写着凌胜楠，下面的地址也是上海。

这怎么可能？长得一样，但是名字不一样？住址也不一样——

李察德一头雾水，扶着警察的手恍恍惚惚地起身道：

"警察同志，我……我不是，她，她，她真和我那个相亲对象长得一模一样！怎么能有这种事？对对，她俩还姓一个姓，要我说——双胞胎，一定是双胞胎！那等于还是她们家骗人，我仨月前相亲时候，她妈说她家就一个闺女，独生女——这又跑出个——也不对……警察同志，您得相信我啊，要不是她俩长得一样，我说什么也不能光天化日耍流氓啊——"

"你先别走，警察同志，容我去打个电话。帮我看住这个男人，等我弄清怎么回事，再来处理他！"

胜楠扔下还恍惚的李察德和咋舌的警察，推门走出安全出口，在楼道里直接打电话给父亲凌玉成。

"囡啊，啥事？"

"工作上遇见一个男的说我和他相过亲，非说他见的那姑娘和我长得一样——还说是我双胞胎妹妹——难不成是北京这边高层不满我调过来，故意找了个男的闹事，给我穿小鞋？等妈回来了，你和她说一声，还真当我好欺负了是吧？"

"……你说什么？长得一样？双胞胎妹妹——难道……不可能啊……没有没有，对对，你说得对，可能是误会，就是你们单位人设计的——但这种事，就不用告诉你妈了吧——"

"爸，你是不是有事瞒着我？"

"我……"

"警察可都过来了，人家说有证据，可以找会所老板证明见过我。要是你知道怎么回事却不告诉我，事情往严重了发展，真有这么回事，我就被动了。"

"……我跟你说，你先别生气。就是……就是，爸年轻时候，在北京曾经有过一个对象，结过一次婚，后来因为……因为房子的事——离了——"

"爸！你能说重点吗？警察和工作人员都等着呢——"

"就，你确实有个双胞胎妹妹，叫凌梦楠——如果人家说见到一个长得一样的姑娘，兴许——"

"你说什么？！我还有个妹妹？那妈呢？凌霄呢？他俩——"

"没有血缘关系……也不是，霄霄真的是你弟弟，他——"

"凌玉成！这么大的事你瞒我这么多年？！——先不说了。我，我先去把这件事处理了，再和你说。"

胜楠挂断电话有一瞬间的恍惚，几乎站立不住，靠在旁边的墙上，胸中涌起一阵愤懑。

老天爷，亏她这些年来一直觉得母亲偏爱弟弟！现在看来哪里是偏爱？根本就是本该如此。毕竟，她和那位母亲，可是一点血缘关系都没有啊！

深吸了一口气，稳了稳心神，胜楠推门进去，一屋子人全都盯着她瞧，她勉强维持着笑意开口道：

"警察同志，不好意思，家里没通好气——是我妹妹，出来相亲，也没告诉我，给大家添麻烦了。这位先生，您怎么称呼？"

"李，李察德——"

李察德还有点后怕，缩了缩脖子下意识地站在警察身后，小心翼翼地打量着胜楠。

"是误会就好。如果没什么事，我们就先走了。下次再报警要慎重一些，我们平时也是很忙的。"

警察看了看情绪已经缓和下来的胜楠，发了句牢骚，冲她点了点头，又看了眼旁边还发蒙的李察德，见他还不死心地盯着胜楠打量，摇了摇头，直接出门去了。

"李察德是吧？你有凌梦楠的联系方式吧？"

警察一走，胜楠便直接抛出了问题。

李察德闻言一愣，但刚才被制服的余威尚在，还是下意识地老实交代道：

"有。"

"给我，我找她有急事。"

胜楠见李察德一副不配合的样子，忍不住皱起眉头。

李察德终究还是熬不过胜楠一直盯着他看，清了清嗓子开口道：

"经历这么多事，咱也算是不打不相识，给我个你的联系方式吧——我把她电话发给你。"

胜楠也没拒绝，接过李察德手机麻利地输入了自己的号码，然后将手机递给他，退回原位道：

"李先生，实在不好意思，我不知道她跑出去相亲了，希望不要影响到您对节目和我们公司的印象。"

李察德听了这话，腰杆又挺直了，抖了抖被绑疼了的手臂道：

"那倒不会，我不是那种人——哎，你说——我能出得起钱参加这节目，犯得上大街调戏不认识的姑娘嘛——以后有机会一起吃——"

李察德话还没说完，胜楠确认收到了梦楠的电话，便冲他点了点头，转身走了，只留给李察德一个潇洒的背影。

某留学机构办公室。

"梦楠，等你不忙了，帮我把海报贴了呗？"

说话的女人穿着一条宽松的丝质印花裙，半躺在工位的座椅上，喝着一杯蜂蜜柚子茶，优哉游哉，满足得像一只晴天出来晒太阳的海狮。那架势，仿佛这里不是办公室，而是黄金海岸的温暖礁石。

在她身边，是桌上堆着一大摞宣传资料和名校招生标准、盯着电脑屏幕忙得眼珠都不错的凌梦楠。

"柔姐，我是真没时间——您找别人吧，主任让我下班前把新的宣传册子交了！"

"哎呀，贴个海报费什么事？你就当起来活动活动嘛——"

梦楠就是再好脾气，听了这话也不高兴了，眉头不自觉地皱了起来，打字的手也停下了。

许代柔，她们办公室的一霸。仗着自己才生完孩子，又是校长的亲戚，每天什么活也不干，就知道到处聊天，给其他人找事。

"怎么啦？还不高兴啦？又不是让你帮我写东西，就贴几张海报嘛——顺手的事——我这不是才生完孩子嘛，要不就自己贴了——要我说啊，咱办公室都是娘子军，这身为女人已经够不容易的了，都是同事，还不互相帮衬帮衬——哎，那话怎么说的，真是世态炎凉，各扫门前雪，谁管他人瓦上霜哟——"

许代柔放下手中的海报，自怜自叹地提高了音量；一时间，周围本来还在工作的同事都转头的转头，抬头的抬头，看向梦楠，目光里埋怨的埋怨，试探的试探，仿佛她做了什么伤天害理的事一样。

"好，我去贴海报——但我有个东西要买，一会要下楼一趟，柔姐你帮我和主任说声，半小时内肯定回来。"

梦楠边说边站起身，抓过桌上的帆布包，劝自己莫生气。

从早上九点坐在座位上她就没动过，一直噼里啪啦地写东西，现在腰酸背痛不说，腿都麻了，出去走走也好。

"你早这么说不就没事了嘛——下楼买东西啊？那感情好，主任的印泥用完了，正说要买，你再给带一盒——还有我这嘴啊，兴许生完孩子都这样，喝那么多水还是裂，你帮我再带个润唇膏呗？回来给你钱。"

梦楠本想拒绝，但转头看到周围同事还盯着自己，不由得把拒绝的话又咽了回去。

她可得罪不起许代柔。

上个月罗文娟和许代柔吵架，明明是许代柔的不是，罗文娟却被校长找各种名目扣了半个月的工资；文娟委屈得不行，自己气得离职了，人家许代柔还是好端端的，连根头发丝都没掉。

再说，这办公室里，一半同事都和校长沾亲带故的，就她一个"外人"，还是不要生事的好。

走到门口，还能听见背后许代柔标志性的假笑声，还有万古不变的那句：

"我就知道咱梦楠人最好了——早点回来哈——"

梦楠一走，办公室彻底变成了许代柔的主场，用腿操纵着滚轮椅来到招生办的王倩身边，许代柔伸出胳膊不无炫耀地开口道：

"你看看这个，5·20时候老公送我的，怎么样，漂亮吧？"

王倩刚处理完一个无理取闹家长的投诉，本来心情就不好，这会许代柔又没眼力见，过来秀恩爱，顿时没好气地摆手道：

"行了行了，知道你老公会来事——天天秀，天天秀，你不累，我都听累了——这有点泡芙，早上孩子闹着要买，吃了一块就不吃了，给你，拿着吃吧——"

许代柔撇撇嘴，接过泡芙，又将目标转向不远处的李双双。路过工位时候娴熟地将泡芙丢进自己包里，然后滑过去对李双双道：

"双，还忙着哪——别忙叨了，我听说你家安安拿了舞蹈大赛的金奖，你可真有福气！"

李双双余光看见许代柔过来，本来已经开始找借口准备切断她的聊性，没想到却听到她夸自家闺女，顿时目光就柔和起来，放下手头的工作，兴奋道：

"可不是，我都没想到！你说我和他爸，算上我爸妈，他爸妈，一家上上下下一个会跳舞的都没有，她愣能拿金奖，哎呀，要不说呢，这人还是得积德行善。你都不知道，邻居家那个小男孩啊，天天黏着我闺女，我老公前天还说呢——得看住了，安安太好看了，别回头再早恋——"

王倩在不远处觑得许代柔和李双双聊得火热，想起自己那学习年级吊车尾，成天打游戏的不争气儿子，心头不爽。

正准备起个话题，打断两人互捧臭脚的"你女儿一看就有出息""哪里哪里，你儿子满月就抓了个金元宝那才有出息呢"的塞心对话。抬头一看，才被支使出去买东西贴海报的凌梦楠，换了身颇有质感的驼色风衣，一脸欧美妆，怒气冲冲地向她走来，不由得一愣，吓得起身道：

"梦、梦楠，你这是要干吗啊？有话、有话咱们好好说啊！"

许代柔听见王倩的话，也抬头看向门口，见梦楠出去不久，不但化了妆，还换了身衣服，也是一头雾水。

和战战兢兢的王倩不同，许代柔拿捏梦楠得有三四年了，最清楚这姑娘脾气秉性，知道她翻不起什么风浪，当下起身迎上去道：

"海报贴完了？东西买了吗？怎么这么快就回来了？晚上有活动啊，别说，你这么一打扮还真——"

许代柔话还没说完，梦楠就开口抢白道：

"你们认错人了，我找凌梦楠，她人呢？"

这下许代柔也愣住了，揉了揉眼睛，盯着眼前这人看了又看。

没错，是凌梦楠啊？就是，好像出门一趟，瘦了不少——

"我没空和你们闲聊，赶紧叫凌梦楠出来。就说——她姐姐来了。"

许代柔一时语塞，她和凌梦楠同事小四年了，从未听说过她有个姐姐。一时间，八卦的念头又起，不由自主地细细打量面前的这个女人。

Burberry 的经典款驼色风衣，里面丝质白衬衫和西装裤，垂感极佳，一看就价值不菲；裸色高跟鞋将她原本就纤细的身材比例进一步拉长；肩头那看不出牌子的链条包，银灰色带了些蛇皮暗纹，让平时"包治百病"的许代柔根本移不开眼，忍不住开口问道：

"你这包……哪买的啊？"

"我要找凌梦楠，这话很难理解吗？咱们应该第一次见面吧？还没熟悉到可以讨论私人物品的地步吧？"

胜楠嫌弃地瞥了眼许代柔，凤眉一挑，完全没有接茬的意思，三言两语就将许代柔堵得说不出话来。

真讨人厌！她信了，这人肯定和凌梦楠是亲姐妹！

许代柔气得直咬指甲，白了胜楠一眼，转身回工位去了。倒是王倩看许代柔吃瘪，心里有些微妙的痛快，调整好情绪开口道：

"梦楠姐姐是吧？您少安毋躁，梦楠出去买东西了，一会就回来——您先这边坐一会——"

梦楠从小商品市场跑到超市，买了印泥和润唇膏；为了平衡心头的不爽，磨磨蹭蹭地一边听音乐一边往公司走。

一进门，便看到了坐在门口的胜楠。手里拎着的塑料袋顿时就掉在了地上，眼睛瞪得溜圆，下意识地捏了捏自己的脸颊，疼得龇牙咧嘴后，喃喃道：

"你、你是谁？为什么——"

"哎哟，你还知道回来啊！让你出去买个东西，出去遛弯去了啊！"

许代柔一看梦楠回来了，顿时又来了劲，像是要把刚才在胜楠那受的委屈都发泄出来似的，迎上前去，盯着梦楠就是一顿数落。

"你让她出去替你买东西？自己好手好脚的为什么不去？看你的样子，应该不是她领导吧？"

虽是第一次见梦楠，但血缘的魔力让胜楠见不得这个和自己有着相同容貌的女孩被人欺负得头都抬不起来，当即出声攻击许代柔。

"你！我、我和梦楠关系好不行啊——哼，东西我拿走了，你们聊吧。"

两次交锋都以失败告终，许代柔自知不是这位姐姐的对手，撂下一句不咸不淡的话，拿着东西走了。

梦楠还在发蒙中，盯着胜楠看了又看，脑中冒出一个奇怪的念头。

如果我瘦下来，会化妆打扮了，就是这个样子啊？

"你还愣着干什么？请假去！我在马路对面的咖啡厅等你。"

胜楠看梦楠还是一副呆头鹅的样子，心头的不爽再次涌了上来。不想再看她被同事欺负，自顾自地安排好会面之后，便转身下楼去了。

二十分钟后，有闲咖啡厅。

"请问女士您要点些什么呢？"

服务员嘴上执行着自己的工作任务，眼睛却不自觉地在姐妹二人间睃巡。

"Americano，你喝什么？"

胜楠用修剪得当的手指敲了敲桌面，提醒还在愣神的梦楠赶紧点单。

"我……我……你们这……有不含咖啡因的吗？我不喝咖啡……晚上睡不着觉——"

"我们这里还有果茶，女士您可以看看。"

"哦，那、那我就来一杯果茶吧——"

梦楠点完单，又恢复了低头沉默的状态，一双眼睛紧紧盯着桌上那张制作精美的双语名片——凌胜楠，ELLE LING 瑞恒广告传媒有限公司，广告策划部，总监。

总监吗？没想到自己这个天上掉下来的姐姐这么厉害——不光是长得好看，连工作也比她好这么多。

梦楠自怜自叹的当口，胜楠也终于得了工夫打量一下这位忽然冒出来的妹妹。

只见她穿着一件针织的灰色奶奶衫，下边一条枯叶色的长裙几乎到了脚踝，背着一个白色的帆布包，脚踩一双灰色的平底船鞋，佝偻着后背，戴着厚重的圆框眼镜，顶着稀疏而贴头皮的长发，盯着桌上的名片发呆，整个人老气得可以直接去街道办事处竞争上岗。

胜楠颇不赞同地摇了摇头，轻咳了一声道：

"你——算了，我长话短说吧——我在工作的地方遇见李察德了，他把我当成你了，让我教训了一顿。我也是今天才知道有你这个妹妹的——"

"我……我也不知道有你——"

梦楠眼睛盯着名片，仿佛上面能开出花来。

胜楠见她总是一副唯唯诺诺的样子，不由得想起自己那在母亲面前总是诺诺连声的父亲来，没好气地打断道：

"我看得出来！你在办公室见到我的时候，眼珠子都快瞪出来了。我又不瞎——爸不和我提这事是因为他后来又另娶了别人，你是怎么回事？"

梦楠本不想回答，但再怎么回避视线接触，依然能够感觉胜楠还在盯着她瞧，沉默了好久还是开口道：

"妈、妈从我小时候就说，她……她前夫是个渣男，为了别的女人，狠心抛下我们娘俩就跑了——她、她应该是不想提当年的事——"

"胡说八道！什么你们娘俩？那我呢？我就活该被她抛弃？她有两个女儿，为什么只留下了你，我怎么办？她想过我的立场没有？！"

梦楠本想反驳，但从母亲那里得到的讯息，确实父亲是另娶了别人的。这么多年这位姐姐和继母生活在一起，日子想必是不好过。虽然头一次见这个姐姐，还是同情心泛滥地摇头道：

"那、那我就不知道了——妈、妈为了我，也没再嫁人……倒是你，她，她没对你不好吧？"

一提到这个，胜楠就气不打一处来。

没对她不好？那怎么可能？

弟弟凌霄出生以后，母亲一心扑在弟弟身上，对自己总是万分挑剔；父亲为人又懦弱，什么都不敢说，只能私下偷偷给自己塞钱买东西，也不敢让母亲知道。她本以为是重男轻女的腐朽思想在作怪——

现在，一切都有了答案。

"想也知道我不好过啊！你回去问问你妈，怎么狠得下心干这样的事？我现在立场多尴尬，你知道吗？"

胜楠还想再说，服务员端着饮料走了过来。胜楠见状，没好气地往沙发椅上一靠，拿起那杯美式喝了两口，盯着双手捧着热果茶、眼眶发红的梦楠瞧。

真晦气！看来自己这个妹妹是像极了父亲，不过被吼了两句，看她吓得。

"怎么就、就是我妈啊……她、她也是你妈啊——"

"行了，我不想聊了，今天发生的事太多，我需要静一静。反正我有你联系方式了，有什么以后再说吧——你，也适当打扮打扮，这么邋遢，我都不好意思承认你是我妹妹——还有，办公室那些不上台面的同事，处得好就处，处不好就凭实力说话，别搭理她们——小人得志，看着就来气！"

胜楠连珠炮似的说完自己想说的话，不顾已经泫然欲泣的梦楠，拉开椅子去前台结了账，头也不回地走出门去。

梦楠恍惚地回到家，母亲楚芳华罕见地已经到家了，梦楠当即拉住准备回屋的母亲，小声道：

"妈，我今天……"

"有话快说，吞吞吐吐的，像个什么样子——"

楚芳华皱眉，她最看不得女儿唯唯诺诺，那副样子总让她想起当年那个男人。

"我见到我姐了——"

"什么你姐？你哪来的姐姐？"

"凌胜楠，她——"

楚芳华先是一愣，马上反应过来，柳眉倒竖，反驳道：

"她怎么了？她还好意思来找你？！别理她！我跟你说过没有，离你爸远一点，她既是那个人教出来的，想必家教也好不到哪去——"

梦楠被训得不敢出声，低头看向地面，过了好一会才又鼓起勇气开口道：

"妈，你为什么不告诉我，有个姐姐的事——"

"告诉你？你能干吗？告诉你，以你的性子还不事事处处都听人家的？见着了？说说吧，她在哪工作？怎么跑到北京来了？"

梦楠本想再问些当年的事，抬头见母亲的脸黑得和锅底一样，又飞速低头小声道：

"她、她说自己在一家广告公司工作，叫瑞恒——"

"也不怎么样啊？不就是个破广告公司吗？干到什么级别了？"

梦楠听了这个问题心头一颤，想要撒谎，却没有勇气，过了好久才双手绞紧，咬咬嘴唇嗫嚅道：

"广、广告策划……总监——"

"总监？！都是我女儿，人家和你一天生的，还是凌玉成带大的，都做到总监了！！我当初看你岁数小，留下你，可不是为了让凌玉成给我难堪的！"

楚芳华怒从心中起，狠话脱口而出，根本就没考虑这些话对梦楠来说是多大的打击。

"这些你拿着——指望你工作超过她是没戏了，就不知她感情方面怎么样了——这几个男孩都是我托了关系找到的。人家看在妈的面子上肯见你，你就积极主动点——赶紧结婚，随便嫁给哪个，都比你在那小破留学中心有前途！"

楚芳华边说边将放在桌上的相亲资料塞进梦楠怀里。

梦楠捧着一沓资料，听了这话，原本煞白的脸涨得通红，攥紧了资料想要争辩两句，却一个字也憋不出来，最后只是倔强地眼含泪花，盯着楚芳华，表达自己的不服气。

"好了，不说你了，再说，你又该哭了——你别怕她，专心谈你的对象，她敢再来骚扰你，我来出面摆平。"

楚芳华叹了口气，瞥了眼满脸通红、欲言又止的小女儿，转身回屋去了。

楚芳华一走，梦楠就跌坐在大厅的沙发上。

这也不是她第一次因为工作和恋爱的事被母亲责骂了。这么多年了，本以为早就习惯了，可这次，母亲拿她和素未谋面的姐姐相比，竟让她已经千锤百炼的心再度体会到第一次被骂时那种万箭穿心之痛。

"总监？！都是我女儿，人家和你一天生的，还是凌玉成带大的，都做到总监了！！我当初看你岁数小，留下你，可不是为了让凌玉成给我难堪的！"

"……你，也适当打扮打扮，这么邋遢，我都不好意思承认你是我妹妹——还有，办公室那些不上台面的同事，处得好就处，处不好就凭实力说话，别搭理她们——小人得志，看着就来气！"

梦楠蜷在沙发上，泪眼蒙眬。

母亲和姐姐两人对她的斥责交替在脑中重现。她忽然对这才见了一次面的姐姐生出一股怨气来。

如果不是她，妈也不会对自己这么失望。

她自幼和母亲相依为命，为什么却是这从未见过母亲的姐姐，和母亲更为相似呢？难道真如母亲所言，她就这么像她口中那个"不争气，没担当"的父亲吗？

梦楠无声地哭了一阵，想到了什么一般，翻出手机，找到凌胜楠的微信号，直接将她拖入了黑名单。

"哎哟——你怎么撞人哪——我可起不来了——"

胜楠开着车，脑子里还是刚才和梦楠的会面。绿灯亮起，正准备踩油门前进的她却听到车旁边传来了破碎的呻吟声。

胜楠倒吸一口凉气，解开安全带迅速下车，看到一个男人倒在车附近，不由得上前关切道：

"这位先生，你怎么样？还能起来吗？我马上打电话帮你叫救护车——"

男人本来想爬起来回话，爬到一半，眯眼一看，发现是个女司机，立马改变了策略，赖在地上，语带哭腔道：

"我命可真苦，送个外卖的事，哪想到被车撞啊——"

胜楠仔细观察，发现男人说话中气十足，除了衣服沾了些土有些凌乱以外，浑身上下并没有明显的伤痕。说是外卖，这人的小电车上既没有公司标志，身上也没有穿着工服。

胜楠略一思忖，便有了计较，拿出钱包故作紧张道：

"我……我不是故意的，先生，您看赔多少钱合适？我还有个重要的会，实在是耽误不得——"

"你耽误不得，我就耽误得了啊？反正我走不动了。这礼拜肯定也别想干活了——看你是个姑娘，我也不讹你，但医疗费加上误工费，万一我再有个后遗症什么的——算你五千吧——"

胜楠一看男人声若洪钟，振振有词，彻底确定了男人是来讹人的，计上心来，走近了几步，蹲在男人附近，伸手准备确认他的情况。

男人感觉到胜楠的手搭在他的肩膀上，虽没看到人，但那若有似无的香水味，让他禁不住有些想入非非，正准备翻个身，好好看看这个姑娘，就听胜楠大喊道：

"来人哪——耍流氓了！这人敲竹杠，还想占我便宜——大家要为我主持公道啊！"

附近的路人听到胜楠的呼喊，顿时都往这边看过来。只见一个白领打扮的女人衣衫不整地跌坐在地，不远处有一个灰头土脸的男人。

"你！你血口喷人！分明是你开车撞的我——什么耍流氓！"

眼看围观群众越来越多，男人也顾不得再装受伤了，飞快地从地上爬起来掸了掸身上的土，脸一阵红一阵白，拼命争辩起来。

"大家看，他根本没事——好手好脚的你要我五千块钱？你要是真受伤了，我肯定负责。可你什么事都没有。这在咱们国家算欺诈，是犯法你知道吗？我现在报警，按照治安管理处罚条例，不但要罚你一千块，要是查出前科，你还得被拘留十天——怎么？还要五千块吗？"

男人一看胜楠不好惹，周围群众看向他的目光又都是谴责为主，看热闹为辅，当即气焰弱了一节，心虚道：

"算，算了！你一女的，我不和你一般见识！遇到你，算我倒霉——哪来的母夜叉，真他妈晦气！"

男人说完，扶起电动车，也忘了装瘸，飞也似的跑远了。

不顾周围人的议论，胜楠理了理衣服，重新上车，向公司进发。

"我要的资料呢？"

一进门，胜楠便敲了敲门口下属隔间的隔断，直接进入到工作模式。

"节目组才把嘉宾资料发来——总监您看——"

胜楠一目十行，欻欻翻过厚厚一沓资料，不到十分钟便抬头道：

"这节目嘉宾水平怎么这么低？女的我就不说了——网红自有她们的受众。这男嘉宾是来凑数的吗？看看这个——月薪不到五千！再看看这个，谈过二十多个对象，快四十了，连个稳定工作都没有——怎么，靠谱点的男的都死绝了吗？"

下属闻言缩了缩脖子，低头小声道：

"总监，这，这是节目组安排的人……我，我也不知道为什么这样啊——"

"啪——"

胜楠把资料往桌上一甩，没好气地叉腰道：

"不知道不会问吗？你给他们打电话，就这种水准的嘉宾，宣传片拍上天来也招不到商——让他们重新选！我都看不上，指望那些女网红和谁牵手啊？"

胜楠交代完下一步工作，头也不回地进了自己的办公室。

刚被训得抬不起头的下属终于松了口气，跌坐在工位的椅子上，旁边女同事探过头小声道：

"罗昕你可够点背的，给这么尊大神当助理，以后有得受哦——"

罗昕闻言叹了口气，想起前领导调动前嘱咐过他，新来的女领导在总公司就是数一数二的火暴脾气。他当时还没往心里去，想着一个女的能火暴到哪里去？现在看，真是百闻不如一见。

"行了，晓雪你别讽刺我了——哎……还没她看得上的，我看凡是男的她就都看不上。"

隔壁的崔晓雪听了这话神神秘秘地探头压低声音道：

"哎，说真的，我听说她啊——在上海，和公司高层谈恋爱，特强势，分手了——人家估计气还没消，直接就把她调北京来了——"

崔晓雪一番话开启了八卦的大门，坐在她身后整理资料的秦笙也跟着站起身来，凑到近前一脸夸张道：

"你算好的了——不过是办公室里被她数落两句。我跟她去活动现场踩点——我老天！她把人家男嘉宾当流氓，差点把人家送警察局去——我当时可紧张坏了！这要是男嘉宾反咬一口，说咱公司有问题，还竞标个屁啊，直接落选——"

"啊？她怎么这么霸道啊——"

崔晓雪见两位男同事都对新来的女领导大加鞭挞，原本那点女性间"被霸道总裁甩了真可怜"的同病相怜顿时烟消云散，也开始站在他们这边，思考是不是胜楠真的太强势了，才导致的调动。

"都太闲了是吧？我给你们的工作都做完了？祁总找我有个事，部门会议推迟到晚上开，先去吃口东西吧——别说我让你们加班，连吃东西的时间都不给，传出去不好听——"

众人聊得火热，胜楠端着一杯咖啡走过来，不咸不淡的一番话让办公室众人顿时都成了苦瓜脸。胜楠上楼见领导去了，剩下三位面面相觑的下属，哀叹着自己坎坷的未来。

"王庆超，高二，玉林二中……"

梦楠嘴里念叨着新生的资料，一行行往 Excel 里面填，在她身后，是煲电话粥的王倩和嗑着瓜子带薪追剧的许代柔。

李双双从开水间回来，看到梦楠忙得脚不沾地，其他人倒是各有各的闲情，有些同情地走到她身后道：

"梦楠，这周末我们准备搞个聚会，要不，你也过来吧——"

话音还没落，就看到许代柔颇不赞同地给她使了个眼色，当即把到嘴边的那句"我老公有几个单身同事也会去"，咽了回去。

梦楠一愣，随即想到自己那几个未曾谋面的相亲对象，停下手里的活，摇头道：

"谢谢双姐惦记我，只是——家里有别的安排，实在是没时间。"

李双双闻言连忙摆手道：

"没关系没关系，我也就是随口问问，快忙吧——"

梦楠叹了口气，又将注意力集中在了填表大业上。

许代柔见梦楠拒绝了邀请，当即滑到李双双工位附近，阴阳怪气道：

"你还叫她——她单亲家庭长大的，孤僻得很——我和她同事四年了，除了单位强制安排的团建，她什么活动都不参加！"

李双双闻言忍不住又看了眼佝偻着打字的梦楠，摇了摇头道：

"我要是她，估计也没空去——平时累得跟狗似的，好不容易有个周末，想休息休息也正常——不说她了，你怎么样？自打有了孩子，你也有日子没和我们几个聚了——"

许代柔听了这话本想答应，不知为何却想起婆婆上次来家里的斥责："儿子娶你我当初就不赞同。那么能花钱，又不懂得顾家——哎哟，儿子长大了，就管不住喽——"不由得皱眉道："我也想和你们聚，就是家里那个老虔婆神经病似的总找我茬——周末我要是再不看着点孩子，她还不知要和我老公说什么话！"

"也是，你孩子还小，再过两年就好了。我家安安小时候也是拴得我两三年都没怎么出门——这是上小学了，明白事了，我才又能出来和大家聚——"

李双双和许代柔的对话，让梦楠不禁想起上次家庭聚会时的一幕。

"阿华啊，你看我们小元宝多会拍照——影楼的摄影师都说了，他拍了这么多孩子，就小元宝笑得最甜！"

楚芳华看着姐姐献宝似的将孙子新拍的艺术照给她看，想起梦楠对象还没有着落，没好气地瞪了眼在一旁赔笑还说着"真的好好看，小元宝长得可爱，拍什么都好看"的梦楠，摇头道：

"单位还有事，我得先走了！"

楚芳华远远瞥见姐姐家儿媳妇抱着孩子走过来，不想再听她炫耀自家的孙子，抚了抚坐皱了的衣服，招呼梦楠跟她一起走。

"哎，别走啊！阿华，你姐夫煮了面，楠楠也有日子没来了，你们娘俩回去也是吃外卖，这就家里吃一口呗——"

"不吃了，梦楠单位也还有事——"

梦楠闻言一愣，随即意识到母亲又因为孩子的事生气了，当即附和道：

"对对，大姨，我也还有点事——那什么，我们先走了，下次，下次一定尝尝大姨父做的面——"

梦楠说完，赶紧摘下挂在门口的包追出去。

刚出单元门，就看到楚芳华阴沉着脸，没好气地发火道：

"躲得了初一躲得了十五吗？你一直不结婚，也没个孩子，是要让我在她们家面前永远抬不起头来吗？长点心吧！"

短信提示音响起，将梦楠从回忆中拉了回来，忙不迭地捧起手机端详。

公益短信。

梦楠有些失落地再三确认，确实没有一个相亲对象给她回信，才将手机又放回桌上，继续自己的工作。

王倩和李双双已经收拾东西离开了，许代柔一边收拾东西一边打电话：

"小翠，你把奶热一下，我半小时以后就回去了——晚饭？晚饭你不用管了，我路上买点吧，把孩子看好，比什么都强！"

梦楠被吵得没法写东西，盘算着等许代柔折腾完，走了再继续。

难不成他们工作都太忙，没看见好友申请吗？

梦楠摆弄着手机，盯着微信界面，一边给那些素未谋面的相亲对象找借口，一边安慰自己：多发一遍也不会让人觉得太恨嫁，万一真有没看到的呢？

再次编辑了"您好，我是楚芳华的女儿凌梦楠，麻烦通过一下"，又发了一遍好友申请。

这一通忙完，许代柔终于收拾完东西离开了办公室，整个屋子里就只剩下梦楠一个人。尽管剩下的工作还有很多，她却难得轻松地伸了个懒腰，集中精神开始了惯常的加班。

夜色渐浓，梦楠的工作也到了尾声，起身去开水间泡了杯浓茶，回到工位前，惊喜地发现手机上显示有一条新的微信消息。

梦楠连忙放下手中的茶，捧起手机，点开一看，不由得有些失望——

原来是闺蜜林诗雅发来的视频转播。

诗雅之前说，她要去上海参加一个交谊舞会——还说，舞会上单身帅哥肯定不少，拍下来发给她挑挑。

梦楠垂头丧气地回了个笑脸，看看墙上时钟已经指向九点半，吐了吐舌头，赶紧将最后的工作收尾。

背上帆布包跑上地铁，找了个栏杆靠着，梦楠这才腾出工夫仔细研究林诗雅发来的视频。

上海，交际舞会现场。

瑞恒董事长的女儿陈羽何无疑是整个舞会的焦点。只见她身穿一条孔雀蓝镶钻露背鱼尾裙，不顾众位男士殷切的邀请，穿越人群来到一个角落，对一位身穿深蓝色西服、相貌堂堂却面露悲苦的男士开口道："李铭，你怎么一个人坐在这啊！走，咱跳舞去啊！"

"啊，我，不太舒服——先回酒店房间了，你慢慢玩。"

李铭闻言抬眼看了下陈羽何，注意到周围试探和猜忌的目光，像是有什么心事一般，应付了一句，起身向酒店卧房走去。

一进门，李铭便脱掉了西服外套，拽开领带，跌坐在沙发上。

打开钱包，里面是一群同事的合影，合影正中，是笑容满面的他和巧笑嫣然的胜楠。

李铭正盯着照片出神，门口响起房卡开门的嘀嘀声。

陈羽何带了三分醉意，脸色绯红地走进来，手里还掂了瓶红酒，步态摇晃，笑盈盈地向李铭道：

"你放心，我和爸说了——你是真不舒服，不是不给他面子。别担心，知道你不喜欢人多的场合，这不——我把酒拿回来了——咱们在这喝，也是一样的。"

李铭有些无措地起身，陈羽何把红酒抛到床上，笑眯眯地环过李铭的脖颈，在他耳边轻啄了几下，搂着他的领口与他拥吻。李铭环过陈羽何，不着痕迹地将钱包顺势丢进床缝里。

华灯初上，昏黄灯光下，两个身影纠缠在一起。在床缝的角落，装着照片的钱包扣在地上，无人问津。

乘着最后一班地铁，梦楠辗转回到了家，还没来得及换衣服，便看到微信有了新信息。

其中一个相亲对象通过了她的申请。

生怕再次错失良机，梦楠一边往屋里走，一边打开母亲发来的资料，温习这个对象的个人情况。

于海，三十二岁，一米八二，体重七十公斤，市立医院外科大夫，人称"一刀稳"。相貌堂堂，乐观开朗，在科室里是人人喜爱的小师弟。业务能力过硬，人缘也好。不但实验可以代做，论文拜托给他也是万无一失。父亲早亡，母亲是中学老师，刚退休，目前在老家，和妹妹住在一起。

梦楠看资料时候就对这个小伙子印象很深，甚至有些期待和他交往。

于海可以说是这批对象中综合条件最好的一位了！

尤其是长相方面，梦楠是十成十的满意。

大双眼皮，高鼻梁，薄嘴唇，浓密的黑发，打扮干净整洁，身材长手长脚。介绍人发来的照片上，他穿着灰色的衬衫，亚麻色长裤，坐在一家古色古香的茶馆门前，戴着金丝眼镜，浅笑着看向镜头，看上去既温柔又有书卷气，乍一看，就像言情小说里走出来的男主角！

梦楠复习完资料，忍不住有些小鹿乱撞，连忙打开微信界面，小心翼翼地回了句：

"听介绍人说——你是外科大夫，工作一定很忙吧？最近主要忙些什么呢？"

梦楠发完信息，惴惴不安地等待着回信。

自她开始相亲以来，见过的对象虽多如过江之鲫，可条件这么好，还愿意和自己交往看看的，还是头一回！

他不会觉得交浅言深了吧？

半个小时过去了，于海还没有回信息，梦楠开始担心地在屋里踱起步来。

烦躁不安地频频点开于海的微信，想要从他的朋友圈入手，找些蛛丝马迹。

外科大夫的朋友圈干干净净，除了转发各种期刊论文和研究以外，包含个人信息的资讯几乎是零。

有些失落地坐回桌前，点开小说更新的界面，梦楠托腮看着 Word 文档，两眼发直，根本没心思更新。好不容易打起精神写了几行字，就看到手机屏幕亮了起来。

梦楠赶紧拿过手机端详：

"确实挺忙的，前些日子登了论文，接下来还要继续相关的实验。"

比起梦楠的关切，于海的回复显得"公事公办"，少了很多人情味。明显能看出，于海对和梦楠相亲这件事，并不像梦楠那么上心。

"哦哦，你发表的那篇论文是研究哪个方向的啊？"

梦楠显然不想放弃和于海聊天的机会，再接再厉，强行继续着话题。

"Clinical Manifestations of Peptic Ulcer Diseases."

于海显然没了耐心，几乎是秒回，直接甩过来一张论文标题的英文截图。

"消化性溃疡？你不是外科大夫吗，怎么还研究这个啊？"

于海秒回的举动鼓舞了梦楠，根本没去思考对方甩截图的初衷。对于海条件的满意，让她有些盲目地将于海的任何回复都视为好意。几乎也是秒回，梦楠看到截图的一瞬，想都没想就飞快地回复了。

"看来介绍人说你英语很好是真的。我记得你研究生是英语专业的吧？要是不麻烦的话，方便帮我看一下论文吗？英文方面，还想让你帮我把把关。"

梦楠没想到自己无心的积极回复，让于海态度一百八十度大转弯。

本来对梦楠不感兴趣的于海，见梦楠英文确如介绍人所说很不错，显然起了别的心思。

"当然，不麻烦，你发我吧，我明天一定帮你看完。"

听到于海有求于自己，梦楠激动得乱开空头支票。还没等她反思自己是不是大话说早了，于海就将整整十五页正反面纯英文的论文发了过来。

"嗯，那就拜托你了！时间不早了，早点休息吧，等你看完咱再聊哈。"

一看于海说话的语气变得轻松亲切起来，梦楠激动得不知如何是好。

若不是对方好意提醒，她真恨不得熬夜把论文看完，明天一早就和于海报喜。

生怕自己太主动吓到这位帅哥大夫，梦楠刻意等了两分钟，才将那句早就编辑好的"嗯嗯，那你也早点睡吧，晚安好梦，明天见"发了出去。

撂下手机，梦楠美得在不大的卧室里转起圈来。

难道在被无数渣男折磨过之后，老天终于开眼派了个白马王子来拯救自己吗？

梦楠越想越开心，躺在床上，捧着手机反复看着和于海的那几句对话，忍不住抱着被子笑起来。

睡觉睡觉，明天一定得把论文搞定，让于海对自己刮目相看！

和去会周公的梦楠不同，胜楠此刻还在办公室带着三个下属挑灯夜战。

好不容易熬到散会，罗昕见胜楠用手扶额，有些疲惫，当即冲崔晓雪使了个眼色。

崔晓雪会意，走上前对胜楠道：

"总监，您来北京快一个礼拜了——我们当初就商量着给您办个接风宴，可事情一直挺多的，就没办成。今天加班，大家正好都在，择日不如撞日，您看——"

胜楠有些惊讶，犹豫片刻，迎着三位下属期待的目光，还是点了点头，收拾东西向他们选的饭店进发。

酒过三巡，秦笙满脸通红地站起身，端着一杯酒，摇摇晃晃对胜楠道：

"头，说真的——我先前，就总、总听总公司的人提起您——您，就出了名的业务强！要、要不是有，有某些孙子跟上头说——北、北京这边儿缺个总监，您这、这在上海肯定前途更——"

话没说完，罗昕见秦笙已经醉了，口不择言，赶紧伸手拽了拽他的胳膊，将他手中的酒杯夺下来，扶着他道：

"总监，不好意思啊——他、他酒量一直不太好，我扶他去趟洗手间——晓雪，你陪总监坐一会哈——"

罗昕说完，拽着还念叨着"那帮孙子"的秦笙，出了包间大门。一时间，屋里只剩下崔晓雪和胜楠两位女士。

"晓雪是吧？我听祁总提起过你，虽然去年才入职，但是业务能力很强——"

崔晓雪激动得赶紧倒了一杯酒，敬过胜楠以后，又开口道：

"谢谢总监的夸奖——秦笙是有点醉了——可他，他说得也没错。

我、我也看不惯总公司那些人，见人下菜碟——总监，我听他们说您走了以后，一叫李铭的立马就接任了您的位置——这不明摆着有人算计您，让您给他让路嘛！太过分了！"

胜楠闻言，倒果醋的手不受控制地一顿，果醋顿时淌了一桌子。

被人算计，她早就心中有数。可这人竟是李铭！她真是做梦都想不到。

李铭可是她未婚夫啊！如果不是因为调动到北京，按照原计划，她这会和李铭都结婚了！

"总监，你放心，我肯定努力工作，咱们齐心协力，做出成绩来！不能让那些别有用心的人看扁了北京分公司！"

崔晓雪还在表决心，胜楠却已没了鼓励她的心情，敷衍地点点头，拍了拍崔晓雪的肩膀，随口道：

"时间不早了，明天还要上班，等罗昕和秦笙回来——你帮我转告他俩，明天可以晚点到单位，不用打卡了——行政找你们，就说我让的。我可能有点喝多了，先走了。"

崔晓雪一头雾水看着胜楠离去的背影，不一会，罗昕扶着吐完的秦笙回到屋内。

崔晓雪上前扶住秦笙道：

"总监走了，说——喝多了不舒服——还说明天咱们不用打卡了。真奇怪，她不说自己开车不能喝酒，一直喝的果醋嘛——怎么就忽然不舒服了？我正和她说这次调动是为了让她给李铭让路呢，她就这么走了——"

"她哪是不舒服啊，你怎么什么都和她说啊！那李铭——就你说让路那位，兴许就是那个绯闻男友——"

罗昕摇了摇头，叹了口气。崔晓雪闻言脸唰地就白了，哭丧着脸瘫坐在椅子上：

"完蛋了！这下我小鞋穿定了——"

车沿着三环主路盘下来，正准备从辅路出去，却忽然怎么也打不着火了。

胜楠无奈地下车，对着车前盖研究了好一阵，到底也没看出个所以然来。

夜风有些凉，抬眼是满目的霓虹，高楼广厦，胜楠忽然想起自己来北京之前，李铭信誓旦旦地承诺：

"你放心去北京，我在这，等你得胜归来！"

她又想起儿时父亲总是偷偷塞钱给自己，嘱咐自己万事有他。

心中忍不住涌起酸楚。

她今年三十二了，亲情爱情，到头来，没有一个靠得住。

打开通信录，里面全都是公司的合作伙伴和以前的同事，一眼看去，竟没有一个可以联络的人。

强忍着泪水拨通了114，给修车的4S店打了电话。

"抱歉女士，最近北京雾霾，事故特别多，您在的地方又比较偏，我们这边怎么也得再半个小时才能派人过去。"

许是果醋喝多了，挂断电话，胜楠便胃疼得直不起腰来。

为了保持身材，这些年她一直维持着不吃晚饭的习惯，夜风一吹，之前的胃病又犯了起来。

脸色苍白地蹲在马路边上，胜楠前所未有地狼狈。她咬着牙，强忍泪水，不想让路过的车主们看到自己的脆弱。

"大夜里你蹲这干吗呢？车熄火了？"

一个骑摩托车的男人在胜楠附近停下，摘下头盔，二话不说便走到胜楠的车旁边，对着打开的车前盖研究起来。

胜楠强打精神，扶着栏杆站起身，打量着这个不速之客。

一米七出头的身高，身材还算匀称，黑色T恤外面套了件棕色皮夹克，下身穿一条黑色运动裤；眼睛一单一双，圆鼻头，圆寸头，一张讨喜的圆脸让他整个人看上去温和有余，帅气不足。脚上那双已经磨边的运动鞋，和那辆已经有些划痕的摩托车，无一不在显示着——这个男人经济条件可能很一般。

一番打量下来，胜楠反倒放松了，有些了然地将手机调到付款界面，心中暗想：

只要别太离谱，他也算解了自己燃眉之急——要是真能修好，多给他一两百块，倒也不是问题。

男人用手机照了照车前盖里面，从摩托车的储物箱里翻出一个工具钳来，把皮夹克往摩托上一搭，对着前盖就是一阵摆弄，过了约莫十分钟，他直起腰，抹了把额头的汗，看向胜楠道：

"上车试试吧，应该没问题了。"

胜楠闻言也没多话，上车打着了车，正准备下车扫码付费，就见男人拎起搭在摩托上的夹克穿上，跨上摩托，拍了拍她的车窗道：

"好了吧？好了我走了啊——以后踩油门悠着点，进口车不比国产的经折腾，一走一停的，容易憋火——"

还没等胜楠开口问价钱，男人便戴上头盔，骑上摩托绝尘而去。

胜楠狐疑地看着男人离去的背影，一路看着后视镜回到家。再三确认门确实已经锁好，胜楠连衣服都没来得及换，便来到窗户前将窗帘拉开一条小缝，盯着楼下的停车场仔细瞧。

夜晚的停车场静悄悄一片，别说摩托车，连个人影都看不见。

他真的只是路过的好心人吗？现在这世道，还有这样的人？

胜楠觉得有些难以置信，不死心地将窗帘彻底拉开，盯着停车场看了又看，发现确实没人跟过来，松口气之余，还有点她自己都没察觉的失落。

来自陌生人的好意，触动了胜楠心中柔软的部分。

洗漱过后，胜楠坐在床边，盯着手机发了一会愣，调出梦楠的微信，有些犹豫地输入了一行：

"你好。"

手指在发送键上停了好一会，胜楠摇了摇头，还是将对话删掉，把手机放在了一旁。

十二点半了，她应该早睡了吧？还是改天再说吧——

胜楠换好睡衣，卸完妆，敷着面膜在床上辗转反侧。随手打开一个美妆视频。视频里，一位被滤镜美颜到毛孔都已经看不见的女网红正在讲述冬季打底衫百搭的秘诀，胜楠看了两分钟，有些烦躁地将视频关上，拨通了李铭的电话。

"您拨打的电话已关机，请稍后——"

没等语音提示说完，胜楠便挂断了电话。心知崔晓雪等人说得并非空穴来风，不由得眼眶有些发红，揭下面膜，胜楠洗过脸，深呼吸，对着镜子昂起头。

凌胜楠！别哭，没什么大不了的！

这样安慰过自己之后，胜楠拍了拍脸颊转身回到卧室，床上的手机正在嗡鸣。胜楠拿起来一看——是父亲打来的电话。

想起自己质问父亲为何隐瞒当年真相时，父亲慌张地掩饰，叹了口气，最终还是没有接起电话。

上海，凌家老宅。

凌玉成连拨了五通语音电话，胜楠一直没有接。

心知女儿一定怨自己说谎不想理自己了，凌玉成颓然跌坐在豪华的欧式沙发上，双手捧脸，深深地叹了口气。

"玉成，胜楠已经长大了，迟早也会知道的，现在知道了也好。再说，她去北京历练历练，兴许回来发展更好呢——"

一双精心保养过的纤纤玉手上涂着当季最流行的水晶猫眼紫的指甲油，环过凌玉成的肩膀——是胜楠的继母，徐颖。

她见凌玉成仍在叹气，绕过沙发坐在他身边继续道：

"你也是在家闷久了——这样吧，这周末咱们带上霄霄去郊区玩水怎么样？我听说，新开了一家温泉会所——"

凌玉成皱眉，没有回应妻子的提议，背着手摇摇头，起身向卧室走去。

北京，凌晨五点半。

天蒙蒙亮，外面却已经开始有环卫工人打扫卫生，胜楠准时起床，换上健身服，戴上蓝牙耳机出去晨跑。

与此同时，梦楠却还在和噩梦中的对象做斗争。

"也不看看自己那德行！怎么着？我还就是喜欢给主播花钱了，谁让人家比你漂亮嘴还甜呢！"

"哎我说，你是不是读书读傻了啊，现代社会，有几个年轻人不去夜店不去足疗啊！哪来的老古董?！"

"会做饭有什么了不起的？我又不差钱，找个美女一起点外卖不好吗？我是找老婆，又不是找厨子——"

"女子无才便是德，一个女的瞎写些什么东西？把家里操持好，比什么都强！"

"你有个叫林诗雅的闺蜜对吧？咱俩虽然没谈成，但是仁义在啊，你把她介绍给我认识认识呗——"

各种对象走马灯似的对梦楠说着扎心的话，最后画面定格在李察德身上。

"……告你，我也是被逼的。要不，出轨我都不找你这样的——"

梦中的李察德说完，便过来拽梦楠的胳膊，梦楠玩命挣脱，"哎哟"一声摔在地上，满头大汗地醒了过来。

心有余悸地擦了擦眼角的泪水，梦楠从地上爬起来，有些期待地走到体重秤前。

昨晚坚持着一直没吃晚饭，让她的肚子一起床就发出饥饿的咕噜声。

带着一丝期待，梦楠提着睡裙站在体重秤上仔细端详上面的数字。

又重了一公斤！这怎么可能?！她可是连晚饭都没吃——

梦楠不死心地从秤上下来，脱掉睡裙又称了一遍，结果还是一样，比昨天早上还重一公斤。

折腾了几次，梦楠彻底死心了，沮丧地蹲在地上，过了好一会，赌气似的起身，拿出手机将对着屏幕侃侃而谈自己怎么靠不吃晚饭瘦了二十斤的某知名减肥博主取关。

梦楠称体重的工夫，胜楠已经跑完步回到了家，洗漱过后她敷着水膜眼膜，听着轻音乐，拉伸着四肢，在藏青色瑜伽服的包裹下，优雅如一只黑天鹅。

另一边梦楠揉揉眼睛出了卧室，逛了一圈，发现母亲已经出发去上班了，松了口气，转到洗手间开始洗脸刷牙。

今天吃什么呢？昨晚信了那个博主的邪，也没吃晚饭，要不今早奖励下自己？

小笼包？煎饼？豆腐脑？要不干脆来个炸糕吧，反正少吃也不减肥——

六点半，梦楠套了条轻便的连衣裙趿拉着拖鞋跑到街边煎饼摊。

"来啦——可有日子没见你了！怎么，最近工作忙？"

摊煎饼的大叔见到梦楠便热情招呼。

这姑娘可是他家的常客，只是不知为何，最近很少过来了。

"嗯，是有点——给我来个——"

"老样子？两个蛋，双倍薄脆？"

梦楠还没说完，大叔便接口为她做了主。

"这……要不、要不还是来一个蛋吧——我、我刚喝了口奶，没那么饿了——"

想起自己还重了一公斤，梦楠在付款的关键时刻悬崖勒马，减掉了一个鸡蛋。

"好嘞！"

这边梦楠买到了煎饼，那边胜楠也开始吃早餐。

简单的水煮蛋和一杯热过的鲜奶，胜楠还是吃得像高级西餐一样认真，细嚼慢咽过后，收拾完桌子，便上班去了。

胜楠抵达公司的时候，办公室几乎还是空的。

因为给三位下属都放了假，预见到今天上午可能都是自己的 solo 表演的胜楠，慢条斯理地打开空气净化器，伸了个懒腰，将西服外套挂在椅子后面，开始认真研究这次竞标的对象——"真爱碰碰对"节目组。

近年来，婚恋和短视频一个是时下热门话题，一个是时下最热门的新媒体方式。其中"真爱碰碰对"又是同品类综艺中收视率最高的一部。电视台对这次宣传片的拍摄尤为重视，开出了中标代理公司获五千万的巨额奖金，附带三年广告代理合同的高价码。

胜楠所在的瑞恒作为该领域的龙头企业，自然不会放弃这样大好的机会。

排除公司高层有意栽培李铭的黑幕，胜楠被调动到北京，其实也是为了抢下这个项目。

空无一人的办公室内，胜楠认真浏览项目相关资料，连着打了几个电话，约了相关部门的同事，稍后了解情况。不到一个小时，桌上的白纸上已经列上了一日的所有行程。

手机再震，胜楠看到显示是"铭"，有些烦躁地敲了敲桌面，最终还是咬牙接了起来。

"昨晚你手机怎么关机了？"

"我……我去陪陈总吃饭，实在脱不开身，等吃完，手机就没电了——充完电手机重启，才看到你给我打电话——"

"恭喜你升任总监啊！"

胜楠憋着一肚子火，不顾李铭的辩解，直接抛出这个重磅炸弹。

李铭闻言愣了好几秒，才支支吾吾地回复道：

"小楠你听我解释——你走以后他们推举总监，提到我，我本来一直说不合适——但是陈总执意让我当。我还和他说来着，要不把我也调到北京去，和你一起负责'真爱'那个项目，他也不同意——"

"算了，现在说这些还有什么用？我才到北京，千头万绪，没空研究调动的事。既然当上了，就好好努力，没别的事，我先挂了。"

逼仄幽暗的储物间内，李铭听着电话断掉的嘟嘟声，一脸的难以置信。

他本以为这次的事，可以让胜楠对自己刮目相看，重新评估他的个人能力。没想到，出了这么大的事，在胜楠看来还是懒得浪费时间去了解。

难道羽何说的是真的？胜楠眼里就只有事业，爱情对她来说什么都不是？难道凌胜楠真的就从来没看得起过他李铭？

不甘心地又拨通了电话，胜楠没好气的声音传了过来：

"又什么事？你别的都好，就是太敏感！你是我男朋友，你当上总监，如果不是因为——算了，我还在气头上，咱们再聊也只是吵，晚点再说吧，别想得那么严重，我现在不也还是总监吗？比起我一个当，你也能当上总监，怎么看都是更好吧？"

李铭闻言一愣，心中泛起一丝愧疚。

是他误会胜楠了，这么看来，她非但没生气，还有祝贺自己的意思——自己这么做，是不是太对不起她了？

迎着清洁工阿姨有些疑惑的目光，李铭磨磨蹭蹭地往办公室走，正想和胜楠再解释两句，就看到玻璃门外面陈羽何拎着包装精致的礼物冲他挥手。

李铭叹了口气，"嗯"了一声，顺水推舟地挂断了电话，娴熟地删除了通话记录，疾步向陈羽何走去。

梦楠挤过早高峰的地铁，灰头土脸赶到办公室的时候，许代柔已经坐在工位上喝茶了，见梦楠走进来，便撂下茶杯开口道：

"昨天和你姐聊得怎么样啊？你说你也是——有这么出息的姐姐，你藏着干吗啊？"

梦楠不想回应许代柔的试探，嘟哝了一句：

"又不是我想藏的——"

便回到工位上坐定，一边摘帆布包一边道：

"柔姐，我还有点活没做完，昨天加班太晚了，我怕地铁没了，就早回去了，今天上午得赶工。"

许代柔闻言耸了耸肩，打量了一下又是一身离休老干部标配打扮的梦楠，想起昨天凌胜楠那个不知什么牌子的包，不依不饶道：

"梦楠啊，不是我说你——你也适当减减肥，打扮打扮，你看你姐！你姐姐是不是一堆人追啊？我一个女的都移不开眼。"

梦楠在家被母亲教训，到了单位又被许代柔教育，委屈到了极点，却什么都不敢说，盯着电脑屏幕，装作一副没听到的模样。

许代柔见她始终不理自己，似乎觉得有些没趣，打开一部新出的古装仙侠剧，拿出瓜子开始了新一天的带薪休假。

没了许代柔的骚扰，梦楠终于可以专注填写 Excel 了。

说是工作，梦楠的眼睛不自觉地往桌上的手机屏上瞟。

早上出门前，她给外科大夫于海发的那条"早安"，到现在还没有回复。

他不会还没起呢吧？

不应该啊，外科大夫不都很早就得上班吗？

兴许是太忙了？没看见？

有可能。

没准人家刻苦，一大早就去实验室了，手机没带着——一定是这样。

两个多小时内，梦楠脑子里已不知给于海找了多少"一定是没办法才不回信息"的理由。工作进度自然也说不上乐观。

"新生报名表做完了吗？"

早上十点半，姗姗来迟的主任一进门便来视察梦楠的工作。

"没有，还差一点点——一会做完了就给主任您送去。"

主任闻言，像是想到了什么，忽然出言安抚道：

"我知道最近活比较多——我听双双她们说了，你昨天还留下加班了？就这段时间，等这批新生招进来就好了——"

梦楠点了点头，有些疑惑主任态度的转变。

要放在平时，她因为请假耽误工作，主任早就把她找去办公室谈话了——这怎么今天还安慰起她来了？

"加油干吧，年轻人嘛，这会儿不拼，等到我这岁数，就拼不动了——"

主任拍了拍梦楠的肩膀，说完鼓励的话自顾自地回屋去了。

梦楠一头雾水地继续做表格，旁边许代柔看了个真切，忍不住翻了个白眼。

主任那老处女，势利眼得很，肯定是昨天听说了梦楠家里有钱的事——这态度，变得也太快点了。

时间一分一秒地过去，临近午饭时间，梦楠终于做完了最新版的新生报名表，戴上耳机开始处理于海的论文。

厚厚的镜片后，是梦楠已经有了红色血丝的双眼。十五页论文还有三页就看完的时候，于海的微信也如期而至——是一个笑脸的表情。

梦楠捧起手机，兴奋得不知该回复些什么，把那个表情看了又看。

许代柔作为过来人，自然知道梦楠多半是有了好事，很有可能是走了桃花运，不屑地冷哼了一声，将视线又转回到自己的电视剧上。

"双，我哥家小六该出幼儿园了，我记得你家安安上过学前班对吧？上的哪来着？我哥不比我，没空管孩子，也想报一个——"

王倩到单位没多久，处理完几个投诉和问报名条件的电话，便凑到李双双面前，开启了例行的亲子教育论坛。

"诺诚。不过那个有点贵——你也知道，我老公总说，孩子培养上花钱不能手软，不然就输在起跑线上了。"

王倩闻言心里翻了个白眼，面上却强笑道：

"你老公育儿眼光一向好，要不安安怎么能拿奖呢——诺诚贵点也不怕，我哥不是程序员嘛，这些年倒也攒下一些钱——"

许代柔本来在嗑瓜子，注意到这边有人聊天，当即摘下耳机凑上前道：

"聊什么呢？学前班？虽然我家宝还好几年呢，但是先听听总没错——"

三个有孩子的女同事你一言我一语开始讨论起自己的育儿经。

梦楠戴着耳机，根本不知道发生了什么，伸了个懒腰准备起身接水，却发现除了自己，所有人都聚在一个角落，当即走过去道：

"怎么了？是——是有会吗？"

"什么会？我们聊聊孩子的事——去去去，你又没老公没孩子的，不听也罢。"

许代柔一看梦楠来了，想起她那倒胃口的姐姐，顿时没好气，一句话将梦楠排斥在讨论小组外。

另一边，胜楠看了一上午的资料，也有些疲惫了，捏了捏眉头，走到窗前活动活动手臂。升起百叶帘，透过磨砂玻璃向外望，同事们成群结队地往食堂走，三三两两地形成一个个错落有致的小团体，却没有一个同事有喊她的意思。

想起昨晚聚会自己的突然离场，胜楠不由得叹了口气，又打开了跟梦楠的微信对话框。

"这周末你有时间吗？要不要出来聚聚？"

还没等点击发送，一犹豫的工夫，手机闹铃响了起来，上面分明写着"实地勘察"。

删除了对话，胜楠穿上风衣，转而打开罗昕的微信输入道：

"下午两点电视台演播厅见，叫上晓雪和秦笙。相机我带过去了，你们就不用管了。"

胜楠收好相机，整理好资料，驱车前往电视台。

在附近的西餐厅点了个凯撒沙拉，胜楠坐在户外大伞的阴凉下等沙拉送过来，却再次见到了一个倒胃口的身影。

"凌胜楠？哎哟——缘分啊！怎么，来电视台办事啊？"

李察德这次没有认错人，一如既往穿着丝质 T 恤和长裤的他，今天除了金表，还戴了一款夸张的蛤蟆镜。那视觉效果，就像一块装在丝绸袋子里的松仁小肚，上面顶了两颗蓝莓。

"李先生。"

胜楠很客气地冲李察德点了点头，就算不论上次的失礼，李察德也是合作方的嘉宾，这点面子她还是要给的。

"点菜了吗？没点的话，这顿我请，怎么样？"

"谢谢李先生，我点过了。"

和梦楠明显的嫌弃不同，胜楠的回答虽然简短，却并不失礼，李察德见状眼睛一亮，拉过椅子自顾自地坐在胜楠对面，跷着二郎腿继续道：

"说真的，上次见过你之后，我就总想起你——给你打电话，你也不接。我真的觉得你很有魅力，就不知道你介不介意多了解了解我？如果你是去电视台办事，我有门路，你想见哪个导演？哪个明星？我都可以安排！"

尽管觉得李察德有些不会看人眼色，胜楠还是维持着基本的礼数，起身摇了摇头道：

"谢谢李先生赏识，如果您在工作方面有事想委托瑞恒，我很高兴代表公司接待您。电视台的事——我自己能够处理，引荐就不必了，毕竟，瑞恒和电视台也是合作关系。"

胜楠绵里藏针地拒绝李察德的示好，却又让他挑不出什么失礼的地方来。

眼睁睁地看着胜楠端着沙拉离去，李察德非但没有如当天被梦楠拒绝时大发雷霆，反而摸着下巴笑了起来：

凌胜楠，有点意思哈——

这边胜楠拒绝了李察德请吃午饭的美意，另一边李双双见梦楠还在埋头苦干，有些心疼地走上前道：

"梦楠，别忙了，咱吃饭去吧，你也歇会——工作越干越有，下午再说吧。"

梦楠抬头，颇为感激地看了眼李双双，随即注意到她背后许代柔试探的目光，当下把到嘴边的许诺咽了回去，摇头道：

"不用了双双姐，我，我想把这点弄完，你们去吧——我点口外卖就行。"

梦楠匆匆点了个黄焖鸡，就着于海论文的最后一页，边吃边看，好不容易看完了，终于松了口气，起身去扔垃圾，一转头，正看见吃饭回来的许代柔。

许代柔本想讽刺梦楠不合群，抻着脖子一看屏幕，发现满屏的英文，顿时闭上了嘴，哼了一声坐回自己的工位。

梦楠去倒垃圾的空当，许代柔环顾四周无人，偷偷摸出手机，打开了和老公的微信对话界面，上面孤零零的那句：

"亲爱的干吗呢？别太累了哈。我给你炖了鸡汤，今晚回家吃吗？"

到现在还没有回复，不由得有些慌张。将手机塞进兜里，移动到校长室附近的绿植后，猫着腰拨打了语音电话，小声道：

"老公，是我，我——"

"开会呢，挂了。"

语音瞬间被挂断，许代柔抬头发现刚吃饭回来的李双双和王倩正盯着她看，当即直起腰来笑道：

"这不是老公来电话，哎，你看他，一会不和我说话就不行。"

王倩和李双双对许代柔间歇性的秀恩爱早就习惯了，闻言也不戳穿，都假笑着点头。

另一边，胜楠吃完了沙拉，来到电视台找节目导演了解植入广告的位置，忽然在导演身边发现了一个熟悉的身影——竟然是那天帮她修车的摩托男！

男人显然也注意到了胜楠，潇洒地笑笑，挥手打了个招呼。

倒是导演见到两人的互动，一头雾水地开口道：

"怎么，思源你和凌总监认识啊？"

男人摇摇头，冲走过来的凌胜楠伸手示好，轻轻握了握便松开了手，自我介绍道：

"没想到你就是瑞恒新来的总监——我叫周思源，是'真爱'的总策划，凌胜楠对吧？久闻大名了——"

胜楠见男人举止得宜，再加上那天帮忙修车累积的好感，竟觉得这周思源分外顺眼起来，忍不住笑着回复道：

"确实还挺有缘分的。谢谢你那天帮我修车——我当时，太慌乱了，竟然也忘了和你说声谢谢。"

修车？什么修车？周思源还会修车？

导演听得是云里雾里，不过到底是见过世面，没多久就调整过来情绪道：

"认识好啊，认识进展更顺利……凌总监啊，这期'真爱'不同于往期，我们新改版，来的嘉宾质量还都挺高的，希望贵公司能在宣传片中多强调这一点。还有，务必要鼓励资方加大投资的力度，'真爱'虽然已经是同类中收视第一的了，但在所有国产综艺中还排不到前三，我作为导演嘛——觉得还有上升空间。"

胜楠听着导演滔滔不绝地提条件，目光却一直停留在导演身边的周思源身上。

只见他面对导演的长篇大论，一直嘴角带笑，抱着手臂悠闲地靠在舞台布景的柱子上，好像导演不是在讲条件，而是在讲笑话。

"凌总监？凌总监！"

胜楠被导演一喊，这才回过神来，惊讶地发现自己居然头一次在工作过程中走神了，有些抱歉地点头道：

"我明白，电视台也好，您也罢，对'真爱'有多重视我已经感受到了。如果您不介意的话，可以带我看看舞台布景吗？我想看下广告位的分布，也好构思拍摄的重点。"

导演闻言点了点头，带着胜楠往舞台的方向走去，周思源并没有跟上去，而是转头找策划部的组长讨论节目设计去了。

"导演，我有一个疑问。舞台的广告位确实不少，但很多位置都太偏了，正式拍片的时候根本不可能给到那么多镜头。资方肯定也会为了争取好的位置起冲突，您看，是不是适当减少些广告位更稳妥呢？"

半小时后，拍完所有广告位的胜楠浏览完照片，再次找到和女下属调笑的导演，皱着眉头提出了自己的见解。

导演闻言有些尴尬，挥挥手示意女下属离开，眼珠一转摆手道：

"哎，广告位的事嘛——其实不归我管——我是 PD 嘛，主要负责整体规划，这么具体的事都是策划部在负责。你不是和思源认识嘛——这样，我一会还有个会，我叫思源过来，你和他了解了解情况哈。"

这边导演将胜楠甩给了周思源，另一边梦楠又要开始她新的受难记。

许代柔整个午休都没联系上老公，心情不佳的她坐在工位上思来想去，看到梦楠在座位上无所事事地捧着个手机，心气不顺地拍了拍她的椅背道：

"梦楠，校长屋里的花盆漏水了，得买个新底托。我才生完孩子，不方便到处跑，你去帮我买下呗？"

许代柔说完，便盯着梦楠的后脑勺看，她已经准备好看她那副委屈却不得不去的小媳妇样了。

"好，我马上去！"

令人没想到的是，一贯不喜欢涉外的梦楠，这次听到许代柔给她派活，答应得飞快，生怕她改变主意似的，外套都没来得及穿，拎起椅背上的帆布包快步向门外走去。

许代柔一头雾水地盯着梦楠离去的背影，梦楠却边往楼下跑边想：太好了！终于可以踏踏实实给于海发信息了！

"你看她，让她出去买花托高兴成那样——要我说啊，她最近肯定有什么好事了。也难怪，人家认了个有钱姐姐嘛——好事自然跟着来！"

梦楠走了，许代柔越想越气，拉过在一旁泡茶的李双双，又开始八卦胜楠的事。

梦楠跑到街上，找了个不晒的角落，编辑了一段长微信给于海：

> 论文我看完了，专业部分我不懂，也不便评价什么。实验做了很多，对照实验也很翔实，相信结果一定很有参考价值。美中不足的就是英文部分确实存在一些语病和歧义，稍微有些影响整篇论文的观感。
>
> 有一段，引用完德国专家六十多年前做的对比实验之后，应该是想写近些年的实验不光是重复了之前的，更做了细节上的升级。毕竟时隔多年，现代医学对消化系统的理解也有了显著提升，但……后面那部分解释说明我就没太看懂，想来可能翻译过程中出了点问题。
>
> 当然，这只是我个人意见，你千万别往心里去。不是自己专业的论文还能发表在期刊上，已经非常不容易了，真的很棒了！你又不是英文专业的，写成这样，真的，真的很不错了。

梦楠写完自己读了三四遍，确定没有错字，也没有使用什么会让人心里不舒服的负面词汇，这才将微信发出去，出发去买校长需要的花托。

这边梦楠发完了微信，那边胜楠也再次见到了周思源。

节目现场一角，胜楠双手抱臂，准备听周思源解释。

周思源忽然被叫出来，听了胜楠的问题，有些不好意思地挠了挠头。

他很清楚，导演放那么多广告位，无非就是想多骗点赞助而已。但这话肯定不能明着告诉胜楠，想起导演的嘱托，眼见胜楠还在盯着自己等自己给个解释，有些无奈地叹了口气，盘算着迂回一下，看看能不能各退一步，达成共识。

忽然，一个穿着扎眼的红色西服，戴着孔雀蓝领带，脚踩金色皮鞋的男人走到两人中间，没等周思源和胜楠反应过来，便伸手拉过胜楠，手腕上，一只大金表熠熠生辉。

胜楠没料到李察德会出现在电视台工作现场，也有些慌张，皱眉躲闪的样子被周思源看在眼里，咳嗽一声伸手搡开李察德，挡在两人中间道：

"这位先生，这里是电视台拍摄现场，闲杂人等是不允许入内的。我不知道您和她是什么关系，但不管是什么关系，现在我们在谈工作的事，还请您离开。"

周思源嘴上客气，手上的力度却没放松。李察德本就虚胖，哪里是长期运动的周思源的对手，脸涨得通红，僵持了一会，还是松手妥协道：

"我不是来捣乱的。凌胜楠，我在边上白金五星酒店顶层订了个位置，今晚的，还希望你能赏个光。照理说，上次的事——你理亏在先，我没计较，你还欠我一次。"

这番话胁迫感十足，眼见就是占了道德制高点，不由得胜楠不答应。

胜楠闻言，再也无法保持工作中职业女性的冷静，嫌弃的表情自然而然地流露出来。周思源见状，却没有上前继续帮忙，而是有些好奇胜楠到底会如何处理这种情况。站在一旁，有些玩味地退后了一步，那态度，显然就是让胜楠和李察德私了这件事。

胜楠看看一脸得意的李察德，还有作壁上观的周思源，忽然扑哧笑出声来，走到周思源面前，拉过他对李察德道：

"实在是不好意思，如果李先生找我是这件事，那你可来错地方了。这位，我来介绍下，周思源，我男朋友。"

这话一出，李察德和周思源都愣在了原地。

胜楠镇住两位男士的当口，梦楠正在花卉市场挑花托，手机却忽然响了起来。梦楠接起来一听，竟然是于海打来的语音电话！

梦楠冲卖货的商家点点头示意结账，嘴上忙不迭地回道：

"对对，我是凌梦楠，于海吗？你上午的工作结束了？"

"没有，就是看到了你的信息——专业的就是不一样！一眼就看出问题来了！我就不该找她帮我改！"

"他？谁啊？"

梦楠扫了二维码结了账，拎着塑料袋往外走，边走边问。

"嗨，我师妹——原本我想着花点钱外面找个专业人士帮我在英文方面润色润色——她非要帮我改。我本来说不用了，我找别人吧，她就说我瞧不起她，觉得她专业不过硬。

"她妈妈和我导师私交特别好，我也不敢太得罪她。最终就把论文给她看了，你看到的这篇就是她改的。我当时就觉得有点奇怪，但说不上哪有问题——你说的那段我看着也别扭，但具体是哪不好啊？是单词用得不对还是语法错误太多啊？"

梦楠没想到于海这么能聊，看照片，她一直以为于海是个沉默寡言、温文尔雅型的男人。谁能想到，这一说起论文的事，于海就如开闸的水，滔滔不绝起来。梦楠中间几次想插话，都找不到缝隙。

"……这还不算完，我跟你说最倒霉的还不是她帮我翻译论文语法不怎么样——最倒霉的是我导师知道了这件事，非说让我得给她一笔翻译费。合着她改得不好，不让我说也就罢了，还得给她钱，你说我冤不冤？"

梦楠一看于海稍有停顿，赶紧见缝插针跟了一句：

"其实，其实也没那么糟糕，只不过不是 native speaker 常用的词汇罢了，兴许是我不熟悉专业才没看懂的——你别太往心里去，都已经发表了，她那么算计，以后，以后别找她就是了。"

"哎，早知如此何必当初啊。我真是想起这事心里就不痛快。你知道吗？这还不是最过分的，最过分的是她还好意思在朋友圈里发通告，说她帮我改了论文，暗示这篇期刊论文也有她的功劳——真是，不要脸！

"她一次实验都没参加，论文撰写过程也是全程缺席。可她这么在朋友圈里一说，我们科室好几个大夫都来问我，为什么不给师妹署名。我！我还给她署名，她干什么了啊！除了讹了我一笔钱，什么都没干好吗？"

梦楠听着于海的抱怨，竟然也就走到了单位楼下，正准备善意地打断他的慷慨陈词，相约改天再聊，就听于海继续道：

"要我说，不光是她一个人的问题，现在医疗圈风气就不怎么样。我们主任人品也有问题。上次我们团建，他为了巴结院长，故意派我们科室的小师妹去跟着院长当翻译。说真的，我们小师妹德语就会几个短语，院长自己德国念了六年医学博士毕业的，用她翻译？"

"于、于海，那什么，我、我到单位了，下午还有会要开。要不……要不，咱们改天再聊？"

于海闻言有些遗憾地叹了口气，回道：

"啊？你要去工作了？那你加油——说实话，我还挺喜欢和你聊天的，你和别的女孩不一样，和她们说话——我都是听她们说，她们从来不听我说什么——"

"哦，那，实在不好意思，我真得上楼了，总不回去，领导该批评我了。"

梦楠原本已经有些烦躁了，但于海一句称赞，又让她燃起希望之火。她还是很满意于海的条件的。如果听听这些抱怨就能让于海对自己另眼相待的话，也还是值得的。当下耐着性子，继续做着最后的收尾工作。

这边梦楠完成了和于海的第一次通话，那边胜楠、李察德和周思源三人的僵持也出现了新的局面。

周思源盯着胜楠看了一会，又看了看浮夸的李察德，心领神会。

这位新来的总监不愿意，但是这位自信的富二代非要约。两人多半之前有过一些误会，凌胜楠估计还是理亏的那一方，所以这个暴发户想用之前的事胁迫她答应约会。

不如就帮这位总监一个忙。左右自己这边因为广告位的事理亏，这里帮了忙，一会也好说话些。

飞快地理清了事情的前因后果，周思源自是没有袖手旁观的道理，配合着胜楠轻轻握住她的手道：

"不好意思啊这位先生。我本来以为你是来找胜楠谈生意的——但既然是谈感情，那还是有必要重新做下自我介绍。就像胜楠说的，我是她男朋友，自然没有让你带我女友出去吃饭的道理。"

李察德狐疑地盯着周思源看了一会，摇头道：

"你撒谎——我上次回家查了，她男朋友在上海呢——你又不是——"

"上海那个分手了，我新交往了一个不行啊！"

胜楠彻底没了耐心，得知李察德回家还调查她，更是不满到了极点，也顾不得什么职场礼节了，当即出言打断。

"这位先生，我劝您还是早点离开。这里是电视台，我是这个节目的总策划，如果我叫保安过来，相信大家面上都不好看。"

周思源见李察德不依不饶，原本小惩大诫的想法也不复存在了，一向带着慵懒笑意的脸头一次沉了下来。

李察德一看两人都不好惹，电视台又着实不是自己的主场，只得战略性地放弃约胜楠的计划，边往外走边道：

"这事不算完——等我查清楚再来找你。"

李察德的退场，让屋里的气氛变得轻松起来。原本想要问责的胜楠因为周思源默契的配合解除了危机，此刻也有些不好意思再继续追问，犹豫了一会，才开口道：

"刚才的事，谢谢你。若是广告位的事不归你管，你跟我直说就是——我再去找导演。"

周思源摇了摇头，叹了口气道：

"他既是把你推给了我，断没有再和你讨论这个问题的道理。不过刚才那位倒是提醒我了，快到饭点了，不介意的话，咱边吃边聊？"

胜楠环顾四周，见周围不少工作人员或明或暗地盯着她和周思源，小声议论着，便知道这事多半是不能在电视台说的，当即顺水推舟道：

"也好，按理说，你帮了我两次，也该我请你吃顿饭还了这个人情。"

两人正说话间，罗昕带着崔晓雪和秦笙赶到现场。

秦笙一见胜楠便上前道：

"总监抱歉啊，我昨晚喝多了，有什么不得当的您别往心里去！"

崔晓雪见状也赶紧凑上前道：

"对对，总监，我们昨天都喝多了——说的话——有些捕风捉影的，您大人有大量，别计较。"

周思源见到这一幕，似笑非笑地看向有些尴尬的凌胜楠，见她面带窘迫，想了想还是把到嘴边的调侃咽了回去。

"没关系，知道你们都不是故意的，也是想和我搞好关系——罗昕，相机你拿着，基本点我都采完了，我和周总策划关于节目有些细节要商量，你们在现场再看看，看到什么问题记下来告诉我，别和其他工作人员起冲突，等我回来处理。"

罗昕闻言点了点头，接过相机，倒是崔晓雪见胜楠没有怪她的意思，又打起精神来，一双眼止不住在周思源和凌胜楠之间徘徊。

"走吧。"

周思源像是不习惯被三个人观察大熊猫似的打量，招呼了一声，便当先走出了摄制区，胜楠又嘱咐了几句，才跟了上去。

胜楠和周思源一起去饭店了，梦楠也终于结束了和于海的通话，拎着花托上了楼。

走在消防通道的台阶上，梦楠脑中转的都还是于海的资讯。

母亲曾说："介绍人说于海在学校就是尖子生，到了医院以后，人缘也好得不行，科室里的大夫、护士包括病人，没有一个不喜欢他的。"

可既然是这样——

于海应该挺积极阳光的啊，为什么自己和他接触下来，感觉他好像又挺多不满的呢？

"哎哟——你走路不看路啊！凌梦楠？！你还知道回来啊！你也太磨蹭了！校长都问我好几遍了，还说我这点事都办不好——"

梦楠捂着额头一抬眼，看到许代柔手里端着一盘子水果，横眉竖目地抱怨。

要不是你图省事，怎么会挨说嘛——

梦楠也就只敢在心里抱怨两句，表面什么也没说，欠了欠身，把塑料袋递给许代柔，自己回工位去了。

半小时以后，梦楠正忙着整理海外高校的资料，就听身后传来许代柔的声音：

"哎，别忙了，主任喊你过去一趟。"

梦楠闻言像是想到了什么，脸色微变，支支吾吾道：

"可校长说——这资料挺急的——"

"校长说着急你自己和主任说啊！和我说有什么用？"

扔下一脸为难的梦楠，许代柔扶着腰得意地回工位吃水果去了。

与此同时，胜楠和周思源也终于到了附近的一家西餐厅。

胜楠传媒大学毕业，西餐礼仪自是学了十成十，将餐巾垫在西餐盘下，右手刀左手叉，用公共的餐铲将 Pizza 铲到自己盘内后，切割成刚好入口的小块，吃得极为优雅。

擦嘴的空当，胜楠抬眼看了下周思源，这一看不要紧，只见周思源用餐巾纸垫着 Pizza 直接用手将 Pizza 塞进嘴里。一直讲求仪式感的胜楠见状微微皱眉，放下刀叉，本想说些什么，但一想：

到底是合作方有决定权的策划，生意场上，还是别计较这些的好。

最终还是什么都没说，但方才吃 Pizza 的心情已经没有了，拿起汤勺闷头喝那道奶油蘑菇汤。

"我们平时工作太忙，顾不得那么多礼仪，凌总监见笑了。"

注意到胜楠细微的情绪变化，周思源用餐巾纸擦了擦手，主动点出了胜楠在意的点。

胜楠见周思源自己说破，有些尴尬地放下勺子，转移话题道：

"周总策划收到我昨天发的邮件了吗？男嘉宾换人的事——"

周思源还有半块 Pizza 握在手里，见胜楠汤也顾不上喝，只是直勾勾地盯着他，有些无奈，三两口吞下 Pizza，喝了口柠檬水，清清嗓子道：

"看到了——但男嘉宾，说实话很难做变动。有经纪公司送来的演员，游戏公司送来的选手，资方的亲戚也在里面——"

"那李察德呢？就是今天穿个西瓜红西服过来闹事的那个男的——他也是资方亲戚？"

周思源见胜楠主动提起李察德，挑了挑眉笑道：

"怎么倒问起我来了？我以为你和他，比我跟他熟啊？他要约你吃饭，又不是约我——"

"鬼才和他熟！还不是我那妹妹，不知道哪根筋搭错了跑出去相亲——"

胜楠闻言一脸恨铁不成钢，将手下一块没吃完的 Pizza "碎尸万段"用以泄愤。

周思源头一次见胜楠如此鲜明地表露情绪，闻言好奇地挠了挠头道：

"我本来以为以你的性格，会特别排斥相亲，应该——不会赞成你妹妹去相亲吧？"

胜楠听了这话，想起梦楠那副委屈巴巴的样子，气不打一处来，喝了口柠檬水将杯子狠狠撂下才继续道：

"我当然不赞成！我那妹妹，头脑发热跑去相亲也就罢了，还能被李察德这种人欺负！"

胜楠和周思源声讨梦楠的时候，被声讨的梦楠刚挨完教导主任的训，如霜打的茄子般哭丧着脸从办公室走出来。

许代柔远远看见梦楠低垂个头，一脸沮丧，心知主任一定又批评她了，假意上前关心道：

"这又怎么了啊？主任找你什么事啊？"

梦楠刚挨了一顿训，根本没心思应付许代柔的试探，摇了摇头，沉默地坐回了自己的工位上。

难道当个好人也要挨说吗？

梦楠有些委屈地盯着电脑屏幕，想起几天前发生的一件事。

一周前，下午。

王倩和李双双提前告假出去聚会了，办公室就剩下梦楠和许代柔。

不想和许代柔说话，梦楠便戴着耳机埋头工作，许代柔见她软硬不吃，也没了聊天的兴致，自顾自地看起手机来。

不一会，一个家长从外面走了进来，一进门便高声道：

"你们这谁负责招生的事？我找招生办的人有事！"

许代柔一看那女人身穿一件军绿色长风衣，脚踩马丁靴，挎着一个高仿包，就知道又是"家里没钱还强努，孩子没出息，过来闹事"的类型，当即将任务甩给了一旁戴着耳机、没注意到情况的梦楠。

"抱歉啊这位家长，招生办的领导今天出去办公务了，您和我们这位同事说也是一样的。"

梦楠被推到会议室和这位家长一对一聊天的时候还是蒙的。那女人见梦楠一副云里雾里的样子，也稍微卸下了心防，拉过椅子凑到近前道：

"小妹，咱虽然头一次见面，但大家都是女人，你就听我把事说完吧。我就这么一个儿子，交钱来你们这，也是想给他谋个好出路。可这学了一个学期了，成绩一点进步没有不说，还和其他同学去夜店，染上了泡吧的坏习惯——你说我这当妈的——"

梦楠一听这抱怨，先是有些慌张，随即便同情起这位母亲来。

也是啊，人家就一个儿子，送到这来学不好，还学坏了，确实应该心里不舒服。

看到梦楠频频点头，那女人像是受到了鼓舞，直接打开了话匣子，又往前凑了凑道：

"一看你就是个知书达理的人，我呢，也不想闹事。这不还有一个学期嘛——我就想着我们不学了，能不能退一部分费用呢？下个学期还没开始，我现在把孩子领回家接着准备高考也还来得及——出国的事我是不想了，这自家孩子自己最清楚，没有那个自觉性——"

梦楠听着觉得有些道理，但想起自己入职时候教导主任千叮咛万嘱咐"别的都好说，只要涉及退款的，说什么也不能退"，又犹豫起来，支支吾吾开口道：

"这位家长，我……我其实不是负责这个的。而且，退款这种事——我们这边当初和您有合同，是不允许的——"

"但我不是特殊情况嘛——你看看我这包，我也不怕小妹你笑话——为了儿子上学的事，我连包都没钱买了，牌子的包，我多少年都没买过了，买不起。你们报名费也不低，我把存了好多年的钱全都拿出来了不说，还逼着我老公去管他哥哥嫂子借了一笔，这好不容易才凑齐。如果我们不上了，这钱就打水漂了；可是接着上，我实在不放心我家孩子——"

那女人有些着急，直接站起身来到梦楠身边，说到激动处，更是将包递给梦楠让她好好看看。

梦楠打量了那包一眼，确实是高仿，而且手提的部分已经磨边了，这女人并没有说谎，她确实看起来经济不富裕。

"小妹你行行好——要不这样，我也知道你为难，你就帮我带个话，只要你们主任答应考虑考虑，你就算帮我忙了。"

女人不依不饶，梦楠没有办法，最终艰难地点了点头。

上礼拜的好心，这礼拜换来的却是主任狂风骤雨般的责骂：

"凌梦楠你猪脑子啊！你进咱中心第一天我说什么，你就饭吃了？退款？！你长本事了还敢答应退款？她儿子不学关我们什么事？哦，她儿子是个废物，咱们整个中心都得哄着她吗？我跟你讲了多少遍了，这来咱们这报名的，十有八九都是些烂泥扶不上墙的富二代，想出国混个文凭。自己不学，她还好意思赖学校？要是每个这样的都要退钱，咱这学校还办不办了？"

梦楠被骂得抬不起头来，她当然也知道那女人的儿子不学才是成绩没进步的主因，可看到那位母亲那么可怜，她就忍不住答应了她的请求。

梦楠正想着挨骂的事，手机就振动起来，接起来一看，是另外一个相亲对象——来自国家电网的陈铸。

"你好，我是陈铸，请问是凌梦楠吗？"

梦楠打起精神回复了句：

"对，我是凌梦楠。"

还没等她撂下手机，陈铸的信息就又发了过来：

"我听说你也喜欢二次元，不如我们这周六见个面吧！就约在最近大热的樱雪日料店？我想吃好久了，也没人陪我去，正好一起。"

梦楠刚挨完骂，实在没心思应付陈铸的好意，随便回了个表情，示意收到了。放下手机，梦楠深深地叹了口气。

和当初看到于海资料时的期待不同，梦楠刚看到陈铸的时候，便想拒绝这次相亲。

陈铸的外形极其普通，不仅如此，他两百多斤的体重，不修边幅的脸和乱糟糟的服装搭配，以及糟糕的单位食堂背景的照片，让他看起来就像一个年近半百的胖厨子。

梦楠看照片时候就开始打退堂鼓。她找到楚芳华，将陈铸的情况原原本本说了，委屈地开口表态：

"妈，再怎么说，这，这形象也太差了。你看啊，他胖也就罢了，还乱穿衣服——不光是这样，这龅牙，嘴都闭不上，这牙找谁去啊！"

楚芳华瞥了眼照片，虽然心里也认同女儿的说法，觉得陈铸形象欠佳，但面上还是沉下来脸道：

"楠楠你怎么回事？我都说了多少遍了，不能以貌取人！这小伙子丑是丑了点，但工作也好，家庭条件也好，那都是一等一的。"

"再怎么一等一，他这龅牙也——妈，反正还那么多个呢，要不这个，我就不见了吧？"

梦楠讨好地摇了摇楚芳华的手臂，希望母亲能够改变主意。

"又看长相，说到底你还在看长相！凌梦楠我可告诉你啊，你不能走我的老路知道吗？你爸当年除了长得人模狗样，其他真的就没法要——你看现在？还是你想和我一样，回头生个孩子，自己拉扯大啊？"

梦楠一看母亲又旧调重弹提起父亲的事，心知这事没了转圜余地，叹了口气，默默地把心里的不认同藏了起来，起身回到了自己的房间。

这边梦楠和新的相亲对象联系上了，那头周思源和胜楠的晚餐也接近了尾声。

"你家住哪，要不我送你吧？"

两人出了饭店，周思源极其自然地提出要送胜楠回家，胜楠闻言皱眉道：

"周总策划，希望今天这顿饭还有早些时候发生的事，不要让你产生什么不必要的误会——谢谢你替我解围，但是，有一点李察德没说错——我在上海有男友，也没分手，并不打算考虑新的感情。"

周思源猛地一听这斩钉截铁的拒绝，也有些无奈，想要解释自己没那个意思，又觉得越抹越黑，最终还是耸耸肩道：

"那行，我手机号给你，工作上有事你直接联系我就行——反正找导演，他十有八九也让你找我。"

两人在电视台的地下车库分了手，胜楠刚准备启动车子离开，便看到一辆超级夸张的荧光黄超跑一个甩尾急停，拦在了自己车前。

胜楠皱着眉头降下车窗，正准备叫那车主让开，就看到一个熟悉的身影从车上走了下来。

西瓜红的西服，孔雀蓝的领带，金色的皮鞋和荧光黄的车，李察德靠在豪车上，一眼看去，就像一盘西红柿没切开的番茄炒蛋，上面横了一根小葱。

胜楠并没下车，仍端坐在驾驶席上，开口道：

"我以为刚才已经说得够清楚了，我下班了，要回家了，李先生没什么事，就让开吧。"

李察德见状，不顾胜楠的皱眉，直接走到胜楠车窗处，单手撑着车窗，边摆造型边道：

"戏演得不错啊——可惜啊，我已打听过了。你上礼拜才到北京，这周思源是电视台的总策划，你俩今天刚见的面，还男朋友，别开玩笑了——"

看着李察德靠在自己车上侃侃而谈，胜楠心头涌起一阵强烈的不快，顾不上控制自己的情绪，也忘了提醒自己这人是合作方的嘉宾，直接白眼一翻，冷哼道：

"我俩是不是情侣，轮不到你来分析——再说，你没听过一见钟情吗？"

"一见钟情？哎哟，你这么飒的姑娘还能一见钟情呢？左右都是情，你看我行不行？你就考虑考虑，我位置都订好了，咱们这会去，还有小提琴演奏呢——点着蜡烛吃，也挺好，好饭不怕晚嘛——"

李察德见胜楠撑他，非但没有生气，反而更加激发了他的征服欲，不依不饶地拍着窗户，继续劝道。

"让开，我要开车了，撞伤你我可不负责——"

胜楠彻底没了耐心，一脚油门，吓得李察德往旁边柱子附近躲去。正欲加速开出车库，却发现李察德车横在停车场正中，自己的车根本绕不过去。

"你去把车挪了！"

胜楠气坏了，连李先生的尊称也去了，直接降下车窗，以命令式的口吻开口道。

"不挪，除非你答应跟我吃饭！"

李察德见胜楠拿他没辙，从柱子后面走出来有些得意地叉腰站在车前，气得胜楠亮出手机道：

"我看你是还想再见一次警察！"

两人在空旷的地下车库对峙，争执声传到了楼口。

周思源本想直接离开，但一听胜楠又惹上了麻烦，最终还是叹了口气，摘下头盔来到了地下车库。

"李先生，又搁这骚扰女性呢？"

李察德被周思源拽了个趔趄，胆怯在先，但转头一看胜楠眼带笑意地看向他和周思源，本着输人不输阵的观念，还是强行挺了挺胸，抬起下巴道：

"你是不是有病？她真是你女友也就罢了！你今天才认识她，干吗老和我对着干？"

"哦，那美女无主，你追得，我就追不得啊？"

周思源盯着李察德看，李察德见他一时半会也没有要走的意思，狠狠地啐了口吐沫，扔下一句：

"周思源是吧？你给我等着——"

便灰溜溜地上车走了。

胜楠见李察德走了，不由得松了口气，解开安全带下车走向周思源，有些抱歉地开口道：

"我……谢谢你，又麻烦你帮我解围。"

"我就预见到会有这种事，才要送你回家的——我也是男人，最清楚他那种人是不会轻易放弃的——算了，现在说这些也没意义。怎么，你是自己走，还是我送你回去？"

周思源一番话说得胜楠有些窝心，想起自己强势的拒绝又有点觉得失礼，愣了一会，才回复道：

"要不，就麻烦周总策划？"

周思源闻言满意地点了点头，自顾自地上了驾驶席调整好了座椅。一路上，胜楠一直在给周思源指路，周思源却没有按照胜楠指挥的路线走，而是开到了一家吃汤面的小店停下。

"你这又是什么意思？"

胜楠见状又开始皱眉，心想：难不成这周思源就是个文化版的李察德？怎么北京这地方，男的一个两个都这种做派？

"别急着发火，你先听我说——刚才在西餐厅，你光顾着问我工作的事了，东西都没吃两口——知道你自律，晚上多半也不吃什么正经饭，起码喝口热汤，一来暖暖胃，二来压压惊。我还是那话，你也别误会，我没别的意思——"

周思源一番话让胜楠心头升腾出一股别扭的暖意。

不是她硬要恶意揣度人，是她周围的男性靠得住的本就太少，让她忍不住总把人往坏了想。

"这种小店，东西能干净吗？"

胜楠嘴上嫌弃，心里却莫名地有些感动，看向周思源的目光也不自觉地柔和起来。

周思源闻言笑道：

"这店看着小，已经开了一百来年了，老字号——店长我也认识，别的不敢说，干净舒服是一定的。"

周思源回复得如此有礼貌，胜楠心里忍不住涌起一丝愧疚。

以往她和男性对话，总是说不了两句就得吵起来。连李铭都说过，她因为弟弟凌霄的事，从小就对男人有敌意。对于周思源，她也没有多在意自己的措辞，可周思源涵养真的非常好，从认识到现在，不论自己怎样失礼，他总是一脸笑意地化解。

怪不得他能当总策划！

极为罕见地，胜楠闭上了总是得理不饶人的嘴，看向周思源的目光里带了自己都没察觉的欣赏和崇拜。

"怎么了？不舒服？我头次见你的时候，你也是蹲马路边上——老板！先来碗热乎面汤——我照旧，还一碗小卤肉就行——你慢慢点，先喝口热汤，胃能好不少。"

胜楠还是不太能接受周思源的热情。

在上海的时候，她和李铭都是工作起来不要命的那种人，吃饭对他俩来说就是维持正常生理机能的一种进食行为而已。李铭也知道她有胃病，但从来没关心过这件事，只有一次她发作的时候，李铭让她赶紧喝点热水。

胜楠出奇的沉默让周思源有些不知所措，顿了一会，观察她的神色，见她没有不耐烦，才继续道：

"你别误会，我真就是看你工作这么拼觉得有点——怎么说——身体是革命的本钱嘛。拼事业我觉得没问题，但首先要以自己身体健康为大前提——"

胜楠听了这话，终于点了点头开口道：

"谢谢周总策划关心，不论如何，今天发生这么多事，多亏了你——这顿饭虽然不那么贵，但务必让我请客。"

周思源闻言只得答应下来，心里却想：

得发生了多少事，一个女人才会如此戒备心强，这么拒人于千里之外啊。

这边胜楠和周思源在面馆吃夜宵，另一边梦楠也终于回到了家。

一进门楚芳华便迎上来问：

"怎么样？联系了吗？"

梦楠一边换鞋一边应声道：

"联系了，两个都联系了——外科的于海和电网的陈铸——"

楚芳华闻言不由得喜上眉梢，难得展现出点母亲的温情，拉过正准备往屋里走的梦楠，示意她坐在沙发上，自己坐在她旁边拉着她的手臂叮嘱道：

"楠楠啊，这两个可都是很不错的对象，你得用心维护，千万不能出差错，知道吗？人家说什么，你就耐心点听；喜欢什么，你就抓紧了解——回头我给你买两件漂亮衣服去，见人嘛，有件拿得出手的衣服，那印象就不一样——"

梦楠听着母亲的叮嘱，左耳朵进右耳朵出，心里却惦记着今天的小说更新。

这些日子因为相亲对象的事，她当作副业的网络小说已经好几天都没写了，再这样下去就要断更了。

"楠楠啊，你看这件米色的连衣裙好不好？白的太愣了，但是我觉得大夫应该不喜欢深色的衣服——你说呢？"

梦楠没心思应付母亲突然而来的挑衣热情，摆了摆手道：

"妈，我相信你的品位——不说了，于海，哦，就是那个外科大夫，白天我俩聊起论文的事，人家说还有点英语问题要问我，我得赶紧准备去了——"

"哦哦，那快去吧——你怎么不早说啊！"

楚芳华闻言立即引起重视，目送女儿回屋，心里却恨不得这大夫现在就变成自己的女婿。

梦楠回到自己房间，落了锁，写了几行小说，松了口气。

看来妈是忘了问自己涨工资的事了。太好了，只要相亲顺利，看来姐姐那档子事算是过去了。

伸了个懒腰正准备继续码字，手机便振动起来，接起来一听，正是刚才提到的于海。

"回家了吗？工作忙完了吗？"

于海亲切的招呼声，让原本被打断创作有些怨气的梦楠，瞬间又觉得自己"可以了"。想到于海的条件，梦楠捧着手机，走到窗边信号好的地方，兴奋地回道：

"回了回了，工作——工作总是忙不完，没关系，没有太着急的了，都可以明天再做。"

于海听了梦楠的回复，像是想到了什么，沉默了一小会，继续道：

"其实你们挺好的，工作就是工作，下班了就能有自己的生活——我就不一样了，现在还在实验室呢。"

梦楠下意识地看了眼桌上的电子闹钟，上面明晃晃的十点四十七分让她忍不住心疼起于海来：

"啊？你还没回家啊！太辛苦了！你、你在实验室——就你在，还是你们科室同事也在啊——我和你说话，耽不耽误你做实验啊？"

于海听着梦楠的安慰，委屈油然而生，转头看看空无一人的实验室和外面已经熄灯的走廊，倒豆子似的又开始了长篇大论的抱怨：

"不耽误——反正也没别人。从上学时候就这样了。我家情况你也知道，我爸走得早，妈就是个中学老师——我那些个同学，家里不是开医院的，就是药厂或者政府机关的。为了能让导师带我，上学时候就天天帮他们写论文做实验。那时候一篇论文，好几个人蹭我署名——"

于海说到这有些哽咽，梦楠听着，不知为何心里也有些难过，不由得出声安慰道：

"嗯，能想象。我们单位其实也有那种，校长亲戚，什么活不干天天带薪休假的，每天就给我派活——你在医院肯定更辛苦，写一篇论文那么费劲，最终成果却被别人窃取了，让那么多人不劳而获，心里不舒服是一定的。"

于海得了梦楠的安慰，像是得遇知己般，有些激动地继续道：

"我本以为熬过大学这段时间就好了，等我转正了，成了真正的大夫，就没人敢为难我了。结果根本不是这样——我们科室，提拔制度黑暗得不行，家长相互认识的，技术水平再低也提得快；没有关系的，埋头苦干，接手术再多也不升职——"

"啊？那太不公平了！不过哪都有这样的事——我听介绍人说，起码大家都很认可你的工作能力的啊！我相信千里马会有伯乐看到的，我还听说，病人也都挺喜欢你的——"

梦楠捧着手机有些累了，取出蓝牙耳机戴上，侧躺回床上接着聊，声音有些发闷，倦意也渐渐袭来。

"认可有什么用？！我刚毕业时候，也特别在意这些——觉得别人说句好，就万事大吉。可现在看看，我那些同学，比我论文少的，手术次数少很多的，都已经是主任医师了，我还是个普通大夫——"

"其实我早该看出来的，上学那阵就该知道的，外科大夫根本就是富人才能做的职业，穷小子混在里面不过是给人做嫁衣而已——我有时候真恨不得那些人全都死了才好，他们已经拥有那么多了，还窃取我一个什么都没有的人的劳动成果，良心都被狗吃了吧？！"

梦楠迷迷糊糊地听见于海的车轱辘话，眼见又要开始循环回大学被欺负的事，连忙打断道：

"嗯，我都明白，你很不容易，能坚持下来特别不容易——于海，咱、咱不聊那些不开心的了，好吗？你、你有什么兴趣爱好没有？不工作的时候，喜欢做点什么啊？"

于海又是一阵沉默，过了好一会才继续道：

"我喜欢爬山。"

梦楠闻言一骨碌从床上爬起来，来到电脑前，立刻搜索了北京周边附近景色好的山，想着：

要不，约他去爬山？没准他能放松放松——

还没等梦楠开口邀约，于海便发来了一个视频，视频带着锁，于海随即又将密码发给梦楠。

梦楠赶紧点开看，发现拍摄的是一座云雾缭绕的山，拍摄者显然站在山顶，视频旋转得厉害，背景音乐是一段梵音。

梦楠看了一会只觉得头晕目眩，视频的后半段，有一个忽然向下坠的镜头，梦楠看了有些害怕，便赶紧将视频关上了。

想想难得于海愿意分享点个人的经历，还是应该趁这个机会多了解。梦楠点开视频博主的其他资料，由于没有密码，她只能拣没有锁的视频看。

视频都是于海为那些他讨厌的科室领导还有导师拍摄的过年等活动视频。

视频外，能听到于海用非常开朗的语气道：

"主任您往左一点，对对，您出镜头了！"

"学长，看我，笑一笑，这样才对嘛！"

梦楠看完顿时一个激灵，有些后怕。

于海虽然没出现在镜头里，但他对这些人的态度，和他与自己抱怨的"恨不得他们去死"，大相径庭，不由得有些失语。

"视频你看完了吗？"

于海掐着时间，算着梦楠差不多看完了登山视频，又开口询问。

"哦、哦，我刚看完。第一遍密码按错了——其实、其实山、山挺好的，挺神秘的，还安安静静的——那什么，于、于海，今天太晚了，你、你早点做完实验回去吧，我也休息了，咱们改天再聊，好吗？"

"都十二点了！实在不好意思，我——我没注意看时间——这样，我这周要出趟差，等下周我出差回来，咱们一起去爬山吧！"

梦楠听见于海的邀约，本来有些神魂未定的猜忌，顿时又被抛到了九霄云外，连声道：

"好啊好啊——那我等你，晚安。"

于海主动约自己出去玩的兴奋感驱散了原本的睡意，梦楠捧着手机兴奋了一会，拉开衣柜的门开始研究"战袍"。

穿裙子吧？不利于运动，会不会让他觉得自己太装了？

穿紧身裤？不行不行，自己胯宽腿粗，于海那么修长，万一看了，嫌弃自己胖怎么办？

换运动服？哎哟，自己平时也不运动，穿起运动服来就像个没发好的面团子，不好不好——

半小时内，梦楠几乎把自己柜子里的衣服全都翻腾出来了，铺了一床，试了个遍，也没找到一件合适的。不知怎的就想起母亲先前的话来："有件拿得出手的衣服，那印象就不一样——"

要不？再买件新的？

坐在衣服堆里，梦楠终于放弃了搭配衣服的行为，重新拿起手机，点开于海发来的爬山视频。

兴奋之情稍稍褪去，在静谧无人的午夜，看背景是梵音的旋转云雾山峰，一种劝人往生的寂寥感混着汗毛竖立的幽静油然而生。

梦楠看了一会，还是没能看完，反而慌张地把手机扣在桌上，关掉了视频，戴上耳机放了一首欢快的歌，继续写小说。

另一边，许代柔好不容易哄睡了孩子，急火火地冲到电脑前，点开自己关注的写手的主页——

什么嘛，怎么还没更新？

许代柔有些失落地捞起放在一旁的 Pad，走进客厅，靠在沙发上继续看电视剧，不远处的厨房里，饭桌上扣着的盘子下面是早已凉透的菜。

时钟指向夜里十二点半，老公依然没回来，许代柔咬了咬嘴唇，还是拨通了那个熟悉的电话：

"很晚了，老公你——"

"应酬呢，你先睡吧。"

许代柔听着手机嘟嘟的挂断声，气得眼眶发红，将手机摔在沙发上，抱着垫子，眼泪默默地流了下来。

半小时后，将桌上的菜都放进保鲜盒塞进冰箱的许代柔，终于又回到了自己的房间，疲惫地走到电脑前，一晃鼠标，发现"喃喃自语"更新了！

如饥似渴地将新更的章节读完，不一会，本来收进去的眼泪又因动人的情节掉了下来，打开留言板回复道：

"不要 BE 啊！他俩这么好，一定要 HE 啊！"[①]

梦楠好不容易更新完今天的小说，悄悄推开门，跑到洗手间洗漱过后，一头栽倒在床上。

另一边，两个小时前。

周思源将车停在距离胜楠家两条街的地方，便从驾驶席下来道：

"我还有点事，就不送你到家了——剩下这点路，相信你肯定没问题。工作上有什么需要沟通的，就给我打电话——再见。"

周思源说完，就如第一次修车时一般，头也不回，直接打车走了。

胜楠一边开车回家，一边开始反思自己是不是太拒人于千里之外了。

回家后，胜楠对周思源这个人爆发出了前所未有的兴趣。打开搜

---

① HE和BE一般在各种游戏作品和影视文学作品中出现，用来形容结尾的最终状况。HE，也就是Happy Ending，意思为好的结局，开心幸福的结局。BE为Bad Ending，指悲剧结局。

猫百科，周思源名字下俨然挂着前医科大学心理系客座教授的名头，"真爱碰碰对"、"家有儿女"（调解栏目）、"法治讲堂"等知名大热节目的策划名单里，都有他的身影。

个人经历——

胜楠有些惊讶地盯着空白的个人经历。

没想到这人看着挺随和，还是个神秘主义！

一般人要是有名到他这个地步，在哪出生，哪里上学，父母干什么，有几个对象，早就被网友扒得一干二净了，可这个周思源，愣是一点个人资料都没有。

算了，不过是个合作对象，不知道过往也无所谓。

胜楠摇摇头，一边刷牙，一边点开了一期"真爱碰碰对"研究。

在接这个项目以前，胜楠总觉得综艺节目不过都是靠噱头吸引吃瓜群众眼球的消磨时间的电子榨菜，可"真爱"却让她对综艺有了改观。这几天，为了项目"补课"，每晚睡前看一小段"真爱"已经成了她快乐的源泉。

"让我们来看一下男嘉宾的心动女生！"

"19号！ 19号上前来——还有现在为男嘉宾留灯的6号、17号女嘉宾！"

"主持人我有话想说——"

就在三位女士准备离开拍灯区向舞台进发的时候，男嘉宾忽然拿起话筒，自顾自地发言起来。

"好，你说——"

"6号、17号可以不用上来了！上来我也不会选——"

男嘉宾这话一出，台下的观众顿时一片哗然，被点名的6号和17号顿时面色一沉，还在拍灯区的9号女嘉宾显然是17号的好友，闻言当即抓过面前的小麦克风道：

"你会不会说话——怎么说话呢——给你留灯确实是对你有点意思，但你不愿意后面不选就是了，没必要这么侮辱人吧？什么叫不用上来？节目你家的啊？你不愿意我姐们上前展示，兴许还有其他男士看完了愿意为了她来呢！你当天下就你一个男的啊，×××（消音处理）！"

19号女嘉宾虽然没有被点名，但一看群情激愤，显然也知道自己再上台恐怕会被当成男嘉宾的同党，当即停下脚步，快步走回拍灯台前，拿过麦克道：

"首先，我很谢谢男嘉宾选我做心动女生——但很抱歉：第一，我没给你留灯，所以我不愿意应该表达很明显了；第二，就算我没给你留灯原本有遗憾，但听到你刚才这番话，我也不想再上台了——连对人基本的尊重都没有，我不想和这样的男人谈恋爱。"

没想到自己一番话引发全场的声讨，男嘉宾的脸一阵红一阵白，环顾四周，最后只得小声求助主持人道：

"宋爷爷你帮我说句话啊——我不是那个意思，你不是知道的嘛——"

"大家先冷静，先冷静——男嘉宾的意思大概是想速战速决，但是表达方式确实让人很不舒服——现在19号也明确表示不会跟你走了——既然你对6号、17号也没有那个意思，那你向6号、17号道个歉就可以离场了。"

男嘉宾听了这话，顿时双眼圆瞪，揪住一旁主持人的领口不依不饶道：

"不是——你们节目组耍人玩呢？！当初我报名时候和我说的那个好，现在，现在居然因为我看不上你们这的女嘉宾就让我走人？！我不走，我花那么多钱，一个都带不走，我也太亏了——"

一看男嘉宾开始犯浑，在场的观众和女嘉宾都爆发出嘘声。17号见状也拽过话筒道：

"你知不知道你现在的行为很掉价？我真后悔刚才还给你留了灯——谢谢9号姐妹帮我说话，也谢谢19号姐妹帮我和6号站台。"

节目正在关键点，片尾广告却蹦了出来，提醒观众欲知后事如何，下期节目再见。结尾还列出了新的微博讨论话题：

你喜欢哪种拒绝方式：

A. 直白但残忍的

B. 兜圈子给彼此台阶下的

胜楠点了暂停键，擦干脸上的水，走到客厅拽过一张纸在上面用思维导图将"真爱碰碰对"的节目流程梳理了一遍，想起这些都是周思源策划的，不由得有些感慨。

"人得先照顾好自己。工作不是生活的全部，差不多就行了，无愧于己足矣。"

话说得挺好听，这节目看着可不像"差不多就行了"啊。

胜楠梳理完流程，习惯性地看了眼手机，她和李铭最后一次通话还停留在昨天的吵架上。

又一天没联系吗？

"我已经输在起跑线上了，现在能做的就是抓住一切机会向前冲——胜楠，虽然会有艰苦的日子，但咱俩一起跑，就没有那么苦了。"

胜楠盯着手机想起李铭有一次喝醉时，拉着她的手说的话。

和李铭在一起，两人最常做的事就是相互鼓励，要自我提升，要努力攒钱。这些年来，胜楠也是以苦行僧的标准要求自己的。一天只吃两顿饭，过了下午五点绝对不吃任何东西。戒糖，戒碳水，每天早上五点半起床跑步做瑜伽。

这顿面，算起来竟然是她成年后第一顿夜宵——

虽然面馆环境差点意思，但想起来却意外觉得暖心。

比起身边一直敦促她要优秀的亲人和男友，劝她适当放松的周思源反而让她觉得接触起来更加轻松。

看了眼桌上堆成山的各种资料，胜楠揉了揉发胀的太阳穴，脸上不自觉地露出一丝微笑，拿过手机加了周思源的微信，发了一句"谢谢"。

要不，给李铭打个电话？

到底是自己男朋友，两人一直这么僵着，也不是个事。

刚准备拨出电话，家里的布谷钟响了起来，十二点了。

胜楠犹豫再三，还是没有拨出这个电话。回到卧室，点燃了睡觉用的香薰。

周思源打车回家，到家的时候已经十二点半了，拿出手机一看，胜楠发了句"谢谢"。

想到胜楠强烈的防备心和对男性明显的敌意，有些诧异她会如此做的周思源愣了愣，回了句"客气"。

拽过桌上散落的纸张，随手写下一些胜楠提出的问题，往猪窝似的床上一倒，沉沉睡去。

周末一早，梦楠就被母亲楚芳华喊了起来——今天是她和陈铸相约在日料店见面的日子。

梦楠想到陈铸的龅牙和两百多斤的体重，便不太积极。

再说，和于海一比，陈铸不管其他方面条件再怎么好，外貌这一环就已经输到没有翻盘余地了。

想到这，梦楠自暴自弃地擦干了脸上的水珠，随便抹了个面霜，隐形眼镜也没戴，眼妆也没化，柜子里拽了条碎花连衣裙，草草涂了个口红，便打车赶到日料店。

路上梦楠一直盘算：要是他也像李察德一样，因为自己没化妆，直接拒绝自己就好了。既然妈不准自己因为容貌拒绝对方，那么对方拒绝自己也是一样的。

梦楠赶到的时候，陈铸已经到了。

日料店才开门没多久，本来人就不多，再加上陈铸身穿一件亮面的卡其色夹克，原本就二百多斤的体重直接膨胀成了三百斤，倒是显眼得很。只见他坐在靠窗的一个隔间里，见梦楠来了，有些费力地拧动身体，试图从榻榻米上站起来迎接。

梦楠见他站起来费劲，赶紧摆了摆手道：

"不用，你不用起来了——我过去就行。"

陈铸闻言憨厚地笑了笑，这一笑不要紧，整个人看上去就像一只热气球版的流氓兔。

梦楠脱了鞋，坐在陈铸对面的榻榻米上，有些无措地盯着菜单上298、398、598 三个档位的自助，一时间不知该点些什么。

她本来想着，日料店应该也有便宜的乌冬面，她点一碗，然后把事情和陈铸说清楚，两人就好聚好散。没想到，这个饭店居然只有自助，而且最便宜的也要 298 一位。

"服务员，598，两位！"

陈铸见梦楠犹豫不决，自己就做了主。

梦楠闻言连忙爬起来，对着服务员连连摆手道：

"别啊，用不着点这么贵的——你们，你们这有没有那种套餐啊？要不，要不就盖饭也行——"

服务员看了眼梦楠，眼中流露出一丝嫌弃，但仍保持着微笑道：

"这位女士，我们是高端自助日料店，您在网上应该看过我们的广告。我们这边不卖那种普通的零点堂食的——"

"好了好了，又不是每天吃，就吃一顿，还不可着好的吃？你就按我说的点吧，598，两位。你先把这个档位限量的都给我们拿上来，其他的，我们聊一会，看看菜单，一会再叫你过来点。"

陈铸摆摆手轰走了服务员，看到梦楠一副如坐针毡、左右为难的样子，又笑了起来：

"你不用和我那么客气——又不是只请你，我微信不都说了嘛——我早想吃这个了，一直找不到人陪我来。一个人吃自助多奇怪啊，你说对吧？就当你陪我了。再说，大周末的，原本你不和我出来，也可以在家打打游戏，看看动漫什么的。这都耽误你这么多时间了，请你吃顿日料怎么了？"

梦楠因陈铸的一席话，心里好受了一点，刚准备谢谢他，一抬头看到那对鲜明得无法忽视的龅牙，又开始有些犯嘀咕。

"我听介绍人说，你也喜欢看动画，这太好了！其实我择偶标准挺简单的，就想找个能聊到一起的。你平时爱看什么动画啊？女孩子一般是不是爱看少女漫的多？没关系，只要是动画，不管哪种类型的我都可以陪你看。"

陈铸兴奋得喋喋不休，梦楠却发现不管他优点再怎么多，她还是过不了他长相这一关。

真见到本人，她比看照片还不能接受他的长相，尽管陈铸已经比之前一些相亲对象有礼貌有素质多了，她还是对他提不起好感来。

正犹豫要不要趁着还没上菜，实话实说各回各家，也好让陈铸省下这笔钱，服务员就不失时机地又回来了。

"先生，这是598档位里包含的澳洲活鲍和鳌虾，鳌虾是不限量的，您要是喜欢，后面还可以加。这位女士，这是我们专门为女性特制的桃胶燕窝盅，这是冰糖，您可以按照自己喜欢的量去放——"

梦楠一看上菜了，知道这事已经覆水难收，尽管已经下定决心拒绝陈铸，还是维持着表面的礼节道：

"谢谢你，我长这么大从来没吃过燕窝，这次能吃到，还是托你的福。"

这话一出口，陈铸顿时得了鼓励，笑得眼睛眯成一条缝，下巴也成了双，兴奋道：

"这是哪的话——你喜欢，咱们以后就到处去吃，你想吃什么，咱们就去吃什么！"

梦楠低头吃着燕窝，那口感就像是炖烂了的粉丝在口中一触即化。喝着甜腻腻的糖水燕窝，梦楠如鲠在喉，总觉得如果这会儿直接拒绝陈铸，自己好像太过分了些。

要不，就等下次见面，自己攒点钱，回请了他，再告诉他真相也不迟。

陈铸果然对得起自己二百多斤的体重，梦楠吃完过了一个小时，陈铸才停下筷子，有些不好意思地摸了摸鼓起来的肚子道：

"我也是太久没吃日料了，今天见你又高兴——就没控制住——你，没不耐烦吧？"

梦楠闻言只是摇了摇头。

面对陈铸的热情，她现在只有满心的愧疚，怎么会还有怪他的心思？

"真的，今天我特别高兴！难得遇到一个和我兴趣一样的女孩，还愿意等我吃饭的——你想吃什么，回头给我发信息，咱们下周接着出来吃——"

梦楠有些艰难地点了点头，心里却已经盘算着，得请他一顿差不多价钱的，自己才不算失礼。想着估计一顿就得上千，月薪也不过八千的梦楠不由得有些肉痛。

与梦楠纠结的相亲相比，胜楠在北京的第一个周末就显得有些无聊了。

早上运动完，吃过早餐，胜楠回到出租屋，忙完工作上的事，就开始觉得百无聊赖，给李铭打了个电话，又是无人接听，让胜楠本就有些烦躁的心愈加沉闷起来。

思来想去，就想到了梦楠，将编辑好的"你明天有空吗？"发了出去，却发现自己已经不是对方好友了。

马上意识到自己可能被梦楠拉黑了，胜楠气不打一处来，立即拨通了梦楠的电话。梦楠一看是胜楠，吓得不敢接，转手又将她的电话号码拉黑。

胜楠打了几次，彻底联系不上梦楠，气鼓鼓地开车出门，却不知道能去哪，不知不觉就开到了节目会场。

胜楠下车，准备去视察下会场看板的布置进度，却看到不远处周思源一身牛仔休闲装靠在柱子旁指挥工作人员修改看板的位置。

"凌总监？"

和小心观察的胜楠不同，注意到胜楠视线的周思源，见胜楠来了，热情地伸手打招呼，胜楠也不好再装作不认识，走上前道：

"周总策划辛苦了——周末还加班。"

周思源闻言挑眉笑道：

"凌总监也没闲着啊，这不就来视察工作了嘛。你应该还没吃午饭呢吧？这边都交代得差不多了，没什么急事，一起吃口便饭？"

周思源的邀约让胜楠有些犹豫，她在想：

自己是不是和周思源走得太近了？

正犹豫间，胜楠看到另一个竞标广告公司的负责人向这边走来，看样子，也是来找周思源的，当即改变主意道：

"好啊，我对北京不太熟悉，就麻烦周总策划选地方了。"

周思源耸耸肩，带胜楠去了一家物美价廉的老北京馆子。

一进门，小二便热情吆喝道：

"两位您嘞——两位！"

胜楠头一次到这样的馆子吃饭，被小二的热情吓了一跳，好在周思源不知和小二交代了什么，点菜过后，小二就没有再来打扰他们这一桌了。

"我看刚才有工作人员在改看板，你是把之前我说的意见告诉导演了吗？他同意了？"

周思源刚吃了一口麻豆腐，就听胜楠问起工作的事，有些无奈地撂下筷子道：

"凌总监，现在是休息时间，工作的事——咱可以一会回会场再说。"

胜楠这会才意识到自己又公事公办了，有些不好意思地低头吃菜。周思源见她除了公事，便不再说话了，也有些无语，两人就这么沉默着把饭吃完了。

"你帮我这么多，这顿必须我请——"

"你都请我两顿了，这顿你就让我吧——"

周思源伸手拦住胜楠去拿结账单的手，正准备掏钱结账，胜楠就把手机往付款码上飞速一扫，然后得意道：

"结完了——"

说完，便一马当先出了饭馆，身后周思源看着她的背影，忍不住摇了摇头。

两人回到会场后，周思源便将新版的男嘉宾名单递给胜楠道：

"你看看，人选上稍微调了调，应该——"

胜楠接过快速浏览了一遍，不由得有些惊喜。

虽然还保留了几个"奇葩"的男嘉宾，但在此基础上又添加了几个女性也会觉得有魅力的男性。她本以为男嘉宾的事都是 PD 说了算，没想到周思源在电视台还有些发言权，这么一想，看向周思源的目光多了几分试探。

"我把上次你的想法结合台里大部分策划的意见和台长说了，他也认为如果节目改版后第一期人选就出问题的话，可能会被舆论诟病——"

找台长——也就是说，他为了能换嘉宾，是跳过了 PD 越级上报的——

胜楠第一时间听出这话里隐藏的玄机，也马上意识到，周思源为了换嘉宾的事，兴许已经得罪了导演。

胜楠抬眼看周思源，见他还是一副云淡风轻的样子，似乎并没有因这件事受什么影响，也没有和自己邀功的意思，当即开口道：

"谢谢你，我知道这件事多半很难，但你还是办成了——"

周思源闻言摆了摆手，往旁边柱子上一靠，笑道：

"饭不能白吃啊，吃人家嘴短，拿人家手软——吃了你两顿饭，这点事办不成，我成什么了？不成白吃了嘛——"

胜楠闻言忍不住扑哧笑出声来，这于她是极其罕见的。

胜楠自己都没有意识到，在周思源面前，她似乎总能放松下来。

这边胜楠和周思源气氛融洽，那边梦楠也终于拖着疲惫的身躯回到了家。正准备喘口气，换身衣服，吃点零食，手机就响了起来。

"诗雅？"

梦楠听到闺蜜的声音，这才想起来半个月前，自己答应今晚陪她去某个饭局的。

梦楠本就挤地铁回来，这会累得已经抬不起手臂了，但想到自己早就答应好的，还是应了声，仓促地拽了条连衣裙，匆匆出门去了。

某高端酒店大堂。

林诗雅坐在大堂的咖啡厅处等梦楠，才摞下电话不久，吧台处一位西装革履的男士便向她走来。

虽然大厅里人有很多，林诗雅却显然是其中的焦点。她穿着一件剪裁精练的掐腰银色鱼尾裙，耳朵上流苏耳线闪闪发亮，妆容轻薄透亮，白里透红，看上去楚楚可怜。

男士走过来，小心翼翼地半弯下腰低声道：

"这位美丽的女士，不知我是否有荣幸可以邀您共进晚餐呢？"

林诗雅转头打量了一下男士，轻轻撩了下肩头的秀发微微欠身，微笑道：

"实在不好意思，我已经有约了——"

"那么，不知方不方便给个联系方式呢？"

男士见林诗雅笑容动人，仍不死心，又问。

"这个嘛——实在是不好意思，家里不让我随便给陌生人联系方式呢——"

男士闻言有些遗憾地转身走了。在他身后，吧台的服务员和调酒小哥见状窃窃私语道：

"半小时，第五个男的了！你说，真找个这么招人的女朋友，谁看得住啊！"

"你还担心人家看住看不住？人家根本看不上你好吗？"

林诗雅见周围还有男士对自己行注目礼，也不生气，一撩微卷的栗色长发，端着咖啡呷了一口，放下咖啡，优雅地在 Pad 上浏览某位男士的资料。

谁能想到，这个看起来女神范儿十足的女人，竟然也是来相亲的！

就在林诗雅拒绝了第七位搭讪的男士后，梦楠终于姗姗来迟，上气不接下气地坐在林诗雅身旁的沙发椅上，气喘吁吁地解释道：

"我刚、刚也相亲去了——差点把这事忘了——"

林诗雅打量了一下梦楠，见她穿着一件布袋型没有腰线的土黄色连衣裙，脚踩一双灰色船鞋，头发因为匆匆赶路乱蓬蓬地披在肩上，整个人说不出的邋遢土气，颇不赞同地摇了摇头道：

"你其实不必这么费心衬托我的——正常打扮就行。"

梦楠似乎被"损"惯了，闻言也不生气，憨笑了两声，正好服务员端来柠檬水，梦楠拿起水杯一饮而尽，男服务生见状皱眉不已。

为什么每个女神都有个邋里邋遢的闺蜜？要是女神的闺蜜也是女神就好了，这样，就有两个美女可以看了。

发现林诗雅的目光向自己投来，男服务生迅速调整表情，笑道："两位还有什么别的需求吗？"

"你问她，我没有了。"

林诗雅说完，便不再看那服务生，专心研究 Pad 上的资料，倒是梦楠盯着水单看了一会，有点被价钱吓到，支吾道：

"还、还能再来一杯柠檬水吗？这个水、水不要钱的吧？"

男服务生闻言更加不屑了，连话都不想再和梦楠说，点了点头，拿过桌上的空杯子就走了。

"诗雅？诗雅！他把我杯子拿走了——"

梦楠伸手捅了捅一旁看资料的林诗雅，小声道。

"他给你接水去了。这是高级酒店，不兴在你面前倒水，他们觉得失礼——你让我踏实研究会——"

林诗雅头也不抬，挥了挥手，示意梦楠不要打扰她。

梦楠撇了撇嘴，往沙发椅上一靠，环顾四周。

酒店的装潢极其奢华，大理石的地面反着光。仰起头，天花板上是巨大的水晶吊灯。环顾四周，名贵的绿植和摆放得宜的玻璃展示柜错落有致，展示柜里装的都是价值不菲的根雕。

也不知诗雅换了个什么工作？怎么忽然这么阔气？

梦楠偷眼打量林诗雅，不由得感叹。

这人比人真的会死。

上学时候，诗雅就是一等一的漂亮。但那时候，两人家里都不太富裕，上的又都是重点中学，在一众关系户和二代里显得格格不入。一来二去，两人就成了好朋友。这友情也一直持续到了现在。

梦楠还在回忆自己和林诗雅的过往，就听见一个低沉的声线自耳边响起：

"林诗雅小姐吗？我是裴航。"

梦楠和林诗雅同时抬头，一位老绅士映入眼帘。只见他穿着一件剪裁得当的西装马甲，头戴礼帽，手里拿着一根木质的手杖，和鬓边斑白不符的是他挺拔的身姿和英挺的面庞，若不看这人的头发和皱纹，说他四十出头也有人信。

男服务生不知是凑巧还是故意，端回了梦楠的柠檬水，在看到裴航的瞬间眼中露出严重的敌意，连问他需要点些什么都没问，转身就走了。

老绅士有些尴尬地握紧了手杖，轻咳了一声，看了眼林诗雅，收回了准备招呼服务生的手。

和服务生的少见多怪不同，梦楠见状，依然神色平静，慢慢地喝着那杯迟来的柠檬水，仿佛眼前的一切和她没有关系。

"裴先生？您请坐。"

林诗雅欠了欠身，伸手示意裴航坐在她对面的位置，裴航注意到了旁边的梦楠，不易察觉地皱了皱眉，但很快就调整好了表情，笑道："不知这位是？"

"凌梦楠，我闺蜜。我俩一会要去附近买个东西，约好了的，就索性早点见面聊会天了，希望您不会介意。"

林诗雅一番话，说得裴航没了脾气，停顿了一会才道：

"……也正常，毕竟现在网络环境很不好，你一个女孩子，出来也危险，有个朋友陪着也是人之常情——好了，不说这些了。相信红娘已经和林小姐说过我的情况了，我妻子身体不好，很早就去世了——其实这些年，我一直没有再娶，就是因为放不下她。但岁数渐渐大了，我也想通了，应该再找个适合的女性和我共度晚年，相信亡妻也一定能理解。

"我看了林小姐的资料，觉得你很知性，名校毕业还有留学经历，家里条件也不错，父母都是大学教授，自己又常去做公益，很有爱心。老实说，我很久没遇到让我这么满意的女性了。就不知，林小姐觉得我条件如何？"

梦楠表面低头喝水，心里却想：

这老头也自视太高了吧？要是再年轻个几十岁，或许还有点希望，但他看着都快能给诗雅当爸了，还好意思说满意？他当然满意了，娶个曾经是班花，年龄又是闺女的女孩；但诗雅要是选了他，那可是嫁了个爹！不过，诗雅爸妈什么时候成大学教授了？她家不是换洗抽油烟机的吗？

梦楠在心里碎碎念的工夫，林诗雅就回话了，一如既往地优雅，喝了一口咖啡，不徐不疾道：

"首先，谢谢您对我的欣赏。但有些话我觉得还是有必要说清楚。是这样的，我的资料会被发布在网上，其实是一个误会。完全是因为我父母，着急让我出嫁，罔顾我的想法。其实呢，现实中也有很多人追求我，我和您，真的不合适——

"本来这次见面，我和红娘说了，可以不必安排了。可她说，您这边能够看上眼的女性非常少，甚至还曾经说过他们平台有诈骗嫌疑，稍微条件好点的女士都约不出来——我想着，总不能因为我个人原因，让平台背黑锅，所以这才答应见您一面的。"

裴航闻言脸一阵红一阵白，他没想到林诗雅是出于这种原因答应见面的。一方面觉得这个女人确实很优秀也有教养；另一方面又觉得她不给自己面子，和知性懂礼的前妻相比，太咄咄逼人，一时间，对林诗雅的好感瞬间消退了不少。

"我希望今天的会面不会对您造成困扰。我只是觉得，拒绝别人，还是当面告知比较有诚意。"

林诗雅说完，便盯着裴航看，裴航闻言掏出胸口的手绢擦了擦额头的细汗，点头道：

"当然，当然，谢谢林小姐给我机会，当面表达我的欣赏。既然林小姐没有那个意思，我就先走了——"

裴航走了十几分钟，梦楠和林诗雅也走出了酒店。

才出门，梦楠就伸了个懒腰道：

"诗雅，你条件这么好，搞什么网络相亲嘛！看看这都给你介绍的什么人啊！刚才他在我没好意思说——他都够当你爸的了！"

林诗雅闻言笑了笑并没有解释，反问道：

"你还相亲呢，最近怎么样，有合适的没有？"

梦楠掏出手机，献宝似的把于海和陈铸的照片和资料给林诗雅看。林诗雅看完后笑道：

"你总说相亲对象里没有靠谱的，你看这个——于海是吧？我看他各方面条件都不错啊？"

梦楠闻言摆了摆手道：

"不错肯定是不错啦，就是和表面不一样，他话特别多——而且我俩只要有空聊天，他就抱怨他在单位怎么受委屈，在学校怎么被欺负，社会怎么不公平，科室怎么黑暗，唉——

"我觉得我俩就不是谈恋爱，我就是在单方面当他的垃圾桶——这还不是最可怕的，最可怕的是他表面特别开朗，和科室里大夫护士都关系特好，其实恨不得他们都去死——"

林诗雅闻言不由得叹了口气道：

"果然，人没有十全十美的，就好比刚才那个裴航，他再年轻个二十岁，我也不是不能考虑一下——"

梦楠见状摆手道：

"年轻二十岁你也不能随便考虑啊。那人一看就大男子主义，表面尊重女性，其实就是吃你的年龄红利嘛——想着找个年轻的女人伺候他养老，他怎么不直接雇个保姆呢？

"诗雅不是我说你，咱们找对象，不能只看对方有没有钱。那要是三观不一致，以后也过不到一起去啊。"

林诗雅听着梦楠振振有词，并没反驳，只是微笑以对。

心里却暗想：如今这社会，拜金的最后得到钱，看脸的最后得到颜，追求三观一致本也没错，但只要对方段位比你高，三观一致再简单不过了。

毕竟钱得赚，脸得整，而三观一致，脑子够用就行。

还三观一致？自己这闺蜜可真不是一般的幼稚。

梦楠在十字路口和林诗雅分了手，赶着去坐地铁，林诗雅改道去附近停车场取了豪华车，一边开车一边点燃了一根女士香烟。

豪车靠边停下，林诗雅像是想到什么，拨通了手机。

"是我，林诗雅，裴航已经打发了，抓紧给我打钱啊！"

"钱不是问题，你的下一个对象是瑞恒上海总公司的市场部总监，可能得让你出个差——"

"差旅费报销，交通费报销——其他一切照旧，我就接。"

平台见林诗雅答应得痛快，也不含糊，飞快将打发裴航的尾款打到林诗雅账上，又发来了下一个对象的资料。

上海瑞恒广告有限公司（总公司）办公室内，市场部总监杨光因为林诗雅答应和自己见面高兴得合不拢嘴，捂着电话跑到走廊里小声道：

"你们平台还真有办法——我本来以为像她条件那么好的姑娘根本不同意见我呢！要是我和她成了，一定给我的专属红娘包个大红包！"

杨光跑出去报喜的时候，陈羽何穿着最新的高定礼服踩着猫步从他身后走过，直接上了去顶层的电梯。

形式上地敲了敲董事长办公室的门，陈羽何几乎是推门进去，选择性忽略父亲陈诚不满的表情直接将包往沙发上一甩，自顾自地走到父亲身边抓住他的手臂撒娇道：

"爸！上次咱不都说好了吗？你说舞会结束后就给李铭升职——这都过去三天了，你怎么——"

"李铭，又是李铭！那穷小子到底哪点好？你知不知舞会上你忽然跑了，人家萧总的儿子找了你半天，特别失望？"

陈羽何一听萧总的儿子就皱眉，撅嘴道：

"爸！那萧震看着就一脸蠢相，你不会真的为了生意想撮合我和个傻子在一起吧。爸，你就快点给李铭升职嘛——他要是当上部门经理了，我就不用这么躲躲藏藏了，可以名正言顺和他在一起了。"

"原本也不该你躲躲藏藏！我看那小子根本就配不上你，进公司没两年，什么突出业绩都没有，就因为你喜欢他，我把大家都觉得能力出众的凌胜楠都调到北京去了，就为了给他腾地方！你还想让他当部门经理？他也配？"

陈羽何一见父亲面色不善，正准备抬出"上次母亲身体不舒服，李铭特地上门探望，还给母亲煲了汤"，来打感情牌。还没等她组织好语言，秘书便打来了电话。

"陈总，徐颖徐总在外面等您，说是有要事相商——"

"爸！你怎么还和她有联系啊！你不都答应妈以后不见她了吗——"

一听胜楠的母亲要来，陈羽何也顾不得给李铭拉好感了，赶紧抬出母亲阻止父亲见徐颖。

"胡闹！！徐总是公司的股东，现在我俩就是合作伙伴关系！你怎么不分轻重？为了个李铭，连公司的合作伙伴都不要了？小王你进来一趟，把羽何带走——"

"爸！你！你为了这个女的要赶我走？！她一看就是来给凌胜楠找场子的。肯定是因为觉得李铭占了她闺女的总监，过来要求把她调回来的——爸，你可不能答应她，她、她没安好心！"

"什么这个女的？！论辈分那是你徐阿姨，徐陈两家多少代的关系了，岂是一两个晚辈就能破坏的？况且我看她来，也未必是为了凌胜楠的事。小王，进来吧，带她走——"

秘书小王推门进来，陈羽何一见这事难以收拾，气得从沙发上抓起包扔给小王，狠狠道：

"你不听我的，我就去找妈评理！看你还敢不敢向着她们娘俩——"

一场闹剧结束，陈诚收拾心情，揉了揉发疼的太阳穴，过了好一会，才通知秘书叫徐颖进来。

多年后，再见徐颖，陈诚心情有些复杂。

再见面，徐颖已是青春不再，但保养得宜的脸光滑细嫩，褪去了少女的青涩，反而有种成熟女人的风韵。身上定制的丝质长裙将整个人勾勒得宛如一只雕琢精致的青花瓷瓶。

"陈总贵人事忙，我和秘书约了快一个星期，一直说行程排不开——没办法，明知失礼，也只能亲自登门了。"

徐颖夹枪带棒的一番话，一下就把陈诚放在了"不念旧情，刻意回避"的"罪人"位置，陈诚闻言有些尴尬地从办公椅上起身，手撑着办公桌摇头道：

"咱们很久没见面了——好不容易见一次，你不用这么——"

"我怎么了？陈总怕不是忘了，一周前把我女儿调到北京去的事？这么大的事，我以为凭咱俩的交情，我怎么也不至于从我家那位嘴里知道——这么多年，我什么时候在他面前理亏过？我也不兜圈子了，如果陈总能卖个面子，撤销对胜楠的调动，公司方面，有什么需要帮忙的，我一定不推辞——"

陈诚本想答应，但想到先前女儿陈羽何信誓旦旦要将这事捅给妻子，又有些犹豫。毕竟，他能做到瑞恒的董事，妻子何晴的父亲也功不可没。若是为了徐颖的事让妻子不高兴，恐怕到时候又要横生枝节。

眼见陈诚没有要答应的意思，徐颖脸上的笑意也收了回去，冷声道：

"陈总怕不是忘了，我也是瑞恒的股东，如果可以，我不想和你闹得太僵。"

陈诚听了这话，连忙绕到桌子另一端，走到徐颖身前，尽量诚恳地压低声音道：

"小颖，你何必这么为难我呢？胜楠就是个总监，她的调动轮不到我管，都是下面人的决定——我刚知道这事的时候本也不想批，但她能力很出众，外放几年，再能做出业绩的话，回到总公司，升职加薪是必然的——其实也不一定是坏事——

"再者说，说句不当讲的，你我都知道，那凌胜楠又不是你亲闺女，你何必为了另一个女人的孩子这么劳心劳力？她不在，玉成不是正好有工夫陪陪凌霄？"

陈诚不愧纵横商场多年，很快就找到了症结。

他早风闻徐颖对凌玉成偏心前妻的孩子不满，只是这件事不足为外人道，两人前几次见面又都是在董事会上，一直没有机会说出来，这会拿来劝徐颖，恰是一张好牌。

徐颖没想到陈诚将她看得这么透，想起上次打电话给胜楠，想要问问她情况，结果电话才接通，胜楠就开口道：

"你还好意思打电话来？这么大的事，你和我爸瞒了我这么多年，亏我还觉得你偏心凌霄是因为他岁数小，又是个男孩。现在我明白了，你又不是我亲妈，当然会这样了。"

徐颖着实被胜楠的话伤到了，想起丈夫这两天的不冷不热，更是觉得陈诚的话也有几分道理。

既然胜楠融不进这个家，不如就让她在北京多待些时日，反正她那焐不热的性子就是随了楚芳华那贱人。日子长了，玉成再宠她也会失望，那时候她再来做好人，提出接她回来也不迟。

陈诚见徐颖不说话，知道她多半被说动了，松了口气，摇头道：

"说实话，你当初嫁给凌玉成，不光你父亲反对，我们这些从小一起长起来的——没有一个能理解的——他到底哪点好？你怎么就——"

徐颖听了这话面色不愉地摆了摆手，伸手调整了一下链条包的链子，转身道：

"当年的事就不要提了，但愿你说的是真的——若是胜楠调动回来职务没有变动，你也知道，我不会就这么算了。"

这边徐颖"讨完公道"离去，那边本该"升官发财，少奋斗二十年"的李铭，此刻正在不断拨打胜楠的电话。

从昨天开始，胜楠就已经不接他电话了，这个事实让李铭有种东窗事发的急迫感。他此刻迫不及待地想要弄清胜楠到底知道了多少。

自己和陈羽何的事，是不是已经完全曝光了？

李铭急得如同热锅上的蚂蚁，在总监办公室叉着腰绕着桌子转了好几圈，正赶上下属王璐过来交策划案，李铭眼前一亮，叫住准备出门的王璐：

"你手机借我用一下，我的没电了——"

王璐不疑有他，爽快地将手机借给新领导，李铭挥挥手将王璐赶到屋外，再次拨打了胜楠的电话。

胜楠正忙着整理新的嘉宾资料，忽然看到总公司的下属给自己打电话，以为是工作的事，不疑有他，接起来一听——竟然是李铭！不由得愣在那里。

"胜楠？你怎么不说话？"

"哦，我工作呢，这样，我晚点打给你——"

李铭见胜楠并没有追问他的事，心知她多半还不知情，松了口气的同时，心中的不快又升腾起来。

两人这么久没联系，又分隔两地，她作为自己女友，接到自己电话第一句居然不是关心，而是告诉自己她在工作。

她真的在工作吗？会不会和自己一样，到北京这一个礼拜，有了什么自己不知道的新情况？

想着便开口道：

"又工作，你到底和谁在一起？最近一给你打电话，你就说有事——再怎么忙，也不至于接个电话的时间都没有吧？"

胜楠闻言皱了皱眉，周思源虽不知胜楠在聊些什么，见她面色微沉，还是主动示意要离开，转身欲走，一副让她私下处理的架势。

胜楠见状拉住周思源道：

"没事，你不用走，我两句话就说完——"

李铭听出还有别人，心里更不是滋味，认定胜楠肯定是有了状况，不由得抱怨道：

"你总是这样，工作也好，外人也好，都比我重要！这么久没见，你就没什么想和我说的吗？两句话，我永远就值你两句话吗？"

胜楠见李铭敏感的老毛病又犯了，虽然有些不耐烦，还是耐着性子解释道：

"好了好了，昨晚我就想联系你来着——是因为工作太晚了，我怕你睡了就没联系——我当然有事想问你——我听这边同事说，我来北京，你也是支持的，我怎么不知道这件事？我不追究你，你倒抓着我的态度不放——我应该什么态度啊？"

李铭听了这话有些慌张。

果然，北京那边有人已经听到了风声，而且还和胜楠乱嚼舌根了。再这么下去，他和陈羽何的事，迟早纸里包不住火。

想到这，当即表忠心道：

"你这是哪的话，他们胡说！他们就是嫉妒咱俩因为这次调动都当总监了——你可是我未婚妻啊，我疯了，希望你这时候调到北京去！"

李铭演兴正浓，就听有人敲了敲他办公室的门，李铭将门拉开一条缝，有些不耐烦地摆摆手示意他走开，那同事却伸手指了指门口，李铭抻着脖子一看——

陈羽何已经走到办公室门口了！眼看就要进来了。

"我……我手机信号不太好，喂？喂！喂？"

李铭匆忙挂断了手机，将手机塞到那同事手中道：

"帮我还给王璐，告诉她，要是凌胜楠再打过来，就说——说陈总有事找我，出去了——"

那男同事表面笑脸相迎地接过手机，等李铭一走，便看着他迎向陈羽何的背影"呸"了一声。

陈羽何见李铭主动迎出来，也有了笑意，主动上前道：

"怎么出来了？这么着急见我啊！"

不同于陈羽何的热情，李铭刚挂了胜楠的电话，还在神魂未定中，闻言只是"啊"了一声，示意自己知道了。

陈羽何见他心不在焉，顿时就想到他可能又在想凌胜楠的事，脸色一沉道：

"你还想她？！你再这样，下个月的董事会升职考评，我就不让爸替你说话了！"

李铭一听兹事体大，终于收拾了下情绪，从口袋里拿出准备好的项链，递给陈羽何。陈羽何看见礼物，这才笑逐颜开道：

"你啊——就你会讨好人——下不为例啊——"

这边李铭和陈羽何去吃饭了，那边梦楠也终于回到了家。

还没等坐稳，梦楠就赶紧翻出手机，回复新发来的微信。

陈铸的信息内容热情洋溢，一看就是对梦楠印象极佳：

"周末愉快啊！我今天回家不断想起咱们一起吃饭的事。真的，好久没这么高兴了！果然自助还是有人一起吃最开心！你喜欢吃什么啊？今天时间太短了，我也是——忘了问你，你喜欢吃什么，下周我陪你去吃！"

梦楠一看这长篇大论有些为难。

比起她自己爱吃什么，她更希望下周能选个陈铸喜欢的地方，最好和这个日料价格相当的，让她把人情还了。这才好意思告诉他——他其实误会了，自己并不喜欢他。

想着便回复道：

"周末愉快！谢谢你请我吃那么贵的日料——我其实，吃东西不太挑，好吃的都爱吃。倒是你，除了日料还有什么喜欢的吗？火锅你喜欢吃吗？我听说三里屯有一家新开的火锅店不错，不然下周我们约那好不好？"

"啊，你说的是'极上烟火'吧？我也在网上看见了，正说有机会想去试试呢！那太好了！"

梦楠正想着回复陈铸，手机便又响了起来，拿起一看，竟然是于海！

"下周我就出差回来了，新的实验结果也提交了。等忙完手头这点活，咱们就可以去爬山了。"

梦楠盯着手机上下排列的两条微信发愣了一会，像是下了决心一样起身敲开了母亲的房门。

"妈，有件事——我想和你商量下。"

楚芳华第二天有发布会要开，见女儿又是一脸为难站在她面前，心知多半不是什么好消息，便有些不耐烦道：

"有事快说！我这试衣服呢，你没看见吗？"

梦楠吞了下口水，攥紧了拳头鼓足勇气道：

"妈——我想了想，我还是比较喜欢于海一点。陈铸，陈铸虽然对我也挺好的，可我真的不喜欢他——下周，下周他俩都约我，左右也是排不开——不如，不如我就和陈铸直说了吧？再说，再说我平时工作也忙，同时给两个人回信息我也——"

梦楠好不容易组织好了语言表达了自己的意见，就看楚芳华皱眉放下了手中的西服，坐在床沿上跷着二郎腿打量着梦楠，打断道：

"你和于海还没见面呢！这八字还没一撇呢！万一人家大夫见了你不愿意了呢？到时候怎么办？陈铸你也不见了，于海人家再不见你——不是平白放弃了一个还不错的对象？"

梦楠见母亲不赞同，咬了咬嘴唇继续争辩道：

"妈！我是真的不喜欢陈铸——你为什么老说他不错啊，再不错我也不喜欢啊——这不是时间的事，就算，就算于海和我见完面，没看上我——我也不可能和陈铸在一起啊！"

楚芳华闻言站起身，拍了拍梦楠佝偻的后背示意她站直，然后摇头道：

"你还是太幼稚！这是找老公，不是找模特！男人好看有用吗？你爸倒是好看呢，除了劈腿出轨不负责任，他会什么？找老公，那还得是能力强、有责任心的，这才是第一位的——"

梦楠挺了挺后背有些委屈地摇头道：

"那、那是我找对象，不是你找对象——我不喜欢——"

"是你找对象？你，找到过对象吗？我就问问你，你找到过吗？就这几个还是我托关系介绍给你的——你那么有主意，倒是自己找一个啊？"

楚芳华见梦楠不听话，顿时火气上头，说话带了三分锐气，让梦楠一时间没了言语，只得红着眼眶摔门跑回了自己的卧室。

"诗雅，诗……诗雅，我妈她——"

一回屋梦楠就委屈得拨通了林诗雅的电话，每次遇到这种事，也就只有诗雅愿意听她说了。

"梦楠？我这忙着哪——明天要出差去上海——算了算了，你简单说说吧，我开着免提听——"

"我、我不喜欢陈铸的长相，想直接告诉他我俩不行。但是我妈，我妈说陈铸条件也不错，虽然不是我喜欢的类型，但找对象不能只看长相。她说万一于海，哦，就是那个外科大夫，他见了我，没看上我，起码还有陈铸在。诗雅你觉得呢？"

林诗雅开着免提，一边将自己的礼服裙和手包往箱子里放，一边回道：

"是你找对象，又不是你妈找对象——你要是实在不喜欢，就拒绝呗——"

"可是，可是，我觉得我妈说得也有道理。虽然——虽然她说话不好听，但、但比起以前那些见了我就甩脸的相亲男，陈铸起码对我还挺好的——我又不是你，也没什么途径自己找对象。"

林诗雅闻言直接关掉免提，拿起手机走到窗边皱眉道：

"那你是什么意思啊？你自己说不喜欢的，这会又舍不得拒绝人家——你要是打算养个备胎就好好养着——懒得应付两个，就先撒个谎，说你下周有会，你们忙招生，先不见那个丑的了，先见你喜欢的那个大夫。

"要是大夫答应继续交往试试，你就和那个丑的说拜拜，要是他不同意，你下下周再约那个丑的不就得了——多大点事啊——不聊了，我这别的电话进来了。"

林诗雅说完有些不耐烦地挂断电话。

梦楠盯着电话，听着耳边嘟嘟的断线声，原本已经发红的眼眶顿时蓄满了泪水。

每次诗雅有事，她都是第一时间就赶到。现在她心情不好想和诗雅聊一聊，诗雅却嫌弃她啰唆——

梦楠将屋门反锁，抱膝坐在床头默默地流泪，想起中学时候刚认识林诗雅的事。

"这次给贫困儿童捐款大家一定要多出力，得和家长说，这可和春游不一样，这是帮助有困难的人！"

梦楠看着手里的二十块有些为难。

她已经和母亲说得很清楚了，可是母亲说："自家还过不好呢，我养你都费劲，还顾得上什么不认识的贫困儿童？再说了，这钱能不能到那些孩子手里还是回事——你们老师就是为了多收钱好竞选优秀教师，这才逼着你们都多捐的，你别听她胡扯！"

"哎哟，林诗雅，你平时不挺厉害的吗？还舞蹈队领队——怎么？到了帮着贫困儿童了你就没钱了？二十块你也拿得出手？"

梦楠还没蹭到小组长身边，就看见小组长夸张地翻了白眼，扯着嗓子教训坐在自己那排最后一个的林诗雅。

"我捐多少是我的事，跟你有什么关系？这钱是给贫困儿童的，又不是给你的！"

林诗雅见状也没退缩，直接一句话顶上去，让小组长脸一阵红一阵白。

"本来是不干我的事——只是咱们班，除了你，谁只捐二十啊，回头我给老师拿过去，她还以为我动了什么手脚呢——"

小组长见不得林诗雅得意，尴尬了一会，便重整旗鼓，又搬出一套说辞来。

"我，我——李雪，我也捐二十——"

梦楠其实没多想，只觉得小组长李雪的注意力都在林诗雅身上，现在捐，可能自己不会被骂得那么惨。

没想到李雪却多心了，一看梦楠出头，还以为她和林诗雅联起手来恶心她，当即就拽过一旁的班长高原道：

"你看她俩——联起手来不起好作用！这要是让她们这么捐了，那其他同学的心里多不舒服啊——原，你得给我做主！"

李雪说到后面还撒起娇来，看得林诗雅和梦楠都是一阵恶寒。

高原见状，有些尴尬地环顾了一下周围盯着他的同学们，清了清嗓子道：

"本来捐款确实是本着自愿原则，但老师也说了——这是做好事。林诗雅，凌梦楠，你俩平时零花钱都不这么少吧？就算父母不愿意给，拿自己零花钱凑个平均数也行啊？怎么捐款这么吝啬？这么没有集体荣誉感可不好。"

高原说完，周围同学都开始交头接耳起来，但整体氛围都是觉得梦楠和林诗雅小气自私。

就在此时，一个帅气的身影从教室门口一阵风似的跑了进来，拍了一张百元大钞在桌上，解释道：

"原你误会了——是这样，梦楠早些时候把钱借给我了，林诗雅也是——她俩零花钱在我这呢，我玩 high 了忘了还了，这不，都在这呢。"

"程峰，你回来了！"

林诗雅一见那男同学，顿时眉开眼笑，一时也忘了挤对李雪和高原，只是盯着那个男生瞧。

梦楠站在林诗雅背后，小心翼翼地打量着闯进来的男孩。那是老师给她新换的同桌，也是班里的人气王，篮球队队长，新转学来的程峰。

梦楠正陷在回忆里，手机微信的提示音响起，显示有人要和她语音通话。梦楠赶紧擦干眼泪，连滚带爬地够过桌上的手机，拿起来一看，竟然是她刚才想拒绝的陈铸。

"梦楠吗？现在说话方便吗？我想和你说个事——"

"哦，你说吧——"

梦楠心情不好，不想多说话，索性就开着免提，让陈铸自己慢慢说。这口子一开可不得了，陈铸的抱怨就如老太太的裹脚布，比于海的只长不短。

"我不给你发信息了嘛，说咱们下周再约——我们那领导，疯了吧他？他出差去了，差不多把一个礼拜的活都派给我了，我看他是生怕他不在我闲着。现在我这工作都快排到周末了——

"我本来想着周末人多，刚才还在网上看你说的那家店来着，我想着咱们要不约工作日，那时候人少，聊天也方便，位置也能挑个好的。正挑着呢，领导那傻帽就来电话了，非说什么这事很着急——

"着急个屁啊，我们一个国企，报告都是例行的，哎……我本来都和饭店说好了，给咱留个靠窗通风的位置，省得吃火锅热，让他一搅和——你说咱俩好好的，赶上这种破事——我想着，得赶紧告诉你一声啊，别回头你再误会，觉得我不热情，忽冷忽热的——"

"我不会。"

梦楠本就不喜欢陈铸，见他这么啰唆，已经有些不耐烦，但想到对方也是好意，还是抽抽鼻子，调整情绪安抚道：

"没关系的，工作日你没空——我们还约周末就行。你工作忙，订位置的事我来办吧，周末你来就行了。"

"太好了！我的天，我刚还想呢，要是你误会我不愿意怎么办？你性格真好！我以前，以前他们给我也介绍过一些姑娘，都是一听说我没时间就说'不愿意算了'。我真吓着了——你放心，周末，下周末我排除万难也会去吃火锅的！决不能让你的心意白费！"

梦楠面对陈铸的热情有些不知所措，含混地回了句：

"哦，那，周末见——"

便挂断了电话。

看向手机，于海的信息还停留在上次那条"抱歉，这周末加班，下周咱们一定一起去爬山"和自己回复的那句"好啊好啊，你辛苦了，周末见！"

不由得有些感慨。

果然，于海对自己确实就没有陈铸这么上心。

可她真的不喜欢陈铸，这也没办法啊！

"人家外科大夫条件那么好，凭什么对你热情？人家那么忙，没和你断了联系你就烧高香吧！"

母亲的话虽然刺耳，但说得也有一定道理。

梦楠深深叹了口气，用冷水洗了把脸，回到卧室继续更新自己的小说。

几个铁杆粉丝催更的留言，让梦楠疲惫的脸上露出了一丝微笑。仔细阅读过之后，梦楠小心翼翼地将几个长评复制到一个名为"加油啊小作家"的文档中，继续今天的更新。

这边梦楠处理完了和两个相亲对象剪不断理还乱的关系，那边胜楠见李铭挂断她的电话，没好气地又打了回去。

王璐接到电话，支支吾吾地替李铭遮掩：

"他、他被陈总叫走了——"

胜楠心知事情没有那么简单，也懒得去探究原委，挂断电话，又开始在会场四处观察，这一待，就待到了晚上。

若换了别的负责人，早就出言把凌胜楠"请"走了，但周思源情商一贯在线，知道胜楠赖在这不走，应该是初到北京没什么朋友，反而主动走过去问道：

"凌总监有没有其他想去的地方？我这也安排得差不多了——需要我安排，你直说就行。"

胜楠这才意识到自己待的时间太长了，想了想还是开口道：

"不用了，你忙工作吧。我晚上——晚上约了个事——正好也该走了。"

胜楠嘴上这么说，上车以后却发现除了家和单位，她根本就无处可去。正准备开车离开，就看到李察德又晃了过来。那辆超跑还是一如既往的扎眼，一个星期不到，又被染成了天蓝色。

"你干吗总躲着我啊？我看你一直不肯和我吃饭，是不是怕接触久了，喜欢上我啊——"

李察德穿了条灰色连体工装裤，整个人宛如一只怀孕的河豚，从车上下来，头顶上新染的黄色挑染，单看脸，又有点像一颗没熟透的洋葱。

"你想去哪？"

胜楠本能地想要拒绝，不知为何想起拉黑了自己的梦楠，顿时改了主意，改口问道。

"哎，这就对了！上车，我带你去——全北京最火的酒吧——我开的！"

胜楠难得没有甩脸，上了副驾的位置，李察德迫不及待地打开顶棚的车罩，跑车顿时变成了一辆敞篷车。

眼见李察德将戴了金表的手臂搭在车窗外，将车速飙到最高，打开了 DJ 音乐，急于炫耀车上载着美女，极尽油腻之能事。胜楠也没生气，只是看着路旁的景色问：

"你怎么会和梦楠相亲的？你俩——平时的社交圈应该不重叠吧？"

李察德本打算借机吹嘘一波自己限量版的爱车性能，没想到胜楠一张嘴就问那个倒胃口的妹妹，顿时也有些扫兴。但为了抱得美人归，还是耐着性子答道：

"其实你妹妹——条件也没那么差。北京姑娘，工作稳定，小家碧玉的，家里，哦，就是介绍人和你妈认识，你知道吧？——阿姨不是公务员吗——说起来也是正经人家——我那天，其实我也反思了，确实过分了点。但你妹妹也不占理你知道吗？她又迟到，相亲还不打扮，我甚至觉得，她就没看上我，刻意扮丑你知道吗？——你说，这搁哪个男的不生气啊！"

胜楠闻言不由得想起自己第一次见梦楠时，她那老年俱乐部的装扮。这李察德常年混迹酒吧夜店，女人化妆在他眼里应该是天经地义的事，梦楠那个装扮，别说李察德觉得失礼了，就连她都觉得说她是自己妹妹有些没面子。

"……我知道，我不该扔下她就走，主要是我后面真有事——你妹妹吧——怎么说呢，就算她那天不迟到，其实也不是我喜欢的类型——太老实了，你知道吧？"

李察德见胜楠没说话，以为她还在生气自己撂下她妹妹跑了的事，继续卖力补救。

"……我怎么也是个开酒吧的——生意场上的——你妹妹，哎，跟我不是一路——就算那天勉强过去了，以后也过不到一块去——"

李察德一路的解释，让胜楠彻底掌握了妹妹的性格和他俩认识的原因。

这么看来是自己的生母着急让女儿赶紧嫁出去，饥不择食，才有了这样的后果。

两人到了酒吧，一进酒吧门，李察德便扯着嗓子喊道：

"Andy人呢？让他出来给这美女调杯'天使之吻'！"

后台一个瘦得跟竹竿子似的小伙子穿着皱巴巴的T恤跑到李察德面前，搓着手笑道：

"哎哟，李总，您怎么来了？他、他楼上补觉呢，我这就去喊——美女，你稍等一下哈，我们白天本来不营业的——"

胜楠环顾四周，和李察德土得掉渣的暴发户装扮不同，这酒吧装潢倒是简单大方，并不如她所想的纸醉金迷，富丽堂皇。

砖红色的地毯雾霾蓝的墙面，既有视觉冲击感，又具有艺术气息。沙发没有选择俗套的欧洲宫廷风，而是买了后现代北欧简约的纯色沙发，错落有致地摆放，头顶的吊灯是设计师款的几何形状，黄色的灯芯透着磨砂的柔光洒下来，流露出一种闲适的高级感。

"怎么样？我这酒吧，不错吧？"

凌胜楠闻言点了点头，头一次看向李察德的目光里没有了嫌弃，甚至还带了点好奇。

"这原本是个画廊，后来经营不善开不下去了——我和几个哥们就把这盘下来做酒吧了——你以前在上海对吧？要说酒吧文化，还得数上海——北京不行，规矩忒多，再怎么折腾也比不了那边。"

胜楠见李察德罕见地谦虚起来，还有点不适应，顿了一下才接口道：

"上海酒吧文化确实更发达——尤其我们是广告传媒公司，很多时候谈事都约在清吧——不过，你们这水单已经算全的了，黑房也有，我到北京来，也去过几家酒吧，净卖些利口酒、外国啤酒、水果酒和鸡尾酒糊弄些小姑娘——跟他们比起来，你这边算很懂行了。"

李察德闻言有些惊喜，他着实没想到胜楠对酒文化也有研究，对她的欣赏不由得更上一层楼，不自觉地往她身边凑了凑，兴奋道：

"一看你就懂行——我先前带过一个姑娘来——那丫头做主播

的，号称去过不少吧，结果就知道个香槟——哎，现在这些主播水得啊——"

胜楠闻言笑了笑，没有接话，心里却对李察德将她和女主播比较不屑一顾。

和梦楠不同，排除徐颖是继母这件事不谈，胜楠的家境可以说是很优渥的。一路私立学校上下来，除了大学是自己考上的传媒大学，胜楠可说是天之骄女。莫说是酒文化，各种上流社会必会的技能，胜楠都是如数家珍。

"酒来了，来，你尝尝我们这的特色——品评品评——"

李察德一看胜楠不说话，还以为自己提女主播她心里不舒服了，赶紧岔开话题，请胜楠品酒。

两人推杯换盏地喝到半酣，李察德酒量不如胜楠，已经有些上头了，满脸通红地解开连体工装最上面的两颗扣子，露出短粗的脖子，又开口道：

"你看你，和你妹妹——长、长得一样吧？可就邪门儿了，我就觉得你特好看——她、她就不行——那、那话怎么说来着——鸡、鸡肋，就是好像也没啥毛病，但就觉得没味道——"

胜楠见他又说梦楠不好，本有些生气，但想起那位拉黑了自己的妹妹，便觉得他说得也有几分道理，摇了摇头，不想再追究这件事，另起了个话题问道：

"你不是已经在相亲了吗？既然外面能找，为什么还要参加'真爱碰碰对'啊？"

李察德闻言耸了耸肩，将小杯里的龙舌兰一饮而尽，咂摸了一下嘴道：

"嗨——家里老两口，着急抱孙子呗——我啊，就报名，糊弄糊弄他们。我都知道，正经姑娘，谁上那节目啊！"

李察德说完环顾四周，凑到胜楠耳边压低声音道：

"女、女嘉宾名单，我早一个礼拜就弄到手了——一半都是女网红，还有几个十八线明星。有来宣传自己网店的，还有几个搞代购的——除了这些啊，剩下一堆脾气古怪快四十的职场女强人——我，我在这堆女的里，找个屁对象啊！我就琢磨着，收视率还行，我宣传下我这酒吧。"

胜楠闻言看李察德的眼神顿时变得不太一样。

她原本以为李察德就是那种脑袋空空的富二代，节目组眼里的冤大头，没想到他倒也不完全是"绣花枕头"。

"那你参加这个节目，报名费不便宜吧？"

没有计较李察德忽然靠近，胜楠借着他凑过来的姿势，也压低声音问。

像是得了鼓励，李察德闻言爽快地开口道：

"那自然，五十多万吧——零零总总的，还他妈霸王条款。这钱，就、就只是报名费而已，不保证能带走姑娘。"

胜楠听了这金额，也是有点咋舌，她本以为导演那么想在赞助上多捞油水是因为节目没什么进钱的门路，此刻一听一个男嘉宾报名费就高成这样，顿时对导演多了一层不满。

"你、你酒量，是本、本来就这么好……还、还、还是你趁我不注意，兑水了啊？"

李察德看气氛正好，本想借着酒劲约胜楠去酒店，却发现自己实在起不来了。扑腾了几下都没能站起身，看上面的吊灯都已经开始重影了。

"我和朋友喝酒从来不兑水——做传媒的嘛——没有点酒量打底，怎么谈事啊——"

胜楠见李察德已经几乎瘫在沙发上了，心知今天多半也问不出别的东西了，见状将名片放在桌上，笑道：

"我看你已经醉了，这我名片，谢谢你请我喝酒。以后生意上有事找瑞恒，直接联系我就行——"

胜楠说完拎起包转身就走了，不顾李察德在身后结结巴巴的"等等"，只留给他一个潇洒的背影。

转眼又到了周末。

周五晚上，梦楠按照林诗雅教的方法给于海和陈铸分别发了微信。

"你出差回来了吗？这周末有没有时间，我们一起去爬山吧！"

"对不起啊，下周我们有个会，周末要加班——你不是也加班呢吗？要不，咱们下周再约？"

给陈铸的信息发出去不到两分钟，陈铸便回复道：

"没问题。周末还加班，你们领导也够缺德的——唉，都是苦命人。那你自己吃点好的，千万别委屈了自己——我这边，明天还得到单位一趟，我本来想着要是咱们约后天，我明天一天在单位加班应该能弄完的。但你没空，我也就不那么赶了。没关系，咱们下周再约！"

梦楠一看陈铸没起疑心，松了口气的同时又有些愧疚。她不是林诗雅，撒这种莫须有的谎，让她心里很不舒服。但不可否认，在陈铸和于海之间，她肯定是倾向于海的。

想着，摇了摇头，将脑中那些抱歉的想法扫出去，捧着手机开始等于海的回信。

给于海的微信发出去过了一个多小时，于海还是没有回信，梦楠失落之余，忍不住又暗暗将于海和陈铸进行比较。

陈铸确实长得不尽如人意，可他不但会主动发信息，还经常关心自己喜欢什么。反观于海，除了让自己帮着看论文的时候比较积极，之后整整过了一个礼拜，于海和自己基本上都没什么沟通，这冷淡的后续交往与上周拜托自己看论文时的热情大相径庭。

又等了半个小时，时钟指向夜里十点半，梦楠终于叹了口气，放下了手机，开始更新今天的小说。

"抱歉，我的新论文出了点问题，这周约不了了。"

梦楠抬起头来，发现于海回信的时候已经快夜里十二点了。这时候改口约陈铸见面显然已经来不及。梦楠有些失落，但还是回了句"好的，那下周再约吧，你加油"，便倒下睡了。

第二天一早，楚芳华便叫醒了还在睡梦中的梦楠。

"怎么又赖着不起？今天不是有相亲？"

梦楠揉着眼睛爬起来一看，才六点半，有些埋怨地看了母亲一眼，见母亲已经打扮停当，一副要出门的样子，顿时把到嘴边的抱怨咽了回去，转念道：

"暂时没有，但……但也不一定，我还在等人家信呢。"

楚芳华听了点点头，像是想到什么似的，拉过梦楠的手嘱咐道：

"没关系，别气馁，这条件好的男孩给介绍的人就多——忙些也正常，咱们得展现出良好的家教来，别催人家，等等看——"

梦楠其实哪里是气馁，她只是觉得让母亲看出来，自己难得有一个属于自己的周末，心里特别高兴，可能不是什么好主意。当即顺着母亲的话点了点头，故作失落道：

"也对，我又不那么好看，人家不积极也正常。"

"别胡思乱想，这是找老婆，又不是选美——要那么好看有什么用？你放心，以咱家的条件，你的条件，比那些没念过书成天社会上混得乱七八糟的女孩适合娶回家多了！就算那些个男人没眼光，喜欢那种女人，他们爸妈也绝对更喜欢你这样的。咱还是有优势的。"

梦楠闻言听话地点了点头，楚芳华见状有些欣慰，搂了搂梦楠的肩膀拍了拍，鼓励道：

"加油！妈妈相信你一定能行。我今天本来要去找你秦芳阿姨吃饭，说叫你一起去，但……相亲的事重要，万一他们晚点联系你，你还是先尽着见他们。我先去看看秦芳什么事，有什么，等我回来再说。"

梦楠点了点头，目送母亲走出房门。走到卧室门口，便听到母亲撞门出去的声音，梦楠顿时卸下脸上的失落，欢呼雀跃地跑到厨房，打开储物柜，从底层堆叠的餐盒后翻出一个大布袋子，拎着回了卧室。

布袋打开，里面全都是新晋的各种网红零食，梦楠将零食倒在桌上，一边开电脑一边拆开一袋蜂蜜黄油薯片，戴上耳机，开始写自己的小说。

上海，金融大厦，林诗雅正在透明的玻璃电梯里和一众广告业精英一起奔赴宴会现场。她不由自主地向玻璃外的酒店大厅望去，下面西装革履的男士和身穿礼服裙的女士比比皆是。

比起北京的古典大气，林诗雅更喜欢上海这种商业气息浓郁的城市。她深吸了一口气，空气里混合着男士古龙香水和女士香水的味道，一种纸醉金迷的感觉顺着鼻腔上脑。

这人若还算靠谱，真嫁到上海来当个阔太太，或许也不赖。

林诗雅拿出手机，对着前置镜头理了理自己的额前发。她今天的装扮与那天去见老绅士裴航时又截然不同。今天她扮演的是一个北漂打拼、个人能力很强的大厂市场部的总监。

林诗雅一身银灰色套装，驼色外套，脚踩银色高跟鞋，限量版的爱马仕包包，搭配流苏耳线，整个人既有女人味又颇具职场气质。

出了电梯没走几步路，便看到一个身穿西装的矮个子男人迎了上来，笑道：

"林诗雅小姐是吧？总监在里面等您——"

林诗雅冲那人笑笑，感觉到周围不少男性都向自己行注目礼，她心情大好，冲门口迎宾的小伙子点了点头，便走进会场去了。

和在场关注林诗雅的各位男士不同，站在陈诚身边的李铭面如死灰，一身白色西装将他一米八的身高修饰得极为挺拔，可和旁边巧笑嫣然、一脸得意的陈羽何相比，李铭可说是手足无措。

他万万没想到，强势的陈家会选择让他在这次广告界的大会上亮出和陈羽何的关系。他担心胜楠也会来，到那时，场面一定会很难看。

陈羽何显然并不知李铭的心思，还以为第一次在公开场合，李铭当她的男伴紧张了，笑着用手臂蹭了蹭李铭的胸膛，半靠在他怀里小声道：

"铭，你不用担心，爸不都认可你了嘛——一会要是有人过来打招呼，我帮你引荐就是了。从一开始你就心不在焉的，你看看我为了你，还专门去定制了一套新礼服，你都没夸我！哼——"

李铭强挤了笑容出来，勉强提起精神打量了一下陈羽何。陈羽何自幼学习舞蹈，身材气质自不必说，肤色也是遗传其母何晴，白里透红，宛如少女。她穿了一件夸张的大红色露背鱼尾礼服，将凹凸有致的身材勾勒得淋漓尽致，不知道的还以为今天是她的婚礼。

李铭有些尴尬，陈羽何如此高调，今天两人一起亲密亮相的事，一定会传到胜楠耳朵里。就算她没来，知道自己和陈羽何在一起，也是迟早的事。一时间，心思又转到如何隐瞒上头，嘴上敷衍道：

"是好看——但你穿什么都好看，原是不用这么费心思的。"

"你都没好好看——什么叫穿什么都好看啊！那也有适不适合我的啊！"

这边陈羽何向李铭撒着娇，那边胜楠却根本无暇顾及李铭参加大会的情况，只因今天是北京分公司拍摄广告宣传片的日子。

胜楠自是重视，亲自带队，战袍出征。

一身剪裁精致的黑色套裙将她衬托得简约时尚，虽然面上有些疲惫，但得宜的妆容还是给她添了几分气势。

胜楠指挥若定，嘱咐自家的工作人员拍摄重点，和罗昕等人认真探讨着细节。

周思源也来到了现场，他一贯不喜欢以貌取人，但也不得不承认，在今天到场的这么多家广告公司中，瑞恒派来的胜楠绝对是颜值最高的一个。

"这里，罗昕你来下，晓雪你也看一眼，这里要突出牵手的甜蜜，你们待会给两位模特买点喝的，大热天的，拍得很累，情绪上不来也能理解，但不能糊弄。得让人觉得这样的感情值得向往——他们要是都没感情，那看的人自然也不期待节目嘉宾牵手。"

崔晓雪看完片段点了点头领命跑出去买水了，秦笙找到罗昕，见他又被胜楠支使，叹了口气道：

"你和晓雪命真苦——你说，咱怎么摊上这么个领导？"

罗昕沉默不语，看着胜楠奔波的背影，罕见地没有顺着秦笙的话说，反而若有所思地摇了摇头。

"哎我说，你怎么回事？别是看上她了吧？"

罗昕又摇了摇头，他也不知道自己是怎么了。只是看到胜楠如此以身作则，为了公司的利益精益求精，他有点被打动了。他一贯对女性有些偏见，觉得职场上女人爬得快，无非都是用了那些见不得光的手段，可胜楠的出现，正缓慢地扭转他的看法。

这样想的显然不只是罗昕，一直冷眼旁观的周思源也对胜楠更多了一分欣赏。第一次见她下属的时候那些人忙不迭地道歉，让他误会胜楠在职场上多半是个情绪主导的"暴君"。今天一见，却发现并非如此。她只是一心扑在工作上，所以有时才显得有些不近人情。

拍摄进行得如火如荼，很快就到了中午，胜楠看了眼手表，直接将瑞恒的所有工作人员招呼到一起，开口道：

"大家工作辛苦了，中午想吃什么？我请客——"

瑞恒的各位工作人员显然没想到能有这种好事，以往他们拍东西顶多公司给订个团餐盒饭就算对得起他们了，今天新来的总监居然说要请客，还问他们的意见，顿时都兴奋得七嘴八舌提议起来：

"Pizza！"

"烤鸭！"

"麻辣香锅！"

"炒牛河！"

"日料，我想吃日料！"

场面一度有些混乱，周思源感兴趣地抱着手臂走过来，好奇地观察胜楠会如何处理这混乱的局面。

"我看这样吧，下午还有拍摄，中午这顿咱们就从简，我给大家一人订个吉野家的套餐。如果下午咱们拍摄顺利，等结束了，我带大家去吃日料，如何？"

这话一出口，在场的工作人员瞬间爆发出欢呼声，引得周围其他几家广告公司的工作人员都眼中带着嫉妒地看向这边。

一个女人能这么当机立断，赏罚分明，确实很耀眼。

周思源盯着胜楠，若有所思地笑了笑。

虽然不太擅长表达自己的感情吧，但是人无完人嘛——怪不得她身边总有那么多——

周思源还没想完，就看到一个熟悉的身影从远处走来，看清来人长相后，周思源不自觉地皱了皱眉。

"凌胜楠，你耍人玩呢是吧？"

李察德一如既往的一身丝绸制品，大步流星地走过来，手腕上的大金表仍旧熠熠生辉。不过，头上挑染的黄色已经去掉了，换回黑色头发的他，看起来比上次稍显正常了些。

"李先生？抱歉，我还在工作。"

凌胜楠有些惊讶，小声交代了让罗昕去安排午饭的事，走到李察德面前，有礼貌地冲他点了点头。

"你甭跟我来这套！什么玩意你就工作？我请你喝酒，哦，你连个招呼都不打就走了，耍我呢？"

胜楠见不少工作人员都抻着脖子往这边看，当即决定快刀斩乱麻，清了清嗓子，开口道：

"我想李先生是误会了。周总策划的事，是我说谎在先，我道歉。但我在上海有未婚夫，这是事实。我把名片留给您，也是想着您毕竟也在商圈，万一做广告方面有什么需求，可以通过我联系瑞恒——毕竟我们瑞恒，广告质量一直还是挺高的。"

李察德碰了个软钉子，本想接着骂，但也找不到理由，盯着胜楠看了一会，不由得想起那个也把他气得七窍生烟的梦楠。

"我！你、你就是瘦点，但是和你妹妹一样，都那么让人扫兴。你不愿意是吧？行，我也不死皮赖脸追你了，你不愿意，有的是比你好看的愿意！"

李察德说完，将插在胸口的蛤蟆镜戴上，大摇大摆地走了。

周思源站在拍摄地一角，目睹了胜楠拒绝李察德的一幕，忍不住露出一个玩味的笑。在他身后，一个留着羊毛小卷身穿碎花连衣裙的女孩，咬着下唇，愤愤地盯着不远处的胜楠看。

很快天就黑了，梦楠看向已经指向十一点的时钟，伸了个懒腰：

为什么开心的时间过得总是这么快呢？

关掉电脑正准备去睡，手机就响了起来，梦楠以为是于海论文改完了，要约自己去爬山，兴奋地扑过去拿起手机，在看到信息的瞬间，脸顿时就垮了下来。

陈铸发来语音通话邀请。

叹了口气，接起电话的梦楠显得有些无精打采：

"喂？都这么晚了，还有什么事吗？"

梦楠自己都没意识到，比起和于海沟通时小心翼翼的措辞，她和陈铸对话时总是带了一丝怨气，而且也不太在意他误会什么。

"哎……我，我也不知道怎么说——但想想，除了你，这件事好像也没别人可说。我现在还在单位呢，整个办公室就我一个人。我白天不告诉你了嘛，领导给我派了好多活——我本来想着糊弄糊弄得了，没想到这活不但多，还挺难，我在单位待了一天，现在还没忙完。你说他是不是刻意刁难我啊？想把我给挤走？"

梦楠闻言虽然有些烦躁，但还是不自觉地同情起陈铸来。

一个人留在单位加班也是她的日常。再说，她只不过是不喜欢陈铸，人家一直对她挺好，还请她吃那么贵的饭，人情还没还上，也还没当面说清楚，这会就不理人，总是不好。

想着，坐回床沿上戴上耳机，梦楠耐着性子安慰道：

"那真是辛苦了，可也没办法不是吗？出来打工的嘛，领导拿钱买的就是咱们的时间——他也不一定是故意为难你，兴许就是花钱了，想人尽其用罢了。"

陈铸闻言沉默了一会，才继续道：

"说实话，他们老说国企铁饭碗，铁饭碗，可你知不知道这铁饭碗有时候真的挺烫手的。你努力吧，人家说你瞎积极。你不努力吧，人家说你不上进，没有进取心。巴结领导吧，人家说你势利眼站队小人行径。不巴结？不巴结什么好事都没有你，除了加班别的什么都别想有。这破工作，也就是看着光鲜，其实真的——没啥可好的。"

梦楠闻言愣了一下，她自毕业起就在留学中心工作，自是没有进过什么国企的。她这也是头一次听体制内的人抱怨铁饭碗是烫手山芋的，想到还有那么多人削尖脑袋要进体制，便好奇道：

"可我听说你们福利好啊，而且收入也不低。基本考上了就没有裁员，如果不是这样也不会总有人说考公是'上岸'了。别的我不知道，但我妈就总说，有个稳定工作，好找对象——"

"所以我这不是还忍着呢嘛！你说我这样，其实我自己心里也有数，再没了这份工作，哪个女孩还愿意和我交往啊。但说实话——我没有一天不想辞职的，自己开个漫咖或者弄个什么二次元主题的影楼之类的，多好——"

梦楠没想到陈铸居然还有这样的想法，更加坚定了得早点和他说"拜拜"的信念。

要是他误以为自己愿意和他在一起，再辞掉了工作，那自己罪过就太大了。

想着，当即表态道：

"你想得也没错，大部分女孩都喜欢男方有稳定工作。尤其是以后还要结婚，结婚以后就更希望能够稳定踏实——动漫，动漫我也喜欢，但是拿它当个职业，想想就觉得不靠谱。"

陈铸显然没想到梦楠会这么直白地否决他的梦想，好一阵没说话，过了一会才道：

"我本来以为，你也喜欢二次元的东西，会更理解我想开影楼的……不过，你说得也对，没关系，以后、以后反正还可以拿这个当爱好——哎，上次我给你推荐的《四月是你的谎言》你看了吗？你觉得好看吗？"

眼看时钟指向十二点，梦楠见陈铸仍旧聊兴正浓，也有些扛不住了，摇头道：

"还没有，我最近比较忙——好了，咱先别聊了，你不是还加班呢吗？抓紧工作吧，这都十二点了，再怎么你也不能睡在单位啊！"

陈铸闻言沉默了一会，才又开口道：

"嗨，反正我这会工作，估计今天也搞不定这个表了。核来核去怎么都差三千，我琢磨着——明天白天问问财务，是不是他们哪搞错了——"

梦楠听了这话，忍不住有些嫌弃。她工作能力虽然也说不上多强，但起码还算认真负责，而陈铸的话听起来却像是根本不把工作当回事一样。做事一贯认真的梦楠，心里顿时不太能接受。

"你要是方便，可以把那个表发过来，我帮你看下——可能你看久了，有些累了。我大学是师范毕业的，你也知道，我们都有计算机二级证书——我帮你查下，万一、万一真是你没核对，明天报上去，平白挨一顿骂可不好。"

"那太好了！等等——不行，我想起来了，这个表，属于公司机密。要是程序那边发现我把公司报表发到外面去了，我就死定了！"

陈铸听说梦楠要主动帮忙第一反应是欢呼雀跃，随即又想起财务那边的嘱咐来，顿时垮下了脸。

"那你用手机拍一下，就拍你核不上那几列。"

"啊！你太聪明了！我都没想到还有这招！他们能查我电脑，可是查不了手机啊！你等着，我马上发给你！"

夜里一点半，为了还那一顿饭的人情，梦楠肿着眼睛给陈铸一行行看他报表的数据，过了半小时，她终于发现最后一栏里，三天的会议餐费，陈铸只算了一天，便开口道：

"你看眼倒数第二行，对，那个餐费，你少算了两天——团餐订购那栏——"

陈铸顺着梦楠说的方向看去，果然发现自己少算了两天的餐费，一边改数据一边兴奋道：

"太好了！我其实就差这一个没弄完了！这下明天不用加班了，一会把这个表甩给财务那边就行了！谢谢你！哎，对了，你加班怎么样了？能帮我改这个，是不是代表你已经忙完了？那你明天能出来吗？咱们吃火锅去啊？"

梦楠闻言本想拒绝，但想到诗雅说的"不喜欢你就拒绝啊"，还是咬了咬嘴唇，下定了决心，开口道：

"好，那、那咱们明天去吃火锅吧！"

这边梦楠做了艰难决定，忐忑不安地进入了梦乡，那边瑞恒团队的拍摄也终于接近了尾声。

从早上到夜里折腾了一天，工作人员们扶腰的扶腰，捶腿的捶腿，都是一副精疲力竭的样子。

胜楠见众人被她的高标准折磨得不轻，当即开口道：

"抱歉耗到这么晚，说好的忙完请大家吃日料，这样，我找家居酒屋，大伙也放松放松——"

胜楠的话一出口，原本一脸菜色的同事们顿时都兴奋起来，纷纷凑到胜楠身边和她分享自己知道的日料店。

胜楠从众人七嘴八舌的建议中选了一家距离相对近、口碑又不错的，正随着人群往外走，便看到周思源还站在门边。

胜楠见他也在，先是有些惊讶，然后便停下脚步笑道：

"周总策划不愧是节目组的顶梁柱，亲力亲为啊——一起吃个便饭？"

"凌总监不也是亲自坐镇？彼此彼此吧。小张，去看电视台这边还有谁在，一起去吧，咱们这头的人结账我买单。"

叮嘱完身边的下属，顶着众人探究的目光，周思源上了胜楠的车。

居酒屋虽好，但包间却很小，所有人鱼贯而入，发现位置不够，几个下属因为谁要出去的问题顿时争执起来。

"凭什么就我出去啊，我鞋都脱了，反正你就在门口，在这和在外面也没什么区别。"

"好了好了别吵了，难得凌总监愿意请咱们，别显得咱制作部这么矫情。公平起见，咱还是手心手背吧。"

"你们吃吧，有事再叫我，我去外面待一会——"

胜楠见状主动站起身，从崔晓雪身边离开，拉开包间的门，走了出去。

"哎，凌总监！"

罗昕一看凌胜楠走了，正准备伸手阻拦，就被旁边秦笙拉住了手臂。秦笙用肩膀撞了撞罗昕，压低声音道：

"你疯了！追她干吗啊！她从上海来在北京能干多久还不知道，这屋里的可都是北京分公司的老同事。该讨好谁不用我教你吧！再说，这凌总监也轮不到你关心啊，你看——"

罗昕探头一看，旁边的包间里周思源已经走出来了，正向着胜楠离去的方向追过去。终究还是没有勇气过去争取，叹了口气，盘腿坐回原位。

昏暗大厅的一角，胜楠独自坐在一盏黄色吊灯下，默默地喝着一碗味噌汤，有几分寂寥凄凉，周思源主动走过去道：

"怎么一个人在这喝汤？不进去和团队里的人交流下感情？"

周思源自顾自地拉开椅子坐在胜楠对面，胜楠像是有些疲惫，罕见地没有抬眼看周思源，而是边喝边道：

"他们怎么看我的，我还有点自知之明——当初在上海也是，我不在，他们会吃得更自在些——"

周思源看出胜楠的失落，伸手叫服务员添了两碗乌冬面，然后安慰道：

"你刚到北京，大家需要个磨合适应的过程——这都正常。想当初我从大学出来刚到电视台的时候，也有好多人说闲话——尤其是原先大学里的师兄弟，都说导师让我去电视台是帮我搭桥，刻意提携我。

"电视台的人也都没拿我当回事，觉得你一个学心理学的，跟我们这帮搞传媒的没法比。但是后来你应该也知道了——我就凭自己的专业，当策划，一部部精品综艺做出来，到了现在这个位置，口碑已经和刚进电视台大不一样了，也有新来的小孩真心想要跟着我干了。所以循序渐进，什么都需要个过程。"

胜楠听着周思源的安慰，心却飘到了远在上海的李铭身上。

往日若她被孤立，总是李铭找过来陪在自己身边，现在他人在上海，顶替了自己的位置，细想想，里面还有些不为人知的阴谋，不由得有些鼻酸。

周思源一看胜楠有些难过，还以为北京这些新下属给她"上眼药"

了，便继续道：

"我小时候去武侯祠，看到一副对联：能受天磨乃铁汉，不遭人妒是庸才。这也是我的座右铭。有时候被人嫉妒不一定是坏事。事实上，只有一种人不会被嫉妒，那就是什么也不会、没有任何威胁的人。"

周思源接连不断的安慰终于有了效果，胜楠闻言终于放下汤勺，抬眼看了下周思源，笑道：

"我怎么感觉你在影射我是女汉子，合着我在你眼里就是个铁汉呗？"

见胜楠难得有心情开玩笑，周思源有些诧异，但也松了口气，跟着笑道：

"这是哪的话，若真有那意思，也是夸你是铁娘子——"

就着轻松的气氛，周思源和胜楠在橘黄色的灯光下闲聊着。胜楠自己都没有意识到，这是她头一次，在公共场合，面对一位异性，竟然没了争胜的心。

第二天一早，梦楠便联系了火锅店，收拾停当去见陈铸。梦楠到得早些，出门前她便打定了主意：

今天她要付钱，把话都说清楚，人情也要还上。

"您好，一会还有一位男士要来，如果他要付钱，你们不要收——我俩吃了多少，今天都由我来结账。"

前台服务员有些诧异地瞥了一眼面前这个看上去有些唯唯诺诺的女人，最终还是点了点头，表示了解。

梦楠提前安排好了一切，这才松了口气坐在了靠窗的位置上，盯着手机发呆。过了没多久，陈铸便赶到了火锅店。

只见他穿了一件淡蓝色的丝质衬衫，下身一条笔挺的黑色西裤，手臂上搭着一件黑色西服，显然是精心打扮过的；可惜的是，由于体重超重，原本价格不菲的正装上身后，他看起来更像一个绘制精美的俄罗斯大号套娃。

梦楠见到这样的陈铸，心里一沉，愧疚之情更甚。

她今天只是来和他说"咱们不合适"的。没想到陈铸这么在意和她的约会，居然这么费劲打扮。

"你到得可真早，我还特地提前出来了一会，就怕你等着——不过你早点来也挺好，这位置选得多好！本来以为周末人多，咱得等座了呢！"

陈铸坐在窗边，将窗户推开，让风透进来，抓起桌上擦手用的毛巾，边擦汗边夸梦楠。

"哦，我也是想着人多，就早点出来了——你看看菜单，想吃点什么，随便点！"

陈铸闻言却摆了摆手，将菜单推到一边，兴奋道：

"不忙点，你听说了吗？下个月有个漫展，就在农展馆那边——我去年就想去，但是没人和我一起，最后就没去——后来看他们拍回来的照片觉得，果然还是应该去现场看看，哪怕什么都不买呢，去逛逛也挺好的啊！咱们一起去吧！你要也去，我现在就订票，那个票也不好订——"

梦楠心思根本就不在什么漫展上，她满脑子都是怎么能不伤人地拒绝陈铸，见他又提下一次约会，便赶紧摆手道：

"下个月工作什么安排，现在还定不下来呢。先别说下个月的事了——还是赶快点菜吧，咱们虽然占到位置了，但是一直拖着不吃，让门口那些等位的人就这么等着，也不太好。"

"哦哦哦，对对，你说得对！你看，我也是太激动了，都忘了人家门口还有人等着呢——行，先点，咱边吃边聊——"

陈铸闻言有些不好意思地挠挠头，招手叫过服务员点了火锅店的几个招牌涮菜，等服务员走了，才又重启了话题：

"没事，那个票能退，咱们可以先订了，到时候去不了就退了呗，你说呢？"

梦楠听了忍不住长出了一口气。抬眼看到陈铸期待得两眼放光，拒绝的话又说不出口，支吾道：

"再看看吧，我、我出大学以后就没再去过漫展了——那大部分都是些上学的孩子，我都三十多了，怎么想着都觉得还是有点——"

陈铸见梦楠为难，心知再勉强也不好，赶紧转移话题道：

"也是，要不就算了，我也没那么想去的。哎，对了，你玩不玩手游？我跟你说——我最近看上了几款不错的手游，社交性还挺好的，也不太考操作——你要不要和我一起玩？"

梦楠闻言，眼睛只是盯着热气腾腾的火锅发呆，耳边嗡嗡的根本不想听陈铸到底说了些什么。

不知不觉，火锅店已经坐满了人，身后和周围是热情招呼同行吃饭的食客们。桌旁和过道间是小心探问需求的服务员。

和店内火热的气氛相比，虽然梦楠这桌的锅早就开了，气氛却早就降至了冰点。

陈铸有些无措，伸手拿过不远处的湿毛巾沾了沾额头的细汗，小心翼翼地给梦楠夹了一筷子黄喉，眼见梦楠没有要吃的意思，坐立不安地连声道：

"对不起啊，是不是我昨天晚上害你睡太晚了？哎哟，怨我，急着见你，也没想你一个女孩——周末好不容易能多睡会，又让我叫出来约会。赖我，赖我——我本来还想着吃完咱一起去看电影呢。但是——算了，这样，一会咱吃完我叫车送你回去，你早点回家休息吧。"

陈铸一番自省的言论，终于让梦楠回过了神。

陈铸是真的很想和她在一起，可是，她是真的不喜欢他啊。

梦楠叹了口气，见服务员端上了涮菜，赶紧夹起一筷子川香嫩牛肉下锅，然后捞给陈铸道：

"没关系，我就是有点困，没事儿，你、你多吃点，昨晚加班到那么晚呢！"

陈铸笑逐颜开地一口将牛肉吞下去，烫得一哆嗦，捧起旁边冰柠檬水猛灌。

这边梦楠在继续着尴尬的约会，那边恋爱高手林诗雅早就已经搞定了瑞恒的市场部总监杨光。

"杨总对我青眼有加，我自然是领情的，不然今天也不会赴约——只是这人和人之间讲求缘分，今日一见，觉得您固然优秀，却不是我喜欢的类型。抱歉了杨总，交个朋友可以，但是交往，就算了。"

林诗雅说完这番话，将手中的高脚玻璃杯放在路过侍者的托盘上，头也不回地走了。

杨光恋恋不舍地目送着林诗雅离去，见她走出视线，一溜烟跑到会场外的走廊上，给平台打电话。

"喂喂喂！红娘吗？我是杨光——你再帮我劝劝林小姐，我看她对我也不是完全没那个意思——要是不方便安排上海，我去趟北京也行——"

"抱歉啊，杨先生，林小姐是我们这边的 VVIP，她肯见您，我们也挺意外的——但是我们这边也有规定，红娘也有级别，除非林小姐主动答应见面，不然我这个级别的红娘是没法直接联系她的——"

"那我升级，加多少钱能升到她那个级别？帮我联系你们主管，我要办升级——还有啊，见到林小姐我算是知道了，你们平台还是有不错的姑娘的，平时都藏到哪里去了？和你们主管说，我办升级，让他把高质量的姑娘都拿出来让我看看——"

"好的，杨先生您别着急，我马上为您转接钻石红娘——"

这边杨光因为林诗雅的出现充值升级，那边林诗雅完成任务也收到了平台的到账短信。

林诗雅拍了拍豪华车司机的椅背，开口道：

"师傅，恒隆广场！"

豪车一个调头，向上海最负盛名的大商场驶去。

从恒隆出来，林诗雅手上已经拎了好几袋子衣服首饰和化妆品，走到门口忽然转身回了 YSL 的专柜，放下袋子开口道：

"你们这有没有那种——比较显气色，但是不太扎眼的口红？我要送闺蜜，她比较——淑女，不要那种太过分的。"

专柜柜员一看林诗雅衣着华贵，还买了这么多奢侈品，顿时笑容满面道：

"您要送礼的话，我们有新出的梦幻系列的口红，套装里面有三支小一些的，价钱其实只比大的贵不到三百块，但是送人非常有面子——"

林诗雅看着礼盒满意地点了点头，挥手示意柜员包起来，然后拨通了梦楠的电话。

"干吗呢？我这刚完事——给你买了——"

还没等林诗雅说完好消息，梦楠便罕见地打断林诗雅的话道：

"诗雅？你等下，我有急事找你——（不好意思啊，陈铸我去接个电话）"

过了约莫三分钟，梦楠的声音才又传了过来：

"诗雅你先听我说——你还记得陈铸吧？就我那俩相亲对象里胖的那个——"

"记得。是那个龅牙还乱穿衣的吧？"

"对对对，诗雅，我现在和他出来吃饭——我看着他还是难受，就说想请他吃顿贵的还了人情，今天就和他说拜拜——但是他吧，一直特别乐观积极，约我下次这个那个的，弄得我没法开口。这都快吃完了，我也没敢和他说咱别约了，我可怎么办啊，这……总不成，下周还得和他出来接着说这事吧？"

"就这事？瞧你这点胆——你把电话给他，我和他说——"

林诗雅觉得有些好笑，一边换耳朵听电话，一边将自己的银行卡递给等着结账的柜员，冲她点了点头，示意她处理。

"陈铸，陈先生吗？"

陈铸见梦楠去而复返本来挺高兴，但没想到梦楠将手机递给了他，还让他听电话。

"对，您是？"

"我是梦楠的闺蜜——我是谁不太重要，重要的是，我们梦楠啊，心软——陈先生第一次见面那么大手笔请客，她到现在都过意不去，和我说，必须请回你才能和你说——原本她不想和你交往的。"

"啊？你什么意思啊？"

"我意思很明确，梦楠没看上你，但是她见你总那么积极，还给她花钱，心里不舒服——所以今天才约你出来，请你吃饭想说清楚的——陈先生，人贵有自知之明，相信她的为难您也不是看不出来，就不要揣着明白装糊涂了，现代人生活这么紧张，没有那么多工夫互相装傻充愣的，没意思，您说呢？"

"我……我没有，她、她——"

陈铸嘴上想要辩解，但结合林诗雅的话想一想梦楠的种种行为，顿时有了答案，垂头丧气地将手机还给梦楠道：

"我明白了，其实，你不用这样的——请你吃饭也是我自己愿意的，你不用总想着还什么人情——"

梦楠见陈铸明白了，松了口气，接过手机赶紧又小跑了两步，到门口小声道：

"诗雅你和他说什么了？他怎么忽然就——"

"秘密。好啦，我给你的礼物就留到回北京你自己拆开看吧——快去吧，人家还等着你收尾呢，这次可好好说清楚啊，再弄得不清不楚，我可不管了。"

"好好好，谢谢诗雅，我先走了——"

梦楠回到座位上，有些尴尬地看了看对面如同泄气皮球一样的陈铸，挠头道：

"对不起啊，我、我实在不知道怎么跟你说——我还是挺谢谢你的，谢谢你喜欢我。"

陈铸闻言勉强笑了笑，从半圆形的木制椅子中挣扎起来，摇头道：

"不关你的事——喜欢这种事，怎么能勉强呢，祝你，祝你能够找到喜欢的人吧。"

陈铸说完，没有再看梦楠一眼，在服务员同情的目光下离开了饭店。

就在梦楠心怀愧疚地拒绝陈铸的时候，胜楠却罕见地起晚了。她醒来的时候已经日上三竿了。

最后的记忆是她半梦半醒地问周思源：

"你说，男人是不是都很现实，如果有捷径可走，当初的承诺就都可以不作数了？"

周思源伸手夺下胜楠的酒杯，又给她倒了杯热茶，递给她，若有所思道：

"也不是所有男人都这样。也有人，想过要遵守约定，只是，老天爷不给他这个机会罢了。"

胜楠迷迷糊糊地盯着周思源看，随后被赶来的下属们打断了她本想追问的话。

胜楠一边刷牙一边想：照说这周思源一个北京爷们，又做到节目总策划的位置，应该不少女人追。可昨天那个场景，电视台的人谁都没有过来喊他，也是奇怪。

若不是那些下属过来起哄说下一摊 KTV 走起，她本来想问周思源为什么没有对象的。

胜楠揉了揉眼睛，琢磨着错失八卦良机的当口，周思源也从猪窝似的床上爬了起来。他随便扒拉了一件皱巴巴的 T 恤套上，顶着头上的呆毛开始刷牙洗脸。

不知为何，从昨天回家起，他就总想起胜楠的那个问题：

男人是不是都很现实，如果有捷径可走，那当初的承诺就都可以不作数了？

胜楠走了以后，周思源作为工作人员中唯一的领导，自然也不好不卖面子，虽然对唱歌不感兴趣，还是被众人拉着去了下一摊。

胜楠一走，周思源也没有了交流唱歌的心情，坐在一角吃着干果，喝着小酒，时不时给众人按一按那个氛围鼓掌的按钮。

周思源待闷了，借口拿水果走到屋外，一个个子不高、穿着格子连衣裙的女人拦住了他。

"周、周总策划，对吧？"

周思源打量了一下，想起她好像是胜楠团队里面的一员，当即停下脚步点头道：

"对，我是周思源，您怎么称呼？"

"我，我叫崔晓雪，那个……周、周总策划——有句话不知当不当讲——"

周思源见崔晓雪满脸通红，双眼放光地盯着自己，虽然有些尴尬，还是侧了侧身做了个请的手势，带着崔晓雪走到旁边一个空着的包间，这才低声问道：

"崔小姐是吧？虽然不知道你要和我说什么——但……一般说了不知当不当讲，那这话十有八九就是不当讲——我知道，今天大家收工高兴，都有点喝多了——没关系，不管你说什么，我都当酒后戏言，不会往心里去的。"

崔晓雪盯着周思源看了又看，忽然笑着冲周思源竖了个大拇指，一脸心领神会地开口道：

"嘿嘿——我、我就知道——我们总监没看错人！我觉得，虽然我也没见过她那个前男友啊，但是，你想啊，能抢总监位置的前男友那能是好人吗？啊？我看、看你喜欢总监才偷偷告诉你的——

"就她上海那个男朋友，李铭啊，据说和我们董事长女儿搞在一起了——你说他是不是王八蛋！在一起就在一起呗，你犯得着把女朋友调到北京来吗？这不是赶尽杀绝嘛——周、周总策划，我、我支持你、你追我们总监吧，要不、要不那个李铭还以为我们总监没他不行呢！"

周思源闻言也是一愣，忽然想起胜楠接李铭电话的一幕。

看起来她还不知道自己的男友已经劈腿了。

不过，她既然问自己男人有捷径是否就不守承诺，应该是有预感了。

周思源盯着镜子发了一会呆，忽然想起大金表李察德曾说，胜楠还有个妹妹，旋即翻出嘉宾名册，找到了李察德的电话。

这边周思源因胜楠的事约李察德见面，那边梦楠拒绝了陈铸，转天又开始了高压工作的日常。

梦楠在电脑前忙得脚不沾地，王倩忽然一脸神秘地一路小跑过来，拍了拍梦楠的椅背道：

"梦楠，可以啊，背着我们姐几个找了个那么帅的男朋友！"

梦楠闻言有些惊讶地起身，在许代柔羡慕嫉妒的探究目光下去门口见人。

是于海！

虽然没见过真人，但早就把于海照片研究千百遍的梦楠一眼就认出，眼前这个穿着灰色衬衫牛仔裤，戴着银框眼镜，一身休闲装的男人正是相亲对象于海！

头一次见到真人，梦楠有些局促地低下了头，双手绞紧，心里却祈祷于海最好别是那种太注重细节的男人。

她根本没想到于海会直接找到单位来，衣服仍旧和平日打扮一样，普通的奶奶衫下面就是条长裙，且因为长时间坐着，长裙还有些皱巴巴的。现在的她，脸上也没有妆，盯了那么长时间电脑，油光满面的，简直就是最差的状态了。

"凌梦楠？不好意思啊，没打招呼就来了——"

于海一开口，倒是显得比语音时候要亲切不少，梦楠鼓起勇气抬头看了眼于海，见他面上带笑，松了口气，开口道：

"没关系，你、你能来，我、我还挺高兴的——就是、就是有点突然。你、你怎么忽然来我单位了啊？"

梦楠结结巴巴凑出一句听上去还过得去的招呼来，于海见梦楠没有怪他的意思，推了推眼镜，继续道：

"嗨，这不是，一直在外面开会。忙完了回来赶紧就问介绍人你在哪工作。想着得赶紧来见你不是——上周，本来都约好了，我又临时有事——这不合适，再说谈恋爱嘛，男方理应主动些——"

于海一番话有礼有节，旁边听墙角的许代柔嫉妒不已。

李双双平时就同情梦楠，此刻见她交往了一个帅气男友，反倒开心道：

"我就说，梦楠其实人挺好的，就是社交圈子太窄。这不，瞧瞧，人家男朋友多一表人才啊！"

王倩闻言也跟着点头道：

"可不是，这不找是不找，一找啊，就找个这么帅气还有礼貌的——我刚才在门口迎他，哎哟，这第一眼，还以为是校长约的那个拍宣传海报的到了呢——"

许代柔听了两人的话，心中不服，一翻白眼道：

"你俩倒会说好话，这还不一定什么关系呢——你们的好话啊，等她请咱喝喜酒了再说也不迟。"

梦楠站在门口隐约能听到背后议论纷纷，顿时有些不好意思，伸手将于海稍微往门外推了推，小声道：

"我、我去请个假，你、你在这等我一会，可以吗？"

于海见状点点头，微笑着目送梦楠去请假了。

半小时后，马路对面，有闲咖啡厅。

梦楠低着头，拎着帆布包，小碎步跟着于海走进咖啡厅，在门口服务员小妹羡慕的目光中和于海坐到了靠窗的位置上。

"不好意思，请假耽误了点时间——"

梦楠脸涨得通红盯着于海看。

果然，真人比照片看起来更让人觉得赏心悦目。

只是，自己总这么盯着人家，人家不会不自在吧？

梦楠刚准备收回目光，寻个话题，打破下有些尴尬的气氛，于海便卸下了笑容，叹了口气道：

"本来今天是没空的，今天是导师安排参加出国调研的日子——但昨晚他们在飞机上就定下来了。我那几个会拍马屁的师弟和长得好看的师姐妹早就把名额分完了。我今天就算不请假，出国的事也没我的份，还不如出来见你。"

梦楠听了这话，兴奋之情稍稍退却，做了不到五分钟的白马王子的美梦，顿时碎了一地。

原来他是因为落选了无聊才来找自己的，不是特地请假来的。

"……参加会议我怕忍不住和他们起冲突，可去帮他们做实验更来气，还不如出来转转——我和你不一样，又不是本地人——出来了才发现，这些年除了实验室，几乎没去过别的地方，想了想，就联系了介绍人——"

像是没有察觉到梦楠的失落，于海还在喋喋不休地解释自己过来的原因，梦楠从失落到彻底失望，点了杯果汁，边喝边听于海的抱怨，暗暗思忖：

人怎么能前后差别这么大？

另一边，胜楠赶到单位，发现不少摄制组的成员在走廊遇见她都开始和她打招呼。

看来昨晚的大气请客让同事们对她的印象改观了不少。

正值中午，崔晓雪托着餐盘敲响了胜楠的房门，身后还跟着罗昕和秦笙。

胜楠见三人探头探脑，伸手招呼他们进来，起身道：

"怎么了？有什么事？"

崔晓雪闻言赶紧将餐盘放在桌上，支吾道：

"没什么，就是，谢谢总监请我们吃饭。我、我们合计着，总看您忙得没空吃午餐，就下楼给您打了点食堂的饭。您，多少吃一口？"

崔晓雪边说边观察胜楠脸色。

昨晚多喝了几杯，和周思源多嘴的事，也不知胜楠是不是已经知道了。

"谢谢你们的心意，你们吃了吗？先去吃饭吧，下午还有会——"

胜楠闻言心头一暖，不知怎的想起周思源之前的话来。

"这人啊，都是在互相接触中彼此了解熟悉起来的。"

"吃过了，总监，会议资料我都准备好了，放在您门口资料夹里了——您看了有什么问题，随时找我。"

罗昕见胜楠情绪不错，也赶紧上前汇报工作，倒是秦笙，在他背后用审视的目光打量着自己的这位同事。

凌胜楠据传可是刚失恋，罗昕这小子这么主动，不会想着趁虚而入，和这位女领导有点什么吧？

秦笙还在八卦的当口，崔晓雪见胜楠迟迟没动筷子，有些尴尬地开口道：

"是不是太油了？也赖我，总监，食堂的菜都这样——您要是不爱吃，我下楼再帮您买个沙拉之类的吧？"

胜楠见崔晓雪为难，当即拿起筷子吃了两口茄子炒肉，强忍着皱眉的冲动，摇头道：

"不用了，都是大伙的心意。快去歇一下吧，下午还有会。罗昕，资料我等下就看，辛苦了。"

崔晓雪见状如蒙大赦，拉上还在后面八卦的秦笙转头出了办公室，罗昕却没走，还在原地站了一会，犹豫道：

"总、总监，您要是、要是事情太多，可以分一些给我们做的。我、我也知道您个人能力很强，但、但毕竟公司把我们分给您，就是让我们支持您工作的——您，有问题，自然也可以找我们商量，比起电视台，公司这边毕竟是自己人。"

胜楠闻言一愣，虽然工作上她思维很敏捷，但一涉及感情，她便迟钝很多，并未听出罗昕这话是影射她和周思源走得太近，只认为是他担心自己觉得他这助理不称职，连忙摆手道：

"这是哪的话，我对你们要求本来就很高，你们不介意，能做好本职工作，我已经很满意了。你也是，工作效率很不错，我觉得已经很优秀了——不要妄自菲薄。电视台方面，我是团队的领队，自然要负担起接洽的责任——这方面你不用担心，做好自己的工作就行。"

罗昕闻言欲言又止地盯着胜楠看了一会，见她目光澄澈，一脸真诚，便知道她没有听出弦外之音，也不再敲打，点了点头，推门出去了。

胜楠硬着头皮又吃了两口，觉得那菜着实是难以下咽，便将剩菜倒进一个塑料袋中，盘算着等崔晓雪他们下班了，再把空盘子送回食堂。

转眼到了下午开会，众人一起去大会议室看没有精修过的广告片。

胜楠看完本想直接发表意见，忽然想起昨天周思源的指点：

"你是领导，凡事不要先发表意见，不妨先听听下属的看法。一来，博采众长；二来，也增加他们的参与感和成就感。"

想着清了清嗓子，开口道：

"你们仨有什么看法没有？从晓雪开始吧。"

"可是总监，我——"

崔晓雪忽然被点名有些慌张地起身，手足无措地支吾起来。

胜楠走到崔晓雪面前，看她在笔记本上写了很多短句和关键词，便拿起本子递给她，鼓励道：

"不是记了这么多吗？没关系，今天这会只有咱们四个人，你随便说就是了——"

"那、那我——总监，其实、其实我觉得这个片子有点长了。虽然这么看觉得还挺完整的，把两人怎么相识相知相爱都包括进去了，但是就感觉——一个是太平淡，没什么冲击力；另一个是，觉得他俩遇到的一些事太鸡毛蒜皮了，没什么代表性——"

崔晓雪说完有些胆怯地盯着胜楠，等她的意见，胜楠却没有给出答案，而是点了点一旁的秦笙道：

"秦笙怎么看？觉得如何？"

"我也，晓雪说得太长我也有同感。但我觉得可能主要问题是它重点不突出——咱们最开始定那个主题，就您定那个'不要寻找对的人，而要成为对的人'，咱都觉得特别棒，但是这个片子感觉和那个主题没什么关系——"

胜楠听完若有所思地点了点头，看向一直欲言又止的罗昕，继续道：

"罗昕也说说吧。"

"我和他俩观点类似，长短倒在其次，当初拍那些小困难，什么租房还是买房啊，什么还要几个孩子什么时候要啊，包括彩礼婚礼蜜月钱之类的，那些困难原本是为了突出爱情需要磨合妥协的。

"但是吧，看成片，不知道为什么，总感觉好多事都是钱的事，这对情侣要是有钱一点，这些事都迎刃而解，我觉得这个点必须得调整，不然人家会误会咱们的主题是拜金的。"

罗昕发言完毕，三人都表达了自己的观点，一起盯着胜楠，等她拿主意。

胜楠看了眼自己手上记录问题的纸，将众人提出的问题一比对，发现几乎是一致的！

不由得想起周思源昨晚的话：

"都是科班出身的，别看你是领导，人家也没比你差哪去。当领导实力当然重要，但也有机遇运气背景的成分，别看不起自己的下属，人家好多时候比你想的都周全。"

胜楠抬眼看了下三位下属，本想夸一下众人的业务水平，但终究没有周思源那种天然的亲和力，想了想还是改口道：

"我和大家感觉差不多，你们说的一些问题我也有同感。晓雪说的'长'和'平'，秦笙说主题不够突出，还有罗昕说到的，我们确实不能将重点都放在物质引发的争端上，容易引导舆论说我们拜金。晚些时候我去趟剪辑室，再和他们说下咱们这边的意见——大家……分析得都挺好。好好干吧，这个项目成了，我保证每个人都有分红。"

胜楠说完，像是有些不好意思，借口还要去剪辑室，推开会议室的门离开了。

胜楠一走，崔晓雪就一屁股坐回了椅子上，抚着胸口道：

"我老天，吓死我了，刚才点我名的时候，我还以为自己要被开了呢！"

秦笙闻言也赞同地点了点头道：

"就是，你说她怎么一会一变的，吹的什么风？前些日子不还说一不二呢吗？这会又问上咱的意见了。"

罗昕见状若有所思，叹了口气道：

"那人家周总策划有本事呗，一两句就能说得总监改了领导模式——咱们啊，要学的，还多着呢——"

另一边，被罗昕点名的周思源此刻正在去和李察德见面的路上。

周思源赶到的时候，李察德已经到了，除了万年不变的金表，这次，他又穿了一件天蓝色的丝质衬衫，整个人像一只竖着放的巨大鲸鱼，下面搭了一条黑色哈伦裤。

遗憾的是，由于傲人的臀围，哈伦裤并没能哈伦起来，只是尴尬地卡在大腿处，看起来像是一座年久失修的拱桥。

周思源想笑，但考虑到李察德的自尊心，还是强忍笑意在他对面坐定。

环顾四周，摩天大楼顶层的旋转餐厅，大白天的只有他们两个大老爷们，显得浮夸又违和。

"我就打开天窗说亮话了——我来见你，和那破节目一毛钱关系都没有。你能给的资料，我早就都弄到手了。实话告诉你，凌胜楠我是追定了，要不是你几次三番瞎搅和，我和她早成了！"

李察德屁股还没坐稳，便开始了自己的申辩，周思源见他一脸气急败坏，也不生气，反而不紧不慢地拿过一张餐巾纸，边折边道：

"李先生，人贵有自知之明。凌总监显然对您是没那个意思，我是看您坚持不懈地纠缠，有点丢咱男同胞的人了，才好心出面解决的，好让您别那么尴尬。"

李察德让周思源噎得一时没找出话来应对。抬眼看到周思源还有心情折纸，仰头将桌上高脚杯中的水一饮而尽，清清嗓子又继续道：

"其实我也不是非得参加你们这破节目不可。我心里都明白，正经姑娘没人来这节目，这能带走的，夜店酒吧会所，花个几十万，一样能找。你知道我为什么要报名吗？"

这话一出口，周思源叠纸花的手顿了顿，难得抬眼看了李察德一眼。

这一举动让一直被无视的李察德得意地挺了挺胸，跷起二郎腿道：

"我是开酒吧的，你看过男嘉宾资料应该也知道了。北京下一步不是要打造不夜城，拉动内需吗——我就是想借着你们节目宣传下自己的酒吧，占个先机。不过，凌胜楠我也没打算放弃，告诉你句实话吧，节目上那些我都看不上眼，我就喜欢有挑战性的女人！"

周思源闻言，笑眯眯地将手中折好的玫瑰投到边上的竹编筐里，优哉游哉地回道：

"上次拍宣传片，我有幸看了李先生追求凌总监的现场直播，看那架势，您这是挑战失败了啊！"

"那是我判断失误——现在就咱俩，我也就实话实说了。凌胜楠有魅力归有魅力，但是太自以为是了！我感觉她对男人敌意特别大。哎我说兄弟，我看你对她也有点意思，算了吧，她那攻击性，现在想起来还头皮发麻呢！"

周思源见李察德一副哥俩好的模样，身子前倾和自己推心置腹，便知道李察德心里多半又是：我花钱追她，她不敢乐意，那女的一定是神经病的自我中心型人格。

多说无益，枉费唇舌，还是直接问正事的好。

"我和凌总监就是工作关系，不劳李先生费心了。倒是有件事——我想请教下李先生，凌总监有个妹妹对吧？她那个妹妹——"

李察德一听周思源对胜楠没那个意思，瞬间就有了笑脸，伸手让服务员又倒了一杯水，然后一拍大腿道：

"你一说这事我倒想起来了，上次她跟我去酒吧，就我说她耍我那次，问了好多她妹妹的事，弄得和她不认识这个妹妹似的，邪门了！哎，你说，她俩会不会关系特不好？她在上海，她妹在北京——"

周思源闻言陷入了沉思，手指不自觉地在桌上敲打着拍子。

明明亲妹妹就在北京，凌胜楠周末却选择和自己一起待在会场。

当时他只以为胜楠是个工作狂，没往心里去。现在听李察德一说，当即意识到事情可能没有那么简单。

"服务员结账！谢谢李先生百忙之中抽空过来。祝您能在节目里找到合适的女嘉宾。"

周思源将良好的教养维持到了最后，李察德见周思源爽快，也没再抢结账，反而惺惺相惜地拍了拍周思源的肩膀道：

"兄弟！只要你不跟我抢凌胜楠，咱俩就是好哥们。你喜欢什么样的姑娘，我可以给你介绍！"

"李先生，您专心准备节目就行，我的感情我自己心里有数。"

上海，凌家。

大理石砌成的墙面上，挂着瑞士的布谷钟，巴西木和吊兰都长得郁郁葱葱，刚打过蜡的实木地板在白炽灯下反着光。五十五英寸的曲面彩电挂在墙上，一款唱跳的综艺节目正在播出。

电视里的少女们青春活力，在评委面前蹦蹦跳跳，放声高歌，尽己所能地想要取得高分数。

凌玉成窝在沙发上，双目无神地看着电视上的少女们，似乎对她们卖力演出并不买账。忽然听见门响的声音，凌玉成连忙起身来到门前，接过徐颖手中的大包小包，关心道：

"怎么样了？陈诚怎么说？囡囡能回来了吗？"

徐颖见丈夫主动接她，不由得面露笑意，一听他又追问胜楠，便沉下脸没好气道：

"陈诚说胜楠能力强，去北京历练历练没什么不好，反而还是为以后升职铺路呢——胜楠都三十了，你有担心她的工夫，不如多陪陪霄霄。"

凌霄在里屋听见开门声，开心地跑出来迎接妈妈，身后跟着一脸慌张、生怕小少爷跌倒的保姆。

凌玉成看着强势的徐颖和早被惯坏的小儿子，不由得叹了口气，将手中的东西放在地上，背着手回了卧室。

"姆妈！周末咱们一起去坐小飞机好不好？"

"好，当然好了，回头把阿伯也叫上——"

徐颖放下自己爱马仕的包包，抱起儿子，拽了张纸巾擦了擦凌霄嘴角的巧克力酱，一脸自豪。

"姆妈有点事要忙，晚点回来，明天就带你去坐小飞机，回来给你买最喜欢的变形金刚！"

天色渐暗，有闲咖啡厅内已经人迹寥寥。一旁服务生偷眼看了下梦楠这桌，忍不住打了个哈欠，拿着托盘进了后厨。

梦楠从双眼紧盯神采奕奕，到单手支颌频频点头，现在已经曲肘半趴在桌上了。于海却像没看到一样，还在如唐长老念经般的车轱辘话，越抱怨越义愤填膺，面前已经空了四个咖啡杯。

太阳落山，外面的霓虹招牌依次亮了起来，梦楠眼皮开始打架，不住地往玻璃窗外看，于海说了什么，早就是左耳朵进、右耳朵出了。

"不好意思啊两位，我们这要打烊了——"

服务员都下班了，店长见两人还没有要走的意思，有些为难地上前开口道。

梦楠闻言终于找到了打断于海的机会，赶紧直起身，凑上前开口道：

"于海，咱们难得见一次面，别总说这些不开心的了。我听说最近上了部新电影，是那种机甲战士的科幻片，你们男士应该会比较喜欢看吧？不如，咱们去看个电影减减压？"

于海闻言却摇了摇头，抬手示意店长结账，然后继续道：

"我觉得不好——电影院那么多人，又没法聊天。再说，我就不喜欢看电影——都是假的，有什么可看的？要不，咱们找个安静点的茶餐厅，继续聊？"

梦楠闻言不自觉地叹起气来，看了看窗外道：

"你看，咱们也聊了一下午了，这天都黑了，我明天上午还有会，得早点回去了。忽然请了半天假，主任那边——"

梦楠一贯不擅长说谎，明明只是托词，却不敢直视于海的眼睛。于海看出梦楠言不由衷，也跟着叹气道：

"你是不是觉得我太啰唆了？是不是不愿意和我交往了？"

梦楠本来想承认，一抬头看到于海小说男主般的脸上带了些寂寞的惆怅，当即摇了摇头，咬了咬嘴唇道：

"没，怎么会呢——就是有点担心请假的事。"

于海松了口气，拿起椅背上的外套穿上，抢先来到门前，帮梦楠拉开了大门。

两人一路沉默地走到地铁站，于海才又开口道：

"不好意思啊，说来看你的，我又说了这么多——你说得对，咱们不聊那些不开心的了，下次一起去爬山吧！"

梦楠勉强挤出一个笑容，冲站台边的于海挥了挥手，直到地铁开走，梦楠才将手放下。

于海一走，梦楠就瘫坐在对面的长椅上重重地叹了口气。

祥林嫂都没他絮叨，怪不得他长这么帅还能没对象。

好不容易从失落中回过神来，梦楠一路小跑地回到家。

于海的啰唆，让梦楠早点回家写小说的如意算盘彻底落空。

打开门冲进大厅，蹬掉鞋，梦楠就往卧室跑，还没溜进房门，耳边就响起了楚芳华的责问：

"你刚才干吗去了？怎么不接电话？"

"我……我……我刚才见了于海一面。我不是，不是告诉你了嘛，上礼拜日，我和陈铸说清楚了，不喜欢他这样的——"

梦楠有些慌张，她着实没想到母亲这么早就回来了。有些尴尬地冲回门口换了拖鞋，嘟囔了一句，便低下头，又准备溜回自己的卧室。

"回来！我还有话问你呢！陈铸就不说了——你不是和我说他工作能力不行嘛——这男人长得不尽如人意无所谓，能力不行以后就没发展——这样的男孩，不要也罢。倒是于海，人家大夫那么忙，怎么有空工作日见你？"

眼看逃跑无望，梦楠只得认命地坐在母亲对面的餐椅上，老实交代自己的相亲进度。

"这，他有个会，临时取消了。妈，我觉得于海挺可怕的。他、他有点两面人——就，表面跟谁都挺好的，其实总恨不得他们科室的同事同学都去死。"

"人人都是两面人，这点小毛病你要都接受不了，也不要谈恋爱了。人家一个那么优秀的外科大夫，能看上你？还不就是因为你还能听他念叨念叨这些？你也就这点好处了。要不，凭你的条件，怎么能入得了人家外科大夫的眼？

"照说这当妈的对闺女都高看一眼，但妈实话告诉你，你这工作又不行，长得也一般，谈个恋爱你还想男方对你能好声好气的——怎么可能呢？你要是不把脑子里那些乱七八糟童话式的幻想扔了，什么时候能找到对象？"

梦楠听了这话，猛地站起身，撑着餐桌想要争辩两句，却搜肠刮肚也找不出一个论点可以驳倒母亲。

母亲的话虽不中听，却句句属实。

"你啊！都三十二了，长点心吧！于海这条件可是万中无一，有琢磨人家是不是两面人的工夫，你自己倒是多打扮打扮啊——别回头你这还没因为害怕拒绝他呢，人家回家一琢磨，你条件也不怎么样，先拒绝了你！"

梦楠张张嘴，最终没有说出一句反抗的话。只是低着头听着母亲的打压，等楚芳华说够了，她才失魂落魄地回到自己的屋里，打开Word 文档。

梦楠盯着电脑屏幕，一个小时过去了，她满脑子都是和于海相识以来，他拿自己当垃圾桶的点滴。时间一分一秒地过去了，她竟然一个字都没写出来。

另一边，许代柔歪在转椅上，不断地按着刷新键，她迫不及待地想要看到昨天那小说的后续剧情。

忽然，背后传来钥匙开门的声音。

许代柔拖鞋都没来得及穿，便跑到门口，不料，进来的却不是多日未见的丈夫，自己总挂在嘴边的"老虔婆"（婆婆）正一脸不满地盯着她看。

许代柔吓得赶紧从鞋柜里给婆婆和自己各拿了一双拖鞋，凑上前道：

"妈，您、您怎么忽然来了——也、也没说一声。"

"我家的房子，我想来就来，还要告诉你吗？"

婆婆瞥了眼身材发福穿着宽松睡衣、脸色发黄的许代柔，鼻子简直要指到天花板。许代柔尴尬得不知说些什么，求救似的看了眼随后赶来的丈夫。丈夫却没听到一般扯开领带，自顾自地向卧室走去。

许代柔的丈夫一走，婆婆就如检查团一般背着手在客厅里溜达起来。

许代柔提心吊胆地跟在身后，瞥到沙发背上的衣服，心里一惊，还没等她出言解释，婆婆便数落起来：

"都给你请了小时工了，连个客厅都收拾不好！要是她不会干活，就开了她，换一个——钱都花了，屋子还乱糟糟的。代柔啊，你也不能全靠小时工，想我当年啊，都没有这些，屋子不还照样干净整齐！"

许代柔点头称"是"，心里却埋怨丈夫为什么不告诉自己，害自己又在婆婆面前出丑。

"小宝呢？"

婆婆在客厅里走了一圈，见没有什么其他可指摘的了，便将话题移到了自家孙子身上。

"在屋里，我带您去！"

许代柔见她问起孩子，总算松了一口气。

家里请的小时工本就是照看孩子多些，屋子收拾得不那么干净，她原本也不太计较。只要孩子白白胖胖健健康康，婆婆就不会太找自己的麻烦。

两人走进孩子卧房没多久，婆婆就注意到了孙子身上盖的薄被已经被小肉腿蹬开了。

许代柔跟在后面，还没看见，就见婆婆一拍床头道：

"你怎么看的孩子？说你年纪轻照顾孩子没经验，你还总说不是——这连被子都没盖，着凉了怎么办？"

许代柔赶到床边一看，分明是儿子趁着她去接婆婆的当口，刚蹬开的。五分钟前自己才刚看过，那时候还盖得好好的。下意识地就想开口分辩，还没等张开嘴，婆婆又抢白道：

"行了，我看你就不会带孩子！我还是把小宝接到我那去住两天吧。小宝，跟奶奶走好不好啊？咱不跟妈妈这待着了，都不给咱盖被子！"

许代柔终于听不下去，走到婆婆面前，争辩道：

"可是妈——小宝一直都是我带，忽然让他去别处，他——"

"你不是总抱怨小宝在家，你又得照顾孩子，又得工作，太累了吗？我这才说让妈来一趟，把小宝带走，你也轻松两天。"

许代柔的丈夫听见争执声，推门进来，一进门就将许代柔的嘴堵了个严实。

许代柔本想反对，但想起自己确实和老公抱怨过看孩子累，一时竟找不到理由来反驳。

"妈，小宝就交给你了！小宝，和爸爸亲一个！么么，来，跟着奶奶吃好的去喽！"

许代柔盯着丈夫把孩子送到婆婆手上，又目送他们上车，一颗心和长草一样，早把刚才急着看小说的事抛到了脑后。

过了一个多小时，丈夫送完婆婆终于又回到了家，许代柔一见丈夫便迎上前道：

"老公，我——我想了想，咱是不是……还是得和妈说一声——上次、上次我不舒服，孩子去她那就焐出痱子好久才消下去——你可得告诉她，这是夏天，孩子不兴和以前旧社会似的包在襁褓里了——再说——"

"好了好了，我都是我妈带大的，不也活得好好的？男子汉，根本不需要那么娇气！"

许代柔还想再说两句，见丈夫脸色已经不太好，只得咽下对儿子的关心，强笑了笑，换了个话题：

"老公，这，难得儿子不在，咱俩、咱俩也有日子没出去一起吃点东西了——要不，今天？"

"你还没完了？你不累了又？你不累我还累呢！难得早点到家，我想休息了。你想吃什么自己点外卖吧。"

许代柔的丈夫边说边揉了揉眉心回到卧室，剩下眼眶发红的许代柔愣愣地站在客厅里，过了好一会，许代柔叹了口气，转向书房，又开始盯着电脑屏幕，打开了一部新拍的仙侠剧。

天色渐暗，上海这座不夜城却刚刚开始炫耀属于它的独特魅力。悠扬的乐曲从酒吧街、豪华酒店四面八方传来，交织成一支动人的交响乐。

黄浦江畔，寒风中，风尘仆仆的打工人和相互依偎的小情侣都不由得加快脚步，去往属于他们的避风港。就连街角平日吹萨克斯的街头艺人，也因为畏寒躲进了电话亭。

桥边，一个身形挺拔的男人形单影只地徘徊不定。这个男人不是别人，正是因胜楠调往北京直接荣升总监的李铭。

"你先走吧，何小姐那边我自有交代——"

半小时前，挥手赶走了陈羽何安排的司机，李铭有些踉跄地拎着陈羽何送他的新领带，漫无目的地走上街头。不知为何，逛着逛着就来到了老地方。

放眼望去，霓虹闪烁，江边有些刺骨的夜风让他忽然想起无数个和胜楠一起奋斗加班的夜晚。

那时，两人就站在桥上，畅想着美好的未来。

胜楠就站在这个路灯下，颇为感慨地说：

"李铭，其实老天爷都是公平的。靠走捷径得到的东西，总有一天会让你以其他形式还回来。"

李铭表面微笑，心里却不屑一顾。

狗屁公平！要真的公平，凭什么有些人一出生就衣食无忧，年纪轻轻就能去追求自己的梦想；有些人年过半百仍旧为了仨瓜俩枣熬夜，担忧下一顿饭在哪？

时过境迁，胜楠为了给他让路被调到了北京，自己也攀上了陈家这个高枝。照说应该自此游刃有余，平步青云；没想到，却完全落入了陈家人设计的圈套里。

自己这一身笔挺的西服，从头到脚，没有一件不是陈羽何的手笔。陈羽何比胜楠有女人味，这不假。但相应的也更情绪化，而且独占欲和掌控欲极强。

"我陈羽何的男人，走到哪，也不能让别人看不起！"

想起陈羽何的"独占宣言"，以及单位同事因此而来的白眼，李铭有些疲惫地趴在立交桥的栏杆上，叹了口气。

以前胜楠在时，同事们虽觉得他工作能力没有胜楠强，但好歹也都将他看作一个白手起家的寒门贵子，对他还有几分尊重。自从和陈羽何在一起，众人的口风就变成了"原来也是个抱大腿走后门的马屁精"。

本以为搞定了陈羽何，职务一定提升得很快，没想到也就落了个总监。甚至，就连这个总监，现在在他人眼里都是名不副实。

做得好，那就是老板力捧未来女婿；做不好，那就是烂泥扶不上墙，连老板都捧不起来。

有些感慨胜楠的先见之明，像是要宣泄自己这些日子以来的委屈，也是为了再试探下胜楠的知情程度，鬼使神差地，李铭再次拨通了那个熟悉的电话。

"这么受重用的大忙人，还想得起给我打电话呢？给你打几次了，都关机，现在忙成这样了？"

胜楠一接起电话就没好气地夹枪带棒一顿讽刺。

随着和崔晓雪等人关系的缓和，渐渐地，胜楠也风闻了一些李铭和陈羽何之间的绯闻，她却不打算直接揭穿李铭的谎言，而是抱了一丝希望——她想听李铭亲口解释。

"你干吗这样说话——咱俩难得联系上一次——你以为我这总监当得舒服吗？你那些下属，你自己也清楚。当初跟着你也是好久才心服的，我这新官上任，咱俩又这种关系，他们难免心里不服，都和我对着干，我现在工作也不好做。这才总得去讨好陈总稳固地位的。"

胜楠听了一会，不知为何觉得李铭也挺可怜。

那么孜孜以求的位置好不容易得到了，却落得了"德不配位"的评判，再怎么，他也是自己的男朋友。

虽有些不耐烦，胜楠还是开口宽慰道：

"还不是你自找的，你明知我那个位置谁都不好接——算了，我最近听人说了一句话，觉得还挺有道理的。你听说过四川武侯祠有副对联吗？写的是——能受天磨乃铁汉，不招人妒是庸才。

"想要事业有成，就得接受很多小人看你不顺眼。你这才做到总监，因为一点下属的使绊就心灰意懒，这怎么行？你既然接替了我的位置，就要好好干，干得漂亮些。等我在北京工作安排得差不多了，就请假回去看你。"

李铭听着胜楠暖心的话语，感受着熟悉的温情，一时间有些失语。

右手中，陈羽何送的高级领带顿时显得有些扎手。

李铭沉默了一会，见胜楠也没有要继续说的意思，这才开口道：

"……小楠，我们这次分开时间可能会很长，你、你不会变心吧？"

胜楠闻言罕见地没有直接回话，过了一会才道：

"我不会。你别变就行。我什么样，你还不清楚吗？"

李铭深知以胜楠的性格，这么说就是真的没有状况，心中愧疚更甚，看了眼江对面的霓虹，视线有些模糊，赶紧深吸一口气道：

"我、我陪陈总喝酒来着，有点醉了，咱们，改天再聊吧。"

这边李铭想起胜楠的好，有些失落；那边周思源回到家，便开始动用人脉调查凌梦楠的情况。

不到两个小时，他便拿到了凌梦楠的第一手资料。

看看邮箱里那份普通到让人觉得过目即忘的求职简历，周思源有些惊讶。他研究心理学多年，这对双胞胎可说是现实中他见过的差异最大的一对了！

当即起了兴致，拉开凳子仔细阅读朋友发来的资料。

原来，梦楠的母亲楚芳华和胜楠的父亲凌玉成自她俩幼年时就已离异，胜楠由凌玉成和继母徐颖在上海抚养成人，还有一个弟弟凌霄；梦楠则在北京和母亲楚芳华相依为命。

原来是这样，怪不得——

周思源盯着资料若有所思，过了一会，将梦楠的简历放进自己的文件袋。

胜楠对此毫不知情，此刻的她，还在公司的大会议室里一遍遍观看"真爱碰碰对"之前的官方宣传片。看到片中虚拟的男女主角因为终成眷属而甜蜜微笑，胜楠仰起头，将几欲夺眶而出的泪水倒了回去。

她和李铭恋爱七年，她对他再了解不过。若是李铭不问她是否有状况，单位同事那些流言她尚能不在意。但李铭问起她是否变心，这种先发制人的推脱方式，胜楠在工作、生活中见了几百遍，已经烂熟于心了。

她们说的都是真的。事情再明显不过，问也没有意义。

不知怎的，她忽然想起上中学时，数学老师说过的一句话：

"三角是最稳固的结构，三角关系，却是最不稳定的关系。"

那时候她还小，总觉得以自己这样要强的个性，这辈子都不会卷入这样的情感关系当中。没想到，世事一点不由人，就像忽然来的洪水，裹挟着四下奔流，看不到出路和尽头。

与其三个人都输得很难看，不如放过彼此，由她结束这段关系。

胜楠盯着变幻不定的宣传片发呆，上面的主人公逐渐幻化成了她和李铭年轻时的样子。

彼时，她和李铭都才研究生毕业，通过社招进了瑞恒，原本一心扑在工作上的胜楠，不知什么时候生命里多了一个也总是加班的战友——李铭。

多少个寂静无人的夜，听到彼此敲击键盘的声音，他们虽没有对话，却都知道，不只自己一个人在努力，还有人在陪着自己。

"凌、凌胜楠，我、我喜欢你！你做我女朋友好吗？"

一次团建活动，喝了点酒的李铭在同事们的起哄叫好下，不知从哪里找了枝玫瑰花，送给胜楠。

胜楠有些惊喜，但更多的是被当众告白的局促，她也不记得自己是怎么答应下来的。好像一切都那么顺理成章，就像之后他们一起走过的若干个日夜。

开始交往后，两人最常做的事就是在黄浦江边，靠着栏杆，望着江水，畅想未来。

"小楠，你看那栋大楼，你说——以后咱攒够了钱就在那买套房好不好？"

李铭揽着胜楠的肩膀，指着对岸的一栋高楼豪言壮语。

"哦哟，就凭咱俩啊，攒一辈子也买不起——我看啊，先租一套过过瘾吧！"

胜楠哼了一声，缩了缩因为寒风而有些冷意的脖子，白了李铭一眼，打消他的志气。

"还是小楠好，善解人意哈哈。"

李铭说完这话，便将胜楠揽进怀里，用风衣包裹着她，两人依偎着在黄浦江边看着夜景，甜蜜而温馨。

胜楠拿出手机，调到通信录里那个"铭"字，手在"加入黑名单"的按键上放了一会儿，最终还是没有下定决心，深深地叹了一口气。

与此同时，写小说的梦楠手机也响了起来。

梦楠接起来一看，是于海！

有些诧异地看了眼手机，心想：

这人未免太忽冷忽热了吧？之前不理人，一个礼拜都回不了三条信息，一问就是"忙着呢"；现在刚分开不到两个小时，电话又打过来了。

"凌……是凌梦楠吗？"

梦楠听到于海低沉沙哑还带着哭腔的声线，知道他多半是喝了酒，也不敢多问，只是"嗯"了一声，算是回答了他的问题。

"我、我回我住的地方以后，想起一件事——介绍人是不是告诉你了？说，说我有个妹妹？"

梦楠闻言点了点头，意识到于海看不到，这才开口道：

"嗯，对，介绍人说你妈妈和你妹妹在老家，你一个人在北京——妹妹怎么了？出什么问题了吗？"

"她、她根本不是我妹妹！是我妈、我妈从孤儿院抱养回来的一个小姑娘。"

梦楠听了一愣。于海有妹妹的事她虽然早就知道，但这妹妹竟然不是他亲妹妹，这倒是头一次听说，一时也忘了回复。

"你说我妈，都有我了，有我了！为什么还要再养一个孩子呢？你养也就罢了，你告诉我一声啊——我什么都不知道，不知道，回到家就多了个妹妹。"

梦楠听见于海声音里似乎有无限的脆弱和委屈，不由得有些心疼。

对啊！儿子已经这么优秀了，干吗还要再领养一个孩子呢？弄得他这么委屈，于海妈妈也真是的，一点都不知道疼儿子！

出于对于海的欣赏，梦楠顿时同仇敌忾，不自觉地就将未来婆婆放上了道德审判台。

"……确实，她、她就是再喜欢女孩，也不该——"

于海见梦楠向着他说话，这话匣子一打开，便没有了尽头，絮絮叨叨又说了将近一个小时，才体力不支地含混挂断了手机。

梦楠被于海的经历搞得情绪很低落，看了两集动画才缓过来的心情，忽然被当作免费垃圾桶，又重新沉重起来。

将提前写好的章节上传，梦楠叹了口气，这才想到——闺蜜林诗雅还在路上。

"诗雅，我梦楠，你到家了吗？"

梦楠拨通了林诗雅的电话，听到那边有些嘈杂的鸣笛声。

"还在路上，你相亲怎么样了？我帮你说完，你没又和那个龅牙纠缠吧？"

"没有……他说他明白了，还说——我其实不必回请他的——只是，对不起啊诗雅，我……我光以为陈铸是个麻烦，没想到，于海也不简单，刚才他喝多了给我打电话抱怨了一个多钟头，我本来想早点打电话给你的——他这一耽误……"

林诗雅坐在豪华车后座上，揉了揉被高跟鞋磨痛的脚后跟，闻言不由得摇头道：

"你啊，就是太烂好人了——什么男人都能在你这倒垃圾——司机师傅，咱们去簋街那个清吧，叫'畅享'的那家。对，先不回去了，我见个人。梦楠，你一会过来这边吧，咱姐妹俩喝点酒，谈谈心。"

梦楠本就心情不好，听得诗雅愿意听她说心事，当即笑逐颜开道：

"我就知道还是诗雅最好了！我这就出门！"

梦楠撂下手机，匆匆换了身衣服，背了个斜挎的小包，蹑手蹑脚地穿过客厅，小声关门，然后一溜烟上了出租车。

"畅享"酒吧内，悠扬的爵士乐搭配女歌者低沉舒缓的哼唱，有种迷醉的色彩。

昏黄的灯光下，林诗雅坐在最里面的沙发上小酌，旁边的圆环形座椅上堆满了各种奢侈品的袋子。周边桌上的几位男士，自见到林诗雅进酒吧就窃窃私语，有几个已经跃跃欲试，准备上前搭讪这位美女了。

梦楠赶到的时候，林诗雅桌子旁边已经围了几个互不相识的男人，正在为谁能请美女喝酒吵得不可开交。

"没听说过先来后到吗？我第一个站起来给这位美女买酒的，当然是我买单，来，刷卡结账！"

一个留着莫西干头打着舌环身穿蛇纹夹克的潮男，一把推开挤在吧台前准备结账的西装大哥，抢白道：

"就你买的那酒，能喝吗？什么品位？Honey，你不要喝他买的那杯，一看就一点常识没有——那威士忌是能兑柠檬汁的吗？"

两人抢着结账的工夫，一个身穿酒红色衬衣的斯文眼镜男趁机凑到林诗雅桌前，一派绅士风度道：

"小姐，你看他们为了请你喝酒还吵架，也是够没风度。这里太吵了，我认识这的老板，不然，咱们楼上雅间喝一杯，如何？"

就在几个男人各显神通的空当，梦楠从一个不起眼的角落挤了进来，看到一桌子各色美酒不由得咋舌。

诗雅就是诗雅，都不用开口，就有数不清的男人来献殷勤。

"你来了。"

一直沉默地笑着喝鸡尾酒的林诗雅见梦楠来访，终于起身相迎，这一站起身，凹凸有致的身材和高挑的身量，让桌前的几位男士更为躁动，有一位金发大哥甚至直接走到了林诗雅身边，就差伸手揽人了。

还没等那男人动手，林诗雅便一撩长发，轻轻揽着梦楠的腰，巧笑嫣然道：

"不好意思啊几位，热情我是领了，但……你们，可不是我的菜。"

男人们见到这一幕如同吞了苍蝇，瞪眼的瞪眼，咽口水的咽口水，显然都是难以置信的模样。

梦楠见状笑眯眯地转头趴在林诗雅怀中，其实却在拼命憋笑。

"真他妈点背，难得有个不错的，又他妈是个同——这年头，女的怎么稍有点姿色的就是同——"

男人们抱怨着离去，梦楠和林诗雅也终于重新得了清净，坐在了沙发上。

林诗雅打量着梦楠，发现她穿了一件灯芯绒的卫衣，下面是一条遮到脚踝的百褶裙，素白的脸不施粉黛，鼻梁上还架着一副厚厚的圆框眼镜，不由得叹气道：

"你啊，怎么还这么不会打扮？不是都开始相亲了吗？你可别告诉我，你就穿着这些去相亲。这我出差也告一段落了，过两天咱们逛街去，我得给你从头到脚来个大换血！"

梦楠看向林诗雅，参加活动的衣服还没有换下来，银灰色的套装搭配驼色的大衣，既有职场气息又有女人味。

林诗雅在这套衣服的衬托下，看上去就像披着王子披风的人鱼公主。

真好看！诗雅就是诗雅，从小美到大！

心里这么想，嘴上就夸道：

"诗雅你怎么做到的啊！越来越好看——人不都说女人三十豆腐渣嘛——哎，我都渣得快变豆浆了，你还和豆腐西施似的。"

林诗雅喝了几杯，脸色微红，听了梦楠的话，难得不加掩饰地笑出声来，伸出纤纤玉手，点了点梦楠的额头道：

"小傻瓜，男人都是下半身思考的动物。保持年轻漂亮就能让他们第一时间把兜里的钱都掏出来。其他的优良品质啊，在他们眼里就和针鼻儿一样大小——你要是也和我一样，把用来看书的时间都用来研究美妆打扮，也不至于这么差。"

梦楠闻言有些不好意思地用手揉了揉被点疼的额头，抓过面前兑了冰的长岛冰茶，对着管子吹了几个泡泡，看得林诗雅有些无奈，叹了口气道：

"做女人啊，说简单，其实也挺难的。简单就简单在年轻漂亮就解决一切，难也难在这，时间是公平的，谁也不可能年轻漂亮一辈子。"

梦楠一边对着冰茶吹泡，一边听林诗雅的感情讲坛，有些诧异诗雅也会担心自己变老，当即松开嘴，开口道：

"诗、诗雅，我、我问你个事呗——"

林诗雅闻言侧头看向梦楠，喝酒的缘故，让她的眼神有些湿润迷离，梦楠被看得有些不好意思，低头小声道：

"你、你就没、没真心喜欢过谁啊？"

林诗雅眼神蒙眬，透过冰茶里起伏的冰块，依稀看到了曾经也相信爱情的那个自己。

十三年前，林诗雅十九岁。

坐在宝马的副驾驶上，林诗雅在大学同学羡慕嫉妒恨的目光中，被自己的白马王子接到别墅共度春宵。

"送你的，拆开看看——"

恋人去而复返，坐回床上，揽过林诗雅赤裸的肩膀，将一个物件塞进林诗雅的手中。微醺的林诗雅惊喜地握住恋人准备的小盒子，打起精神来仔细端详——

那是一个方形的红丝绒盒子，就像多少次在偶像剧里看到的一样，这样的盒子，一般都是用来——

满怀期待地打开，却看到一条项链躺在本来该放戒指的盒子里。

林诗雅脸上的笑容顿时僵在了那里。

"喜欢吗？来，我帮你戴上。"

恋人似乎没看出林诗雅的失落，自顾自地取出项链，轻轻戴在林诗雅修长的脖颈上。

两个月后，女生宿舍楼下。

"叫林诗雅那个贱人出来！勾引我老公，不要脸的狐狸精！滚出来！"

林诗雅拿着洗浴用品和同学回到宿舍，大老远就听见女人刺耳的责骂，还没等她反应过来，女人就扑了上来，疏于修剪的指甲狠狠地抓破了林诗雅的脖颈，那条项链也被拽了下来扔在地上，和眼泪一起混在尘土里。

下意识地摸了摸脖子上已经浅到看不出来的疤痕，林诗雅看向一旁一脸疑惑的梦楠，摇头道：

"我啊，真爱喂了条狗，以后，不会再有了。"

又是没什么出奇的工作日，胜楠一如既往地沉浸在工作中，将自己关在总监室内认真阅读各种资料。

敲门声将胜楠从专注的阅读中拉了出来，起身开门，见崔晓雪吞了吞口水，低头道：

"总、总监，周总策划来了，说要见您——"

"好，我知道了，让他进来吧。"

崔晓雪闻言，这才敢抬头往屋里看一眼，整个办公桌上堆满了各种节目相关的材料，分门别类地，上面还贴着不同颜色的标签，不由得有些佩服。

传言都说凌胜楠是商业天才，又有贵人帮衬，年纪轻轻就爬到了这个位置。现在看来，恐怕除了背景，努力也要占一定比重。

"凌总监百忙之中还能第一时间接见我，真是受宠若惊啊！"

周思源一进门便开始打趣，顺手将一份打包好的清粥放在办公桌上，自顾自地拉了椅子，坐在胜楠的对面。

"周总策划，这又是什么意思？恕我直言，我还和之前的态度一样——周总策划这么积极主动，我会以为你是喜欢上我了。"

周思源却并没因胜楠的话动摇，仍安坐在椅子上，笑道：

"喜欢如何，不喜欢又如何？不开玩笑了，我来找你，不是为了感情的事——倒是，有点讯息想和你分享一下。"

周思源说完，从包里拿出一份简历，递给胜楠。胜楠接过一看，竟然是梦楠的求职简历，顿时面色一变，起身快步锁上了总监室的门，转身看向依旧跷着二郎腿坐在那里的周思源，沉声道：

"你调查我妹妹？你想干什么？"

"不想干什么——工作原因我见了李察德一面，知道你和你妹妹——有些误解和过节。听我一句劝，冤家宜解不宜结，你俩是亲姐妹，正好现在又在同一座城市，正是相认的好时机。

"我这人，原本不太喜欢管别人的家事，可——你为了能多了解你妹妹去找李察德，我就不那么赞同了。你明知，他那种人，为了能有机会和你接触，拿你妹妹当个由头是再正常不过的事了——"

胜楠站在门口盯着周思源的后脑勺看，她有些猜不透这个男人的想法。

除了他叫周思源，在电视台工作，以前是个心理医生。

胜楠发现，自己对这个男人，几乎一无所知。

要放在以前，一个陌生男人如此胆大妄为地干涉她的家事，她是一定要和对方吵一架的。只是她有种很奇怪的感觉，内心某个角落，她正在说服自己，周思源自两人认识就没做过任何伤害她的事，还屡屡替她解围，这次想必也是出于好心。

"好了，我来就这件事。不管你信不信，反正我一直相信'有花堪折直须折，莫待无花空折枝'的，很多事，机会转瞬即逝，总想着以后再这样，再那样——会后悔的。走了啊，你自己琢磨琢磨。哦对，还有，距离竞标结束还有一个礼拜，你要是不介意的话，可以提交一份草案过来，这样有修改我们这边也来得及出意见，你们可以多改一轮。"

周思源说完，一如前几次解围般，没再逗留，解了锁拉开门就出去了。

胜楠却因周思源一系列的行动陷入了沉思。

无疑，周思源的行为是暖心的，可他为何要帮她至此呢？素昧平生，这份好意未免太过沉重了些。

胜楠还在思索周思源好意背后的目的时，梦楠也到了单位。熬过了一上午的高强度作业，梦楠笑眯眯地点开某 APP 准备点些好吃的犒劳下自己，还没来得及选外卖，于海的电话就打了过来。

"于海？你怎么——"

梦楠有些惊讶，还没等她问完，于海便出言打断道：

"抱歉啊，昨天我可能有点喝多了——没和你说什么不该说的吧？我说什么了，你还记得吗？"

梦楠犹豫了一会，尽量轻描淡写地小心措辞道：

"嗨，其实也没什么，谁还没个心情不好的时候啊。你就和我念叨了念叨，你妈妈和妹妹在老家，你一个人在北京挺孤独的——我都能理解的，没关系。"

于海闻言沉默了一会，继续道：

"其实我……一直在想，要不要辞了这份工作回老家去。可我……我不敢，我觉得大家看好我，和这份工作也有关系，如果我不是这家医院的外科大夫了，可能会有很多人失望的。"

梦楠闻言大吃一惊，她本以为只有陈铸那种没什么上进心的男人才会想要辞职，没想到于海这种全院都好评、前途无量的大夫也准备辞工不干了，当即开口道：

"这……你别这么想啊！我听介绍人说，你专业技术非常好的。而且、而且咱们认识一段时间了，我能看得出，你其实是很正直的人。你这样的人当上医生，那既是患者的福音，也是医院的福音啊！"

"福音？呵，患者的福音，或许吧？但医院……医院是绝不需要像我这样有心理问题的大夫的。"

头次听说于海有心理问题，梦楠就算再想美餐一顿，也没了心情，赶紧追问道：

"不是，你、你怎么就有心理问题了啊？谁说的啊？是你自己觉得，还是专业大夫诊断的啊？"

"我自己就是大夫，诊断这种事，原也不需要那么精准的治疗记录——上大学那阵，我去做生物实验，不小心把手划伤了，然后就晕过去了。那时候我就知道，就算出了大学，我也很难再当外科大夫了。"

"那你……你要是晕血的话，为什么不换一个不用见血的专业啊？我是不太懂医学，但不是也有那种……就对着，对着显微镜培养皿什么的，研究药性之类的，不用做手术的那种学科吗？"

"你听我说完。其实，我是不甘心。因为你知道吗？这么多医学学科里，外科始终还是最受人尊重的一个门类。我费那么大劲考上医科大，又选了外科系，因为晕血就换系，我怎么能原谅自己？我就自己跑到实验室做实验，后来发现——其实我见别人的血没事，就是不能见自己的——"

什么叫见别人血没事，就是不能见自己的？

梦楠听了打了个寒战，想起于海头次见面信誓旦旦"要让所有欺负过他的人付出代价"。那有些阴狠狰狞的目光，着实不像是装出来的。

梦楠一时没了言语，于海却还在继续自己的陈述：

"再说我妈——她和其他人一样，平时都不怎么和我说话，知道我考上了医科大，知道我当了外科大夫，又开始和别人炫耀我是她儿子了。你知道吗？我就只有是现在这样，才配当她的儿子。"

梦楠听着于海的抱怨，瞥了眼旁边的时钟，余光看到许代柔等人吃完午饭已经往工位附近走了，直接起身，闭麦对李双双道：

"双姐，我这，不知吃什么吃坏了——肚子不太舒服，去趟厕所。"

说完还没等许代柔跟上来讽刺，便抓起手机一溜烟跑到厕所隔间里，锁上了门。

"喂！喂？你还在吗？在听着呢吗？"

于海见梦楠半天没有回应，有些焦急地出口询问，梦楠赶紧打开麦克，将声音调小，关上门，坐在马桶上回复道：

"在呢在呢——就是，我们下午该上班了，单位不让随便离开工位，我这，我现在，躲在洗手间接你电话呢——"

于海听了像是松了口气，过了一会又继续道：

"那就好，我还以为你听得不耐烦把我静音了呢！我跟你说，本来我们今天下午也有研讨会，但是我级别不够，又不会拍马屁。我上礼拜不是出差去了嘛，等我回来，他们已经定好了参会人选了。

"又没我的份，就知道把苦活累活给我，一有好事就装聋作哑。就这，这帮傻×还让我下午帮他们做实验，说得跟我喜欢做实验似的。我告诉你一个秘密，他们不让我上会，这礼拜也别想拿到实验结果！谁都别痛快！"

梦楠瞥了眼手机，下午一点了，隐约听见外面传来主任询问的声音，吓得赶紧从坐便器站起身，推门出去，边走边道：

"哦、哦，那什么，于海啊，我真得回去工作了。总在洗手间待着，他们该以为我故意旷工了。"

于海闻言看了下手表，有些惊讶地发现已经过去快两个小时了。不好意思地挠了挠头，清了清嗓子道：

"不好意思啊，又让你听这么多不开心的！要不，咱俩一起旷工吧！我带你去爬山？反正这帮孙子也根本不在意咱们好坏，咱也没必要尽心竭力地帮他们创造业绩！"

梦楠一听这话，心里又开始犯嘀咕。

于海俊朗文雅的外表和他阴暗情绪起伏不定的内心实在是不配套，若不是真遇到这样一个人，她说什么也不相信这样一位儒雅俊秀的帅哥，私下竟然是如此阴暗的人。

"于海，你别这么说啊——这，有监工的就有打工的——总不能人人都当老板，一点点慢慢做呗——他们良心不好是他们的问题，要是咱和他们一般见识，不成了和他们一样的人了吗？好了，不聊了，我们单位没法随便请假，上次请假主任已经特别不高兴了，今天要是又请，可能就要开除我了——"

"果然，所有人都有自己的事要忙——你说你想和我交往，我就想爬个山，你都不肯陪我——说到底，你也嫌弃我啰唆，不想和我在一起，对吧？"

梦楠一听这话，一个头两个大，她实在很难理解那个别人口中智商情商双高、阳光开朗技术上线的外科大夫，私下竟然是这样一个夹杂不清、情绪主导的磨人精。

有些无奈地猫在校长室门口的巴西木后面，梦楠耐着性子压低声音继续道：

"于海，你别误会，我当然想和你交往。但也不能为了交往连工作都不要了啊！你看这样行吗？这周末我把所有事都推掉，咱们一定一起去爬山，好吗？"

于海闻言又重新振作起来，兴奋道：

"那说定了啊，你周末可不能安排别的事了！你想去哪座山啊，北京周边——"

这边梦楠被于海弄得不胜其扰，那边周思源走后，胜楠却陷入了沉思。

过了好久，胜楠才拿起周思源给她的梦楠的求职简历，开始阅读。

简历上个人优势那一栏，俨然写着："团结合作，服从分配。"

而与谦逊的优势说明不符的，是简历前端，梦楠华丽的学校履历（从小学到中学都是市重点），以及北京师范大学教育系本科、英语系研究生的文凭。

胜楠不由得想起两人第一次见面时，梦楠那个女同事欺负她的场景。一想到这个和自己拥有同样容貌的女人此刻在同一个城市，不知又被谁欺负得一脸委屈，她就气不打一处来。

推开办公室的门，将自己整理的策划案大思路布置给罗昕，胜楠驱车前往梦楠工作的留学教育中心。

"凌梦楠你怎么回事？！我看你最近加班比较多，前两天还关心你来着——你不感念我也就罢了，居然工作时间还旷工？这是什么工作态度？"

梦楠低着头，主任叉着腰站在她对面，过于鲜艳的红唇加上呵斥的话语，有种要把梦楠生吞活剥的气势。

两人身后，许代柔半躺在工位的转椅上，一边用锉刀磨指甲一边看着两人的对峙，心中得意得不行：让你认了个有钱姐姐还不拿出来分享下，活该！

许代柔正得意着，门口就传来高跟鞋的踢踏声，胜楠走路带风，越过门口欲言又止的王倩，直接走到主任面前，拉过还在发蒙的梦楠，开口道：

"家里有事，她得请个假！有什么规矩，等我们忙完再说——"

教导主任比胜楠虚长了十岁，却被她的气势压得一时没能反驳，眼睁睁地看着胜楠拉着梦楠走了。

一直到下了楼，神魂未定的梦楠才想起甩开胜楠的手，小声道：

"我、我得回去，我们，不让随便请假——会、会扣我工资的！"

胜楠闻言没好气地撇撇嘴道：

"就你那工作，丢了都不心疼——再说，他们能扣你多少钱？扣了的，我给你补上——我给你说，他们不过是狗眼看人低，欺负软柿子而已，哪有那么多重要的事？照你说，你要请个病假，你们机构还能瘫痪了？"

胜楠的话似乎刺激到了梦楠。

这些年，她一直兢兢业业，从来没在工作日请假过，甚至连周末，有时候还主动加班，这些并没能换得单位同事的认可以及领导的信任，四年过去了，她还是机构最底层的打工人。

"那好吧——反正、反正回去也是继续挨骂——"

梦楠嘀咕了一句，上了胜楠车子的副驾驶。

胜楠侧过头看到坐在副驾驶上的妹妹，有些欣慰，一种血缘而来的亲近感油然而生。

两人驱车前往了一家不大却有风情的泰餐馆。由于是工作日的下午，整个餐厅就只有她们姐妹两人。坐在花团锦簇热带风情的沙发椅上，胜楠打量着梦楠，有一肚子话想说，却一时也不知从何说起。

这半个月来，她的心境发生了重大的变化。

母亲一直偏爱弟弟的理由，她终于找到了——她根本就不是她的亲女儿。这个答案儿时玩笑时候她也说过，但从未真的将这话赋予任何真心。

上海的家本来是她在外拼搏奔波的最后避风港，现在却成了荆棘之地，她每每想起，都觉得如鲠在喉，如芒在背。

"你，为什么不接我电话？"

胜楠憋了好久，终究还是没忍住将之前积攒的怒火和委屈化作了一个问句。

梦楠闻言，本来雀跃地四处打量周围陈设的小脑袋顿时又低了下去，那副诚恳认错的模样，让胜楠又想起每次父亲在母亲面前犯了错，也是这副样子！

"你为什么总这样？你就是这样他们才总欺负你的！不喜欢就直说，不满意就直说！明明心里有意见，嘴上全是好好好，对对对，你这样子——说实话，比我要更像那个男人。"

梦楠本来已经打定主意，面对这位强势的姐姐，她就拿出对付母亲的那一套"食不言，寝不语"来，打死不说话，熬过去也就是了。没想到，她竟然忽然提起了生父，不由得有些好奇，抬眼看了下胜楠。

每次见面，她都化着精致的欧美妆。和诗雅那种突出娇俏无辜、清纯靓丽的妆容不同，胜楠的妆一看就知道这个女的不好惹，乍看之下，让她想起年轻时候的母亲。

果然是姐妹啊！

胜楠和梦楠打量着对方，不约而同地这样想。

"你、你说我像、像那个……爸，其实、其实你也挺像妈年轻时候的——我小时候、我小时候记忆里，她就是你这个样子。"

梦楠小心翼翼地开口，却引发了胜楠的思考，犹豫了一会，胜楠开口道：

"她、她是个什么样的人啊？"

"我妈吗？不对，那……也是你妈——她、她怎么说呢，大部分时候很强势吧，但是也正常啊，你想她一个女人，带着我这样的女儿——我们娘俩也没少受人白眼。但妈妈一直鼓励我，说让我努力，别泄气，只要以后我有出息了，就没人敢看不起我们了。她还说，这世界就凭实力说话——"

胜楠头一次听别人提起生母，不由得代入自己思考起来。

生母的思维模式和自己出奇地一致，无怪母亲（徐颖）总说自己和她一点都不一样，事事亲力亲为，太霸道强势。

梦楠小心观察，发现胜楠好像没有因为自己的话不高兴，试探着给她夹了一只虾，然后小声道：

"那……你说我像……妈不愿意我提起他，他、他还好吧？"

胜楠见梦楠问起父亲也有些别扭，默默地低头将那只虾吃了，想了想才开口道：

"他……他又娶了我现在的……母亲，我着实没想到，他能瞒我这么久。"

胜楠开口有些艰难。

事实上，父亲另娶徐颖，她这多年都不知情，她的辛酸，实在不足为外人道。

梦楠见胜楠不知如何开口，理解地点了点头，起身又帮姐姐倒了一杯热乎乎的玉米汁，并没有催促胜楠，而是开口道：

"一定很不好受吧，要是你不想说，咱就聊点别的——"

胜楠看着对面那张与自己别无二致的脸，伸手拿过那杯玉米汁，不知为何，心底涌起一股暖流。

刚得知亲生母亲不要自己，父亲骗了自己三十年，而继母的偏心事出有因时，她真的有那么一瞬间觉得，这世间竟没有一个人信得过。

此刻看着这个胆小怕事的妹妹眼带关切地盯着自己，想从她这里知道些生父的近况，但因为怕她为难，竟能强忍着不再追问，顿时有些感慨。

虽然懦弱，但却心善，确实，比她更像父亲。

"没关系，反正我也找不到别人说这件事——用你的话说，你也有权利知道，毕竟，他也是你的父亲。"

胜楠盯着桌上已经吃得只剩半盘的海鲜饭，一边讲述，一边陷入了回忆。

一个五岁的小女孩捧着自己做的手工花环跑向母亲，年轻的徐颖穿着一袭月白色的丝绸旗袍，坐在一众打扮得花枝招展的家长中，不住地皱眉。

其他母亲见孩子跑过来，都欢欢喜喜地牵起孩子的手，有的直接戴上颜色还未干的花冠，搂着孩子，对着镜头笑得一脸灿烂。

小胜楠也颇为期待，举着比别人精致很多的花环跑向徐颖，兴奋道：

"妈妈，我、我做的花冠得了第一名！"

"哦，第一名啊，那不错——好了好了，自己拿着玩吧，别把颜料弄到妈妈身上——"

小胜楠有些不解地看着母亲嫌弃的表情，转头看到周围小朋友都已经和戴着花冠的妈妈合过影了，不由得有些委屈，撇撇嘴道：

"妈妈，我也想照相，我也想看你戴花冠！"

"别过来！"

徐颖终于忍不住一把打掉小胜楠手中蘸满颜料的花环，生怕那脏东西染了自己定制的旗袍。

"哇——"

不知自己做错了什么，小胜楠放声大哭。

回家以后，得知了此事的凌玉成抱着一人多高的大娃娃走进女儿的卧室，趴在床边，伸手摸着在床上哭得上气不接下气的胜楠的头发，柔声道：

"楠楠啊，别伤心，拿第一名多高兴啊，怎么还哭鼻子？你妈妈爱干净你又不是不知道——来，你那花环呢，妈妈不戴，爸爸戴哈——"

二十五年后，蔚蓝国际幼儿园。

三十岁的胜楠和年近半百的徐颖为了凌霄的公开会演，再次来到了熟悉的地方。

"姆妈，我今天演王子哦——"

"演王子好啊，妈妈看看。哎哟，谁给化的妆？都弄脏了，过来，妈妈给你擦擦——"

徐颖捧着凌霄的小脸，拿出包里的湿纸巾帮他擦领子上的口红。

"姆妈，这个小花，是我染的，好看吧！"

"好看好看，霄霄做什么都好看！"

徐颖一脸笑意地任由儿子将小红花戴在她胸前，完全不顾上面的颜料将新衣服染红了一片。

胜楠站在徐颖身后冷眼旁观，心中本已被压下的痛楚，随着这不公的一幕，再次破土而出。

"公司还有事，我先走了——"

胜楠说完，疾步出了幼儿园，直到上了车的驾驶席，一直克制的泪水才流下来。

"现在想来——她也不是因为凌霄是男孩就偏心——说到底，我又不是她亲女儿，讨厌还来不及，怎么会对我有好脸色。"

胜楠以这句话作结，幽幽地叹了口气，自己倒了杯玉米汁，像是要索取温暖般一点点喝下去。

梦楠听着故事，不自觉地眼眶发红。她从小便是一个共情能力极强的人，此刻听胜楠的讲述，她仿佛都能看到当年那个小女孩，一脸茫然地看着面露厌恶的母亲。

"一定很不容易吧？但，你真的很厉害，即便她对你并不好，你现在也做到总监了。说实话，上次回家妈问起你，也说过，还是你更有出息——"

胜楠一愣，她没想到梦楠已经把见她的事告诉了生母。有感于梦楠的善良温暖，胜楠一直冰封的内心也渐渐化冻，撂下玉米汁摇头道：

"其实我……原本也不是这样的。只是我一直误会母亲不喜欢我是因为我还不够优秀，所以事事争先。什么比赛、什么考试我都要拿第一——现在想想，也挺可笑的。我越努力，她只会越讨厌我罢了。"

梦楠看胜楠有些失落的神情，不由自主地握住了胜楠放在桌上的手。一握之下更添了几分关切。

和她肉乎乎暖融融的手不同，胜楠的手指修长，骨节分明，却冰冷异常，想来是过度劳累，饮食又不规律，体寒的缘故。

梦楠抬眼再看胜楠，原本对她又瘦又美的羡慕，此刻已经转化成了心疼和同情，关心的话脱口而出：

"哎……人都说台上一分钟，台下十年功。你和我一边大，这么年轻就有这种成就，吃了多少苦我都不敢想。妈也是那种特别努力的人，看见你就和看见年轻时候的她似的——"

姐妹两人的对话持续到了天黑，梦楠难得见到胜楠脆弱的一面，心知她与母亲那种纯然的强势不同，更多可能是不得不装作坚强，当即主动拿出手机道：

"上次拉黑你，是我不对——我本来就胆子小，妈每天训我，我已经觉得很可怕了，想到以后还要被你训，就……对不起啊，我一直这样，一出事就想着逃避。其实今天，咱们聊完之后，我、我觉得——你根本没有那么可怕……不如说，如果当年妈留下的是你，妈也会更开心，你也会更轻松些。"

说完这话，梦楠有些失落地盯着已经变成残羹冷炙的一桌菜，深深地叹了口气。

妈是多要强的人啊！比起自己，她肯定更喜欢胜楠这种女儿吧！

一下午的推心置腹，胜楠也明白，梦楠这话完全是出于本心，并非有意讨好她。想到周思源说的那句"有花堪折直须折"，难得卸下了防备，柔声道：

"刚知道有个妹妹的时候，我其实……也没调整好情绪就来找你了。那时候我满脑子都是埋怨和问责。但现在想想，这事原也是长辈那一代的事，就算有什么错，也和你没关系。以后、以后你要是不忙，我们可以常出来坐坐。"

梦楠闻言一直低垂的脑袋终于抬起来，鼓足勇气看向胜楠道：

"我……我其实也，平时也没什么事。除了相亲，就是写写小说。你愿意见我，当然、当然是好的——我，上次你说完我回去也想了——其实我也不喜欢现在这份工作，但……但我——也知道只靠写东西很难养活自己。相亲也是，其实我也不想去，只是工作单位都是女同事……我自己又没什么社交圈子……"

"那你就没谈过恋爱吗？比如上学的时候？"

胜楠有些好奇地单手支着下颌听梦楠的讲述。

梦楠渐渐也敞开了心扉，犹豫了一下才道：

"我上中学时候喜欢过一个男生，当时妈怕我早恋，一直不同意，还找老师谈过这件事，非要让那个男生转学。我……我当时也是着急，怕他去外地就不回来了，买了张车票就追过去了——"

"没想到你还挺有勇气，怎么现在感觉还不如小时候胆子大了？"

两人聊了一下午，胜楠自觉和梦楠亲近了不少，终于也放下架子，开起玩笑来。

"我就是……反正每次壮着胆子干点什么，结果都不好——反正那以后，就再没谈过恋爱了。"

姐妹俩敞开心扉聊到快闭店了才分别，梦楠坐在地铁上，想起刚才和胜楠的对话，感觉像是做了一场很长的梦，拿出手机看到重新被加回的微信，梦楠嘴角不自觉地浮起一丝笑意。

公寓一楼，正在等电梯的胜楠惊讶地发现自己居然在哼张惠妹的《姐妹》，不知为何就想起促成这次会面的周思源来。

要不，再请他吃顿饭吧？

或许这些年来，是自己太要强，无意中拒绝了太多人的好意。

梦楠回到家，将衣服挂好，转身在日历上自己生日那天写下"姐姐生日，准备礼物"，这才坐到电脑前开始写当天的小说。

胜楠想着与梦楠交谈的场面，想起梦楠笨拙却真心实意的关切，不由得心头一暖，盯着手机上最后两人在餐馆前的合影，露出了微笑。

一看时钟已经指向晚上九点，胜楠来到书桌前，拿起标注着日程的纸开始核对。

上面俨然写着回家后要记得催促下属，让他们抓紧督促制作部修改比稿的视频。

不知怎的，胜楠忽然想起梦楠的话。

"其实妈人不坏，就是有时候表达方式太强势了。在单位也是，只想着自己的业绩要漂亮，忘了别人也是人，大晚上加班也会累。我也一样，虽然是她的女儿，可也是个独立的个体，从小到大，我的每个周末都被她排得满满当当，这样我怎么有时间和机会去接触其他人呢？"

胜楠想着，拿过笔将"催促修改视频"挪到了第二天的日程上。

第二天一早，胜楠春风满面地走出单元门，正准备上车，一个女人便迎了上来，堵在楼口。

只见她穿一身定制的掐腰连体衬衫裙，脚踩水晶高跟，大红唇，栗色的波浪头，举手投足带着强烈的自信和女人的妩媚，只是站在楼口，便已让路过的不少人议论纷纷。

"凌胜楠？初次见面，我是陈羽何——公司市场部的顾问，我找你有话说，咖啡厅里谈吧？省得大家面上都不好看。"

凌胜楠今天要去电视台，也是一身正装。陈羽何一打眼，藏蓝色的西服套装将胜楠衬得沉稳大气，白色的手包显示出她对配色的完美诠释。

两个女人这一照面，就都看出对方不是好惹的类型。

胜楠一言不发，沉默地带着陈羽何来到附近最近的一家咖啡厅，两人各点了一杯美式，便在路边的阳伞下落座。

一大早两位美女出现在一个桌上，其中一位还一脸怒容，引得不少路过的人频频驻足议论。陈羽何却像是没看到一般，双手抱臂，开口道：

"我就开门见山了。李铭现在是我男朋友了，我劝你不要妄想把他抢回去。反正你迟早也会知道，不如我亲自告诉你，我父亲，陈诚，你应该也认识，是瑞恒的董事长。你和李铭都是瑞恒的员工，我劝你最好还是识趣点，自己退出。"

胜楠也抱着双臂盯着陈羽何看，见她自己"小三上位"，还趾高气扬，不由得有些为这女人悲哀。

公司董事长的女儿，找谁不好，偏找个什么背景都没有的穷小子！这段感情，估计也是陈羽何一意孤行的结果。陈诚她见过，这肯定不是那位董事长的意思。

陈羽何见胜楠不说话，竟然还能心平气和地盯着自己瞧，一副"你想说什么接着说"的模样，自觉落了下风，眼珠一转又改口道：

"我知道，你可能很喜欢李铭。就是因为喜欢才得为了对方着想啊。你和他在一起这么久，他连个总监都不是；你看他，和我在一起不到几个月，就当上总监了，若是以后我俩公开了，他想当总经理也不是难事。你不是知道的嘛——李铭是小地方出来的，压力很大的，一直以来他不就想着飞黄腾达、衣锦还乡吗？你忍心看他为了你被公司开除，灰头土脸地回老家吗？"

陈羽何这番自作聪明的深情告白，将李铭布置了几个月的谎言戳得支离破碎。

胜楠闻言只感觉心脏处隐隐作痛，她没想到自己的设想竟成了现实。

她已经有预感，李铭应该是出轨了公司某个高层，为了升职不惜牺牲自己。但她没想到的是，李铭竟然如此不堪。当初追自己的是李铭，如果他已下定决心要选择陈羽何，作为一个男人应该有亲自说出口的担当，而不是让另一个女人为了他出头。

胜楠的沉默显然激怒了一直强作镇定的陈羽何，她直接站起身，双手撑在桌上，胸脯起伏，一双眼直欲冒出火光，盯着面无表情的胜楠质问道：

"喂！你怎么不说话——怎么，瞧不起我吗？我告诉你，我爸是公司董事长，你这总监能不能当，就是我一句话的事！"

胜楠见状也站起身来，身高虽比陈羽何矮了五六厘米，气势却丝毫不输，端起咖啡冷声道：

"陈小姐，我觉得咱们没什么可谈的。说到底，这是我和李铭之间的事，要谈分手也是他和我谈。看您这么风风火火打飞的来北京，怕是还没完全套牢住李铭吧？就我所知，总公司那边，现在也没人说过你俩是一对。我大胆揣测一下，估计他到现在也没让你公开恋情，对吧？要不，您也不用跑到我这来示威。"

"你！"

陈羽何早风闻凌胜楠伶牙俐齿，没想到自己在家精心准备了两天，一见面就落了下风。

"陈小姐没什么事的话，我得先去工作了。毕竟也是您家的公司，我拿着钱不工作，您觉得无所谓，您父亲可不一定这么想。"

胜楠说完拎起挂在椅背上的手包，转身走了。剩下陈羽何一屁股坐回椅子上，伸手将桌上无辜的咖啡杯扫落在地。

半小时后，胜楠赶到单位，表面淡定，实则心乱如麻。

走进办公室一看，偌大的办公区竟然空无一人。刚准备发火的胜楠，想起周思源说凡事要确定了再行动，便改了主意，转身向小会议室走去。

"这块咱们上次说长，我看总监应该是和制作部反映了，这版明显短了不少——"

"对，现在看着舒服多了，但租房这段还得再改。我觉得还是不够贴主题，罗昕你说呢——"

"要不咱和总监提议把那俩模特再叫过来一趟，让他们重新补拍几段？"

胜楠一愣，她着实没想到这三位平时看起来不那么靠谱的下属，在她迟到的情况下，居然没有旷工闲聊，而是在认真讨论视频的修改方案。

一时间，她手握着会议室的门把手，回想起在上海刚升任总监时，大家齐心协力，共同为了一个项目熬夜的画面。

看来周思源说的是真的。

人与人的感情果然是投桃报李，自己以身作则，其他的伙伴也会铆足劲跟着干。

这么想着，拿出手机，照了照自己的脸，发现并没有因陈羽何的言论有太多狼狈，这才推门走进去。

"都在这呢？辛苦了——"

胜楠难得脸上带了些笑意，罗昕、秦笙和崔晓雪见了不由得也跟着笑了起来。

崔晓雪赶紧起身摆手表态道：

"不辛苦不辛苦——总监才辛苦呢！我们都听说了，我们都下班了，您一个人还在制作部等到夜里——就为了能早点拿到改好的样片。"

秦笙一看崔晓雪又占了先机，也赶紧凑到胜楠面前，开口道：

"总监，我们仨看了几遍，还有一些残留的问题，罗昕刚已经给写白板上了——"

胜楠瞥了一眼站在最后一言不发的罗昕，冲他点了点头，见他有些别扭地坐回椅子上，依旧没有开口的意思，也觉得有些好笑。

也对，话都让这两位说了——秦笙也挺有意思，是不是自己的功，都得由他来表。

"好了，知道你们都不容易。我看看还有哪些。你们打算叫模特来补拍？还有一个礼拜，还要重剪，时间还是挺紧的。不过，你们说得也有道理，不好的素材再怎么妙手回春也不如正片拍得质量高好剪——

"罗昕，你马上联系模特公司那边，把我的意见也带上，结合你们的，先出一份大致要修改的片段，需要加钱我先给垫上；晓雪，你去财务一趟，问下项目还有多少剩余资金可以支取。"

罗昕和崔晓雪领了任务出去了，剩下秦笙有些焦急地站在原地道：

"总监，那我呢？我干点什么？"

"你给我说说讨论的细节，我看还有几个地方不太清晰——"

"那没问题——我这人别的没有，就是口才好——"

胜楠有些无奈地摇了摇头，坐在椅子上开始听秦笙汇报工作。

另一边，梦楠前一天听了一下午于海的"负能量语音包"，又熬夜写了小说，赶到单位时候已经迟到二十分钟了。

还没等她坐到工位上，主任就从屋里走出来，叉着腰，一脸罗刹相走了过来。

"凌梦楠啊凌梦楠，我看咱们这边就是制度太宽松了——本来人手就不多，要是谁都想请假就请假，那这留学中心还办不办了？！你这已经不是第一次了。这次必须得扣工资了——

"看什么看？盯着我干什么？合同里面有——工时不满就得扣！别以为我不知道你们平时就划水——本来看在都是女人的分上，我打算睁一只眼闭一只眼的，但你明显就是态度问题——"

"我家真有事。"

梦楠并没有像以往一样试图用拼命解释来保住自己微薄的工资，而是不咸不淡地回了一句，便坐回了自己的工位。

这态度显然让主任更加坚信，许代柔说的都是真的。

一天前，梦楠被胜楠带走后，许代柔立马就起身来到气得七窍生烟的主任身边，低声道：

"梦楠真是变了。要搁以前，就算真的家里有事，那也是先把中心的工作交接好再走啊！您看看现在，这连个招呼都不打，直接就走了——"

"就是，挺好的一个孩子，怎么变成这样了？"

主任一边摇头一边准备回自己的办公室，许代柔嫌火烧得不够旺，追上去继续道：

"主任，我说句不好听的——这梦楠自从认了那个有钱姐姐，就成这样了。我看，她就是觉得家里有钱了，这份工作无所谓了。"

"那不能，梦楠性格是让人着急了点，但论工作能力和学历，在咱们中心都数得着——要不是喜欢清净，估计早就换工作了。"

许代柔听了这话表面堆笑，心里却大翻白眼。

女人学历高，工作能力强有什么用？长得不好看，身材不好，还性格懦弱，走到哪都是个食物链最底端——被人欺负压榨的命。

主任教训完梦楠出了气，扣了工资，转身回屋去了，剩下梦楠坐在工位上打开支付宝，算了算自己这个月的开销，叹了口气。

李双双看见她又被主任教训，心知又是许代柔在煽风点火，有点同情这个小妹妹，想了想还是上前道：

"梦楠，咱们有日子没一起吃过饭了——我看你心情也不好，要不，咱们今天中午出去吃点好的，开心一下？”

梦楠摇了摇头，卡上的余额和腰间的赘肉让她不敢，也不能答应这样的邀请。

想了想，冲李双双笑了一下，开口道：

“谢谢双姐，只是我最近在相亲。我妈催着我减肥——我就，不出去吃了吧？双姐吃得开心点哈——”

李双双摇了摇头，看到许代柔和王倩已经在门口招呼她一起走了，只得拎起包快步走了过去。

办公区顿时又剩下梦楠一个人，她从帆布包里拿出一根塑料袋包裹着的老玉米，将玉米塞进微波炉转了一圈，抱着在工位上默默地啃。

高级公寓顶层，时间已经到了中午，睡美人林诗雅才从床上爬起来，拢了拢有些散乱的丝绸睡袍，林诗雅对着镜子顾影自怜了一会，这才满意地向洗手间走去。

前一晚的宿醉让林诗雅有些头疼，正刷着牙，便听到了手机的提示音。举着牙刷回到卧室抓起手机一看，公司又给她发送了一个对象。

这次的对象，显然比之前的隐形富豪老绅士以及市场部总经理级别要低得多，居然是一位重点中学数学老师！

林诗雅连浏览材料的心思都没有，回去漱了口，直接拨通了公司的电话。

“是我，林诗雅，我说过很多遍了吧？太便宜的，好打发的，不要推到我这来！他一个月收入八千的数学老师，找我，你觉得合适吗？”

工作人员听了赶紧回复道：

“林小姐您别急啊！这情况还是挺特殊的——您说得都对，一个数学老师按照常理用不着您出马，可是吧，他为了能找个不错的对象，也不知道是疯了还是寂寞太久了——直接给了平台五十来万！

“这，咱说白一点，他估计把老婆本都压上了。我们本来也想着糊弄糊弄得了——给他介绍了几个黄金级别的会员，人姑娘条件也都很不错的，甚至好几个我们都觉得配他绰绰有余了，连模特都给他介绍过，但他死活不同意，非说还得重新介绍——我们最开始都以为他是对头公司送来碰瓷的了，直到见了赵先生一面，才发现他这人还挺纯朴的——咱、咱这边也是没办法了，这才——"

林诗雅戴着蓝牙耳机，一边洗脸一边听工作人员絮叨事情的经过，听到五十万也是有点咋舌。

这老师一个月收入就八千，一年也就是不到十万，五十万，那得是他将近五年的积蓄啊！还得是省吃俭用一分不花。这家伙别是抱着抽彩票的心，打算一战定胜负吧？

"林小姐，林小姐，您还在吗？"

生怕得罪了平台的这棵摇钱树，工作人员见林诗雅这么长时间不说话，还以为她还在生气，更加小心地开口询问。

"我在，好，我明白了，这活我接了。但是价钱不能变，还是原来的抽成——麻烦你转告，我会速战速决——保证他以后再也找不到理由骚扰你们平台。"

下午，某江南小馆。

墙角香炉里是袅袅青烟，竹制的摆件和满墙的字画让人仿佛置身古时的茶楼。木质的桌子上放着红泥小炉，上面的铁壶煮着热水，热气蒸腾，阻断了桌子两头食客的视线。

桌子上摆了三两个精致的小碟，里面装了些蜜饯小菜，都是用来配茶的。一只白玉瓷瓶里插着一枝含苞待放的梅花，就连旁边的纸巾盒都是青花瓷造型的。

林诗雅一袭凤凰暗纹绣线的淡绿色旗袍，端着一杯明前龙井，轻呷了一口，民国小姐范十足。

在她对面，是一个戴着黑框眼镜穿着橘黄色冲锋衣，梳着二八分头的男人，体型中等，个子看起来不到一米七，若不是两人都坐着，林诗雅怕还要比男人高上一些。

"赵老师在哪高就啊？平台只说了您是数学老师，没说哪所学校的——说是得保护个人隐私。"

"嗨，什么高就，教书而已。在海淀，二附中。"

比起赵涛有些寒酸的个人介绍，一到店却点了当季最贵的龙井，这种大手笔的做法，倒是让林诗雅多了几分兴趣，本来打算打个照面，说清楚就走的，现在却多了和他聊一聊的兴致。

"哦哟，那可是好学校啊——我小时候想过考那，成绩要太高了，最终也没去成——"

林诗雅说着，便用竹制的筷子夹起一块桂花藕，还没等送进嘴里，藕片就像自己有想法般从筷头滑落，眼看藕片要掉进另一道小菜的碟子里，林诗雅也顾不得矜持了，直接伸手将藕接住放进了嘴里，随后有些尴尬地别过头，耳后有些发红。

"服务员，给这位小姐再换一条擦手的湿巾——不好意思啊，桂花藕太薄了，又黏糊，不好夹，早知道应该点金丝枣的——"

林诗雅松了口气，因为这恰当的处理，忍不住盯着赵涛看了一会。

说也奇怪，这人明明只有四位数的工资，但言谈举止却和之前她接触的很多大款不相伯仲，甚至比起他们的暴发户行径，这人的挥金如土还要更文雅一点。

情商不低，看着也像见过些世面，乍一看，除了显老点，矮一点，也没什么大毛病——只是，这一月八千，四十一岁了还单身，还是算了。

林诗雅一边擦手一边盘算着怎么打发掉这位老师，眼珠一转，林诗雅起身给赵涛倒了杯茶，然后眉头微蹙，坐下道：

"赵老师，我觉得，你人特别好——只是，哎，我还是跟您说实话吧。这个相亲是家里给我安排的，可是我……我早就有喜欢的人了——真的挺可惜的，要是早点遇见您，哎……感情的事，我一路都在想怎么跟您开口——一见到您，我就知道，像您这种有涵养的人，直说才是对我们都比较好的。"

赵涛闻言，并没有如之前一些富二代和成功人士般纠缠不休，也没有像一些暴发户一样气急败坏，优哉游哉地喝下林诗雅为他斟的那杯茶，这才开口道：

"没关系。林小姐看不上我，我大概心里有数——老实说，你肯答应出来见面，我已经很惊喜了——只是有件事，不知林小姐有没有什么普通一点会过日子的朋友？"

林诗雅闻言也是一愣，她处理过这么多有妄想症的相亲男，头一次遇见这种主动要求找个普通些、会过日子姑娘的男人。更不要说，这男人还为相亲花了五十多万。

五十多万啊，就找一个会过日子的女人？

林诗雅倒有点想不通了，一时也不知道该怎么回复。赵涛见林诗雅不说话，起身也给林诗雅倒了杯茶，又给自己添了一杯，继续慢条斯理道：

"我都明白，平台嘛，看我一直不满意，肯定认为是我眼光太高了——所以才勉强林小姐出来见我的——其实他们误会了，我呢，根本没指望一个能把找对象明码标价五十万的平台，能给我推荐什么'经济实用型'的姑娘。但我想着，这姑娘总认识其他姑娘吧？我多见见，每次见面都问问你们认不认识我想找的那种姑娘，总能撞上几个合适的吧？"

林诗雅见赵涛已经看穿了平台的伎俩，眼珠一转，接口道：

"赵先生倒是个爽快人，那我也不装了——我倒是有个闺蜜，和您挺像的，喜欢读书，也还挺朴素的，一直相亲一直没合适的。见了好多都是那种浮夸的自我定位不清晰的普信男。这样吧，您请我喝这么好的茶，说话也痛快，等她见完手头这几个，要是没合适的——我就把她介绍给您，您看如何？"

而此刻两人口中的"一直相亲找不到合适"的梦楠，正饱受饥饿的折磨，根本无心工作。

中午只啃了一根老玉米，此刻她的肚子不住发出咕噜声，许代柔憋笑了好久，最终还是没忍住笑出声来。刚准备开口讥讽梦楠两句，王倩便扯着脖子喊了起来：

"梦楠，你男朋友来了！"

梦楠慌慌张张地起身跑到门口，见于海又站在那里。

与第一次见面的兴奋不同，梦楠此刻更多的是为难，有些无奈地叹了口气道：

"于海，你难道不用上班吗？今天是工作日啊，你怎么又来了？"

"你为什么这样说话？你是不是也嫌我累赘了？你是不是不想和我交往了？"

眼见于海又开启了委屈模式，一张俊脸因为失落委屈又变得忧郁起来。

凌梦楠本来硬起来的心又软了，想起那天晚上他带着哭腔的诉说。

哎，他已经很可怜了，妈妈不喜欢他也就算了，要是谈个对象，自己再不理他，他也太惨了点。

梦楠站在门口自我说服期间，许代柔也没闲着，三步并作两步来到主任办公室，将于海又来找梦楠的事原原本本地交代了。

主任闻讯大怒，推开门疾步走到于海和梦楠面前，不悦道：

"凌梦楠！你是不想干了吧？啊？一次两次的我也不说什么了，你这怎么还没完没了了？你，是凌梦楠男朋友对吧？她领工资是来工作的，不是带薪恋爱的——你找她有事，等下了班再说。"

梦楠有些紧张地盯着于海，她被主任骂习惯了，倒是不妨事，只是于海头一次见主任，两人居然就闹得这么不愉快，结合于海阴晴不定的性格，梦楠有点后怕，她总觉得要出什么大事。

"走可以，但有件重要的事，必须现在就得和她说，说完我就走。"

于海云淡风轻，似乎并没有被主任的话影响，还维持着"白马王子"的假面。

梦楠见状松了口气，赶紧冲主任鞠了个躬，然后道：

"主任，他不是那种无理取闹的人——这么着急找我，肯定是有非常重要的事。我就听他把事说完，说完，我一会就去您办公室报到。"

梦楠说完，忙不迭地拉着于海走到门口一个角落里。路过工位的时候，王倩忍不住冲梦楠挤眉弄眼，梦楠也没心情回复她，只是一直盯着于海瞧，生怕他做出点什么过火的事来。

"你跟我说实话，刚才那个女的是不是总欺负你？"

于海跟着梦楠走到走廊里，停下了脚步，皱着眉头问道。

"哪个女的？主任？哎呀，也说不上欺负吧，她毕竟是我领导，官威大点也是应该的。"

于海闻言不赞同地摇了摇头，往玻璃门的方向瞥了一眼，忽然冷笑了一声道：

"你不用和我客气，我是你男朋友，你的敌人就是我的敌人。你过来，我教你个办法，让她三个月都不敢欺负你。"

梦楠听得是又惊又喜，于海承认是她男友让她雀跃的同时，她又总觉得那"三个月不敢欺负"的方法，十有八九自己接受不了。

小心翼翼地把耳朵凑过去，于海压低声音道：

"我观察了一下你们那的布置，拐角有个楼梯是吧？我观察过了，那没有摄像头——你一会回去，叫那个女的到楼梯附近说工作的事——让她站在外面，到时候你轻轻一推她，少则三个月，多的话，哼，人的尾椎骨脆弱得很，她后半辈子就在床上过吧！"

梦楠听得打了个激灵，有些难以置信地看向于海，见他神情真挚，目光毒辣，不像是开玩笑的，吓得魂飞魄散，当即摆手道：

"不不不，这、这也太过了——我是、我是不喜欢她，但也、但也没想过要让她瘫痪啊——你、你能来请假看我，我、我真的挺高兴的。你要是、要是气她不给我批假，坏了咱们的好事，那我、我去请假，你放心，她就算不同意我一会也会来找你，跟你走的。于海，你在这儿，千万别冲动，我、我马上回来。"

梦楠语无伦次地安慰好了于海，几乎是冲回了办公室，然后顶着众人的眼刀，抓过自己的帆布包，向主任道：

"对不起啊主任，真的是十万火急的事——不走不行，有什么、什么咱们回来再说。"

不顾主任气得已经快喊劈了的嗓子，梦楠拽过于海一路小跑下了楼，跑出了两条街，这才找了个公园长椅坐下。

好不容易捯匀了气，梦楠转头看旁边重新有了笑意的于海，头一次没有因为两人独处感到开心，反而充满了恐惧和同情。

"我请了半天假，来找你爬山的——"

见梦楠不说话只是盯着他看，于海反倒先开口解释起来。

梦楠饭也没吃饱，让于海这么一吓，忍不住打起嗝来。

于海见了不知想到什么，反而哈哈大笑起来，伸手掐着梦楠的脖颈和鼻子，梦楠拗不过于海的力气，一时间无法呼吸。想到他一直以来过激的行为和诡异的情感表达，梦楠吓得险些昏过去，两眼翻白，只是不停地用嘴大口大口地喘着气。

"好了吧？"

于海掐了一会儿，松开手，一派轻松写意的立功模样。

梦楠却有些摸不着头脑，好半天才反应过来——

打嗝确实停下了。

拍了拍胸脯，梦楠刚准备收拾心情，和于海说说她的感受，于海却站了起来，伸了个懒腰道：

"走吧，去爬山，耽误得太晚了，山里面就黑了——该看不清路了。"

梦楠本想拒绝，但刚才那一系列的事让她着实没有勇气对于海说"不"，只得跟着于海上了出租车。

坐在后排，想起于海刚才云淡风轻的那句"后半辈子在床上过"，梦楠止不住地打了个冷战，看着于海的后脑勺，只觉得头皮发麻。

她真的很想把那些都当成玩笑话，可于海看起来却一点也没有开玩笑的意思。

"你啊，刚才打嗝应该是因为跑太急，喝风了，这个我有经验。你以后再打嗝啊，就按照我刚才做的——屏住呼吸，用嘴深吸一大口气然后咽下去，多咽几口，就不打了。"

于海似乎完全没有察觉到梦楠的变化，还在解释治疗打嗝的原理。

梦楠不敢不理于海，小声说了句：

"知道了。"

手却一点没停，摸出手机开始给诗雅发信息——

"诗雅，我马上要被奇怪的相亲对象带到山里去了，你快来救我啊！我们还有三十分钟就到××售票处了。"

同一时间，林诗雅将赵涛送到小馆门口，笑盈盈地开口道：

"我说的是真心话——其实，哎，如果不是因为我有喜欢的人了，论涵养学识，我都是很乐意和您多见几次面的。"

"没关系，等你那个闺蜜相完亲，记得告诉她一声就行。"

梦楠等了又等，也不见林诗雅回信，着急得打开通信录，试图另找个帮手来救自己。

"胜楠，我是梦楠，我被奇怪的人绑架了——我们还有十分钟到××售票处，他要带我到山里去——你救救我吧！要是你不方便来，帮我报个警也行，我怕我当着他的面报警，警察没来，我就先没了！是真事，不是开玩笑，真的！"

胜楠和崔晓雪等人正往食堂走，忽然收到梦楠的求救微信，胜楠一愣，当机立断开口道：

"晓雪，我妹妹出了点事，我得去一趟——你和罗昕说一声，下午他带队继续推进项目，有着急决断的事就给我打电话——"

胜楠说完，直接开车前往梦楠说的森林公园，并回复道：

"别担心，我马上开车过去！"

梦楠收到信息，眼泪都快下来了。关键时刻，还是这个姐姐更关心自己。情绪稳定之后，梦楠终于从手机上抬起头来，看了眼坐在前排的于海，这一看可不要紧，她发现于海正盯着后视镜，观察她的表情，顿时笑意僵在了唇边。

司机开车时候久了，见这一男一女也没什么语言交流，好奇道：

"哎，我说两位——你俩什么关系啊？怎么大白天的去爬山啊？"

"朋友。"（梦楠）

"男女朋友。"（于海）

一个问题却得到了两个不同的答案，司机也有些尴尬，摸了摸鼻子，咳嗽一声道：

"嗨，这赖我、赖我——咱就快到了，还、还有三分钟。今天不错哈！"

于海瞪了司机一眼，吓得司机一个激灵，一脚油门，差点没追尾一辆旅游大巴车。

从那以后，于海就再没说过一个字。全程盯着窗外的风景看，面无表情，不知在想些什么。

梦楠在出租车后座上，如坐针毡，面上装作不在意，心里却将多嘴的出租车司机骂了千百遍。

终于到了公园，司机也被车内的低气压吓得不轻，收了钱，一溜烟儿就跑了。

于海去买票，梦楠表面跟在他身后，实则不断地环顾四周，寻找着胜楠的踪迹。

工作日下午公园人很少，停车场人就更少，看了一圈，也没看到胜楠那辆保时捷，不由得有些失望。着急地拿出手机，又给胜楠发了个：

"我们已经到了，要上山了。你在哪？"

梦楠三步一回头地跟着于海往山里走，于海仍是沉默不语，眸色渐深，步子却越来越大，梦楠的心跟擂鼓一样越跳越快。

"于、于海——我、我有点渴了，不然、不然咱们——我、我中午没怎么吃东西，有点低血糖了。你让我吃口东西，咱们再爬山，好吗？"

于海盯着梦楠看了一会，见她小心翼翼地拽着自己的衣角，可怜巴巴地盯着自己，一脸哀求，忽然露出一个笑容道：

"你刚打嗝就是因为进了气，这会喝酸奶吃东西更难受，不如先爬山，走一走，排一排气，下来再吃东西喝东西。"

梦楠眼见拖不住了，急得像个无头苍蝇，此刻也顾不得什么好印象了，一眼瞥见旁边的公共厕所，胡乱开口道：

"那、那我去趟洗手间总行吧？一会上山，半路上要是想去，那不是——"

于海见梦楠慌成这样，比起生气，此刻倒觉出些好笑来，颇为大度地一挥手道：

"行，那你去吧，快点回来——晚了天该黑了。"

梦楠如蒙大赦，一溜烟跑到女厕所。

平日里排着大长队的女厕所，此时竟然空无一人。

梦楠本计划着利用上厕所争取些时间，看到这场面，不由得有些失望。躲在隔间里，又给胜楠打了个电话。

见胜楠不接，不由得急得眼眶发红，咬了咬下唇，开始思考要不要直接打110。

胜楠的保时捷甩了一个弧线，斜斜地停在停车场，跨了两个车位。管理员见状赶紧跑到车附近开口道：

"你怎么停的车啊，重新——"

"让开！我妹妹被坏人给绑了，俩人去山里了！她要是有个好歹，一会警察来了，我就说你也是同谋！"

胜楠气势汹汹，锁了车，头也不回地拎包走了。剩下管理员在背后扯着脖子喊：

"占俩车位可收两份钱啊——回头可别怪我没告诉你！"

"你们这有运动鞋没有？租赁的登山服也行——对，我这身活动不方便。"

胜楠换了一身运动服，一路跑上山道，过了约莫二十分钟，就看到远远的有一对黄豆大小的人影，正在拉扯着。

"于、于海，我、我这是皮鞋，不舒服。这样吧，于海，要不、要不我在这等你吧？"

梦楠走了一会，又饿又怕，胜楠也不知道到哪了。

周围怪石嶙峋，掩映在松柏之间，在夕阳的余晖下投映出怪异的影。梦楠以前也爬过山，却从没觉得这地方这么恐怖，活像阳间的鬼门关。

梦楠吓得双腿发颤，说什么也不肯再往高处走了，只得故伎重施，找了块石头坐下，故意揉了揉脚踝，继续拖延时间。

于海停下脚步，盯着梦楠看了一会，忽然笑道：

"没关系，我们可以慢慢爬，反正今天有的是时间。"

梦楠见于海执意要自己跟他上山，越来越害怕，连气都喘不匀了，连连摇头道：

"不了吧，于海，我、我肚子疼，我需要休息。"

于海闻言，终于没了耐性，沉下脸，语气中带了些冷意，来到梦楠身前道：

"你不觉得你很虚伪吗？凌梦楠，不想和我在一起就直说，干吗总装成一副关心我的样子？你为什么要这样？明明不想和我在一起，还要让我有期待？"

梦楠见于海那张英俊的脸又变得狰狞起来，环顾四周，登山客们都离得很远。

心知远水救不了近火，梦楠吓得手脚并用，从石头上爬下来，连连后退。想要争辩，却搜肠刮肚也找不到合适的词汇。

他怎么这么喜怒无常？难道之前他说要推主任下楼的事，真的是真心话吗？

"这么多年过去了——我以为我已经好了，没想到，还是让你看出来了。"

于海忽然叹了口气，没有再追过去，反而坐在梦楠离开的石头上，一脸怅然。

那副忧郁而儒雅的样子与刚才那个金刚怒目声嘶力竭的人，仿佛不是一个人。

"其实我，特别不习惯和其他人在一起，也不知道，怎么才叫对人好。我小时候，有次回家，看到我妈捂着伤口在哭，我问她怎么回事，她说是我爸打的。

"我、我太小，不知道怎么安慰妈妈，就告诉她'妈你别怕，他再敢打你，我就把他从楼上推下去'。我就是说说而已，但是妈却当真了——后来，爸也知道了这件事，就开始不回家。"

梦楠听得汗毛倒竖，她一边装作认真倾听，一边点头观察四周——

一会于海讲着讲着走神了，自己撒腿就跑，于海应该反应不过来吧？

"再后来，他俩就开始闹离婚，我爸死活不同意离——再后来，你也知道，我爸就死了。从那以后，我每次试图靠近妈，她都很怕我，就像你现在这样——想和我亲近，又害怕我——我也习惯了，再也不和她说话，只是闷头学习。想着，有朝一日我有出息了，或许她就没那么排斥我了。"

梦楠听着于海的讲述，原本只是在"应付事"，可当听到于海妈妈也害怕他的时候，她忽然红了眼眶。

幼年的她和母亲几乎也天天吵架，母亲虽然不满，却从未放弃过她。反而总是鼓励她，说她楚芳华的女儿错不了，一定能做出成绩。

于海比自己优秀努力百倍，父亲也死了，就一个母亲，母亲还不和他说话，甚至怕他，他得有多难过啊！

梦楠壮着胆子看了眼于海，见他眼眶发红盯着虚空，似乎还沉浸在那段不堪的过往里。犹豫了一下，还是收回了准备发足狂奔的腿，重新站定，听他的故事的结尾。

"可她、她领养了妹妹——都白费了、都白费了！十几年的尖子生，考医科大学，学外科，甚至卑躬屈膝换得留在北京工作的机会！我就是想把她接到这来过好日子，让她也明白，我这个做儿子的——"

于海说到这紧紧地攥起了拳头，仿佛想将心里的委屈捏碎在手心一般。

梦楠忽然有些明白了。

为什么于海这么优秀，这么帅，却三十多岁还没有女朋友。他根本不知道怎么和人相处，也不知道怎么表达自己的感情。

他的表达方式太极端，只会将对方吓跑而已。

梦楠壮着胆子往于海身边凑了凑，鼓足勇气道：

"谢谢你肯告诉我这些，但是、但是我觉得吧——你真的已经很优秀了！其实你只是表达感情的方式有问题，就挺、挺可怕的——你妈妈，再怎么，也是你亲生母亲。

"虎毒还不食子呢，她不会真的讨厌你的。我、我没有你优秀，和我妈说话也是吵架的时候多，好好说话的时候少，但我，还是会把我的真心话告诉我妈妈——她很可能见到的都是你坚强的一面，根本就没想过你为了她受了很多苦，其实也很需要她的（关心）——"

"你终于承认了！你也害怕我！我就知道你们都怕我！哈哈哈，枉我还以为终于来了个理解我的人——"

于海忽然抓过梦楠的手，冷笑起来，从冷笑到狂笑，手的力度也越来越大。梦楠吓得魂飞魄散，想要挣脱，却根本比不过常年自律的于海的力气，吓得尖叫出声。

"放手！你这个人贩子！你放开我妹妹！"

一只手包被甩到了于海脸上，突如其来的袭击，让于海下意识地松开了手。

"那边怎么了？"

"快看有俩女的和一个男的打起来了！"

三三两两结伴而行的登山客，见到三人的争执，纷纷向梦楠和于海的方向凑过来。

梦楠转头一看，胜楠就站在那里，一身运动服，脚踩登山靴，气场十足地叉着腰，似乎一点也没因为于海的身高和体能优势怯场。看到姐姐这么可靠，梦楠的眼泪再也憋不住，唰地流了下来。

"臭流氓！看什么看？大白天的把我妹妹骗山里来想干什么？我看你是想上今天微博头条吧？你看看周围多少人在拍你？我是不在乎，反正我是正面形象，至于你嘛——"

于海转头一看，原本空荡荡的山路上，一些登山客已经好奇地掏出手机开始拍摄了。想到自己外科大夫的身份，于海犹豫片刻，瞪了胜楠一眼，便遮着脸跑远了。

胜楠搂过泪流满面的梦楠，难得展露出温柔的一面，拍了拍她的肩膀道：

"你怎么样？没事吧？"

梦楠还在发抖，几乎是把自己的重量完全交给了胜楠，半靠在胜楠怀里，神魂未定道：

"我……谢谢你，我是不是、是不是耽误你工作了？"

胜楠着实没想到梦楠脱险后的第一句话竟然是关心她的工作。

有些无奈地用手指点了点梦楠的额头道：

"你啊你，自己都这样了，还想着别人！怪不得连李察德那种脓包都敢骂你！"

胜楠牵着梦楠的手下了山，感觉到梦楠还在不受控制地发抖，有些心疼。

路上，梦楠脸带泪痕把她和于海的事原原本本说了，胜楠听着，不由得叹了口气。

这白捡来的妹妹未免也太心软了些，于海的痛苦为什么非要她来分担？一个大男人，自我消解负面情绪的能力都没有，还有什么可指望的？

将梦楠塞进车里，帮她锁好门，胜楠揉了揉她的头顶道：

"你在这歇一会，事情总要有个收场，我和于海说完话就过来。"

"别——他、他不太正常，你别去，太危险了。"

梦楠见胜楠要去找于海，虽然很害怕，还是第一时间伸手抓住胜楠的手臂，阻止她。

"放心，我就在门卫旁边和他说话，他真有什么异动，门卫也不会不管的——再说，遇到事情总要解决，你总不想今天之后他还继续缠着你吧？"

梦楠闻言打了个冷战，若是于海不依不饶，以自己的性子，可能会被折磨得夜不能寐的，想了想，还是松开了拽着胜楠的手。

"于海，是吧？"

于海转头，看到胜楠有点疑惑，过了好一会才开口道：

"你们是双胞胎？"

"对，梦楠是我妹妹——好了，我来也没有别的意思，刚才叫你'人贩子'、说你是'流氓'是我无礼了，我给你道歉。但你也不该，仗着我妹妹心软，就把别人给你的负面情绪转嫁到我妹妹身上来。"

于海听了这话沉默了一会，摇头道：

"我最开始也没有这种打算，但梦楠是我认识的女孩里面，唯一一个有耐心听我说这些的人——她还总鼓励我没关系，她都理解——是她说没关系，我才告诉她那些事的。"

胜楠心知于海说的多半是实情，心里忍不住暗暗指责梦楠太过怯懦。几次接触下来，她已经有点明白了，梦楠的"没关系"，息事宁人的成分比真的"没关系"要大得多。

她只是怕得罪人，怕别人觉得她不好，所以才这么说的，并不是真想当什么知心姐姐、公共垃圾桶。

"我想于先生可能误会了，梦楠胆子小，您有时候也不给她插话的机会，只顾着自己宣泄，她就算想打断您也找不到气口。更何况，她有同情心，也不是您拿她当垃圾桶的借口啊！谈恋爱，是彼此温暖，不是单方面地倒垃圾，相信我不说——您应该也明白吧？"

于海盯着胜楠看了一会，见她目光坚定，讲话逻辑清晰，也渐渐平静了下来，叹了口气道：

"我明白——那，你替我和梦楠道个歉吧——说到底，还是她给了我幻想，我以为终于找到了一个可以接受我所有负面情绪的对象——我以为，如果是她，起码能真的理解我的。以后，我会注意的。"

于海一脸了然，胜楠却没了笑意，上前一步肃容道：

"于先生，我不觉得您真的听明白了。我请您以后不要再找梦楠了，今天就作为您和她谈恋爱的最后一天——您可能不知道，您的一些过激言论对一个普通姑娘来说，可能是要报警的程度。如果您不想闹到咱们最后警察局对簿公堂的话，就当没见过梦楠吧——以后，也不要再找她了。"

于海闻言欲言又止，越过胜楠的肩膀他看到不远处的轿车里，梦楠的头探出车窗正在向这边张望。

想起这些日子，这姑娘无条件地接受自己所有的负能量，有些懊恼地重重地叹了口气。

以后可能很难找到这样的女孩了。

"于先生？"

胜楠见于海不说话，凤眉一挑，再度出言提醒。

"我明白了，以后不会再找她了。祝她，能找个真心喜欢她的人——希望她能幸福，她真的——是个不错的姑娘。"

胜楠回到车上，见梦楠一双眼睛瞪得溜圆盯着她看，有些失笑道：

"行了，解决了，于海也道歉了，说不该那么对你，以后不会缠着你了。你啊，怎么总是一副受惊兔子的模样？"

"谢谢，谢谢你。"

"得了，我做这事，又不是为了让你谢我的——你没腹诽我自作主张断了你的好姻缘，我已经很知足了。"

胜楠被谢得有些不好意思，装作不在意拉过安全带，启动了汽车。

梦楠闻言拼命地摇了摇头，深吸了一口气，才开口道：

"不会，姐，我、我能叫你姐吗？今天多亏了你，要是没有你——我今天、我今天估计就交代在这了！"

一声"姐"，让一贯雷厉风行的胜楠鼻子有些发酸。

弟弟凌霄小她二十多岁，五年了，从来没喊过她一声姐姐，对自己不是"喂"就是"嘿"。头一次听人喊自己姐姐，竟来自这个父亲隐瞒多年的双胞胎妹妹！

"现在去哪边？我送你回单位？"

梦楠看了眼手机，发现已经晚上六点多了，见状摇了摇头道：

"不用了，你把我放在地铁站就行——反正这会回去，今天肯定也已经算旷工了——"

胜楠见梦楠又一脸委屈，拍了拍方向盘，开口道：

"要是不着急回家，咱们吃点什么去吧？中午赶过来到现在，还没吃东西呢！"

梦楠闻言本想提议请胜楠吃饭，但想起自己已经见底的支付宝，还是支吾道：

"我、我倒是不太饿，估计是被吓着了。要不，你送我到地铁站吧——改天、改天我请你吃饭。"

梦楠话还没说完，肚子就咕噜噜地表达了不同意见。

胜楠见梦楠被吓得发白的脸迅速变红，觉得有点好笑，一边调转车头一边道：

"行了，跟我你就不要假客气了——我是你姐，咱俩出门，没有让你出钱的道理。我带你去放松放松——吃口东西。"

梦楠刚出了丑，也不敢再提反对意见，窝在副驾驶上一言不发。

没过多久，两人就到了一家温泉会所。

女更衣室内，梦楠看胜楠衣服脱得爽快，只想找个没人的地方，把自己的衣服换了。

"你啊，咱俩长得一样——就算你不给我看，我晚上回家自己照镜子看不见什么样？不就比我多了几两肉吗？还挡着——"

梦楠闻言有些不好意思地把手上一直攥着的大浴巾放下，跟着胜楠去了洗浴区。

洗漱完毕，吃过晚饭，泡过温泉，两姐妹躺在休息区，刚准备说两句体己话，就听到旁边有三个男人嗓门极大，正在讨论找对象的事。

三人中最胖的一个正在求最帅的那个给他介绍对象：

"腾哥，我加了嫂子微信了，她怎么回事啊？我就说让嫂子帮我介绍个对象，她一直找借口，死活也不给我介绍。腾哥，这你得说说嫂子了，饭她也吃了，礼她也收了，怎么事不给办呢？"

那帅哥侧了侧身子，转向胖子方向躺好解释道：

"不是她不给你介绍，她那些个闺蜜，一个正经姑娘都没有，介绍给你了，你也 hold 不住。退一万步讲，真有一两个靠得住的，我认识她们肯定比你早，哪还轮得到你？"

梦楠听得专注，嘴上没说话，身体却很诚实，下意识地往三男聊天的方向转了个身，试图听得更清楚一些。

胜楠看得好笑，拍了拍梦楠的肩膀，梦楠这才想起姐姐也在，有点不好意思地转过身，挠头道：

"姐，我、我是不是太八卦了？"

胜楠闻言笑道：

"这算什么八卦，感兴趣你就接着听呗——反正又不要钱。"

梦楠闻言双眼放光笑眯眯地抱了抱胜楠，压低声音道：

"姐最好啦！我其实就是好奇，这不也是现成的写作素材嘛！我难得出趟门，再听一会就好——"

胜楠见梦楠心情多云转晴，也不拦着，半坐起身，一边拉伸腿部肌肉，一边听三男的八卦。

"……腾哥，你怎么说话呢！你是学生会长，又不是风流馆馆长——哥，你就别跟我这打马虎眼了，咱打开天窗说亮话——我都知道，嫂子有俩漂亮闺蜜，就上次朋友圈，在三里屯酒吧和她一起照相那俩——我看她俩就都挺好，哪个我都可以！"

那胖男人还不死心，索性坐起身，直接凑到叫腾哥的帅哥身边，另一个偏瘦的男人见他凑过来挥了挥手，皱着眉坐了起来：

"浩子，不是我和腾哥不帮你，你看看你这身膘，人美女也不瞎，你一过来这边温度都高两度，人啊，得有点自知之明。"

这话一出口，那胖男人不乐意了，直接站起身叉腰道：

"钟鸣你可算了吧！腾哥说我两句我也忍了，论找女人你有什么资格教育我啊！你那女朋友，要不是因为人家富二代男友把她给甩了，轮得到你？你省省吧，我胖不好，你瘦得和竹竿子似的女的就喜欢了？"

那瘦子因为胖男人的话受了刺激，冷哼了一声也爬起身道：

"是，您老膘肥体壮，美女都往上贴。那腾哥，你教育着吧，我去冲个澡，先走了——"

瘦子说完，头也不回地走了。腾哥爬起来准备拦，却被那胖子拽住，开口道：

"行了行了别追了——他什么德行你还不知道，喝两顿就好了——倒是嫂子答应我的事，还办不办了？"

腾哥闻言有些无奈地坐回原地，招呼胖子坐在他身边，叹了口气继续道：

"不是我们不惦记你，你嫂子那次回去，把所有闺蜜问了个遍。你说的这俩，她也都问过了，人家女孩子还以为你嫂子开玩笑呢——说要是你男朋友那样的考虑考虑也不是不行，就这？可算了吧。"

胖子一听这话喘得和刚犁了三亩地的水牛一样，一双眼瞪得铜铃大，哼哼唧唧地瘫在地上一拍大腿反驳道：

"什么叫就这啊！我怎么了？你让嫂子说了没？我！拆二代啊！还北京土著！家里五六套房呢！比她们平时找的那些个阔少还有所谓的办公室精英，条件不差啊！"

"说了说了，你小声点，你想整个会所的人都听见啊——"

那腾哥被胖子吓了一跳，赶紧伸手拍了拍他的肩膀以示安抚，拽过胖子语重心长道：

"我都说了，我不但说了这些，我还说你和看起来不一样，做事特别有决心，真遇上个喜欢的，几个月就瘦下来——"

胖子听了这话，像是有些不好意思，赶紧起身给腾哥接了杯水，接水的台子正在两姐妹躺的位置正前方。

胖子从两人身前跑过去，地板都跟着震了震，梦楠见他肚子上的肉随着跑动晃荡，看了一眼旁边正在拉伸、腰间一点赘肉都没有的胜楠，像是想到了什么，有些不好意思地将自己的葛优瘫调整为坐姿。

梦楠调整姿势的当口，胖子已经重新跑回了腾哥身边，一边递水一边谄笑道：

"哥，哎哟我的哥，喝水喝水——对不住啊，是我误会你和嫂子了——那，你都这么说了，对方为什么还不同意啊？"

腾哥见胖子伺候得周到，将杯中的水一饮而尽，也有些不好意思，挠了挠头道：

"嫌胖的咱就不说了——就和男人看身材似的，这好多女的现在也看外表了，那种我和你嫂子是真没辙——钟鸣的话不好听，但你也凑合听听，他再怎么竹竿子也比你看着舒服点。"

"好好，腾哥说什么是什么——我回去就减肥。那，听您这意思，还有不看外表的呗？她们怎么也不同意？"

胖子这话一出口，那腾哥不由自主地叹了口气，终于也坐了起身，喝了口水，揽过胖子继续道：

"哎……这就说来话长了，你看上的那俩女孩啊，一个虽然不看脸，但是看身材，就那个穿着低胸裙子的那个——她啊，之前找的那对象全是健身教练啊什么体育生之类的，我劝你别打她的主意。她虽然现在没对象，但是男人六七个，我真当你是兄弟才告诉你的……"

胖子听了这话有点失落，因跪坐而叠了三层的肚子晃了晃，换成瘫坐，挣开腾哥的手，一歪身子，倒在旁边的懒人豆袋上。

"另一个啊，就是那个看着清纯点，穿了白色吊带裙那个，人家倒是一点不看外表，就看钱——"

腾哥话还没说完，胖子就一个鲤鱼打挺坐起来，蹭到腾哥身边，兴奋道：

"那不就成了吗？你让嫂子把她介绍给我吧！"

"你先听我说完——她是刚分手，现在也没对象，可是她前对象是个富二代——我听老婆说，那个花钱如流水啊——你要和她在一起，就是她的 ATM 机——而且啊，她那富二代前男友，玩车的，改装车，你那破大众估计入不了人家的眼。"

胖子听了这话眼珠一转，拍了拍胸脯开口道：

"我，你还不知道吗？腾哥，只要对象需要，咱卖一套房也行啊，不就是辆好车吗，还能有套房子贵？车的事你不用担心，只要她答应，我马上换辆敞篷的！"

腾哥闻言犹豫了一下，又开口道：

"不是我打击你，就算有了那敞篷车，人家也未必愿意——我听老婆说啊，她那闺蜜每个礼拜得去三四趟 APM，就北京最贵那个商场，你知道吧？每次去回来都大包小包的——"

"这……这车的事我能想办法，可这逛商场——不是一两次能解决的吧？她、她怎么这样啊？看着不像啊，看着还挺——看着比那个黑衣服的省钱多了啊。"

"还没听够啊？"

胜楠接了杯水递给一旁支棱着耳朵听得眼睛放光的梦楠，梦楠这才反应过来头一次和姐姐出来放松，她好像把人晾在那边太久了，当即接过水杯摇头道：

"听够了听够了！对不起啊姐——我就是好奇——"

胜楠闻言倒没生气，反而喝了口水笑道：

"你就是少见多怪——这有什么好新鲜的，男人的心里话罢了。都想空手套白狼，找年轻的，找漂亮的，找好骗的——成本越低越好。能一次成交的，就不想找那分期付款、天天花钱的。"

梦楠闻言坐直了身子，凑到胜楠身边，小声道：

"姐，那你，你有没有喜欢的人啊？"

胜楠想到因陈羽何的来访已经被她拉进黑名单的李铭，沉默了一会，摇头道：

"我啊，眼光高，一般男人可看不上！"

梦楠闻言嘀咕了一句：

"你、你看上谁都行，李察德可不行——"

胜楠闻言忍不住觉得好笑，伸出手指点了点梦楠的额头：

"这会又不怕了？翅膀硬了，敢教育你姐我了？"

胜楠说完，转身拿过靠垫垫在腰后，叹了口气道：

"以前啊，我总想找个那样的人，不求他大富大贵，只要人正直，有责任心、上进心就行。就算经济基础没那么好，只要两个人一起奋斗，总能——现在想想，当年还是幼稚，我那点雄心壮志根本没有用。

"要不怎么都说，现在这世道，女人拜金都放在面上了，男人现实也刻在了骨子里。说喜欢聊得来，那就是希望对方提供情绪价值；喜欢看得顺眼，就是要不花钱打理，就天然漂亮底子好的；说到底，对绝大多数男人来说，找个年轻漂亮的姑娘是最优解。因为综合成本低，也好忽悠。我其实不怪他们，我要是男的，也愿意找年轻漂亮的姑娘，如果再来个有钱的，没脑子的，就太完美了。"

梦楠听了胜楠这一番话，顿时有点失语，她相亲这么多次，胜楠说的这些东西她隐隐约约也有感觉，但总寄希望于有例外，此刻听姐姐点破，一时竟不知该说些什么，愣了好一会才回道：

"姐，你看问题这么毒，哪个男人能入得了你的眼啊——"

胜楠见梦楠看着自己一脸崇拜，本想说说李铭的事，终究还是咽回了肚子里，苦笑着摇了摇头。

"现在的女人啊，都太拜金，我这也是为了筛一个品质优良的姑娘出来——"

和司机说完自己的理论，穿着橘黄色冲锋衣的数学老师赵涛便从一辆豪车上下来，在司机的目送下打开房门。

房子是北欧简约风，却有将近四百平方米，摘下头上的假发和平光眼镜，赵涛寸草不生的光头在柔光的影射下，仿佛一枚刚被生出来的鸵鸟蛋。

赵涛换上了中式的家居服，盘坐在蒲团上，打开手机，上面是林诗雅发来的梦楠的照片。赵涛端详了一会，起身推开书房的门，整整一面墙的书构成一幅巨大的抽象画，赵涛随手拿过一本，正准备看，手机便响了起来。

秘书小陆诚惶诚恐的声音从电话那头响起：

"赵总，怎么样了？您说让我填数学老师，我就那么填的。月薪也是——重点中学人民教师，我总不好写太高，太高就假了。我写了五险一金全扣以后八千，刚接到平台的信，说这个——这个没成是吧？可能是我写太低了。没事，赵总，我再重新填一个，让他们再推荐，实在不好意思啊赵总。"

赵涛闻言笑了笑，清了清嗓子道：

"没关系，我早就知道会这样。原本把收入写得比较低就会让拜金女放弃，这也是我的目的。今天这次见面安排得还是有意义的，那个林小姐虽然没看上我，但觉得我人还不错，给我介绍了一个她的闺蜜，我看正是我喜欢的那种有点书卷气、靠谱居家的好女孩——也不算白和平台争执一回。"

秘书小陆听了顿时松了口气，赶紧拍马屁道：

"要不说赵总就是赵总呢，您就算是装个老师，也还是有好多女孩愿意的——就您这涵养，这气度——"

"好了好了，马屁就不要拍了，明天上午还有会，我要休息了。如果这次的事情成了，回头给你涨工资。"

小陆千恩万谢地挂断了电话，旁边小陆的老婆见状走过来道：

"又是你们那老板？他不睡觉的啊——这都几点了，大晚上的还喊人加班。疯了吧他？"

小陆摇了摇头，拉过老婆低声道：

"你还别说，我也觉得他疯了——还真不是加班的事，你说一大老爷们，四十多了，自己挺有钱的，也不结婚，非要装成一个穷光蛋，玩什么真爱游戏，你说他是不是有病？"

小陆老婆听了没好气地翻了个白眼道：

"怎么就有病了？兴许人家就喜欢勤俭持家的也不一定啊——你当初不是看上我不爱买东西啊？"

小陆见老婆不高兴了，赶紧抱住老婆撒娇道：

"哎哟，我这嘴，他找的哪能和你比啊，你肯定是天下第一好老婆啊！"

第二天一早，胜楠将梦楠送回了留学中心，自己则驱车前往电视台。

才到没多久，便看到周思源在现场一角看资料，代替香烟的是叼在嘴里的已经秃了的棒棒糖棍。

胜楠这才意识到——周思源这个看起来老烟枪似的男人，竟然不抽烟。刚准备上前和他打个招呼，便看到一个穿着白色连衣裙头顶羊毛卷戴着圆框眼镜的女孩，三步并作两步跑到周思源面前，柔声询问着什么。

周思源放下手中的资料耐心地给她讲解，那女孩看着周思源的目光里充满了崇拜。

胜楠看到这一幕，本已迈出的脚步顿时收了回去，等了好一会，女孩走远了，她才走上前去。

周思源显然不知道胜楠早就来了，见她走过来便笑嘻嘻地插兜道："凌总监今天来又有何贵干啊？是不是又有什么指教？"

胜楠听了这话，心知自己在周思源心目中形象估计不那么正面，有些尴尬地别过头道：

"我今天来——是来表示感谢的。我和梦楠，已经相认了。我们现在关系还算——融洽。这一切多亏了周总策划，就想着——该请你吃个饭。"

周思源听了像是实现了什么大心愿一般，露出一个满足的笑意，伸手拿起搭在收音杆上的外套道：

"若是这事，感谢我一定得领。走吧，正好最近嘴馋，想吃点清淡雅致的。"

两人来到一家不算太大却生意很好的潮汕馆子，周思源一进门，老板便迎了出来，笑着表示：

"你可有日子没来了！随便点，随便点，都早上运来的，鲜掉舌头呢！"

胜楠见了有些好奇。

这周思源人缘未免太好了些，不管什么人，什么身份，好像都和他关系挺好的。到底是怎么做到的？

周思源摆了摆手，示意胜楠起身随他一起去海鲜展示区挑原材料，胜楠站在周思源身后，见他指着一个筐子笑道：

"这血蛤又叫金钱蛤，两广那边不是爱拜财神嘛，像这种好彩头的食材啊，清明时候都带去祭祖的——他家的血蛤从温州那边运过来的，新鲜味正，清水一煮，蘸点绍酒配姜末，那滋味——来他家一定得尝尝，这道菜，我就做主点了。"

胜楠点了点头，有些好奇地看着其他几个筐子里各色的贝壳蛤蜊还有蛏子。她本来对吃饭这事不是太在意，还是认识了周思源以后，才发现，这么多人一辈子就喜欢个吃，是有原因的。

会吃和不会吃，真的差别很大。

"哎，你喜欢吃什么啊？鱼？虾？蟹？"

周思源见胜楠只是观望却并不点菜，开口询问。

"我都可以。"

"可没有'都可以'这道菜。总有个倾向性吧？"

胜楠想了想指着不远处水箱里一种没见过的扁鱼，开口道：

"那是什么鱼？怎么个做法呢？"

周思源抬眼一看，便一拍巴掌道：

"还说都可以呢，这随便一指就指了个金贵的。这是鲥鱼，现在很少见了，做法是清蒸。哎，说起来，你不是上海人吗？你们那没这道菜？就是蒸出来上面放上火腿、香菇、虾米、春笋和猪网油的那种鱼。鲜咸口的，有经验的厨子做出来连鳞片都能吃。选得好选得好！现在正是吃它的季节——老板，蒸一条鲥鱼！"

胜楠摇了摇头，脑海中忽然浮现出八个大字：博闻广识，学富五车。

她本以为这些词汇都是古人造出来忽悠人的，见了周思源才知道，这世上真有这样的人。

以往她不看气氛，随便问问题，绝大多数时候，男人们都会恼羞成怒，或者岔开话题。只有周思源，不管聊什么，他都一派从容。

胜楠选了两道菜，周思源选了三道，两人点完便回到桌前等着上菜。

胜楠盯着周思源看了一会，实在没忍住开口道：

"说真的，你到底为什么要对我这么好？我这人……不喜欢欠人人情，你是知道的。"

周思源一边给胜楠倒大麦茶，一边笑道：

"我也说过了，就是因为你让我想起刚工作时候的我。那时候，我不想被人看不起，一门心思都在工作上，想着，反正日子长着呢，等以后功成名就了，有的是时间孝顺，有的是时间对女友好——"

周思源说到这便停了下来，坐回位置上，开始喝茶。

胜楠按捺不住好奇心，茶也没喝，便追问道：

"结果呢？"

"结果，都没了，我爸妈，还有女朋友，一场车祸，全都死了。"

周思源说这话时罕见地眼中没了笑意，看向喝了一半的茶杯，怔怔出神，不知在想些什么。

"……"

胜楠万万没想到是这样的答案，饶是她平日里智计百出，此刻搜肠刮肚也找不出一句话来安慰周思源。

不过，这个答案倒是解释了一直以来她的一个困惑。

周思源看起来总是一副了无牵挂、天不怕地不怕的模样，恐怕就是这个原因。

两人沉默了好一会，周思源见胜楠一直不说话，率先打破沉默道：

"我不需要同情，事情都已经发生了，同情也不能起死回生。我会告诉你，也不是想打什么同情牌，就是想说——别走我的老路。能爱的时候尽力爱，能表达的时候用力表达，不要等什么都没有了，再后悔，自己当初为什么总想万事俱备了再去做。"

周思源的话再次触动了胜楠，她不由得想起对自己撒下弥天大谎的父亲，还有背叛了自己却遮掩问责的李铭。抬头看进周思源的眼里，认真道：

"那如果，是你至亲的人骗你，背叛你在先，你也要原谅他吗？"

周思源听了一愣，随即反应过来胜楠说的应该是她的亲人，犹豫了一会道：

"清官难断家务事——我这么说可能有点僭越了，但你要问我的意见，我觉得还是应该给对方一个解释的机会。当然，如果对方根本不在意你的感受，或者选择持续欺骗伤害你，那时你再选择彻底斩断这段关系也不迟。"

胜楠闻言若有所思地点了点头，没有再问。

周思源还想再说两句，热情的老板便端着美食走了过来。周思源见状，也不再劝，转而给胜楠介绍每道菜的特点，边讲边吃。

一个小时后，吃饱喝足的两人走在马路上吹着夜风，周思源看了眼一旁有些发抖却只是竖起衣领的胜楠，叹了口气，主动绕到她外侧，不着痕迹地替她挡住了风，开口道：

"其实，你没必要这么逼迫自己的。我不是说女的就怎么样了，只是说到底，这社会，还是个男权社会，对女人本就不公平。就好比我们电视台招实习生，肯定不会明写不要女的，但是背地里早就商量好了，能不要，尽量不要。要不，一怀孕多麻烦。还有那种心机特重的对头台送来当小三的，多少个领导都是这么被搞下去的。

"我知道，你能有今天，肯定不容易，但是有时候多依赖别人一点，没你想得这么可怕。人和人都是在帮和被帮之间慢慢亲近起来的——我虽然身无长物，但你初来北京，朋友也不多，要是想出来吃吃喝喝，聊点心事，我愿意奉陪。"

胜楠罕见地没有打断周思源的长篇大论，只是无声地点了点头。

她以前从来没有遇到过这样的人。在上海，大家似乎都很精明，就事论事，有事就出来谈；没事，相互之间也不瞎走动。

其实她已经感觉到了，北京的氛围确实不太一样，不只周思源很热情，梦楠似乎也是那种没事喜欢和人亲近的类型。

一路想着心事回到家，胜楠盯着手机看了一会，最终下定决心拨通了上海老家的电话。

"楠楠吗？"

凌玉成接到胜楠的电话，激动得老泪纵横。

女儿已经将近一个月没理自己了，他还以为——她这辈子都不会原谅自己了！

胜楠乍一听到父亲的声音也有些哽咽，努力平复了下情绪，胜楠开口道：

"你说说看吧，当年，到底怎么回事？你到底为什么要说谎？"

凌玉成没想到骄傲如胜楠竟然还愿意给他解释的机会，当下原原本本将当年事情的始末和盘托出。

三十三年前，北京。

二十出头的凌玉成不顾父母的阻拦，一个人跑到北京打拼。然而，工作能力一般，在北京又缺乏人脉的他不论怎么努力，依然还是公司底层的员工。

在一个公司和机关联合举办的普法活动中，凌玉成认识了楚芳华。

"哎，上面讲课的那个是谁啊？"

凌玉成拉住身旁正在记笔记的同事，一双眼盯着台上那个耀眼的女人。

女人穿了一身黑色的正装套裙，头发一丝不苟地盘在脑后，戴着一副金丝眼镜，看向台下的目光从容而平静，侃侃而谈。

"她啊，楚芳华，机关派来给咱做普法培训的。我说你——人不大，志气不小，她可是眼高于顶，别想喽！"

凌玉成回到家辗转反侧，拿出了一生一次的勇气，去附近花店买了一束不太贵的玫瑰花，鼓足勇气送到了楚芳华工作的单位门口。

"芳华——有人给你送花来了！"

整整一个下午，一贯公事公办，不苟言笑，人缘不好的楚芳华，因着这束花，成了整个单位的焦点。

或许是年少的虚荣，也可能是难得的感性与悸动。三个月后，楚芳华脑子一热，不顾父母的阻拦，答应了这个别人口中"过于平庸的男人"的求婚。

两人结婚后不久，便有了双胞胎女儿。凌玉成本以为从此以后会开开心心地过上一家四口生活，没想到，楚芳华产后性格忽然变得非常暴躁。

双胞胎的缘故，楚芳华不得已选择了剖腹产，经历了大出血，险些命丧手术台。

熬过了生子的凌玉成寄希望于楚芳华成为母亲后，性格会回暖，却没想到，楚芳华身体刚一恢复，便找到凌家，几次三番打电话表示：

"玉成就这两个孩子，我们一家四口在北京挤在一个不到七十平的小房里，说得过去吗？就算我能忍，孩子也忍不了——"

凌家不堪其扰，直言：

"玉成确实就两个孩子，你嫁到我们家，就是我们家的媳妇，我们也就这一个儿子。这样，你跟着玉成回上海，我们就给你们在上海买套房；要是待在北京，我们既见不着孙女，也见不着儿子，凭什么出这份钱？"

楚芳华见协商破裂，便发了疯似的开始折磨凌玉成。

"你当初追我的时候可不是这么说的。你说老家有钱，住小房子只是暂时的，等孩子生下来，你爸妈看在孩子面上，一定会给我们买一套大房的。现在他们怎么能这么说？我是你们家的媳妇就得去上海？那我父母怎么办？"

"你父母，你父母不是有你姐姐照顾嘛——"

哐啷——楚芳华一个瓷瓶砸过去，凌玉成躲避不及，额头被砸得鲜血直流。

"你要这样，干脆离婚算了！孩子给我，你以后爱找谁找谁去吧！"

凌玉成捂着额角，狠话脱口而出，得到的却是楚芳华凄厉的喊叫声：

"你想得美！孩子你一个都别想带走！不给我钱，还想骗走我的孩子！你做梦！"

"你怎么、怎么成了个掉到钱眼里的人了？楚芳华，你是不是疯了？"

凌玉成跌跌撞撞跑出楚芳华家的房子，在父母的帮助下，终究是抢到了其中一个孩子的抚养权。

此后，凌玉成带着大女儿胜楠回到上海老家，楚芳华带着小女儿梦楠在北京生活。两人在离婚协议中约定，井水不犯河水。

令凌玉成困惑的是，前途一片大好、家庭条件又优渥的徐颖，竟然在他回到上海后，不畏人言同意嫁给已经育有一女的他！

对徐颖，他是感激的，可也明摆着告诉她：

"我已经对不起胜楠和梦楠，别的我都可以答应，只有一件事，咱们结婚后就不要再要孩子了。反正胜楠还小，我们就把她当成自己的女儿养大——"

徐颖为了结婚，表面答应了凌玉成的要求，却一直在盘算如何能有一个自己的孩子。最终还是在四十岁的时候得逞，怀上了凌霄。

"楠楠啊，爸说的都是真的——不信你可以去问你那妹妹——"

胜楠一边听一边分析，其实这个版本和她从梦楠那听到的出入也不大。唯一的区别在于——

楚芳华认为凌玉成原本就不喜欢她，一直和徐颖藕断丝连，反而她一个女人因为这两个孩子毁了一生，因此深恨凌玉成，只要提起他，便一口一个渣男。

"楠楠啊，爸对不起你，爸和你妈……不，和徐颖说了，一定快点把你从北京调回来。"

凌玉成见胜楠问起当年之事，语气也不再如半个月前那般不耐烦，赶紧出言表忠心。

"不用了，工作的事——你就不要拿来为难（妈）她了。现在我也知道了，原本就不是人家女儿，哪好意思再总动用人家的关系呢。再说，回去了，还得看李铭和陈羽何在一起，更没办法面对，还是把北京分公司的项目做好比较重要。"

凌玉成听了一愣，赶紧接口道：

"那你在北京缺什么尽管和爸说，爸第一时间给你寄过去——"

"不用了，我还有事要忙，就这样吧。"

胜楠胸口有些憋闷，虽然她已努力说服自己要接受这个事实，但真的说出口，还是觉得心头隐隐作痛。

"你刚说李铭怎么了？他前两天还到家里来了一趟——说是——联系不上你了，我听着还有点担心，怎么，你俩闹矛盾了？怎么还有陈羽何的事？她不是陈诚的闺女吗？她和李铭怎么了？"

凌玉成察觉胜楠要挂电话，赶紧东拉西扯，希望再和女儿多说两句。

"他俩在一起了，以后李铭再来，别让他进家门了，就当没他这个人。"

胜楠努力控制着自己的声线，但轻微的颤抖，还是泄露了她的脆弱。

"什么？！那小子敢骗你？他、他也太不是东西了！找了陈羽何又来我这送礼卖好？当我和你妈是傻子吗？以后——"

李铭是骗子，你又何尝不是？

胜楠抽了抽鼻子，直接挂断了电话，把手机往床上一扔，躺倒开始发呆。

周思源说过，让她学着点依赖其他人。

可从小到大，就没有一个人可以让她依赖。每次出了事，谁都不在身边，总要自己面对。

想着，就有些泪眼蒙眬。

往事纷至沓来，空旷的出租屋内，胜楠听见自己一下下的心跳，仿佛又回到了那无人可以倾诉的少年时代。

还是高中生的胜楠事事争先，相貌又在班里排不到前几名，只因为家世好，又是班干部，倒也不乏追求者。

某次夏令营。

"胜楠，我们想在树林里扎个营，刚才他们说在那边看到一个洞穴，离扎营点挺近的，不知道里面有什么，我们不敢去。要不你替我们进去看看？"

同组的三四个女生一起来求胜楠，胜楠英雄主义作祟，并未多想，便跟着几人走进了洞穴。等她在里面逛了一圈，确认没什么问题想要出来的时候，却发现原本的入口早就被几块巨石堵上了。

"来人啊！来人啊！！！"

小胜楠拼命地喊，可除了自己的回声，她听不到其他任何声音。拿出手机想要呼救，却发现手机根本没有信号。

小胜楠用指尖一点点掰着石头的边缘，可石头却没有丝毫的松动，指甲已经断掉了，不停地流血。小胜楠靠在石头上默默流泪了很久，咬牙爬起来用尽最后的力气抠下了一块松动的尖石，用那石头在软一点的地面一点点挖洞。

十几个小时过去了，手机没电之后，洞穴便彻底伸手不见五指了。又过了几个小时，胜楠终于凭着微光找到了一条出路。

盯着头顶上的夜灯，胜楠有些唏嘘。

想来自己睡觉必须要点灯的习惯，就是那时候养成的。

胜楠正在发呆，微信响了起来，胜楠拿过手机一看，居然是梦楠发来的信息。

"姐，谢谢你昨天救了我，还请我泡温泉吃饭压惊。你放心，于海之后也没敢再骚扰我了。我虽然没你那么厉害，但好歹在北京三十来年了，你要有什么事想说，有什么地方想去，就给我发信息哈。"

胜楠好不容易憋回去的眼泪，又开始在眼眶里打转。

她知道梦楠说这些话完全出于真心。正是如此，才格外难得。毕竟，两人虽是姐妹，却三十多年不曾相认。梦楠对她如此感激关心，是她以往没有体验过的温暖亲情。本想打个电话过去，想到自己嘶哑的声线，还是回了一个"嗯"，权作回复。

梦楠给姐姐发完信息，了却一桩心事，环顾四周，看到李双双等人又跑到角落开小会去了，便悄悄点开了母亲新发来的相亲对象孙殊的资料。

孙殊，外企人力资源部经理，英文名 Steven，天津传媒学院外语系毕业，河北保定人。月薪一万二，身高一米七三，体重一百四十五斤，三十八岁；有代步车一辆，无房。父亲是工程师已退休，母亲是老师返聘在职。日常爱好是中国古典文化，浮潜，冲浪，高尔夫。期望对象：肤白貌美气质佳，书香门第，北京城八区，身高一米六五以上，最好会多国外语，实在不行专精一门也可。有趣的灵魂，爱好丰富、热爱自由、有独立精神和审美情趣的女性。

别的不说，这一米六五——

梦楠一见资料就叹了口气，她记得她和母亲拒绝过这个孙殊了，因为人家明确要求女方身高超过一米六五，楚芳华却说：

"嗨，你一米五八不假，但相亲就是个眼缘。再说，他有没有一米七三还不一定呢，兴许看对眼了，人家就不在乎你矮那几厘米了呢？他这条件也不好找，人家姑娘真都符合他这标准的，估计还嫌他矮，嫌他工资低呢——你去见了再说——"

梦楠想起母亲的话，只得点开对方的朋友圈，希望能在见面前，再了解一下这个孙殊。

孙殊的朋友圈设置了仅三天可见。上周末，他去北戴河附近赶海了。看图片，这人身材倒是不错，是常年运动的样子，但周围那些和他勾肩搭背的泳装的女孩却是比他要更引人注目。

根本不合适啊，一看就是"海王"。

梦楠看了觉得有些头痛，这种男人一看就不会喜欢自己这种清汤寡水的宅女，他又在外企工作，恐怕两人一见面，便会话不投机半句多。

正想着怎么推掉这次相亲，孙殊便发来了信息。

"Miss 凌吗？这个 Weekend 有空吗？"

梦楠看了这信息眉头皱得更紧了，虽然她也是英文专业出身，但平素最讨厌的就是别人说话中英文夹杂。若是真想不起某个外来语的表达法也就罢了，问题是——很多人用这种方式说话，就是为了显示自己会英文，这就太"掉价"了。

"周六可以，周日我一般都休息调整，下周还要工作。"

梦楠想了想，既然左右都是看不上，还不如速战速决，赶紧受伤，赶紧见下一个。犹豫了一会，还是如此回复。

"那 798 的 rêve cafe，中午十一点，可以吗？"

梦楠本不能喝咖啡，见到孙殊约咖啡厅本想拒绝，但余光看到李双双等人已经开完小会开始往工位走了，当即拍板道：

"可以，那就周六见。"

梦楠到家的时候又已经夜深了，楚芳华还没睡，等在客厅里，一见梦楠便开口道：

"听介绍人说你和孙殊约上了？约上了好，明天下班我去接你，把头发收拾收拾。"

梦楠闻言也懒得再和母亲解释——她觉得孙殊和自己根本没戏了，只是点了点头，便回屋躺倒了。

第二天，下班后，理发店。

楚芳华捧着一本时尚杂志坐在梦楠身后的沙发上，盯着镜子里的梦楠，喋喋不休：

"我带你做头发，也不是因为我对那孙殊有多满意——他条件也就那么回事，这点我也知道。只是那些个介绍人也都是我的关系，你要是次次都被男方甩，我这个当妈的脸上也无光不是——咱们打扮漂亮点，要是见面了，你没看上他，说不行，也是咱们说不行，轮不到他。"

楚芳华说这话时，完全没注意到周围的氛围，她这番话一出口，以梦楠为中心，左侧烫发的老阿姨、右边剃头的小伙子都不由自主地将目光集中在剪发的梦楠身上。

梦楠脸涨得通红，却不知怎么反驳母亲，只得有些委屈地盯着镜子。

"姑娘，你妈说得对啊——我侄女，哦哟，二十出头时候不结婚，现在三十了，根本没有男人要——你说这可怎么办啊？趁——"

梦楠侧头一看，是左边烫发的阿姨，兴许是等的时间太长了，觉得无聊，就自来熟地介入了她们母女的对话。

"阿姨，我已经三十二了。"

梦楠一句话噎得那老阿姨顿时有些不知所措，盯着镜子看到后面楚芳华还在看杂志，赶紧提高音量改口道：

"嗨，我这不也就是一说嘛。这，我外甥女，三十五，二婚也嫁得挺好。结婚有时候是看命，是看命。"

这话一出口佯装看杂志的楚芳华终于按捺不住，起身道：

"她剪头的钱从我卡上划，我先走了。楠楠你有什么需求自己和发型师说，钱不用省着。"

楚芳华说完头也不回地推门出去了，梦楠本想起身阻拦，却听发型师道：

"小姐您别动啊！您这一动，我都不记得剪到哪了——"

只得无奈地坐了回去，那老阿姨见楚芳华走了，觉得机会来了，便开启了人生讲堂：

"小姑娘，刚才你妈在我没好意思说——这结婚啊，差不多就行了。你看电视上那些个明星，好看归好看，他不好用啊，而且人家也不跟你走，更不会给你花钱。找个老老实实的，对你好，肯给你花钱的男的比什么都强……"

周日一早，梦楠被闹铃惊醒，跑到洗手间匆忙化了个无效妆，赶往和孙殊约好的咖啡厅。

咖啡厅的门是玻璃门，梦楠对着玻璃整理头发，却发现门口吧台不远处，有一个模样很像孙殊的男人，正单手撑着吧台和烹调咖啡的小妹聊天。

梦楠小心翼翼地推开门进去，那男人像是没注意到一般，继续道：

"你们这的咖啡豆不行，要说手磨咖啡，那还得是古巴的味道最正；回头转告你们老板，想走高端先得把原产地弄清了再贴标，不然露怯——这我名片，记得转交啊，Darling。"

梦楠小心打量了一下那男人，只见他穿着与西式咖啡厅格格不入的中式上衣和麻质长裤，头发是半长发，挽起来用簪子卡住，脚踏一双古老的布鞋，整个人有种道士误入教堂的荒诞感。

或许他想借这个表达他对中国古典文化的追求吧。

梦楠叹了口气。

果如自己所想，这人真是个自恋又招摇的人。

"Miss 凌？"

梦楠打量孙殊的时候，孙殊也注意到了刚进门的梦楠，像是有些不敢认一般，盯着她的针织衫和长裙皱了皱眉，摇头道：

"Miss 凌，你好像没有一米六五吧？算了，坐吧。"

梦楠听了这话，表面笑了笑，心里却大翻白眼。

还人力资源部的经理呢，情商也太低了吧！一般这种话就在心里想想就好了，哪个会说出来啊？

"服务员，两杯维也纳。"

孙殊伸出两根手指，做了个敬礼动作，冲服务员来了个 wink，不顾梦楠的欲言又止，径直走到窗边一个空位坐下，开口道：

"我不喜欢别人叫我中文名，你喊我 Steven 就好。"

不喜欢中文名打扮成这样，这不是自相矛盾吗？

梦楠心里吐槽着孙殊，表面却没有显露出不满来，仍是耐着性子道：

"那 Steven 你平时喜欢做点什么呢？"

"我？剧本杀，拉力赛，高空跳伞，潜水，高尔夫——偶尔也看看戏剧之类的，你呢？"

孙殊嘴上这么说，其实目光却早就已经投到了窗外，梦楠顺着孙殊的目光看去，正有一批青春洋溢的女大学生说说笑笑地走过去。

"我……看看书，写点东西，闲着时候做点手工吧。"

孙殊闻言仍盯着窗外，耸肩道：

"Miss 凌不是我说你，你这爱好——跟没有也没什么两样；你看看我——算了，爱好可以培养，我也不介意带着你共同进步。说实话，我没想到你能打扮成这样过来，今天第二站怕是要变行程了。"

梦楠皱着眉头喝完那杯又苦又烫还会害得她一晚睡不着的"维也纳"，愁眉苦脸地跟着孙殊上了街。

两人七拐八拐来到了一家私人订制衣服的小店。那门口的中古装饰，一看就价值不菲，梦楠望而却步，连忙摆手道：

"不不不，不必了，咱俩今天才认识，没必要——"

"Miss 凌怕是有什么误会吧？我可没打算付钱。只是你耽误我一天时间，为了约会，女方也理应投入点什么不是吗？我还要带着你去这去那的，你打扮得跟个捡破烂的老太太似的，我脸上也太难看了点。"

说完不顾梦楠犹豫，直接拉开店门走了进去。

这话一出口，任梦楠平日里脾气再怎么好，被孙殊接二连三地羞辱，也怒火上头了，当即跟上去开口道：

"孙先生，我是不知道您为什么这么优越。您大学也就是个民办的二本，收入税后也就将将一万。又不是北京人，自己也就一米七，还要求找一米六五的。是，我确实没有一米六五，但我和介绍人说得很清楚了，没打算骗你们，可他还把我介绍给你，什么意思你心里没数吗？

"因为像我这种收入稳定加奖金也过万，专精外语，家里条件还不错的北京姑娘，配你，恐怕你都是高攀了！人家这还怕我不答应呢，一直说你性格好，人力资源部的情商高——如果不是因为这个，我今天可能都不会来见你。"

"你！"

孙殊显然没想到梦楠看起来一副柔弱可欺的样子，说起话来居然这么扎心。但为了保持自己高素质的形象，明明已经气得想动手了，还是忍气吞声道：

"你才情商低，你这条件，我愿意带你玩，就该感恩戴德——你就是配不上我，rubbish，什么玩意——以后咱们还是别见面了，一看就没见过世面，男人的条件是靠你说的那些东西衡量的吗？你懂什么叫 potential 吗？"

孙殊说完，逃也似的推开服装店的门，出去了。

梦楠站在店里眼眶发红，泪水在眼中不断地打转，看到旁边准备量身材的师傅也不由得叹了口气。

"师傅，对、对不起，打扰您店里秩序了——您不用给我量了，我根本买不起。他非要拉我过来，过来又这个样子——什么人啊——"

"喝点水，姑娘，别难过了。"

那师傅看梦楠是个老实孩子，又目睹了孙殊没素质的表演，当即给梦楠拿了一瓶矿泉水，示意她坐在一旁的软凳上。

"真的，不值当。他啊，也不是第一次带姑娘来我这了。毕竟是客人，刚才他在我不好说，现在你没和他在一起了，我就直说了。隔一段时间就换个姑娘，一看也不是什么正经小伙——分了不可惜。"

梦楠一边喝水一边抽抽噎噎地听那师傅说孙殊的过往，好不容易调整好了情绪准备道谢离去，一个熟悉的身影走进了店铺。

"诗雅——呜呜呜呜，刚才有个相亲对象他欺负我！"

没有想到在这能见到林诗雅，梦楠憋回去的眼泪顿时如开闸的水，和店里的师傅一起，七嘴八舌地痛陈孙殊的恶行。

"不就是个自恋的普信男吗？交给我，这傻帽，欺负到我闺蜜头上，疯了吧他！"

林诗雅当即几个电话拨出去，很快就在附近一家高级手磨咖啡厅的天台找到了换了身飞行员夹克、戴着贝雷帽、假眉三道品咖啡的孙殊。

林诗雅锁定目标，走到孙殊斜对面不远处另外一张藤椅旁，边点咖啡边提高音量道：

"服务员，你给我介绍一下你们这的咖啡豆呗，都有什么区别啊？"

那服务员是个年纪不大的小男孩，虽然也沉迷于林诗雅的美貌想要说点话，可毕竟没有那个知识储备，想了半天，脸都憋红了，有些懊恼地挠头道：

"美女，我、我只负责端咖啡，您让我介绍咖啡豆，我、我真是不知道啊。要不、要不我把我们店长给您叫来？"

孙殊表面在看报纸，但其实从林诗雅一上楼就锁定她了，此刻见她出言相问，顿时觉得时机已到，起身从容踱步过去，伸手示意那服务员让开。

整个过程行云流水，好像他不是来喝咖啡的，而是这家咖啡店的主人。

"这位美丽的小姐，有什么能为您效劳的吗？如果您想选咖啡豆，我倒是有些研究——原产古巴的可能口感会醇厚一点，但也更为苦涩；津巴布韦这种……"

孙殊忽然插进来解释，让旁边的服务员小伙子大为不满，正准备出言打断，就看林诗雅一撩秀发，巧笑嫣然道：

"其实我也不懂那些——就觉得今天天气不错，想喝一杯口感绵一点的——这样吧，这位先生您看起来很懂行，不如您替我点一杯如何？"

孙殊听了大喜过望，他并不知道林诗雅已经掌握了他的全部资料，是过来套路他的。还以为自己多年的"上流知识"储备终于有了用武之地，帮他套牢了一位白富美，当即笑道：

"那当然是我的荣幸了，就不知道，有没有机会请这位美女喝一杯？美女怎么称呼啊？哦对，我叫 Steven。"

"Christine，叫我 Chris 就行。"

演戏演全套，林诗雅在平台当"钓手"多年，见人下菜碟那是手到擒来，纯熟的回应更让孙殊坚信她一定就是传说中那种平时在大街上根本见不到的九分女神。当即将椅子往林诗雅身边拽了拽，清清嗓子道：

"Chris，看你保养得这么好，平时应该不怎么出门吧？我呢，是个画家，平时也都在工作室，今天出来找找灵感，正遇见你。你说，这是什么缘分啊？"

林诗雅笑笑并没有回应，只是不经意间将自己戴着几万块的限量手链的手腕在孙殊面前晃了一圈。

孙殊最大的梦想就是进入上流社会，一看林诗雅的手链，是某年卡地亚的限量款，不只是有钱那么简单，没点地位的，想买都买不到，顿时打了鸡血一般又开口道：

"Chris，你一看就是懂艺术有品位的人，相信咱俩一定有很多共同语言。"

"哦？就不知 Steven 你平时都画哪类作品呢？"

林诗雅看时机已到，终于接口继续询问，那孙殊也不是盖的，直接从手机中调出一套画作，显然也不是第一次用这个身份搭讪了。

"哦……Steven，你这是在和我开玩笑吗？这幅，难道不是莫奈的画吗？虽然不是他最出名的那几幅，但是——"

孙殊一看林诗雅知道这画的出处，顿时意识到自己多半遇到行家了，马上改口笑道：

"我怎么也是个搞艺术的，咱俩第一次见面，这不就看看你对这方面有多了解嘛——Chris，你果然没让我失望。画画的哪个不临摹啊，刚那几幅是我临摹的，我啊，偶尔也临一些名家的画提高技艺。"

林诗雅闻言又陷入了沉默，只是笑了笑，便不再看孙殊了，反拿出自己的手机摆弄，弄得孙殊也不知她是否听出自己在撒谎，顿时有些坐立不安，想了一会才又开口道：

"Chris 你要是不信，可以去我的工作室坐一坐，我免费给你画张肖像画，你看如何？"

林诗雅见鱼已经上钩，当即点头道：

"好啊，那——"

孙殊大喜过望，刚准备展现下绅士风度起身帮林诗雅拉下椅子，梦楠就从楼梯跑了上来，高声道：

"终于找到你了！你刚才为什么扔下我就走了？这恋爱咱们不谈了吗？不谈你说清楚再走啊？"

孙殊一看林诗雅俏脸明显已经沉下来了，立马摇头否认道：

"你谁啊你？哪来的女疯子？Chris，你不要听她胡说，我根本不认识她。"

三人拉扯之间，男服务生和店长听得楼上争执声，赶紧跑了上来，一个抓住孙殊一个抓住梦楠，生怕他俩在店里打起来有什么不好影响。

周围的客人自不必说，楼下有几桌客人因为看到服务生和店长都跑上了楼，也跟着走了上来，一时间楼上楼下的客人将天台围成了一个封闭的小小空间。

林诗雅见时机已到，当即起身走到孙殊面前，不屑道：

"吃着碗里的看着锅里的！什么渣男！"

说完不顾孙殊慌张的解释背上链条包就下楼去了，还没等孙殊懊恼完，梦楠便也开口道：

"没想到你是这种人！还说什么出来跟我相亲，扔下我就跑出来找别的漂亮女人了，咱俩算了吧，我回去就告诉介绍人！"

梦楠说完头也不回地跑了。

孙殊一听这话是彻底慌了神，挣开店长的手跟了过去。

他虽然不怕梦楠，但是介绍人可是他领导的小姨子，他可得罪不起那尊大佛。

当即追到门口解释道：

"凌、凌梦楠是吧？你别误会，是、是那个女的，那个 Chris 自己搭讪我的，我基本素质在这呢，人家女士有求于我，总不好不理人——"

话音还没落，林诗雅便从门口的一株巴西木后面走出，冷笑道：

"哦，Steven 说话真是一会一变啊。刚才还缘分天注定呢，这么一会就成我勾引你了？我勾引你，看来你平时不光不照镜子，是不是连厕所都不上啊？梦楠，我们走，跟这种傻×多说一个字都费口水。"

孙殊盯着林诗雅和梦楠离去的背影，好久才反应过来，自己被这对闺蜜耍了，有些懊恼地接过服务员小心翼翼递来的账单，瞥了一眼便皱眉道：

"我喝都没喝，还经历了这么多不愉快，你们店还收我钱？退了退了！这咖啡，我不要了。"

男服务员一边心里大翻白眼，一边跑到店长身边确认，店长打量了孙殊一眼，冷笑一声道：

"这位先生不是对咖啡很了解吗？应该知道您选的这两杯，凉了根本没法再加热端给其他顾客吧。您说我们让您不愉快，您打扰到其他顾客用餐，我们还没问您呢。不愿意付就直说，小齐，以后就不要让这位先生再进来了。"

"不是，你们怎么做生意的——"

孙殊和店长纠缠不清的当口，林诗雅已经拉着梦楠在街边长椅上坐了下来。梦楠才落座，便叹了口气道：

"诗雅，你说我是不是找不到对象了？"

林诗雅转头看到闺蜜失落的神情，眼珠一转，计上心来，当即拿出手机调到了赵涛个人资料的截图上，一边递给梦楠一边道：

"你看看这个。上次平台给我安排的相亲对象，叫赵涛，是个数学老师，海淀一重点中学的，据说也是北京师范大学毕业的，算起来还是你学长呢。为人……还挺不错的。上次我和他提到你，他很感兴趣，说等你相亲结束了，如果没合适的，务必让我把你介绍给他。"

梦楠草草浏览了一下赵涛的个人资料，目光停留在照片的页面上。发现这个赵涛个子并不高，相貌也很普通，本有些犹豫，但一想，连陈铸那种有明显外貌缺陷的她都见了，诗雅又刚帮自己解了围，还是给个面子的好。当即点头道：

"也行。不过，他有时间吗？都这个点了，人家是不是还得备课啊？"

"嗨，备课什么时候备不行啊。我约他晚点在西餐厅见，咱俩先去给你买套新衣服，现在这身不行，太暴露你身材缺陷了。"

林诗雅效率极高，给赵涛发了微信约好时间，便拖着梦楠去商场买衣服，两人赶到西餐厅的时候，赵涛已经占好了位置，见两人走过来，便主动起身，走到桌边为两人拉开椅子。

"赵老师，这位就是凌梦楠，我闺蜜！"

林诗雅主动上前和赵涛握手，一副介绍人的模样，一句话就将自己从前相亲对象的位置上卸任，摇身一变成了媒人。

"林小姐，凌小姐，大周末的，百忙之中还能来赴约，辛苦了。服务员，先给两位小姐一人来一杯温水。"

赵涛一边说一边示意两人坐下。

不同于李察德等人露骨的打量，除了在林诗雅介绍时赵涛客气地握了握梦楠的手，此后，他便没有再紧盯着梦楠的脸了。

先是拉椅子，然后又是颇有绅士风度的招呼，让梦楠放松了不少。

到底是学长，这素质还是蛮高的。

"我就不坐了，赵老师，梦楠，我一会还有个约会得去，过来主要就是为了介绍你俩认识。你们吃吧，我就先走了——"

"诗雅——"

梦楠猛地一见林诗雅离场，有些慌张地起身想要阻拦，就听赵涛开口道：

"凌小姐请放心，今天就是吃个便饭，你不用这么有压力，就当……认识个新朋友。"

林诗雅闻言也停下脚步，转头冲梦楠使了个眼色，梦楠虽然还有些尴尬，但也知道自己改变不了诗雅的决定，当即坐了回去。一边用手卷着桌布的一角，一边小声道：

"我……我平时，平时不怎么社交，您别见怪。"

赵涛闻言摆了摆手，将菜单递给梦楠鼓励道：

"没关系，没有谁是天生就擅长社交的，经历多了就好了。来，先看看想吃什么？点完再聊也行。"

梦楠一边看菜单，一边计算着一会要是 AA 制，自己能不能负担得起这顿晚餐。一看那主菜后面动辄三四位数的价格，梦楠心里暗暗抱怨林诗雅选的饭店。

搞不好得拿信用卡付了。

注意到梦楠的犹豫，赵涛起身对走过来的服务生摇了摇头，轻声道：

"我们还不太饿，先聊一会，你晚点再过来吧。"

高级西餐厅的服务生显然训练有素，听了这话表情也没什么变化，依旧维持着职业化的笑容，冲赵涛和梦楠点了点头，便转身离开了。

服务生一走，梦楠明显松了一口气，直接将紧握的菜单放在桌上，有些不好意思地将椅子往前拉了拉，环顾四周，确认周围的服务生都走了，才身子前倾，小声道：

"赵老师，对不起啊。其实，其实这个地方是诗雅挑的……我都没来过。这、这太贵了，不然，我们换个地方聊吧。"

赵涛闻言挑了挑眉，虽然他第一眼看到梦楠就知道她多半和林诗雅那种爱慕虚荣的女孩不一样，但万万没想到，林诗雅的闺蜜能是这么老实本分的姑娘。

"赵老师？"

梦楠见赵涛不说话，还以为他嫌自己不给他面子了，一时着急得不知道怎么继续下去。咬着下唇，双手绞紧，有些紧张地盯着赵涛，试图从他的表情中找出些蛛丝马迹来。

"哦，没关系。这家餐厅人不是太多，就算我们只在这喝水，他们也不会赶人的。安心坐着吧，一顿饭而已，我还请得起。"

这话一出，梦楠就更不自在了。心里埋怨起诗雅来，心想：

赵涛一定觉得她很拜金，说刚才那些话不过是为了逼他请自己吃饭。

"我听林小姐说，凌小姐在留学中心工作？就不知凌小姐平时有点什么爱好呢？"

梦楠还在懊恼的当口，赵涛已经转移了话题，这一来，梦楠便不好再将话题移回饭钱的问题上了，只得顺着回道：

"其实，我爱好不是太多，也挺宅的。平时也就看看书，自己瞎写点东西。"

赵涛闻言咽了口水，然后笑道：

"看书好啊，我也喜欢看书，那你平时都看哪类书啊？"

聊到自己感兴趣的领域，梦楠顿时也没有那么局促了，一直低垂的头抬了起来，手也松开了，想了一会才道：

"工作原因，教育类的书没少看，心理学类的也会看一些。除了这些以外，我自己对历史啊、哲学啊也都还挺感兴趣的。我们是教育机构嘛，经常会被布置一些工具书，学习方法类的，还有小说，我也总看的——"

"哦？"

赵涛闻言眼前一亮，盯着梦楠看了一会，发现这女孩胖是胖了些，但还挺耐看的，而且静静坐着的时候有股子书卷气。意识到梦楠可能所言不虚，赵涛便来了兴致，也将椅子向前拉了拉，笑道：

"能说说最近比较喜欢的作品吗？这些领域我也都很感兴趣，如果能有推荐的话，那就再好不过了。"

若是换了林诗雅，多半会生气赵涛考自己的知识储备，可对梦楠来说，这问题简直就是一道送分题。闻言，竟难得露出了个笑脸，有些兴奋地开口道：

"我最近在看罗兰·米勒的《亲密关系》，还有上次我们主任送我的《人类简史》，就是尤瓦尔写的那本！哦对了，两个月前，我们单位搞活动，让大家写读后感，我写的是东尼·博赞先生的那本《思维导图》。我跟你说，思维导图真的很好用，你不是数学老师嘛，我觉得你应该也会喜欢。"

梦楠说到自己感兴趣的领域，厚重镜片后的肿眼泡都被撑开了，神采奕奕的样子让赵涛有些感慨。

真是没想到，林诗雅那种女人会有这样内秀的闺蜜！

"《亲密关系》我也在看，那本书还挺有意思的，而且随书的实验也很翔实——《人类简史》和《思维导图》是吧？好，我回家就下单——"

"不用不用，我这都有，等回去了，我可以把读书笔记和电子版的书都发给你——"

梦楠一时兴奋，也忘了自己和赵涛才是第一次见面，直接亮出手机准备加赵涛微信。

赵涛见状一愣，随即也露出了笑容，主动加了梦楠的微信，然后才坐回座位上，继续道：

"笔记就拜托你了，但是书，我还是比较喜欢纸质的。"

"我也是我也是！虽然内容都一样，但是纸划过手的感觉就是更好，而且看纸质书，眼睛不容易累。"

梦楠本想坐回原位，但一听赵涛这样说，便兴奋地站在原地，眼睛都笑成了一条缝，继续这个话题。

赵涛见她如此开心，忍不住也跟着笑出声来，招手叫来了服务员，不顾梦楠震惊的眼神直接点了两个套餐。

"赵老师——我，我们还是不要在这吃了吧？"

服务员一走，梦楠便如坐针毡地起身拽了拽赵涛放在桌上的手臂。

"没关系，你看这样如何？下次我们见面，你把刚才说的那两本书的纸质书给我——这顿饭，就当我跟你买学习笔记和书了。"

梦楠闻言一愣，随即摇头道：

"书和笔记不值什么钱的，这顿饭太贵了，账不能这么算啊。"

赵涛还是不敢相信眼前这女孩不拜金，心地善良是真的，但毕竟有好多年没人和他说这种暖心的话了，还是有些感动地摇头道：

"书和笔记或许不值什么钱，但技能和知识是无价的。你就不要和我争了，踏踏实实好好享受这顿饭。我也不是见谁都请这么贵的东西，难得投缘，这钱花得不冤。"

"可……"

"好了好了，快坐下吧，不知道的还以为咱们这桌密谋什么大事呢。"

梦楠这才注意到由于两人过于频繁的互动，周围已经开始有人关注他们这一桌了，当即满脸通红地坐回了原位上，又开始盯着桌子一角发呆。

"怎么了？菜不合你胃口？"

赵涛见梦楠迟迟不动刀叉，不由得停下了进食的动作，看向对面又开始有些局促紧张的女孩。

刚才还好好的，怎么现在又回到"解放前"了？

"我……不是，我还是觉得不好意思。咱们第一次见面，按理说应该 AA 制的，只是我……我最近确实没存下什么钱，前些日子还有个同学借了一笔，等她还给我了，我一定回请你这顿饭。我、我自己也在教育机构工作，知道这种工作都很累，赚得也不那么多，没道理刚认识，就让你这么破费的。"

赵涛闻言一愣，他实在没想到这么短的时间里，对面这姑娘脑子里已经想了这么多。该说她单纯，还是配得感太低呢？

在他看来，男女约会，女人为了男人打扮，男人为了女人花钱，这是社会法则，很多女人都默认是天经地义的事——不如说，按照商场的规矩，这叫等价交换。

可眼前这个姑娘的年龄和她的社会阅历显然不成正比，比起她那明显已经阅尽千帆、现实到骨子里的闺蜜林诗雅，这个凌梦楠可说是白纸一张了。

"赵老师？"

梦楠一看赵涛又不说话了，顿时紧张得不知如何是好。

如果是自己说了什么不恰当的话让对方误会了，不但这次相亲又得一面黄，她也没法和首次充当媒人的诗雅交代。

"哦，能理解，能理解。难得你还替我着想——没关系，我刚也说了，我平时社交活动也不多，这些年还是攒下一些钱的，偶尔奢侈一下，没你想得那么严重。你要实在心里过意不去，一会吃过饭我们去看场电影，电影票你来请，你看如何？"

梦楠显然没想到赵涛会如此回答，看向他的眼神里不自觉地带了些感激。

之前那些相亲对象，每次她一和他们计较饭钱问题，对方不是嘲讽她没见过世面，便是指责她在外面不给他面子，情商太低。更有甚者，在现场一副"全都交给我"的模样，回家因为对她"没那个意思"，发微信管她要钱私下 AA 的，也不在少数。

像赵涛这样，认可她的想法还愿意配合她演出的，这么多年来，还是头一个。

"没问题，一会电影我来请，谢谢你能理解。"

梦楠重新拿起刀叉开始进食，赵涛见状，也松了口气。

梦楠这样的女孩也不多见。万一她有什么更高级的套路，自己恐怕又要丢个大人。

半个小时后，赵涛和梦楠站在电影院前台，仰着脖子一起挑电影，梦楠看着滚动的屏幕忽然开口问：

"赵老师，你喜欢看哪类片子啊？"

"我？都可以，看你吧。"

赵涛对梦楠还是满意的，见她开口询问，几乎是下意识地便将主动权交给了对方。

万一自己选了部她不感兴趣的片子，前面那顿上千的饭搞不好就白请了，一百块左右的电影而已，最长不过两个小时，没必要太较真。

赵涛盘算的时候，梦楠却不知他心里的想法，听了这话更为感动，盯着滚动屏看了一会，才开口道：

"你平时工作压力应该也挺大的吧？最近漫威新出了一部机甲片，复联的，特效什么的都还挺好的，要不咱们看那个吧？"

赵涛闻言摇了摇头，同时心里又有些打鼓：

能和林诗雅是闺蜜，果然没那么简单，难不成是看自己请客阔绰，就要选漫威刻意迎合自己？

"你不喜欢机甲片吗？……这么说可能不太好，但是我想看这个好久了，真的挺好看的，小罗伯特·唐尼演的，我特别喜欢他——这电影都快下档了，这次不看……下次可能就看不到了。要不，就当，就当你陪我看电影，下次我给你书的时候，我们再选一部你喜欢的好不好？"

梦楠说完这话面带恳求地看向一旁的赵涛，赵涛松了一口气的同时，又暗自诧异：

竟然真的有喜欢机甲片的女人，这也太罕见了吧？

"好，那、那就依你吧。我其实也挺喜欢漫威的，主要是怕你——不喜欢，不用迁就我，我看什么都可以的。"

梦楠闻言顿时就有了笑脸，去前台买票都买得连蹦带跳。

看电影的过程中，梦楠一张脸一直红通通的，双眼放光，嘴角带笑；赵涛坐在一旁，有一种神奇的契合感，他觉得特别难以置信。

难道真有这种自己不用刻意配合，就喜欢所有他喜欢的东西的女孩吗？还是说，平台看林诗雅糊弄不住自己，又找了个别的类型的钓手？说是钓手，梦楠的外形显然也不是能当钓手的料啊？

梦楠不知道一部电影的时间，赵涛想了这么多。一顿好吃的西餐，又看了自己喜欢的电影，心情空前好的梦楠在回家的地铁上就迫不及待地给赵涛发了信息：

"谢谢你请我吃高级西餐，还陪我看电影！等你有时间了，下次见面我把书和笔记拿给你，然后你想去哪，我也陪你去！"

坐在公司的专车里，赵涛盯着屏幕看了一会，拨通了秘书小陆的电话：

"告诉平台那边，可以先不用再给我推相亲对象了，今天见的这个还可以，我想先试试看。"

撂下电话后，赵涛便回复了梦楠的信息：

"哪的话，你也陪我了，不是吗？电影我也很喜欢。你有什么想去的地方，可以发信息告诉我。我们兴趣相近，你喜欢的，我应该也会感兴趣。"

梦楠收到回信，赶快又给媒人诗雅打了个电话：

"诗雅诗雅，谢谢你给我介绍赵涛！他请我吃了高级西餐，还陪我看了想看的电影！果然成熟点的人就是不一样！他人可好了，我说暂时没钱回请他，他就说让我出电影票钱就行了。他还说知识和技能是无价的，让我给他推荐最近看的书——"

林诗雅本来在看下一个对象的资料，猛地接到梦楠的电话，看她这么兴奋也是觉得有些好笑，当即放下手中的 Pad，回道：

"你喜欢就好，这种事就是缘分。你俩一个学校毕业的，想必会有很多共同语言。好了，我还有事要忙，先不聊了。"

梦楠应了一声，便挂断了电话，盯着手机看了一会，想起刚才桌上精致的西餐，忽然觉得：

赵涛和以前认识的男人都不一样。他收入不高，却没有低收入男性的算计；他明明是个老师，却也不像有些男人一样大男子主义，就知道说教，反而很尊重女性。真奇怪！难道是因为他年龄比较大，看过好多书吗？

一看表，已经将近十点了。梦楠赶紧把脑子里奇怪的想法驱逐出去，开始写小说。正写到一半，手机却响了起来，梦楠拿过来一看，白天口出狂言的 Steven（孙殊）竟然发来了信息。

"凌小姐，白天的事都是误会。咱们或许都不是彼此喜欢的类型，但能有机会见面也算是缘分。Chris 是您闺蜜对吧？能不能给我下她的微信，我也好和她赔个不是。"

梦楠才见过彬彬有礼的赵涛，两相比较下，对于孙殊这种"海王"且套路的对象便一点耐心也没有了。直接拉黑了孙殊，梦楠推开房门，找到又在看发布会资料的楚芳华。

"妈，我……孙殊我见了，根本不行。一见面就说我不到一米六五，还说我打扮得像捡破烂的老太太，非要带我去买衣服。我也是太生气了，就说了几句难听的话，他就气得扔下我走了——"

楚芳华闻言从书桌前起身，摘下眼镜按了按眉头，叹气道：

"楠楠，他虽然说话不中听，但有些话你得能听出人家的意思来。这也不是第一次你出去见人被说不会打扮了。你一个女孩，花些心思在打扮上，也不是什么难事。总不成三十好几了还想着撞大运，遇上一个知你懂你不看外形的男人。社会不是学校，没有那些朝夕相处，都是一面定胜负，你总要——"

梦楠听母亲这么说，赶紧凑到书桌旁，献宝似的拿出手机上赵涛的照片资料，捧到楚芳华面前，急着解释道：

"妈你别着急，我、我真的遇见那种觉得我现在就挺好的男人了，真的！今天我相亲黄了以后，诗雅给我介绍了一个数学老师，叫赵涛，人特别好！他——"

梦楠一看母亲又开始旧调重弹，强调走上社会，男人"人均外貌协会"，顿时推出赵涛挡枪。

"数学老师？多大岁数了？"

楚芳华看了眼手机上的照片，眉头顿时就皱成了川字形。

楠楠不挑帅哥了是好事，但也不能直接加入中老年俱乐部啊！

梦楠闻言支吾了一下，小心翼翼地拉过母亲的手，眼神乱飘起来，过了好一会才道：

"四、四十二。"

"什么？比你大十岁？！别是二婚吧？你问清楚了没有，他是不是有什么毛病，怎么四十多了还不结婚啊？"

"可我也三十多了啊——"

梦楠难得遇到一个自己觉得还可以，对方又对自己比较热情的，赶紧帮赵涛辩护。

"……"

楚芳华本想再教育女儿两句，可仔细一想：

这段日子的疯狂介绍，其实她身边能介绍的人都被她找得差不多了。大城市的相亲市场本就是女多男少，她又舍不得让自己闺女远嫁到偏远山区去。如今，她自己找到一个觉得还可以的，不如就让她先交往着，等自己这有合适的了，再给她介绍不迟。

想到这，楚芳华一改往日的强势，反抓过女儿一直在自己手边兜圈的手，拍了拍梦楠的手背道：

"好吧，你也是大姑娘了，有一个自己满意的对象，交往交往，妈不反对。但是你得记住，别和他进展太快了，等妈忙过这段，如果有合适的，可以再比较比较。"

梦楠的相亲渐入佳境，胜楠所在的广告公司终于迎来了竞标的日子。胜楠到北京以来一个月的劳动成果终于即将验收。

电视台的大会议室内，胜楠带着崔晓雪焦急地等待着电视台宣布结果。

PD拿着标书一脸阴沉地走出来，后面跟着春风满面的周思源，只见他冲胜楠笑笑，无声地比了个OK的手势。

PD环顾了一下屋内的各公司代表，有些不耐烦地宣布：

"本期'真爱碰碰对'合作方为瑞恒传媒有限公司，此后三年真爱广告招商将由瑞恒全权代理。"

"太好啦！凌总监，咱们拿下了！"

崔晓雪毕竟岁数小些，一听这个喜讯便按捺不住，直接一把抱过旁边同样激动得攥拳的胜楠，雀跃之情溢于言表。

"嗯。"

胜楠表面淡定，心里却早也乐开了花，下意识地将目光移向导演身后的周思源，见他也看向自己，一脸笑意。顿时心头一暖，挣开崔晓雪的"死亡缠绕"，走上前，先握住 PD 的手道：

"谢谢导演和台长愿意给我们机会，合作愉快！瑞恒一定不会让你们失望的。"

"哼，最好是——"

导演说完这话便很快甩开了胜楠的手，反倒是站在他身后的周思源主动上前恭喜道：

"很不错的成片，这是台里一致的决定。"

胜楠刚准备回一句什么，另外一家广告公司的总监便走上前来，向没有起身却已经在鼓掌的台长道：

"我有异议！这次竞标恐怕是有黑幕。就我所知，贵台的周总策划和瑞恒的凌总监私交可是非常好啊，拍摄期间更是三番五次往台里跑。两位关系不一般，周总策划自然是要排除万难力捧瑞恒上位了——"

台长闻言皱了皱眉，看向相对而立的两人，周思源却仍嘴角带笑，转身从容开口道：

"台长，凌总监作为瑞恒和咱们台的对接人，常来台里是出于对工作的负责。我与凌总监有私交不假，但也只是普通朋友，这次比稿都是匿名的，台内全员投票，我哪有什么暗箱操作的余地？"

"普通朋友？那周总策划真可谓是朋友的典范了。什么时候普通朋友到了可以管对方约会对象的地步了？"

那广告总监不依不饶，直接打开手机播放了地下车库内周思源和凌胜楠合力对付李察德的视频，然后在众人质疑的目光下，继续得意扬扬道：

"如何？这像是普通朋友吗？怎么看都是周总策划想要讨凌总监的欢心吧？"

"思源，这是怎么回事？传出这种事，台里也不好看，竞标结果——先待定吧。一会下会了，你来我办公室一趟。"

台长盯着视频眉头紧皱，良久，起身点了点一旁的周思源，示意他跟他走。

胜楠见对方广告公司的总监拿出录像，本想当场反驳，却因害怕连累周思源一时没能发声，被台长占了先机，没能第一时间解释事情原委。

台长一走，屋里顿时就只剩下前来竞标的各大公司代表，胜楠走到那总监身前，冷笑了一声道：

"看来贵公司比起标书，似乎对别人的私生活更关心啊？我警告你，这是侵犯个人隐私，咱们的事不算完，你若是不想公平竞争，我也会做出相应的反击。"

崔晓雪在一旁吓得不敢出声，缩了缩脖子跟着胜楠走出会议室。胜楠揉了揉太阳穴转头对崔晓雪道：

"你先回去吧，这里发生的事不要乱说——我，自有打算。放心，不会让大家的努力白费的。"

这边胜楠孤身一人思考如何应对标书事件，那边梦楠坐在工位上偷偷拿出手机开始浏览网店。

原因无他，楚芳华生日将近，想到自己一直相亲不顺，给母亲添了很多麻烦，便决定选个特别一些的礼物。

然而，各种礼盒都价格不菲，梦楠看着自己见底的存款，不由得又开始叹气。

"凌小姐，今晚有空吗？要不要来我这边，有家不错的粤菜馆，我们一起吃个点心？ p.s.书的事情不着急，下次再说也行。"

正犹豫着要不要先打个白条，赵涛的微信便发了过来。梦楠一看更纠结了。

上次就是人家付的钱，上顿饭还没还上，这次去，自己这点钱也回请不起，岂不是又要人家请客？再说，还要给妈买礼物，事情都赶在一起，这可怎么办啊？

"不好意思啊，这两天工作比较忙，要不，咱们改天再约吧？"

赵涛本已笃定地在收拾公文包了，看到梦楠的信息居然拒绝了他的时候，不由得眉头紧锁，起身叫住准备出门的秘书小陆道：

"小陆，你回来，我问你个事——"

小陆一看赵涛这个表情，顿时吓得大气都不敢出，心里暗想：

要是走得快点，是不是就没这么档子事了。

"现在这些个年轻姑娘，谈起恋爱怎么都这么一下子一下子的？忽冷忽热的想干吗啊？"

小陆听了这话先是松了口气，心想：不是工作的事就行。随即又有些犯愁。其实他心里再清楚不过了——

以他们赵总的外形条件，四十二岁的高龄，再配上那个假的收入，别说年轻姑娘了，二婚的一样忽冷忽热。

但这话显然是不能说出口的，当即调整了下表情，面带笑意道：

"您这是哪的话啊——这刚认识的姑娘矜持点难免的，您不也不喜欢那种谁约都去的吗？姑娘不好意思连着几天约会，咱就喊上媒人呗。照理说，这事能成，人家媒人也有功劳不是？"

"有道理——"

赵涛听了小陆的话顿时多云转晴，直接拨通了林诗雅的电话。

"林小姐吗？请问您这两天有时间吗？谢谢您给我介绍凌小姐，我觉得我俩还挺投缘的，就说请您也一起坐坐，大家聊一聊，顺便也表达一下我的谢意。"

林诗雅一边接电话，一边甩开还在不断试图搭自己肩膀的某个老板的手。

梦楠倒是好运气，这赵涛穷是穷了点，起码没这么肥肠满肚啊，瞧瞧她身边这位，不知道的还以为他刚才那顿吃的不是牛排，而是直接把她吞了呢！

"林小姐，我是真的觉得凌小姐和我挺合适的，您看——"

"不好意思，我这有点事情要处理，没时间约饭。赵老师您也是成年人了，又是个男人，既然有好感那就表达，不用总通过我找梦楠，我也很忙的——先挂了。"

赵涛听林诗雅挂断电话，不由得叹了口气。

"现在和十年前真是不一样了，之前要是相亲没回复，那媒人都追着问，现在倒好，我主动感谢她，她还拿上乔了。"

赵涛一边抱怨，一边将已经收拾好的公文包又打开，拿出资料又坐回了办公桌前。

小陆一看就知道加班又没跑了，心里跟吞了二斤黄连一样苦，面上还得继续赔笑道：

"赵总，现在生活节奏都快，以后再约就是了。再说，您明天还有会，今天不去，正好也准备准备。"

赵涛没约到梦楠，心里终究还是有些不满，挥了挥手示意小陆可以出去了。

小陆往门口走，不由得想起自己老婆说的那些话：

"要不是你们赵总还有那么点钱，就他那个外形加上年龄，哪个女的愿意多见他一面啊？"

叹了口气摇了摇头，这"伴君如伴虎"，实话他是肯定不能说了。

楚芳华在办公室里坐立不安，想起女儿眉飞色舞地跟自己介绍那个数学老师，她心里就不是滋味。

她以前给梦楠找的那些对象，最差也得是名校博士，再不也是名企员工。梦楠这朋友也不是什么靠谱朋友，居然介绍了个大将近十岁的数学老师？

数学老师？这要是成了，自己以后在那些老同学面前，怎么抬得起头来？

正琢磨着梦楠相亲的事，一个下属便过来送快递，楚芳华没好气地拆开一看，竟然是死对头孙菲菲寄来的名贵茶叶，里面还附了一张请帖：

诚邀楚局赴约木易、木容满月宴

急切地想要逃避孙菲菲育儿确实比自己在行的事实，楚芳华气得直接将茶叶包装甩在地上，却将桌上的茶杯碰落在地。

送信的下属见了，赶紧上前献殷勤道：

"您一定是最近太忙了，累的。您先坐，我去外面拿扫把，一会进来帮您处理。"

楚芳华坐在座椅上气闷，见那下属拿着扫把回来，还算有眼力见，心里渐渐熨帖的同时，不由得纳闷：

孙菲菲那女婿到底哪找的？不但一表人才，而且工作学历都碾压一众同龄男性。

想到自己这下属的女儿好像也结婚了，楚芳华计上心来，难得展现出一点关切，起身拉过和她相差不过四五岁却仍在扫地的下属，开口道：

"先不忙扫，我问你点事——"

那下属猛地被楚芳华问话，只惊得坐立不安，一双眼不住地眨着盘算着最近是否有什么不得当的让领导抓了小辫子。

楚芳华见下属年近半百仍慌乱不堪的模样，忍不住皱眉，伸手将下属按在旁边的椅子上，这才开口道：

"是这样，我呢，闺女也到该结婚的年龄了。可是啊，这周围没什么合适的。你也知道我家楠楠呢，爱读书，比较内向，不擅长社交。我就想着，给她找个能力强点的对象——我听说——你家孩子也结婚了，就想问问，这……年轻人找对象，除了长辈介绍，还有别的什么渠道没？"

那下属一听是这事，顿时松了口气，当即凑到楚芳华耳边低声道：

"您要真那么着急，可以去玉渊潭看看——我也知道，以您的身份，多半看不上什么普通的男人。可是那啊，人多，资源也多，好多优质的海归还有精英男，各种各样的，都有。只不过，条件越好，估计资料越贵。可我看，您也不在乎那点钱，咱们这些当妈的为了子女，都是操碎了心哦——"

楚芳华听了这话，附和着点了点头，下属见讨好了楚芳华，有些兴奋地起身，夸张地鞠了个躬，将碎片收拾了，便出门去了。

楚芳华坐在办公桌前发了好久的愣。

她原本对这些市井方法不感兴趣，但想到孙菲菲那得意的嘴脸，当即请了半天假，打车去了玉渊潭。

果不其然，一到下属说的地方，周围便全都是些四五十岁、一身花花绿绿的妇女了。她们三五成群地站在一起，叫卖着各种精英男的资料。

"有车有房，父母双亡，三环以里，两套对门，一辆宝马！双博士海归，欲找温柔贤淑、肤白貌美、年龄不过二十五的女士！"

一个眉间有痣、手臂粗壮、穿着一条艳红色长裙的大妈摊子前，一堆婆婆妈妈年纪的女人，挑拣着照片询问她各种条件。

红裙大妈豪爽地笑着，一边收钱一边将照片递给那些女人，口中说道：

"买到就是赚到，缘分这事，谁说得准呢？给自家闺女一个机会，也给自己找个好女婿！"

"你这个包售后吗？"

一个穿着碎花连衣裙的瘦弱女人卖力地挤进人群，问那红衣大妈。

"又不是卖东西，哪有什么售后啊！这缘分啊，看对眼就看，看不对眼哦，那怎么着都白搭——就只管买回去，我就只负责介绍，后面交往，交给年轻人嘛——"

"那你凭什么卖这么贵啊？哦，我花几百块钱就买个照片，买个联系方式，谁知道这些小伙子是不是你找的托啊！谈不成事小，回头弄些骗子盲流的，我闺女再吃了亏！"

那碎花裙女人不依不饶，不但不买资料，还赖在摊子前面不走，一副必须给个交代的模样。

"爱信不信。我都说了，这都是缘分——你不相信拉倒，哎，有姐妹信的，回头人家姑娘嫁入豪门，别怪我没给你机会！快来瞧快来看啊，海边独栋别墅，外科主任，一次离异，没有孩子，三十八岁，小伙年收过百万！求初婚善良单纯姑娘，允许家庭主妇，年龄不超过二十七！"

楚芳华站着听了一会，被面前那些女人的劣质香水和皮革味熏得头疼，从人群中出来，只觉得自己有些可笑。

她竟然想过从这些人手里找女婿，也是疯了！

正准备离开，几个媒婆注意到了楚芳华 Gucci 的手包，上下打量，辨明真伪后，便一窝蜂地围住了她。

"您好，我是张咪咪，您来这想必是为令爱找个如意郎君吧。不知道令爱多大年纪了？您带照片了没有啊？都说女儿随妈，您这么有气质，想必令爱一定错不了。"

张咪咪话音还没落，旁边就蹿过来一个绿裙子的大妈，凑到楚芳华面前卖力地排挤起对手来：

"去去去，别听张大脸客套，她啊，手里攥着几个黄毛小子也好意思给您介绍。我就不同了，从业二十多年，我牵成的线啊，那比高速公路还多几条呢！您来我这看看，包您满意——"

楚芳华见众人如此热情，环顾了一下四周，压低嗓子道：

"我女儿确实挺优秀的，师范大学毕业的，还在留学机构工作——就是年纪——稍微大了点，今年三十了。"

"三十？！哎哟……那，那您再听听别家吧，我这小伙子确实年岁小，不合适，不合适——"

早先热情的张咪咪和号称从业二十余年的绿裙大妈一听梦楠已经三十岁了，顿时作鸟兽散，旁边几个还在观望的，闻言也都转头走了。只剩下几个形貌更加接近戏剧里媒婆形象的大妈，还在那里没走。

"其实三十也不算什么，就是这男方也更大些，我这的，三十六岁以上的倒是有几个能接受三十的，您要是不嫌弃，可以来我这看看。"

媒婆 A 富态得很，肚肉一步三晃，大红唇倒是颇为自信，拿出一沓照片走到楚芳华面前。

"……"

这赵涛四十二岁，不过也就是个数学老师；这媒婆手里资料中的男人们，虽然也都三十六岁以上了，但工作和学校明显都要比赵涛出彩。死马当活马医，又不算太贵，买几个回家研究一下也好。

楚芳华挑挑拣拣，花了五百块左右买了一些自己感兴趣的资料，回到了家中。

梦楠下班回家，一开门发现母亲已经坐在客厅桌前了，心里顿时有些打鼓。

桌上整齐排列着两行照片，梦楠远远看见，便知道不妙。

果不其然，还没等她找到借口躲回屋里，便听楚芳华道：

"楠楠，快过来看看，有没有你觉得还不错的——"

梦楠有些惊讶地落座，拿起资料大致浏览了下，便摇头道：

"妈，你、你又哪找的这么多对象啊？他们——你看这个，还有这个，这条件也太好了吧？年收入上千万？干什么的啊，他就能上千万，他怎么不上天呢。还有这个哈佛毕业的——哈佛……咱们这边真能自己考上哈佛的，那不都得上新闻嘛，他还能找不着对象？"

"你先看完再说话。"

楚芳华有些不满地敲了敲桌子，示意梦楠先把所有资料看完。

梦楠噘着嘴耐着性子一边翻资料一边道：

"说真的，他们看过我照片了吗？答应和我见面了吗？知道咱家什么情况吗？这、这都怎么答应的啊——"

梦楠拿起照片挑挑拣拣，楚芳华闻言却含糊其词道：

"啧，先别管那些，你先看，看完了我看看你挑的哪几个再说——"

梦楠加快了筛选速度，不一会，桌上的照片便被梦楠分成了两堆。

楚芳华瞥了眼梦楠选中的那几张照片，顿时皱起眉来，摇头道：

"你选的这几个，都是长相帅气的。我跟你讲了多少遍了，找对象不能只看外形，应该多注意其他方面。"

"可是妈，你找的这些小伙子，条件都差不多啊！那要是工作学历都不错，不只是我吧，谁都会更喜欢长得帅气的吧？"

"哦，那人家工作学历又好，长得又帅气，凭什么跟你在一起啊？这几个你就不要痴心妄想了，根本没戏——"

"那都配不上了你还让我挑？！给我看这些有什么意义啊——"

几乎是下意识地，梦楠就开口顶嘴，楚芳华听了一副活见鬼的模样，柳眉倒竖，直接站起身，一拍桌子道：

"好啊你！凌梦楠，你现在敢和我顶嘴了是吧？这么多年了，妈以为，妈的苦心起码你能懂的——都是凌胜楠那没家教的带坏了你，以后你不准再见她了。"

梦楠闻言，多年累积的委屈一股脑地爆发出来，也起身道：

"姐姐怎么了？我姐尚且会考虑我的感受，你呢？还说咱俩相依为命这么多年，说到底你就只在乎自己的面子！你着急的是我找不到对象吗？你着急的是你同事女儿都结婚生子了，你在她们面前没面子！"

"凌——梦——楠——我、我对你有要求不对吗？你吃我的用我的，我含辛茹苦把你拉扯大，你不该成全我的面子吗？出去！出去！这是我的房子，你那么有本事，你那么觉得自己不结婚也能过挺好，你就走啊！"

楚芳华想起孙菲菲的嘲讽、单位同事的议论、姐姐三天两头和自己秀孙子的照片，顿时怒气上脑，口不择言，直接抓过椅子上的软垫扔向对面的梦楠。

"好，我走就是了！"

梦楠也不知哪来的勇气，衣服也没换，直接抓过手包推门就跑了出去。

走上大街，冷风一吹，梦楠的脑子也清醒了些许。

她根本没有别的地方可去。

失魂落魄地走到一个公交站，找了个座位坐下，盯着手机出了半天神，咬咬牙，拨通了胜楠的电话。

悠扬的爵士乐在酒吧里回荡，昏黄的灯光下，胜楠正在一个人喝闷酒。

好不容易拿下的竞标，竟然因为她和周思源的私交要重新被审核。

身为团队领导的责任心，让胜楠此刻分外觉得对不起一起努力的同事们。从电视台出来以后，她便拒绝了崔晓雪一起散心的好意，一人前往了一家清吧。

她需要静一静，把事情理清楚，想出个对策来。

手机响起，胜楠接起来一听是妹妹梦楠，语气又是充满了委屈。

"姐——我和妈吵架了，她说我住她的房子吃她买的菜，要是觉得自己不结婚也能过挺好就别回去找她。我一赌气就跑出来了，现在、现在——姐你在哪啊？要不我过去找你吧！"

胜楠一听梦楠的话只觉得原本烦躁的心情愈加沉重了。但想到妹妹那张总是无限委屈的小圆脸，还是耐着性子回复道：

"双井这边有家叫'何处去'的清吧，我在这喝酒，你……实在难受可以过来和我说说话。"

挂断了梦楠的电话，胜楠不由得叹了口气，伸手又叫了两瓶玫瑰福佳白。

人家叫自己一声姐，自己就得有个姐姐的样子。果然，任何一种人际关系都是双刃剑，有温馨快乐的时候，就一定会有烦上加烦的时候。

梦楠赶到的时候，胜楠面前已经放了好几个空酒瓶子了。梦楠一看这架势，便知道姐姐多半也遇到了什么困难，虽然她心里也因为和母亲吵架的事难过，但一看胜楠心情不好，还是把到嘴边的抱怨咽了回去，坐到胜楠身边，小声道：

"姐，你怎么了？要是心情不好或者遇到什么事，可以和我说说啊。"

"嗨，就是公司……前些日子竞标——"

迎着梦楠关切的目光，胜楠不知怎的就把竞标失败的事原原本本地说了出来。

兴许因为和梦楠不在一个行业，又或许因为她原本也没有表现出来的那么坚强，当着梦楠的面，胜楠难得收起了自己浑身的刺。

果然，出了事，有个人能一起分享，感觉确实很不错。

胜楠边说边喝，一时竟也忘了梦楠从母亲那受了委屈，本来可能是来找她抱怨的。

看了眼一直耐心听她讲述的梦楠，胜楠招手向服务员要了两杯浓度低一些的鸡尾酒。

"姐，我觉得这件事你也不用太自责了。对方公司的做法既不合法还小人，完全可以告他们。你和周、周大哥之间根本没有什么徇私的余地，这台里肯定也清楚，我反倒觉得他们临时改主意，根本不是因为你们的关系，是本来就设计好的。"

胜楠闻言，若有所思地点了点头，下意识地伸手摸了摸梦楠头顶的软发，笑道：

"别担心，我不是那种不想事情前因后果就自责个没完的人。只是，他们背后到底有什么需求，我还摸不透，就有点烦躁——诉诸法律的事，我也不是没想过，但这件事不光和我有关，还涉及周总策划，闹得太难看了，以后瑞恒和电视台，包括周总策划在电视台都会立场尴尬。"

梦楠听胜楠这么一说，才发现事情远没有她想得这么简单，一时也想不到什么其他的主意，只能默默地陪着胜楠喝酒。

"其实，周总策划之前提醒过我，说电视台对女性本来就有偏见，认为即便在工作中，男女关系也很容易将一件简单的事变得很复杂——"

梦楠一边对着鸡尾酒吐泡泡一边听胜楠讲自己对于这件事的见解。

在两人斜后方，赵涛和小陆也在酒吧里喝酒。小陆见赵涛对梦楠那一桌格外关心，便赶紧谄媚道：

"赵总，您要是对那桌的姑娘感兴趣，我可以过去帮您牵线。"

赵涛闻言摇了摇头，压低声音摆手道：

"不用。就那个穿白衣服的，是我相亲对象——正好在这里遇见了，我是想看看，她私底下是什么样子。不用过去了，我看她们姐妹俩心情都不好，这会过去，反而尴尬。"

小陆闻言点了点头，心里却暗暗诧异老板的相亲对象居然是姐妹里面"又丑又胖"的那个。他刚才看赵总往那桌看，心里本来笃定是看上那个洋气性感的了。

只能说，这有钱人的品位真是古怪，他是真理解不了。

小陆正胡思乱想，就听对面赵涛又发表了言论：

"我见的姑娘多了，那种恋爱初期假装善解人意，一往深接触，大小姐脾气就出来的，我也没少见。想知道一个姑娘真实的性格，就要看她私下和其他女性接触时候什么样——那才是她真实的模样。"

小陆面上赔笑，不住地夸赵总真知灼见，心里却暗想：

赵总找不到对象很正常，这左一个考验右一个考验的，也忒多心眼了。这回头人家姑娘知道了，原本能成的，估计都得黄。

酒过三巡，胜楠见梦楠脸上已经浮起了红晕，便伸手结账，扶着已经有些站不稳的梦楠上了出租车，回到了自己的出租屋。

将已经东倒西歪的梦楠甩在床上，胜楠转身去调了两杯解酒茶，梦楠迷迷糊糊爬起来喝了，过了十几分钟，才重新找回了自己的神志，有些不好意思地挠头道：

"姐，明明是你心情更不好，还要你照顾我——"

"不说那些——敷面膜吗？"

胜楠像是想起什么似的，先从衣柜里翻出一条睡裙递给梦楠，又起身去厨房冰箱里拿了面膜递给还在发愣的梦楠。

姐妹俩并排躺在床上敷面膜，胜楠的手机铃声忽然响了起来。

胜楠起身去接，梦楠见姐姐走了，一骨碌从床上爬起来，小心翼翼地凑到门边上，开始听墙角。

"周总策划？"

胜楠接起电话有点诧异，她实在没想到这么晚了，周思源还会给她打电话。

刚出了这种事，作为当事人，以周思源的立场，忙着避嫌才是更好的选择吧？

"本想更早一点就联系你的，但台里杂七杂八的事太多，刚脱身出来——你别误会，我是怕你因为竞标的事受打击。先前我也说过，如果你心情不好——你想出来聊聊吗？"

胜楠盯着手机愣了一会，想起之前周思源说过，有什么都可以找他倾诉，想到这赶快摇了摇头，回复道：

"我没事，倒是你——今天的事，没有让他们误会你吧？我这边——有我的处理方式。你，没被牵连吧？"

周思源听了也是一愣。

今天出事之后，他第一反应就是自己的行事风格可能太张扬，牵连了胜楠，没想到她遭受这么大打击，还想着先关心自己好不好。

顿时，有些五味杂陈，原本只是想客套一下试探下胜楠的情况，此刻却真有点想找她出来聊聊了。

"没事，又不是第一次被单位人设计了。我你还不知道吗？孤家寡人一个，虱子多了不怕咬，债多了不愁——他们能拿我怎么样？"

这话一出口，胜楠忽然想起还在屋里的梦楠来。

如果不是周思源，她和梦楠估计到现在也没法相认，如今天般难过的情况，恐怕真的又要她一个人扛。

想到这，便有些感慨地出言感谢道：

"我……我真的很谢谢你，帮我联系上妹妹的事。其实，刚出事的时候确实心情挺不好的，但刚才我妹陪着我聊了会，现在已经好多了——出了事，能有个人一起分担，确实会好很多。"

周思源闻言忍不住笑道：

"那就好。我原本还担心自己好心办坏事。现在看来，热心也不是完全没好处，对吧？"

"嗯……"

胜楠有些尴尬，周思源和她说话时候永远热情洋溢，让她总觉得这男人对自己存了些别的心思。

想到因出轨撒谎被自己拉黑的李铭，胜楠对周思源的示好，又有些犹豫不决。

万一他又是下一个李铭怎么办？当务之急，应该是先把事业稳固住，至于爱情这种东西，到底有没有，她现在都变得不太确定了。

"既然你没事了，我就放心了。北京，毕竟是我的主场，有什么事不用跟我客气。"

周思源又交代了一句，便挂断了电话。

胜楠盯着电话陷入了沉思。

他到底是什么意思？喜欢自己吗？好像也不是——但要说没好感，他为什么总这么殷勤？

梦楠听墙角听得专注，趴在门上，连面膜已经干了彻底糊在脸上都没注意。抻着耳朵又听了一会，发现门外已经没了声响，梦楠这才恋恋不舍地转头往床边走。谁知，走了没两步，胜楠便推开了门。

梦楠连滚带爬地跑回床上躺好，已经脱了水的面膜掉在了地上，胜楠看向还没来得及钻回被窝的梦楠，不由得有些好笑。

梦楠有些尴尬地转过头，看向门口的姐姐。

"干什么呢，毛手毛脚的，好奇是谁，直接问就行——"

胜楠叹了口气，弯腰捡起地上的面膜，坐回床边，见梦楠还一副神魂未定的模样，失笑道：

"瞧你那样子，我又不能吃了你——刚是周总策划，他担心我因为竞标的事心情不好，问我要不要出来坐坐。我谢过他了，说和你在一起呢——"

梦楠一听这话，原本因困顿有些迷茫的双眼顿时就亮了起来，三五下爬到床边，拖鞋都没穿赶到胜楠面前，一脸八卦道：

"周、周大哥的电话啊——"

梦楠意味深长，用肩膀撞了胜楠一下，一副心领神会的模样，低声道：

"哎，姐，我是不是耽误你事了？"

胜楠一脸莫名地看向过度兴奋的妹妹。

这孩子，又胡思乱想什么呢？

"……要是我不在这就好了，这样，你俩就能见面了。"

胜楠见梦楠真心实意一脸遗憾，赶紧拉过她摇了摇头道：

"胡说什么呢！这么晚了，见什么面？再说，我也搞不清，总觉得他不是想追我这么简单——"

"哎，姐，你有周大哥的照片吗？他长什么样啊？"

梦楠是彻底清醒了，姐姐的绯闻让她整个人精神得好像刚喝了三杯浓缩咖啡。

"你又不困了？"

胜楠没好气地用手指点了点梦楠的额头，用手机搜了周思源的百科，递给梦楠道：

"喏，自己看吧——"

"哇，周大哥居然有自己的百科！他……其实，一看就挺——挺有内涵的。"

半身照上，稚气未脱的周思源看上去憨直阳光，一张圆脸上，五官一团和气，身上穿了件洗得有些褪色的牛仔夹克。

20 世纪 80 年代的老照片非常模糊，细节本就看不太清，更不要说周思源不知出于什么原因，还戴了一顶棒球帽，上半张脸几乎都掩在棒球帽的阴影当中。

梦楠不死心地放大了图片。

发现周思源不大的眼睛倒还有几分神，含笑的嘴角，硬要说——也算有几分潇洒。

只是，和现在打扮得花枝招展不输女星的各路男星相比，这男人绝对属于大街上遇到绝不会刻意回头的那种类型。

果然，才华和颜值并存的男人，现实中根本就不存在嘛。

"怎么了？失望了？"

胜楠一听梦楠夸得那么含蓄，立即反应过来她心里那些小九九，没好气地给了她一个爆栗①道：

"行了，别八卦了，赶快睡吧。他是知名策划不假，但又不是

---

① 因炒栗子栗子爆裂声音与敲头声音相仿，故称。

神仙。"

梦楠有些失望地"哦"了一声，顿时没那么想撮合这位周大哥和姐姐了。毕竟，在她眼里，姐姐工作能力又强，人还漂亮，这么看起来，倒像是这位周总策划高攀了。

胜楠抱着枕头被子来到客厅沙发，打开小夜灯，侧卧着开始夜读。

梦楠洗脸回来，发现胜楠在看《白夜行》，不由得停下脚步，蹲在沙发旁开口道：

"姐，你也喜欢东野圭吾啊！他是我最喜欢的日本作家之一，这本小说应该是他所有作品里知名度最高的了——我跟你说，我当初看的时候觉得我这么多年东西都白写了！你看人家，用词没有一个难词、偏词，但是写出来的内容却那么深刻。还有男女主之间的关系，你还看着，我就不剧透了，但是……但是真的特别感人，可是又特别扎心。"

胜楠看着喋喋不休的梦楠，忽然意识到：

自己这妹妹多半也没什么朋友。说到底，自己和她才认识不到两周，就算是血缘的魔力，也不至于让她和自己这么亲近。

自从知道了父亲再娶的真相，胜楠就经常生出些以前没有的感慨来：这钢筋水泥堆砌成的丛林里，哪都是人，却遍地都是孤独，也是可悲。

胜楠感叹着，忍不住伸手摸了摸梦楠头顶的软发，附和道：

"嗯，等我也看完了咱们再聊。就像你说的，剧透了就不好了。不早了，快睡吧。"

胜楠微微起身，示意梦楠回屋去，梦楠却一脸莫名地拉了拉胜楠的手臂拽胜楠和她一起走。胜楠无法，只得撂下书，跟着梦楠回了卧室，和衣躺下。

梦楠正准备关灯，胜楠却忽然开口道：

"别，没有光，我睡不着。"

梦楠一愣，也没多问，转身将被子盖在自己头上，继续睡了，没过多久，便进入了梦乡。

胜楠见梦楠睡熟了，轻手轻脚地下床，走到客厅躺在沙发上，开始静静思考这段时间发生的事。

陈羽何的脸不知为何忽然出现在眼前，还有她那句颐指气使的："你要是真为了他好，就离开他！你能给他什么？你明知道他这辈子就想着衣锦还乡！"

衣锦还乡啊。

胜楠辗转反侧地又从沙发上爬起来，来到窗边，拉开窗帘，头顶上是一轮即将满月的月亮，多半个躲在浮云的阴霾里，露出来的那部分，倒亮得有些刺眼。

他李铭尚且有乡可还。可她，到了今天，真不知哪里才是家了。

胜楠窝回沙发上，翻了几页书，终究还是看不下去，抓过一旁的便签，在上面记上"给总公司的同事打电话"，这才躺回沙发上睡去。

第二天一早，梦楠揉着眼睛走进客厅的时候，出租屋已经空了。

客厅的桌子上面有一瓶鲜奶和一颗煮好的鸡蛋，附带一张"走时记得撞门"的字条。

梦楠赶紧找到手机，给胜楠发了个"谢谢"。

跑到洗手间洗脸，发现胜楠细心给她留了一套酒店的一次性洗漱用具，不由得眼眶有些发红。

脸都没顾上洗，便赶快回到卧室，把被子叠好，床单拉平，枕头拍松，一切都收拾停当，又抬眼看了下挂在墙上的意识流挂画。比了比，发现好像有点歪了，便踮着脚又正了正。

一切都忙完，时钟已经指向八点了，梦楠草草刷了个牙，匆匆洗了个脸，囫囵吃了早饭便飞快地出门了。

挤上地铁没多久，手机便响了起来，梦楠拿出来一看，是胜楠发来的"不用客气"。

此刻，胜楠已经到达电视台的地下车库了，才下车便听见熟悉的招呼声，一抬眼便看到周思源抱着头盔向她招手。

胜楠猛地一见周思源，想起昨晚的电话，不知怎的有些语塞，想了想还是开口解释道：

"抱歉啊，周总策划，昨天事出突然，我、我也忘了第一时间和你联系了。还要你主动联系我。"

"没关系，你这么做是对的。事情没解释清楚之前，你我私下接触太多，更坐实谣言。"

一改往日的热情，周思源说完这句话，便头也不回地上楼去了，胜楠看着他离去的背影，心里不知为何涌起一种难言的失落感。

楼上会议室。

台领导和导演早就等在里面，见胜楠进门，便将目光都集中在她身上。

"对于昨天给贵台造成的不便，我代表个人及瑞恒向贵台致歉。但这个歉意仅仅是因为担心事情影响贵台和本公司的声誉，绝非确有其事。相信昨天我走后，台里各位领导和导演也一定复盘过整件事。说实话，对方公司在竞标过程中利用贵台的地下室录像探听工作外的个人隐私，已经属于违规违法范畴了。

"如有必要，我不介意找片中另一位当事人李察德先生来对质。但如果贵台愿意再给我一个机会，重新考虑竞标结果和合作的事，我也可以不联系李先生，后续也可以承诺不会再在法律层面上追究这件事。"

和气急败坏几次想站起打断胜楠的导演不同，台领导从头到尾坐在屋子正中的转椅，一副气定神闲的样子，甚至几次伸手，示意助理制止了导演跃跃欲试的发言。

等胜楠结束了第一轮辩护，台领导才点头开口道：

"何导，我记得一会制片要过来，麻烦你过去接一下，这边，我们处理就好。"

这话一出口，原本想要说些什么的导演就像被掐住了七寸的蛇。顿时气焰下去了一半儿，阴沉着脸，一声不吭地推门出去了。

导演走了没多久，台领导便开口道：

"凌总监，瑞恒的实力我们一直很认可，您又是瑞恒属意的人才，这我也都知道——片子做得漂亮，我也看了。只是，导演呢，是带资进组。原本，这次改版大部分赞助来源都要仰仗他找来的男嘉宾。如果不选用他看好的公司，恐怕这新节目，就要做不下去了。我们也有我们的难处——现在网络那么发达，短视频横行，电视台不好做，这你也知道。"

胜楠听着台领导的话，不知怎的就想起第一次见周思源的时候，他在 Pizza 店的那番欲言又止来。显然，她和周思源为了能让节目质量更高，打翻了导演的如意算盘，所以他才导了这么一出戏。

然而，抛开这场闹剧不谈，周思源在这场戏里到底起了什么样的作用？是被利用了，身陷其中的无奈之举？还是，他原本就是这场闹剧的总策划？

想到这，胜楠不由自主地在人群中找周思源的身影，却发现作为这件事另一当事人的他，居然没有出席这次会议。

强压下心头的疑惑和担忧，胜楠将目光转向正在打量她的台领导，语气自信而坚定地开口道：

"谢谢您对我的信任。事已至此，您也把话说得很明确了，我当然能够理解贵台的苦衷，但……我还是要为了瑞恒争取一下。如果您能再给我一个机会，一个月内——我会拉到和导演原本准备的同等水平的赞助。如果是这样，贵台是不是能够保留原本的竞标结果呢？"

虽然心里百转千回转着一万个念头，胜楠还是第一时间抓住了重点。

说到底，就是赞助问题，如果资金到位了，那么导演便没有底牌可以和她抗争了。

"那是自然。我们也不想放弃和瑞恒这种大公司合作的机会。"

台领导一锤定音，看向胜楠的目光了少了些试探，多了几分欣赏。

"好，一言为定。晚些时候如果方便，还请电视台这边出一份对赌协议，我还要去部署赞助的相关事宜，如果没什么别的事要谈，我就先走了。"

台领导点了点头，起身将胜楠送到会议室门口。两人来到走廊，胜楠忽然停下脚步，压低声音道：

"关于——和周总策划私下接触，是我个人出于维护两方关系做的决定，不关他的事。不论结果如何，我都希望贵台能重新评估这件事的性质。他除了想做好节目，没有任何私心。这点，我敢用人格担保。"

这话一出口，台领导波澜不惊的脸上忽然有了一丝笑意，也压低了声音回道：

"当然，思源的为人，我们共事多年，都很清楚。这点，请凌总监放心。"

"好，那一言为定。"

胜楠说完，便头也不回地出门去了。她离开不久，周思源从会议室另一侧的小门中走了进来。

台领导一见周思源便走到他身边拍着他的肩膀道：

"兵行险招啊——思源，她要是不依不饶，非要和导演还有他背后金主较劲，咱到时候可怎么收场啊！不过，还好。到底你是学心理的，看出来她这种人，应该不会为难别人，而是选择证明自己。"

周思源闻言摇了摇头。

其实他也不是很有把握，只是不知为何，从认识胜楠的那一刻起，他就对她有一种莫名的信任。或许是因为她真的太像年轻时候的自己了吧？

台领导见周思源没有正面回答，揽过他的肩膀打趣道：

"思源啊，说实话，好久没见你对谁这么上心了。你不会，真看上那个凌总监了吧？你可是我这的头号大将，要是自己美男计没用好被人家施了美人计，那我可是赔了夫人又折兵喽。"

周思源闻言有些无奈地笑了笑，摇头道：

"领导你就别拿我开涮了，我什么情况您不是最清楚吗？命不好，逮谁克谁，就别再祸害别人了。"

说完，不顾台领导还想聊两句的热情，推门而去。

同一时间，梦楠正在校长办公室挨训。

"其实我一直很看好你的能力，所以在员工里，你的工资也是开得最高的——我能理解，你是到了该结婚生子的年纪了。可是你看，咱们留学中心，哪个人谈恋爱谈到影响工作的？主任和我说了好几次得开除你了，你这样，我很为难啊——"

梦楠本来一直低头听教训，可当听到校长硬要说其他人没影响工作的时候，不知为何，压在心底多年的不满忽然如火山喷发一下子涌了出来，猛地抬起头，看向还在长篇大论的校长。

那眼神，让校长有一瞬间的失神。

磕巴了一下，不着痕迹地将皮椅划离了梦楠的"攻击范围"，才继续道：

"怎么，我说你，你还不服气了？我说错了吗？"

梦楠盯着校长看，一贯低眉顺眼不敢和人眼神接触的她，这次却追着校长躲避的眼神申辩道：

"您没说错。是，她们谁都没赶上在这工作的时候谈恋爱。但是这么多年了，我从来没请过假，甚至周末还来单位加班。许代柔请产假，将近一年消极怠工；王倩度蜜月，小半年才回来，您也一句话都没说。

"我请了几个半天假，工资也扣了，照理说应该也够了——但您还觉得我不好好工作。是，我相亲，我想相亲吗？我也不想。但我妈妈着急，而且那些对象不打招呼就往单位跑，脚长在人家身上，我也拦不住。我能怎么办呢？"

梦楠一番有理有据有节的辩白让校长的脸青一阵白一阵的，过了好久定格在铁青上，从转椅上站起来，皱眉道：

"我不管你有什么理由，耽误工作进度，影响到大家工作情绪了，就是你的不对。"

梦楠闻言上前一步，吓得校长不自觉地往后靠了靠，险些将身后那些不知什么组织发的奖杯碰落在地。

"是，我知道，我已经把手头的对象都处理好了。现在的对象是个明事理的人，也不会再出现之前那种不打招呼就来单位的情况了。如果我这么说，您还是接受不了，那我也没办法了，您执意要开除我，我也只能走人。"

校长盯着梦楠看了一会，见这个平常懦弱的女孩眼神坚定地看向自己，完全没有平时的怯懦，也有些心虚。自知理亏，终究还是挥了挥手道：

"算了，我不和你一般见识。谁叫我是校长呢！对待你们这些孩子，还是得有点耐心。下不为例，你出去吧。"

许代柔听了半天墙角，表面等着汇报工作，其实就是找个借口赖在门口。

见梦楠出来，有些尴尬地打了个招呼，梦楠却没正眼看她，径直走了过去。

许代柔自讨没趣，心里却头一次对梦楠刮目相看。

没想到她还有这个胆子，敢和校长这么说话！

回到工位上看了一会剧，转头见梦楠还像平常一样专注工作，仿佛什么都没发生一样，不由得又有些憋气。

凭什么都是挨骂，她每次就气得跟什么似的，梦楠就能该干吗干吗？

哼，还不是因为有个有钱姐姐了，现在有底气了，丢了这工作也无所谓！

许代柔正腹诽着梦楠，旁边王倩便凑过来小声道：

"代柔，你看看这个，最近最火的瑜伽班，台湾来的老师——我表姐在那上课，办的私教，她是老会员了，有优惠名额，你看她照片。先前她什么样你还记得吧？生完孩子胖得跟猪似的，你看现在，比她十八的时候身材都好——

"你之前不跟我说嘛，咱工作就累，回家跟那些健身博主跟不动，说想找个轻松点的能减肥的，这不，我就帮你打听了！"

许代柔一看对比照，眼前一亮。

王倩的表姐产后臃肿肥胖，足足长了四十多斤肉，直接从一百零几斤飙升到了一百五十多；可如今照片上的她四肢修长，身材凹凸有致，不看脸，只看身子，说她是十几岁的妙龄少女也有人信。

这个表姐她可是记忆犹新，之前她们办公室的姐儿几个都没孩子的时候，还笑话过她表姐，"别人生孩子，就她家养猪"。

可笑别人容易，等她自己生完孩子，发现也重了三十多斤，就再不敢说这种话了。

许代柔本就是爱吃的那种人，当初谈恋爱为了能和老公在一起，保持身材，尚且能忍着这不吃，那也不吃。一结了婚，感觉自己进了"保险箱"的许代柔，瞬间就放开了。生孩子，那就更是"公款吃喝"理直气壮吃香喝辣的最好借口。

"这孩子也生完了，你就不能少吃两口？总抱怨我不带你去同学聚会？你现在这样，我怎么带你去？妈都比你苗条——"

想起每次同学聚会都被老公扔在家里的委屈，许代柔顿时觉得，身材真是太重要了。

老公对自己不好，想必也是因为自己和恋爱时候形象一个天上一个地下的缘故。若是真有办法能不太受罪，还能将身材恢复如初，那真是再好不过了！

想着，便开口道：

"这、这她练了多久啊？效果真不错——多少钱一节课啊？"

王倩看出许代柔心动，赶紧献宝似的又翻出几张对比照来，甚至还打开朋友圈，帮着表姐做宣传：

"不久不久，听说啊，也就三四个月吧，这私教啊，四百五十块一节，小班呢，二百五十块一堂，听着不便宜，但是你也不天天去，对吧？再说，留着那些钱干吗呢？女人总共才能漂亮几年啊，你说对吧？"

许代柔一听这价钱，原本的兴奋之情顿时去了一半，当即站起身，摆了摆手道：

"算了吧，这……这超出我预算了。小宝还小，每月花销大些，等他再大几岁，我再——"

"哎哟，你说什么哪！怎么就超预算了啊！你老公那么宠你，5·20买个镯子都好几千，这为了你身体好，身材好，他倒舍不得了？你跟他说呗——生孩子也不是你自己的事，也是给他生，身材才弄成这样的嘛——你总说他多宠你，多在乎你，这男人不就'养兵千日用在一时'嘛，这时候不给钱，要他干吗啊，对吧？"

王倩一看煮熟的鸭子要飞，赶紧猛灌迷魂汤，她最清楚许代柔的软肋就是"老公宠爱"的人设。任何时候，只要把这件事抬出来，一准能让许代柔掏钱。

许代柔一听这话，顿时脑子就发热了。

虽然四百五十块一节她真的上不起，但她更不愿意让王倩觉得她老公已经不宠她了。

当即停下脚步补充道：

"那我回去和他提一句，先说好啊，小宝岁数小，总得有人看，我估计他不让我去也不是钱的事，是孩子不能离开人——"

许代柔一边铺垫一边琢磨怎么和老公交代要学瑜伽。自己先用看孩子找了个台阶下，这样以后不买课，也不至于太尴尬。

见王倩明显不太买账，都不接话了，又辩白道：

"就是因为他平时宠我，我才更要为他考虑啊，我不想给他添麻烦嘛——其实身材这东西，不上那种课，自律一点，也就回来了。"

王倩表面赔笑，心里却不自觉翻了个白眼：

真要是靠自律就能瘦，就没那么多复胖还越减越肥的女人了。穷才提自律，有钱，钱就帮你"律"了。

胜楠驱车赶往单位。迎着下属们探究的目光，胜楠深吸了一口气，才开口道：

"没事了，误会解除了，只是电视台内部需要一段时间筹备资金，等资金到位了，咱们就合作再开。"

崔晓雪闻言高兴地上前赞美道：

"我就知道凌总监出马一个顶俩，三言两语就把敌方的阴谋粉碎了！"

"就是就是，罗昕你还担心咱竞标白竞了，这咋可能啊，有凌总监在呢——"

还没等罗昕张嘴，秦笙就赶着上前拍马屁，捎带脚地还坑了下队友。

"好了，都回去工作吧，总公司那边，还有些事要接洽，我先回办公室了。"

胜楠不愿意在下属面前顶着虚假赞美一直说谎，便岔开话题先行离去了。

胜楠走到窗边，拨通了总公司原下属黄箐的电话。

"凌总监？"

黄箐接到电话格外激动，环顾四周发现没人注意到自己，便捂着手机一路小跑到了天台。

"是我，你最近怎么样？"

"挺好的，要不是您提拔我，我哪能这么快就当上组长啊！只是……凌总监，我真恨自己不够厉害，没能劝得陈总改变主意留下您，咱们部门业绩那么好，全都便宜李铭了。"

"李铭……他最近……"

猛地听到这个名字，胜楠再怎么装作不在意，还是一时语塞，几乎是下意识地走到办公室门前，将门反锁起来。

"我真没想到他是这种人！您说他被您甩了就好聚好散呗。他不但到处在单位散播说您只顾事业不顾他的情绪，还说什么其实好多手下都不服气您。他自己什么感觉我管不着，但是说我们不服气您，这绝对就是他一己之见。

"现在人家可风光了，总监当着，据说还和陈羽何——哦，就是咱们公司那个挂名的市场部顾问，陈总的闺女，有一腿，都快订婚了。要不是陈总死活不同意，估计还不一定怎么样了呢！"

黄箐本就感激胜楠提携，此时一想起李铭那个吃里爬外的渣男便同仇敌忾，胜楠没多问，黄箐便倒豆子似的原原本本把事情都说了。

胜楠听了不由得有些鼻酸。

虽然陈羽何来北京的时候，事情她已经知道了七七八八，但此刻听昔日下属又提起，一时间心情就像泡在重庆辣锅里的柠檬，酸楚中带着点辣的疼。

这些人见证了自己和李铭相知、相识、相爱，此刻见两人走到今天这一步，想必背地里闲话不会太少。

想到这，便开口打断道：

"算了，他的事，我不想计较了。如果这是他想要的，他也得到了。从今往后，他在我这，就翻篇了。"

"凌总监，您翻篇了，李总监可还在那页上呢！他前两天还问我，最近咱们联系没有呢。非让我帮他打听您在北京的情况。什么人啊！吃着碗里的看着锅里的。"

胜楠听了这话五味杂陈。她不是梦楠，这么多年商场的摸爬滚打，她早就没了那种单纯的少女心。李铭选择了陈羽何的那一刻，这份感情就已经没有回头路可走。

只是，她没有想到，自己选择了陈羽何，选择了背叛的李铭，竟然幼稚如斯，以为凭一些伎俩就能哄她回头，享齐人之福。她终究，从一开始，就看错了人。

"我们不提李铭了，这次打电话主要是想让你帮我查个资料。之前我在上海的时候，咱们接洽过那些客户电话你那都有存吧？我需要几家公司北京分公司的联系方式。"

没有被心底失落的情绪打倒，胜楠迅速调整好了状态，重整旗鼓谈起正事来。

黄箐见胜楠似乎真的没怎么受影响，心里也暗暗佩服，迅速地找到了联系方式发给胜楠，然后继续道：

"凌总监，您有什么事随时说。您对我的提携，我怎么还都还不清。如果您觉得有必要，我也可以……制造点流言，保准让李铭和陈羽何好不成！"

胜楠闻言揉了揉有些发疼的太阳穴，叹了口气道：

"不必了，谢谢你。说真的，我还没有到和他分手就活不下去的地步。我知道你对他有意见，但私人情感不要带到工作里去。李铭……很忌讳下属不服他，如果因为帮我让你工作陷入困境，绝不是我想要看到的。照顾好自己，有事联系。"

黄箐听到胜楠挂断电话，有些感慨，在天台上吹了会风，才收起手机回到办公室。

才推开门，便看到李铭站在门外，表情晦暗不明。

黄箐有点尴尬，她不知道李铭什么时候在这里的，自己和胜楠的对话他又听到了多少。

"李总监好——"

低头打了个招呼，黄箐刚准备快步走回工位，李铭便开口唤住了她：

"你等等，是凌胜楠的电话吗？她……问起我了没有？"

黄箐本想如实回答，一想胜楠的嘱咐，还是改主意，开口撒谎道：

"是，总监问了下您的近况……得知您，一切都很好，事业挺顺的，就没再多问了。"

"就这样？她没问别的？"

李铭有些失望。

很显然，胜楠对他并没有那么恋恋不舍。反倒是他，在被揭穿拉黑以后，总想起和胜楠在一起的一幕幕。

"你听好，下次她再打电话来，你就问她在北京的近况，然后汇报给我，越详细越好。我知道你的小组长是她提拔的，但我现在才是你的顶头上司，队该怎么站，相信不用我再教你了。"

李铭沉默了一会，忽然抬起头盯着黄箐，目光阴狠地开口威胁。

黄箐想到胜楠的嘱咐，并未和李铭起冲突，反而连连点头道：

"好的，李总监。"

李铭转身离开的一瞬间，黄箐唇边浮现出一个不屑的笑意。

另一边，王倩已经问了一圈有没有人对瑜伽课感兴趣。遗憾的是，在这种中产居多的留学机构，瑜伽这种高大上的运动，显然销量平平。

"倩姐，那个传单，能不能——给我一份？"

许代柔转头一看，发现出声的竟然是向来游离于小团体外的凌梦楠，顿时有些诧异。随即了然——

肯定又是因为那个有钱姐姐！

"我、我不是自己要去练。是、是我姐，上次我去她那看到好多瑜伽用具——她和我说来北京太仓促，还没来得及选瑜伽会所。倩姐，你这个看着挺专业的，我就想问问她要不要去。"

王倩一边赔笑应和着递传单，一边冲许代柔使眼色。

"那当然，那当然。"

看来代柔这八卦多半是真的。梦楠还真认了个有钱姐姐。不然，就她平时连吃饭都舍不得出去，外卖也就点个盖饭之类的，若不是有什么奇遇，瑜伽这事根本就和她绝缘嘛。

岂料王倩这一假客气，许代柔心理便又不平衡了。

"倩啊，也给我一张吧，我想了想，你说得也有理，我回去跟亲爱的好好说说。"

然而，许代柔这番较劲，却并没有被梦楠看在眼里。

桌上的手机夺去了梦楠的注意力，拿起来一看，是赵涛。

"凌小姐，不知今晚有没有时间。我找了一家不错的山西面馆，有日子没吃面了，就不知凌小姐方不方便赏光一叙？"

山西面馆，那应该不会太贵吧？就算对方要付账也不会太有负担。等母亲生日过去，自己有了钱，回请他就是了。

这么一想，便赶紧回信道：

"赵老师您太客气了，那，咱们就晚点在面馆见吧。"

赵涛收到梦楠的信息，坐在皮制办公椅上摸着光头，露出了满意的笑容。一旁小心伺候的小陆见状，终于松了口气。

老天，要是这个方法再约不出这位"仙女"，他也算黔驴技穷了。

"小陆啊，这个凌小姐一看就不是那种贪图富贵的女孩。请她去高级餐厅她觉得不好意思，反而平民一点的饭馆才约得出来，还是你有经验——像这种精神世界丰富的女孩，太物质了反而显得咱们俗了。"

赵涛盯着手机一脸满意，小陆赶紧狗腿地凑上前一边倒热水一边表示：

"这就是缘分到了。其实吧，这次的事咱们大概就弄清楚她的路数了。不是好多学校都有那种——发的音乐剧或者话剧的票吗？就那种教师福利。既然凌小姐不喜欢男人炫富，咱们就走这种朴实的路线——我去弄两张前排票，回头您说学校发的福利，约她一起去看话剧怎么样？"

赵涛闻言一愣，看小陆的眼神也难得带了几分赞许，过了一会才道：

"好，不错的计划。事情就交给你了，要是我和凌小姐——以后真的成了，回头给你加薪。"

四个小时后，山西面馆内。

嘈杂的环境中，桌子挨桌子，椅子挨着椅子，所有的人都扯着脖子聊天，稍有不慎，便会碰到其他人。

赵涛当上副总裁后，已经好久没到这种地方吃过饭了。

"凌小姐咱们——"

赵涛才开口准备客套两句，暖下场，旁边一个脑袋大脖子粗的大哥便扯着脖子抱怨起来：

"哎哟我去！你还说你有内部消息！说什么你四舅姥爷在那个上市公司工作！这股票都跌停了！你得还我钱啊！我告诉你——那笔钱就算买彩票中奖概率都挺大的呢！好几千块呢！"

大哥声嘶力竭，好像生怕周围人听不见似的，不顾对面有些斯文的眼镜男诺诺连声不住地说"对不起"。抱怨完，大哥夹了一筷子猪耳朵，咂摸咂摸嘴，嘬了一口小二（锅头），继续道：

"不是你老哥小气，这年头钱不好赚。买股票的事，我都没敢告诉老婆。她见我上个月拿回家的钱不够数，都开始怀疑我了！你也知道你嫂子，什么事她一起疑，没个十天半个月好不了！"

赵涛几次想开口说话，那大哥一直喋喋不休，哪怕嘴里塞满了菜，都能发出声音继续抱怨。

算了，先吃饭吧，吃完，换个安静点的地方再聊。

赵涛只能无奈放弃了在面馆和梦楠"叙旧",伸手准备叫服务员。才抬起手,后面一桌三四个文身大哥左手一个酒瓶,右手一串腰子,脚踩在长板凳上高声道:

"还、还是李哥阔气!这、这四个亿的生意成了,回头咱也开个饭馆!把弟兄们都叫来!"

"哎,好说——咱一起玩泥巴长大的,我行了,能不带你吗?"

赵涛见服务员从一旁经过,赶紧也站起身伸手,准备叫住服务员,一个不小心却碰到了花臂大哥踩着的长凳。

"你、你他妈是、是对我有意见啊?"

花臂大哥醉眼蒙眬地瞪了眼赵涛,伸手将了将因挽起袖子而裸露在外的粗壮手臂,一脸嫌弃。

赵涛吓得赶紧坐回长凳上,有些尴尬地瞥了对面梦楠一眼,见她似乎在看菜单没有注意,这才松了口气。把凳子往前拉了拉,气沉丹田,铆足了劲喊了句:

"服务员——"

旁边的大妈却比他调门更高:

"服务员!!!我的生蒜呢!!半个小时了还不上,你们怎么做生意的啊!我又没要你切成片,就拿头蒜都不给拿!!"

赵涛转头一看,那卷发花衬衫的大妈已经拍桌子拍出了一种非洲战前鼓的气势,好像服务员再不来就要掀桌了。

"我来叫吧,你等一下——"

梦楠看完菜单,见状抿嘴笑了笑,起身向前台走去,冲前台的小姑娘说了两句。不一会,后厨出来一个小姑娘,跟着梦楠走到了他们这一桌。

"来……"

"要点快点,我还得回去帮厨。"

小姑娘人不大,脾气不小,见赵涛一副老总做派,慢悠悠地看着塑料菜单上的各种菜,有点不耐烦。

"那就两碗牛肉面,再来俩凉菜吧。"

小姑娘转身走了，赵涛拽了拽长凳，清清嗓子道：

"对不起啊，我光在网上看他们评分挺高的了，没想到这么乱！"

"没事，这种挺好的。上次你请我吃西餐，我还没还上呢——这样的合适，我也没什么心理负担。"

赵涛盯着梦楠看了一会，见她吃牛肉面吃得开心，确实没有在意旁边时不时飞过去的苍蝇，松了口气，也开始低头解决自己那碗面。

两人吃完面走在街上，赵涛不知道该聊些什么。正在搜肠刮肚地琢磨话题，一阵强风忽然刮过，赵涛一个没注意，假发钩在一个树枝上，被风一吹，彻底上了天。

饶是赵涛平日里再怎么镇定自若，这件事也太过突然，顿时满脸通红，手足无措，只想找个地缝钻进去。

梦楠看到赵涛的光头，先是一愣，忽然放声大笑起来，过了好一会，才止住了笑意，摆手道：

"对不起对不起。我、我不应该这样的，你等我一下。"

梦楠四处打量，在附近的垃圾车旁找到了清洁工用的大扫把，举着扫把回到原地，不顾周围人诧异的目光，踮起脚开始够假发。

赵涛没想到，这种情况下，梦楠居然没走。下意识地站到梦楠身后，伸手扶正了摇晃的扫把，压低声音道：

"你、你，我这样，你没关系吗？"

"啊？哦，不好意思啊。刚才是太突然了。我笑点又比较奇怪，不是对你有什么意见——很正常啊，人不都说聪明绝顶吗，你啊，是不是因为数学太好了，头发也跟着出走了？"

赵涛经梦楠一提醒，这才想起自己还编了谎话骗她说自己是数学老师。看着认真踮脚够假发的女孩的侧脸，头一次，赵涛心头涌起一阵愧疚。

"给我，我来吧。"

赵涛接过扫把够下了假发，将假发掸了掸塞回了公文包里。

梦楠看到这一幕忍不住又笑开了，赵涛本来有些尴尬，但不知为何，好像受到梦楠的感染，过了一会，也跟着笑了起来。

两人笑了一阵，梦楠才开口道：

"不好意思啊，我真不是有什么意见，就是，光头真的挺戳我笑点的——"

赵涛摸了摸自己的光头，摇头道：

"你不在意就行，我明天早上还有……课，先走了，改天咱们再约。"

梦楠点了点头，挥别了赵涛，想起刚才的乌龙事件，又忍不住发笑，正准备给诗雅发微信八卦一下，就听手机铃声响了起来。

梦楠拿起手机一看，是母亲楚芳华打来的。

若是她知道自己去见赵涛，多半又要多话。

梦楠装作没看到电话，继续编辑给林诗雅的微信。

楚芳华见梦楠不接电话，电话是一个接一个地打。

梦楠实在无法，只得接起电话道：

"到底什么事？"

"注意你说话的态度！没事就不能找你了吗？我是你妈——自从凌胜楠来了北京，你都和妈疏远了。说到底，我也有错，不应该不顾你的感受，一直按照我的择偶标准给你介绍对象——你先回来好吗？妈妈、妈妈想和你聊聊天。"

梦楠盯着手机看了一会，难得母亲和她说话会流露出脆弱，想到这么多年的相依为命，梦楠叹了口气，回应道：

"那好，我还有两站到家——"

梦楠坐地铁的工夫，楚芳华便忙叨着把买来的水果洗了，做了个果盘，一切准备停当了，梦楠也到了家。

楚芳华一见梦楠，便拉过她的手温言细语道：

"楠楠啊，你可回来了——快过来坐，来，吃点水果。"

梦楠一头雾水地摘下斜挎着的帆布包，坐到桌前，楚芳华赶紧凑到她身边亮出手机，上面俨然是一张男人的照片。

一个瘦弱的男人穿着一件介于灰色和墨绿色之间的长风衣，鼻梁上架着一副中规中矩的黑框眼镜，眼角下垂，神情茫然，眼神涣散。

在他背后是不知哪里的古城墙。

梦楠看了一眼，下意识地皱眉，这人身量不高姑且不论，自带的丧气，让她看了就觉得有些提不起精神来。

"楠楠啊，这次这个对象，和以前那些不一样，是个难得的好男孩。我们单位那个陈阿姨你还记得吧？她有个妹妹，这就是她的孩子。

"这孩子啊，品学兼优，一直在大学里，毕了业就留校了，学汉语言文学研究的，博士生，三十四岁。以前呢，也没怎么谈过恋爱。咱们国家啊，这个专业虽然有些年头了，但是像他这种这么被看好的年轻人，可不多——"

梦楠叉了块哈密瓜正准备往嘴里送，一听母亲又提起相亲的事，想到赵涛，下意识地便放下叉子，想要拒绝。

楚芳华却不给梦楠这个机会，自顾自地叉了块西瓜将梦楠的嘴堵上，然后继续道：

"楠楠啊，妈知道你还惦记着你闺蜜给介绍的那个老师。又不是说让你和他分了。只是，你想，你都三十二了，年龄合适的，这种条件还愿意考虑咱们的，本来就不多了。这有一个愿意的，咱们得抓紧——"

梦楠狼吞虎咽总算把那块西瓜消化了，这才腾出嘴来反驳：

"妈，我以为你终于理解我的感受了，刚听你说，我还以为你想明白了，上次塞给我那么多对象还说我配不上他们……让我觉得心里难过了。但现在看来……你还是和以前一样，根本还是觉得我一无是处，一定得找个好对象，攀高枝，以后才能过上好日子！妈，我太失望了，你怎么能这样呢？明知道我已经在和赵涛谈恋爱了，不支持我也就罢了，你还给我介绍这样的，我不想见——"

楚芳华见梦楠顶嘴，顿时气不打一处来，放下手机苦口婆心道：

"你啊你，你还好意思失望！你知道我花了多大功夫和人家说吗？我说你虽然现在就是个普通员工，但是留学市场前景还是挺好的，以后少不了赚钱。我还和人家说，你品学兼优，也是北京姑娘，多相配！你倒好，我费那么大劲，你这一句话就给回绝了，我怎么和人家交代啊！"

梦楠见母亲完全没有听见自己说的，仍在自说自话，便没了交流的心情，起身道：

"不吃了，我回屋去了，这个我就不见了——你要是交代不了，就把他微信给我，我和他说清楚就是了。"

梦楠疾步向卧室走去，听见背后楚芳华高调门的宣言：

"哎，你这是什么态度，说清楚也得当面说吧？你见也得见，不见也得见！我都和人家说好了，这周末你就去见他！"

梦楠闻言脚步一顿，眼泪不自觉地就流了下来，狠声道：

"你怎么能这样？！你总是完全不顾别人的想法。说不定就是因为这样，爸才离开你的！你、你从来就只想着自己！"

梦楠说完，头也不回地跑进了卧室，直接将门甩上，扑倒在床上大哭起来。

楚芳华本想追上去再说两句，却不防被梦楠的话伤到。和丈夫婚姻的不顺是她这一生非常大的污点，此刻被女儿提起，她顿时哑口无言，心痛之余，竟找不出什么话再来教育梦楠，只是愣愣地站在客厅里。

另一边胜楠回到家，刚准备换衣服，黄箐的电话便打了过来。

"凌总监，李铭下午找我来着，让我给他当间谍，打听您的消息——我、我准备拒绝他，毕竟没有您，没有我今天，别的不说，知恩图报我还是懂的。"

"你别冲动，他什么性格你又不是不知道。他现在是你的直属领导。我不在上海，和他起冲突，对你不好——他让你打听什么？"

胜楠猛地一听李铭还不死心，忍不住摇了摇头，就听那边黄箐支吾道：

"……就是，您的工作现状还有情感状况。您说他也是，攀高枝就攀高枝呗，还惦记着您这头，我顶看不起他这种人。"

胜楠闻言叹了口气，其实她也不太理解李铭到底想干什么。照理说，有了陈羽何，他想要的，都只是时间问题而已，大可不必对自己这么上心，横生枝节。

想到这，便开口道：

"工作还算顺利。感情……你就告诉他，我已经交了新男友，是北京本地人，让他不要总来打听了。"

黄箐闻言一愣，随即连连摇头道：

"凌总监您开玩笑的吧？我、我还挺了解您的，您这种工作起来根本不要命的人，才到北京不到一个月，怎么就有新对象了？再说……您又不是李铭，和他还没说清楚呢，哪就交往新人了？"

"你就这么转告吧。李铭和陈羽何，这俩人，哪个我都不想再有更深的交往了。你说得对，就因为李铭是这种人，我是绝对不会再考虑他了，既然他选了陈羽何，那就让他俩踏踏实实在一起吧，别让李铭再胡思乱想了。陈羽何不是我，大小姐眼里揉不得沙子，小心既丢了爱情又丢了工作。"

黄箐听了这话还没来得及回复，手机便被一旁的李铭抢了过去：

"胜楠，承认吧，你还是在乎我的——"

胜楠闻言一愣，隐约听见电话那头黄箐的声音："李总监，那是我的手机！"

"胜楠，你先别挂电话，我有话跟你说。"

李铭一边打电话一边将天台的门反锁，走上去继续道。

"李铭，不要再纠缠了，既然你已经得到了你想要的，就坚持下去。"

胜楠深吸了一口气，还是劝李铭算了。

虽然她也委屈，也难过自己竟然曾经和这样的人在一起。但终究，不希望这人最后落得个满盘皆输。

"胜楠，现在这个情况只是权宜之计——你听我说，我有自己的计划，等我拿到了股权，攀上了大客户，我就自立门户。到那时，你再回上海来，咱们、咱们还和以前一样——"

李铭压低了声音，有些急切地继续劝说。

他也不知道自己是怎么了，明明就可以像胜楠所说彻底放下这段感情，专心攀高枝。但他心中有某种不甘，他不愿意一辈子被人戳着脊梁骨说是个"吃软饭的"。

"李铭，你听说过那句话没有？世间安得双全法，不负如来不负卿。破镜从来就不能重圆，破了的就是破了。你不要再执着于两全了！从今往后，好好陪着你的大小姐。只要和她在一起，你想要的，迟早有一天都会有的。"

胜楠说完，不等李铭回话便挂断了电话，叹了口气，将几乎要落下的泪水憋了回去，摇了摇头。

李铭听着电话断线的嘟嘟声，良久，眼中闪过了一丝疯狂。

胜楠和李铭不欢而散，梦楠也终于从床上爬了起来，强忍着难过，写完了当天的小说，点了发布，又开始坐在椅子上发呆。

愣了一会，梦楠摸过桌上的手机，拨通了胜楠的电话。

一小时后，德胜茶楼。

胜楠一进门就看到梦楠一脸受气的小媳妇样，打扮得老气横秋，坐在茶楼一角自斟自饮。

"怎么了？又和你妈吵架了？"

"姐，怎么说话呢，那也是你妈。"

胜楠后知后觉，有些尴尬地装作放包，抬手叫了一壶明前龙井。

"哎，别——服务员你等等——"

梦楠叫停了服务员，然后拉过胜楠的衣袖小声道：

"不用点那么贵的，它这只要点茶就让在这儿待着，没有低消的。"

胜楠闻言摆了摆手道：

"没关系，不也就差个几百块——犯不上为了这点事受人白眼。知道你是好心，但我好歹也是大厂总监，这点茶钱还出得起。"

梦楠松开手，有些羡慕地看着胜楠叮嘱服务员不要来打扰。因为那壶明前龙井，服务员笑得一脸灿烂，甚至主动带着她俩去了二楼的雅间。

"这么晚了，人不会太多，要是平时，老板肯定不让，但晚上就我们几个值班，您这么照顾小店生意，这点主我还做得了。"

梦楠低头跟着胜楠和服务员走，听服务员这么说，也是一愣。她来过这边几次，却从来没上过二楼，更不要说在包间里面喝茶了。

服务员一走，胜楠便笑着开口道：

"社会本就是攀高踩低，利字当头的。你让人家赚钱，人家态度自然也不同。不用太往心里去——"

"姐……那什么，我、我……"

这一打岔，梦楠一时也忘了自己找胜楠的初衷是什么了。一时竟找不到合适的话题，急得满脸通红，结巴起来。

胜楠见梦楠紧张尴尬，觉得有些失笑。

自己这妹妹真的和父亲一个模子刻出来的，性格也太懦弱了些，这些年在社会上，想必没少吃亏。

想到这，当即出言救场道：

"你打电话说妈怎么了？"

梦楠经这一提醒，才想起之前和母亲吵架的事，将事情原原本本说了，然后小声道：

"……其实、其实我也知道她是为了我好。原本，今天如果不吵架的话，我还想着，过些日子是她生日，我、我买个高级一点的礼物，她或许就没那么生气了。可是——哎，对了，姐，妈过生日，你一般都送什么礼物啊？"

梦楠倒豆子似的把话说完，情绪缓和了不少，也不再紧张了，下意识地就问出了这个问题。

抬眼见胜楠没有回话的意思，梦楠这才开始反思，自己是不是说错话了。

毕竟，胜楠的母亲是继母，现在她和那个女人关系那么尴尬，以前的事，恐怕不该提才是更正确的。

想到这，梦楠好不容易放松下来的表情，又开始阴云密布，重新小心翼翼起来。赶紧起身给胜楠倒了一杯新茶，正寻思着怎么用个巧妙点的方法把这话题圆回去，就听胜楠开口道：

"我？一般送点按摩仪之类的，或者保健品化妆品，毕竟都是女性，这种东西比较实用的吧？哦对了，前些年有一次我送了内裤清洗机，那个她倒是还挺喜欢的，因为国内还比较少见。"

"什么清洗机？内裤？不是……不是都得用肥皂洗吗？我妈从小就嘱咐我，内衣裤一定要单独放在干净盆里，用手洗的。"

梦楠见胜楠没有误会自己，顿时松了口气，但随即因为胜楠的话又惊讶起来。

内裤清洗机是什么？现在科技都这么发达了吗？

眼见梦楠一脸严肃地和自己科普内裤手洗的好处，胜楠有些失笑。

她当然知道内衣裤得分开洗，只是听她的意思，好像是从来没听说过这种东西。

想到这，胜楠又重新打量了一下自己这位妹妹。

从头到脚的行头加在一起，怕还没有她身上的丝质衬衫贵，不难猜测，这些年，这位妹妹的经济状况并不富裕。

"这我知道，这个清洗机就是代替你说的那个盆的，不过你说得也有理，这些贴身的内衣还不如手洗来得简便干净。要不，你还是选一款按摩仪吧，更实用点。"

胜楠嘴上这么说着，有些心疼这个半路捡来的妹妹。见过几次面，她不难从她的穿着打扮上看出，梦楠过得并不富裕。非但如此，看她现在的反应，便知道，别说大商场，就连网店都很少去，一副看什么都新鲜的模样。

不希望冷场尴尬，选过礼物之后，胜楠便主动岔开了话题：

"你和妈天天吵架，每次都气到要哭，还给她买这么贵的礼物啊？"

梦楠闻言撂下茶杯，想了一会，才开口道：

"我也不知道，可能这就是亲情。我知道她强势，很多事一意孤行，生气归生气，却始终没办法真的恨她。我知道，她是觉得都是为了我好，站在她的立场和经验上，也真的都是在对我好。可我不是她，她的方式方法，她的处世之道，不一定适合我。"

胜楠闻言一愣，看向妹妹的眼神头次带了点好奇和尊敬。

在职场上打拼这么多年，遇到的所谓成功女性也如过江之鲫，但看问题这么通透的，妹妹却是独一份。

想到这，她便再度开口道：

"我看你挺明白的，说真的，如果你能找个靠谱对象，对妈来说应该比什么礼物都让她高兴吧？"

"姐，你这么说，我都不知道该怎么回了。这世界上为数不多努力未必有用的就有感情。妈一直希望我找个那种人人都羡慕的对象，而那种对象，人家都'人间清醒'，只享福，不内耗。"

梦楠叹了口气，迎着胜楠带了些试探的目光，用手摩挲着茶杯的杯沿道：

"以前我谈恋爱，只要和别人分手，妈就教育我得复盘，争取在下一段恋爱中不犯相同的错误。你知道我发现了什么吗？"

胜楠颇为好奇地盯着自己这个妹妹，显然已经被她的话所吸引，难得没有打断而是摇了摇头。

"我发现……别人想和你分手的时候，说出来的理由一般都不是真话。我之前有个对象，嫌弃我成天读书不运动不够阳光，那时候我挺伤心的，觉得都是我自己的问题。分手时我还傻乎乎和他提，说要报他那个健身房，愿意和他一起锻炼。结果还是分了。

"后来单位团建，正好赶上他和一群朋友吃饭喝酒也在那个饭店，提起我来，说胖成那德行还紧捯饬，心机又重，还想占他时间去健身房，真恶心。想到在一起以后，还得为那种女的花钱，他就觉得冤得慌——"

梦楠这话一出口，胜楠倒茶的手顿时一停，开口打断梦楠的话，道：

"这什么人啊，也太没素质了。你捯饬，不也是为了让他觉得好吗？再说你不是答应他锻炼了吗？总得需要个过程吧，怎么就心机重了？"

梦楠闻言将檀木椅子往前拉了拉，压低声音摇头道：

"姐啊，他想要的是个身材好，在健身房里秀出来别人羡慕的女朋友，锻不锻炼他根本不在乎的。好多时候，咱们女人是吃'我愿意为了你改变'这句谎话的。

"男人却很少有信这话的。他们倾向于直接找现成的，喜欢瘦的就找瘦的，而不是找个胖的陪你瘦；喜欢节俭的就找节俭的，而不是找个拜金的教育你要节俭。他们很清楚人性很难改变，父母试图改造这么多年都没做到的事，一个陌生人凭什么做到？"

胜楠闻言颇不赞同地看了梦楠一眼，反驳道：

"如果彼此真的有感情，也是可以为了对方磨合妥协一些的吧？都想自己舒坦，全都躺平，那谁都别和谁在一起了。"

梦楠盯着一脸不服气的胜楠看了一会，忽然笑出声来道：

"姐，我不是说不该妥协，也不是说没有爱情，只是现实不是小说，你不符合他的基本要求再妥协也没用。你要是看过《泰坦尼克号》《梁祝》《罗密欧与朱丽叶》这些作品，应该就会发现一件事——自古伟大且人人都羡慕的爱情都有一个特质，要不从未得到，要不'中道崩殂'。那些细水长流的感情——你说得对，确实有，但都是那种别人看了皱眉，一地鸡毛，最后变成亲情的。我真找个那样的，妈是不会高兴的。"

胜楠托着腮看梦楠侃侃而谈，更加鲜明地感受到妹妹是个有独立思考能力的女人。

现实中，把爱情放在第一位的男人凤毛麟角；但希望借由"牺牲"获得"偏爱"和"至死不渝"的女性却太多。

梦楠说完，一抬眼看到胜楠正托腮盯着她瞧，也有些不好意思，低头道："我、我是不是太啰唆了？难得有人问我想法，我就没忍住。"

"没关系，听你说，我也长知识。说实话，你这样挺好。我在上海的那个弟弟，受继母影响，一直和我也不太亲。我呢，在学校时候又要强，女生嫌我拔尖，男生觉得我太强势，就没什么朋友。对了，武侯祠有副对联写的是：能受天磨乃铁汉，不遭人妒是庸才。你怎么看这句话？"

梦楠歪着头想了想，回复道：

"比起这个，我倒是更向往'谈笑有鸿儒，往来无白丁，可以调素琴，阅金经'的那种生活。虽然人和人想法差很远，但是地球上那么多人，总能找到相对理解自己的。"

梦楠说这话的同时，赵涛也回到了家中。躺在书房的老爷椅上，唱片机旋转着，一首《梁祝》缓缓地流淌出来。书架上的香炉飘出几缕青烟，纠缠成一幕幕往事，在赵涛眼前缓缓展开。

十七年前，赵涛二十五岁。

不顾家人指摘，赵涛跑去银行贷了款，买了属于自己的第一套小房，又借遍了朋友的钱，全款买下了第一辆小车。

开着二手大众，揣着房本，赵涛终于攒足了底气去见女友姚瑶的父母。咬牙在最火的私家菜馆订了一桌宴席。

赵涛西装革履地迎上同样打扮得光鲜亮丽的女友父母。女友姚瑶的缺席，却让这次会面从一开始就蒙上了一层即将失败的阴影。

"爸，您喝口，这茅台是我从——"

"先不忙叫爸，我听瑶瑶说，你到现在还没有北京户口，是吗？"

推开赵涛热情递过来的酒杯，姚瑶的父亲撂下筷子，打量了一下其貌不扬的赵涛，沉声问道。

"是，但……爸，您放心，我、我认识有门路的朋友，这点事——"

赵涛端酒的手抖了抖，许是倒得太满了，一滴就要几百块的琼浆玉露，顿时洒了三分之一。

"赵涛啊，不是他爸挑你的理，我们也就瑶瑶一个闺女啊。我听瑶瑶说了，是，你有房，可才六十来平；有车，可就是辆二手的代步车。要知道，诺诚的副总，一直对我们瑶瑶有意思——是你一直说，你会尽全力给她好生活，我这个当妈的才同意让她等一等的，结果这所谓的好生活，就是这么个生活法？"

赵涛端着酒杯，盯着忽然发言的姚瑶母亲看。苦口婆心的话，却如万箭穿心，直让赵涛手脚麻痹。一肚子的决心保证，让沉重的现实压得一个字都吐不出来。最后只化作了不甘心，仰头，将杯中酒一饮而尽。

三个月后，他追了将近三年的姑娘披着限量版的婚纱嫁给了对头公司的副总，他坐在台下红着眼眶，耳边全是雷动的掌声。

那一年，赵涛和万千"社畜"没有任何不同，看不到未来，喜欢的姑娘嫁作他人妇，欠下一屁股债，只能靠不断掏空自己的身体来还。

四年后，曾经人财两空的赵涛在最后一根头发也撤离阵地之后，终于彻底秃了，但事业也跟着开了花。不但投资的基金股票涨势喜人，就连职务也连升两级，不到三十岁，坐到了开发部总经理的位置上。

看来那话果然不假。

最激励人的，首先是兴趣，其次便是屈辱。

事业起飞之后，周围人也都自动从"狗眼看人低"无缝衔接到了"慧眼识英雄"。

"赵涛，哎哟，我早就觉得你不是一般人，上学那阵我就喜欢你来着，你都不知道吧？"

"赵涛啊，咱可是好兄弟啊。你记不记得，大学时候你在论坛写那诗，我还给你点过赞呢？那时候我就看出，你肯定有前途！"

"我就看不惯那些注重外貌的女人，肤浅——我就不同了。赵总，我就喜欢你这样的，男人，内涵最重要。"

"赵总，你到底喜欢什么样的吗？你要是嫌结婚麻烦，咱不结婚也行，你每月给我个五六万，未婚生子也不是不行啊？"

然而，经历过真正的低谷之后，赵涛对于这种虚假追捧已经觉得很疲惫了。他打定主意，要掩饰自己的身份，凭自己低谷时期的状态找一个真正理解欣赏他的姑娘。否则，等待他的很有可能又是第二个姚瑶。

想到这，香已经燃尽了，赵涛起身望着窗外，想起梦楠纯真的笑容，不由得心生暖意。拉开抽屉拿出一个信封，里面是两张歌剧的票。

另一边，周思源站在堪比垃圾堆的屋内难得认真收拾起了房间，擦完桌子，他瞥了眼一旁的手机，不知怎的想到了胜楠，便拿起手机准备给她打个电话。

手按在拨通键上，目光却扫到了书桌上层父母和前女友的牌位。

想了想，周思源还是放下了手机，叹了口气。

自己命不好，已经拖累这么多人走在前面，不该再去招惹其他人了。

从床下拖出一个纸箱，将里面堆积如山的心理学、人际交往学的资料翻找出来，周思源又开始了新一轮"修行"。

与此同时，电视台内，一个穿着亮片西服的浮夸男人坐在 PD 办公室里，单手耍着墨镜，跷着二郎腿，边抽烟边道：

"钱我可以拿，但你们那个策划我不喜欢。我侄子想上节目增加点曝光度，他向台长告状，说换人就换人，这分明就是不给我面子啊！"

PD 见状一边擦汗一边支吾道：

"这、这周思源，我也不喜欢啊。可是他、他可换不得啊！'真爱碰碰对'是他一手设计的，最受广告商欢迎的那段'真爱说说呗'，更是他亲手写的。咱、咱要是把他给换了，这节目、节目也就没了啊！"

浮夸男人见状不满地蹙眉，掐掉还剩了一半多的烟，一脚踹歪眼前的实木茶几，戴上墨镜起身道：

"你这个 PD 当得也够窝囊的了，你要这点事都办不了，投资的事，我也得再考虑考虑了。"

那人说完，转身就走，PD 在后面点头哈腰地跟着，一直送到电梯口。

回到办公室，门一锁，PD 便一拳砸在办公桌上。

周思源！本来以为那傻帽就是棵看破红尘的摇钱树。没想到做个恋综，他还跟自己扯起什么原则底线了？娱乐圈有什么原则底线可讲？他以为他在做什么？心理咨询节目吗？

PD 还在腹诽的当口，办公室电话便又响了起来，PD 没好气地接起电话，口气很冲，张口就道：

"谁啊？什么事？"

"何PD啊，我，李察德。"

梦楠又在胜楠家住了一晚，临走，把瑜伽馆的宣传单塞给了胜楠。

胜楠捏着宣传单，看了眼一脸惴惴不安却眼带真诚的妹妹，有些感动。过了好一会，才开口道：

"谢谢你这么惦记着我的事，来这边一直忙，也没来得及……有空我一定过去看看。"

梦楠猛地得了姐姐的肯定，开心得简直要蹦起来，目送着胜楠开车离开，一直冲她挥手。直到车开出了视线，她才转身向地铁走去。

胜楠一边开车，一边用蓝牙联系了罗昕：

"罗昕，你带着秦笙和晓雪照着台里的意见，再打磨一轮宣传片。我去接洽点别的业务。"

挂断了罗昕的电话，胜楠又马不停蹄地拨通了一个老客户——汽车公司的销售部经理的电话，她想着，那里可能是拉赞助的一个突破口。

胜楠在车上处理公务的当口，梦楠也到了单位。

王倩一见梦楠来了，一反常态地迎上前，热情地拉住梦楠的手道：

"哎哟，梦楠啊，瑜伽的事，你考虑得怎么样了？"

一旁洗水果的许代柔见状，不由得大翻白眼，心想：

这帮趋炎附势的家伙，都是攀高踩低，嫌贫爱富。看这变脸速度，四川非遗传人都没她们快。

梦楠见王倩热情，倒也不好拂了她的美意，一边摘帆布包一边笑道：

"又不是我要去，说了，是我姐平时练瑜伽。放心吧倩姐，你那个传单我已经给我姐了，她还挺感兴趣的，说有空一定去看看。至于会不会在那办卡……这，我也不清楚。"

王倩闻言眼珠一转，当即脸上堆笑，挎着梦楠的手作亲密状道：

"梦楠啊，这感情都是处出来的。瑜伽是好东西啊，姐妹一起练，又能强身健体，还能增进感情，怎么就不清楚了呢——你就只管来，再叫上你姐，我和表姐说，让她们多给你们点折扣。"

梦楠听了这话，非但没有被这突如其来的善意捧得飘飘欲仙，反而收起了笑意，抽出了被骤然绑架的手，诚恳地开口道：

"倩姐，我不是我姐，没有她那么高的收入。就算现在我和她关系还不错，我也不能花人家的钱。瑜伽课当然好，我也知道，但是对我来说太贵了。我就不去了吧。"

王倩没想到梦楠平时看起来唯唯诺诺，关键时刻竟然如此理智冷静，意识到自己可能说错了话，赶紧又拉过梦楠的手补救道：

"哎哟，你这哪的话，我也是好心……其实，你帮我牵线，给你姐姐传单，我就已经很感谢了。这样吧，今天中午我请你吃饭，她去不去都无所谓，你有这份心，恁着你倩姐，你倩姐领情。"

还没等梦楠回话，一旁的许代柔先看不过去了，端着水果挤到两人中间，强行将她们拉住的手撞开，酸溜溜道：

"哎哎哎，我说小倩啊，你这，是不是就不公平了啊？我也说了要过去看看啊，怎不见你要请我吃饭啊？"

王倩闻言有些尴尬，不自在地将手插进裤兜，叹了口气道：

"那不是——咱几个天天在一起吃，梦楠难得聚一次，所以我才——"

梦楠看许代柔没有让开的意思，还一脸不悦地斜睨着她，当即有眼色地摆手道：

"谢谢倩姐的好意，饭我就不吃了。毕竟，我姐也就是说去看看，万一到时候没办卡，吃了饭，我心里该过意不去了。"

梦楠说完便坐回了工位上。

许代柔一看搅黄了两人的约饭，终于得意扬扬地端着水果走回了工位。

另一边，胜楠终于赶到了汽车公司，市场部经理直接迎到了公司大门口，一见凌胜楠便热情地开口道：

"凌总监，您可能不记得了，之前在上海总公司开会的时候，我和您有过一面之缘。后来回北京，老板问起瑞恒的情况，我还特地说来着，市场部的凌总监，那绝对是一等一的人才。没想到，您调到北京来了！还能有合作的机会，真是太好了！"

胜楠听着这连篇的溢美之词也只是笑了笑，点头迎合道：

"李总哪里话，我对贵公司也印象很深刻。在众多汽车品牌中，您家主打年轻人喜爱的轻便个性的家庭用车，垂直细分上非常符合当下年轻情侣还有新婚宴尔小夫妇的需求。"

那李总听了胜楠的话，当即眉开眼笑地邀请胜楠进办公室详谈。

两人一路走过去，周围有不少曾去上海开过会的同事，见到两人都纷纷打招呼，胜楠也一一笑着回应。

胜楠在办公室的客用沙发上坐下，沉吟了一会才开口道：

"来之前，我冒昧地研究了下贵公司广告宣传这方面的投资。现在就您和我，我也就实话实说了。汽车领域竞争如此白热化的今天，贵公司的广告投入，可不算多啊！"

李总听了胜楠的话，原本喜气洋洋的脸瞬间垮了下来，绕过办公桌在胜楠旁边的沙发椅上坐下，重重地叹了口气，过了一会才回道：

"凌总监开门见山，我也就见到明人不说暗话了。您说得都对，我啊，已经不止一次和高层反映加大广告宣传力度的必要性了。可是，高层却一直强调降低成本，专注科研才是核心竞争力。

"拨款都给了技术部那边了，对我们市场部的扶植是少之又少。别说打广告了，就连招人，公司都属意让我们尽量用才毕业的新人，人力成本是低，可也不出活啊。一点人情世故都不懂，那帮小屁孩，唉……"

胜楠一改平日犀利而针砭时弊的对话风格，一直保持着极度的专注耐心听着李总的抱怨。

李总一见胜楠目光一直坚定地盯着他，而且频频点头以示理解，当即倒豆子似的，将自己的难处倾泻而出：

"近些年看重婚恋市场的公司太多了，同行恶性竞争太激烈。这售价也是一降再降。但您也知道，这汽车不比别的，没法以次充好，那能上市的，起码要经过质监局的检测的。

"再说，就算耍手段上市了，真有质量问题，保险公司几起举报，也足以毁了一家汽车公司。制造成本压不下来，售价又涨不上去，羊毛出在羊身上，可不就得从我们市场部省。"

"李总说的我都理解，国有品牌的汽车不比一些进口车，有虚高的价格可以抵消技术研发经费；想要突围而出，经济适用是第一位的。可这点上，新成立的品牌显然不是已经运营多年的一些老牌汽车的对手。您的难处，我充分理解。"

李总听胜楠这么说，激动得一拍大腿，站起身道：

"知音啊！和聪明人聊天就是简单——哎，要不怎么您是瑞恒的骨干呢。说句不恰当的，但凡我们公司能多几个您这样的明白人，我们部门也不至于年年业绩考评吊车尾啊。"

胜楠见状也跟着站起身，有礼有节地回复道：

"李总过奖了，我们瑞恒作为乙方，了解甲方公司的需求和困难是我们应该做的。"

胜楠嘴上客气，脑中却已经开始冷静分析刚才李总一大串抱怨中的有效信息。

一来，他表达了他们不富裕，投资也拿不出太多钱；二来，他表达了上层不支持打广告的大方针。如果此刻强行要求对方加大广告的投资力度，不但两人都会难堪，更有甚者，瑞恒可能会失去这个客户。

梳理完李总想要传达的信息，胜楠将表情调整为真挚而略带遗憾，转向李总，看着他的双眼开口道：

"可惜了，原本，我是真觉得这是个千载难逢的机会。'真爱碰碰对'这档节目，相信您也有所耳闻吧？毕竟，它是婚恋类综艺节目中收视率最高的！

"我真的是考虑到您这边是我们瑞恒的 VIP 客户，才想着要不要和您提一下这个项目的。但您话也说得很明白了，市场这么不景气，现在要谁忽然拿出一大笔钱去打广告，恐怕都不现实……"

受到胜楠阐述内容的感染，李总几次张嘴想要插话，却一时不知该说些什么。那沮丧而失落的模样，像是一条没能抢到食的金鱼。

"其实，也不是完全没有可能……"

胜楠见气氛已经铺垫到位，上前一步，用更低的音量，近乎耳语地对李总道：

"我是真的觉得和您很投缘，也看出您对公司、对品牌推广还是有很多自己的想法的。这样吧，我来想办法，哪怕不冠名，不贴片，只是作为速配成功礼物的提供方——您也知道，就算是这种程度的曝光，也会让您家的汽车在婚恋市场中打开局面。"

李总听了先是一愣，笑意还没到眼角，便垮下脸摇头道：

"这……冠名、贴片和礼物一般都得是一条龙服务啊，怎么可能拆开来卖呢？"

胜楠见李总虽然嘴上不信，眼神却已经有了动摇，甚至连脚尖都已经转向了她，显然从心理层面上，他是宁可相信自己说的话的。当即自信一笑道：

"这个您就不用管了，我会去和冠名方谈，只要它不是汽车这个品类，不存在竞品问题，多一个礼物镇场子罢了，他们应该也不会拒绝。只是节目收益分成方面，您这边多担待，肯定是不能再有什么期待了。"

李总听了胜楠的计划眼前一亮。

确实，果如胜楠所说，这个总冠名不是含有汽车这个品类的大集团的话，他们这次的宣传就和对方没有竞品冲突。至于节目收益，能免费打广告，他们高兴还来不及，哪里还会贪什么收益？

越想越觉得事有可为，李总赶紧握住胜楠的手激动道：

"凌总监！您真是老天爷派来的救兵啊！昨天我们部门会议，我还说呢——这巧妇难为无米之炊啊！就这点资金，我这经理怕是熬不过年底了，这不，您就来了——"

"李总太客气了，这件事先这么定了，等我和冠名方沟通好了，有了下一步进展，再过来找您？"

"好好好，没问题。凌总监不忙的时候也可以常来坐坐，听您一席话，胜读十年书啊！"

李总千恩万谢地将胜楠送到楼门口。胜楠坐在车里，透过后视镜看到李总站在原地一直没走，不由得有些失笑，摇了摇头，启动了汽车。

与此同时，留学中心会议室。

梦楠坐在门边昏昏欲睡，校长在台上还在继续着他冗长的演讲：

"……留学热还没过去，同类机构雨后春笋似的一茬接着一茬。咱们啊，要居安思危，防微杜渐。这样吧，呃……今天参会的成员，每人回去写一篇不低于五千字的关于《我校有何优势》的报告书，这周末之前交上来。"

校长布置完任务，背着手走出了会议室。他一出门，整个会议室顿时愁云惨淡。梦楠则伸了个懒腰，活动了一下早就僵硬的四肢。

她倒是不犯愁，小说都能写，编一篇歌颂学校的虚假报告自然是手到擒来。事实上，学校到现在还没开除她这个唯一的"外人"，笔杆子要占很大比重。

梦楠还没坐稳，教导主任就从办公室探出头来，将梦楠招呼进了办公室。

"梦楠啊，坐。关于校长说的那篇《我校有何优势》，你要是不忙，先把我的那篇写了，写完了再写你自己的不迟。"

梦楠听了这话一如既往地温顺地点点头，教导主任的威严得到了满足，满意地站起身从办公室一角翻出一盒快要过期的孝感麻糖，塞到梦楠怀里，故作关切道：

"你不是爱吃甜的吗？一点小特产，自己吃也行，带回去和家里人一起吃也行。"

梦楠又点了点头，也没说什么，拿着麻糖，低眉顺眼地出去了。

教导主任看着梦楠有些佝偻的背影松了口气，不知为何想起她那强势的姐姐来。

得亏这凌梦楠是个"软柿子"，要是换了她姐姐在这工作，刚才那场面，估计吃不了兜着走的就是她了。

梦楠回到工位上坐好，许代柔抻着脖子一看，见她手上又拿着东西，嫉妒不已。

她实在想不明白：就教导主任那种绝对不允许任何人顶撞的性格，梦楠又经常暗暗和她较劲，为什么她不骂梦楠，还总给她礼物？

正准备寻个错处再找梦楠点麻烦，才站起身，便看到教导主任从屋内走出来，冲她道：

"许代柔，你报告写得怎么样了？怎么不在工位上写报告？"

许代柔见教导主任明摆着是回护梦楠，不明就里，委屈得一屁股坐回自己工位上，故意把键盘敲得噼里啪啦响。

梦楠服苦役的工夫，胜楠已经又赶到另一家做钻戒首饰的公司了。这次接待她的却不是什么市场部的经理了。这家知名的珠宝公司，显然没把和瑞恒的合作放在眼里，只派来了一个小实习生。

实习生见胜楠气场强大，又被告知是大厂的总监，顿时拘谨得不知道该站还是该坐。倒是胜楠镇定自若地坐下，点头示意小伙子也可以坐在她对面。

一时间，两人气场调换，不清楚的一进门只看两人做派，估计会以为这里是瑞恒，小伙子才是来面试的。

"先不忙谈事，说说吧，你在这工作怎么样？这工作氛围好吗？"

小伙子显然是头一次接待比自己级别高的领导，忽然被委以重任，面对胜楠的关心，虽然有些胆怯，还是结结巴巴回复道：

"还、还行吧。我、我之前一直都是负责跑腿打杂的那种。今天是，大家都忙着新一季度的宣传，实在没时间，只有我闲下来了，所以才——"

小伙子据实以告。说到一半，忽然意识到自己的发言不妥，好像暗示公司不重视和瑞恒的合作一样。当即手忙脚乱地起身，给胜楠倒了杯水，端过来的时候还洒了半杯在地上。

这一下，小伙子简直要急得哭出来了。

"别紧张，我不会因为是你接待我就生气。你也不必担心自己的表现会对这个项目的对接产生什么不利影响。毕竟，你也拿不了主意，决定要不要合作的还是你的上级，递个话的事，没必要搞得自己好像要负担整个项目似的。不过，其他人都在忙宣传，你是新人，更应该忙，怎么反倒闲下来了？"

胜楠优哉游哉地拿起剩下那半杯水喝了，小伙子的情绪明显缓和了下来，犹豫了一会，有些丧气地一边拽着旁边的抽纸擦地，一边道：

"不瞒您说，那个项目，是我们这边很看好的一个项目。凡是和领导沾亲带故的，都调去负责那个新项目了。就剩下我这种校招的，没背景的，也不是特别好学校毕业的。也赖我，出身、学历、能力都说不上出众，不怪领导不肯用我。"

看着眼前小伙子黝黑的脸透出一丝红晕，努力地压抑着自己即将喷薄的辛酸。胜楠不知为何，想起她第一次见李铭的时候。

那时候她也是个实习生，和她的理直气壮不同，李铭待人接物总是矮别人半截。后来她才知道，李铭家里是甘肃一个小村子的，即便名校毕业，他也总是因为缺乏背景而唯唯诺诺。

"王超是吧？我也是从实习生做起来的，你不要总是学生心态。走上社会，别人更看重的是你的能力。如果家庭条件和学历都不占优，那就要努力培养自己某方面突出的能力。

"比如今天，领导派你来接待我，肯定是无心之举，但你还是多了个接触其他公司高层的机会。如果你能表现得自信、得体，被对方看中，指名成以后的对接人，对接的项目再能给公司带来收益的话——你的身价也会随之水涨船高，转正自不必说，运气好的话，以后升职都不是问题。"

那叫王超的实习生没想到胜楠看起来气场十足，非常强势，人却这么好。

当即凑上前又给胜楠接了一杯水，这次他没有弄洒，稳稳当当递给胜楠，目光灼灼地看向她，感动地开口道：

"您、您级别比我高，不嫌弃我笨手笨脚的，肯和我说这么多，您真是一个特别好的人。我……我也不知道怎么回报您。现在，我就是个小实习生，就像您说的，我也做不了主。不过，您有什么文件或者观点需要我转达给主管的，我一定转达。"

胜楠见状有些欣慰地点了点头，留下一份策划书还有一张名片，顶着小伙子倾慕的视线走出了办公区。

站在电梯里，胜楠有些惊讶自己待人接物的变化。

以前在上海总公司，她听到的最多的关于自己的评价就是"能力强""很精明"，却从未有人说过她是一个"好人"。

她忽然想到梦楠和周思源，也许是他俩改变了她也不一定。

胜楠感慨被改变的时候，梦楠花了两个小时，终于抢在下班前，将五千字的报告交给了教导主任。

教导主任看着"无中生有"的报告，心里嫉妒不已，表面却和颜悦色地翻出一盒快要过期的茶叶，递给梦楠，柔声道：

"梦楠啊，别忘了你那篇和这篇可不能一样哈。"

梦楠依旧乖顺异常地点头，拎着茶叶走出了教导主任的办公室。

才走出办公室门，就听见李双双招呼她过去。

许代柔抻着脖子看到门外站了一个相貌平平的老男人。一直盼着梦楠和"一刀稳"分手的她，不禁得意起来，连忙拉过接水路过的王倩八卦道：

"快看那老男人！我说什么来着？我就知道凌梦楠根本找不到那么帅的男朋友！上次那个啊，估计是她花钱雇的，这次这个又老又丑的，才是正主呢！"

梦楠走到门前，见赵涛有些局促地站在那，不由得惊讶道：

"赵老师，您怎么来了？有什么事不能发微信说，这还让您专门跑一趟？"

赵涛沉默了一会，不动声色地打量了下梦楠。发现她服装风格还是一如既往地朴实，心中暗暗松了口气。

他之前被"钓鱼"太多次了，也不是没有高级钓手平时奢侈，但只在他面前装穷的。

迎着梦楠有些疑惑的目光，赵涛从羊毛针织衫兜里翻出歌剧票，故意装成兴奋的样子，开口道：

"是学校的优秀教师评选，我选上了，校长给我的奖品——"

"真的！那恭喜你啊！"

梦楠不加掩饰的赞美和祝福让赵涛心头一暖，不由自主地笑道：

"这次来就是请你一起去看歌剧的，这票来之不易，所以才想和你一起分享。"

"那当然好了，赵老师能第一时间想到我，我真的很开心！"

梦楠一口答应，双手接过票举着看了又看，笑得眼睛眯成了一条缝。

赵涛见状更加满意了，邀请的话脱口而出：

"要是方便的话，一会，一起吃个便饭怎么样？"

赵涛的话音还没落，梦楠的手机便响了起来，梦楠接起来一听是林诗雅。

"梦楠，我例假又疼起来了——你，一会买点药，顺便给我带碗粥好不好？"

"好，我一会就过去。"

梦楠撂下电话有些愧疚地看了赵涛一眼，支吾道：

"不好意思啊赵老师，我朋友生病了，晚点我得去照顾她，事情不凑巧——"

赵涛听了这话虽然有些遗憾，但也展现出了良好的风度，摆手道：

"这有什么不好意思的，原本就是我临时约你。你没生气我没提前说，唐突了你，我已经很高兴了——"

"哪的话，是我对不住你。这样吧赵老师，等咱们一起看歌剧的时候，务必我来请客吃饭，您说怎么样？"

赵涛听了梦楠的话又是一愣，迎着梦楠有些愧疚的目光，最终还是点了点头。

另一边，忙了一天的胜楠终于驾车开始往公司返，开着开着车，肚子却发出了咕噜声。胜楠这才意识到，自己又忙到连午饭都没顾上吃。

一想起吃饭的事，她便不由自主地想起周思源。

一个电话打过去，周思源竟也没避嫌，直接选了一家精致的越南河粉店。

胜楠赶到的时候，周思源已经到了。胜楠有些抱歉地坐定，周思源笑着摇了摇头，推荐了这里的招牌河粉。

胜楠从善如流地要了和周思源一样的，本想问点工作上的事，但才要开口就想起上次吃饭时，周思源说"吃饭谈正事不利于消化"，到嘴边的话顿时又咽了回去。

转念一想：要不问一问生活和家庭？也好更了解一下这位知名策划。

才要开口，却忽然想到周思源父母和未婚妻都车祸去世了。这一来，便不知该从哪里开口，几次张嘴都以吞咽河粉告终，最后就变成了闷头吃粉的局面。

周思源像是看穿了胜楠，笑了笑，撂下筷子，率先打破了沉默道："哎，你那妹妹，相亲怎么样了？有什么新进展没有？"

胜楠见周思源主动开启话题，不由得松了口气，回道：

"她好像最近交往了一个比她大十岁的数学老师。我也没见过，就是听她提了几次。可我总觉得，那么大岁数了还没结婚，十有八九也有点问题。前面那个就靠不住，什么'一刀稳'，居然要绑我妹去山里，你说吓不吓人。"

"一刀稳？"

周思源本来开启这个话题就是出于礼节，但听到这个外号，却是对梦楠的相亲经历真的有点感兴趣了。

胜楠难得见周思源好奇什么事，心中升起一种微妙的得意来，撂下筷子，接口道：

"哦，就是个外科大夫，'一刀稳'是别人给他的绰号，形容他技术高超的。他啊，仗着长得人模狗样工作也不错，把我妹当垃圾桶；

梦楠那性子，又不懂得拒绝人，一来二去，这大夫就把梦楠当成知己了，什么都说——连他爸生前家暴，他妈后来领养孤儿的事都说了。

"这搁谁听着不害怕啊，更别说那小子还成天要杀了这个杀了那个的。要不是梦楠被他拐带到山里我去救啊，估计我们俩还不能像现在这么亲呢！说起来我还得谢谢那个变态。哎，对不住，我也是没个人可说这些，耽误你吃粉了，你快吃啊，一会凉了。"

胜楠说着说着发现周思源彻底不吃了，只是耐心专注地听她讲，不由得有些不好意思，赶紧岔开话题。

"没事，我是真挺好奇的。说句不太中听的话，其实你妹妹，比起找自己喜欢的对象，她找的对象都是她妈妈还有周围人会喜欢的对象。婚恋市场上，不像上学时候有感情基础，陌生男女本来就像商品一样，只会衡量彼此的性价比。相亲这种方式，对你妹妹那种有点自卑、外形也不算出众的女孩来说，太吃亏了！"

胜楠听周思源这么一分析，忽然觉得他寥寥几句却切中要害。这会才想起，对面这个看起来平平无奇的男人，是几大综艺节目的总策划。

"说实话，我看真爱一直最喜欢的就是'说说呗'那个环节。我觉得分析男女嘉宾心理活动特别有意思。我虽然和他们不一样，但有时候听了也会反思，自己是不是也犯过相似的错误。"

周思源没想到胜楠对心理学还感兴趣，这又是他的专业，当即笑道：

"那个环节所有的稿子都是我写的。真人就在你对面了，你想问什么，随便问。"

胜楠见周思源给了她特权，难得有些雀跃，卸下往日的盔甲，流露出一丝小女孩特有的崇拜来：

"那你说，男女择偶标准差异真有那么大吗？大部分人都觉得这种差异来源于社会分工的不同，你也这么看吗？"

"这个嘛，就要从原始社会母系是怎么转向父系说起了——"

这边，周思源和凌胜楠关系更进一步。

远在三里屯的酒吧地下室内，恋爱失败者李察德却因为追女之路坎坷，一边喝酒一边骂娘。

　　"我就 × 了，哥你说，她是不是有病？！女人不就图个钱吗？钱我可有的是！跟我这拿腔拿调的——"

　　沙发另一端，坐着一个斯文俊秀的男人，手中把玩着装着威士忌的玻璃酒杯，一脸玩味地盯着李察德瞧。

　　那男人戴一副无框眼镜，穿一件鸡心领的针织毛衫，看上去温文尔雅。明明和李察德坐在一张长沙发上，李察德那半边是纸醉金迷放浪形骸的富二代欢场，那男人那半边却是竹林深深空谷一隅的书生学堂。

　　"行了，要是骂人能把你喜欢的那妞骂回来，你就接着骂。不能，就省省嗓子。来，给你看点好东西。"

　　男人一开口，却将儒雅的形象破坏殆尽，充分显示了什么叫"物以类聚，人以群分"。男人说着，将茶几上的 Pad 推给捶胸顿足的李察德。

　　李察德见状一个鲤鱼打挺，从沙发上挣扎起来，高声道：

　　"Andy！把咱年头最长的那瓶红酒给哥取出来！"

　　说完便凑到那眼镜男身边，嘿嘿道：

　　"哥，这绝活，你可不兴藏私啊。小弟我别的不学，这手花多少钱拜师我都乐意。"

　　李察德话音还没落，Andy 便捧了瓶红酒回来了，也凑在那郑博士身边舍不得走。

　　"郑博士，我们老板总说您厉害，您教两手，让我也沾沾光呗！"

　　郑博士却不接那杯红酒，而是端起玻璃杯晃了晃里面的金属冰块，笑道：

　　"什么绝活啊，女人嘛——你钓过鱼吗？这追女人就是钓鱼。你就是要让她们认为没有你，她们就活不下去。方法？很简单，先攻破她们的心理防线。怎么攻破？就是做咱们男人都不爱做的那些个前戏。

"她有需要，你就出现；她有需求，你就满足；她有情绪，你就让步。等着，只要她爱上你，觉得这世界上只有你能理解她，没有你，她就不行，没有你，她就活不下去。那时候，你就可以为所欲为了。

"李察德啊，不是我说你，女人图男人，可不只是图钱。说到底，她们图的是另外一种更玄乎的东西，叫偏爱和体面。你知道什么叫偏爱，什么叫体面吗？"

"哎呀，郑博士，你别老说这些云山雾罩的，能不能说点实际应用的啊？"

Andy 听得一头雾水，一边倒酒一边抱怨。

旁边李察德没好气地给了 Andy 屁股一脚，哼了一声道：

"滚！自己听不懂还赖人家博士讲得不明白？知不知道人家郑博士的 PUA 课那一节就三万，白蹭这么多技巧，你就偷着乐吧！出去！把外面那些个小妹都叫进来，有正事。"

Andy 捂着屁股跑了，剩下李察德摸着下巴观察郑博士，见他还是一脸波澜不惊地品着刚倒好的红酒，便生出些怀疑来。

理论好听这谁都会说，真到现实里好不好用，只有用过才知道。这些个心理学、行为学听着挺玄乎，但毕竟不是催眠术，真的能操控人吗？

正琢磨着，Andy 便带着一群坐台小姐出身的小妹走了进来。小妹们坐在郑博士周围，往他身上挤、怀里靠，郑博士却像没看见似的，喝完了新倒的那杯红酒，才起身，开始和每个小姐握手。

"初次见面，我叫郑坤鹏。"

小姐们见状面面相觑，嘻嘻笑起来，都觉得这个男人有些假。

郑博士自顾自地倒了一杯红酒，打完招呼又坐回了沙发上，显然没有要和小姐们亲密接触一下的意思。这一来，终于有一个穿着红色丝绸吊带裙的女人按捺不住了，直接坐到了郑博士大腿上，环抱着他的脖子开口道：

"行了，别装了！不就都那点事吗？快点吧，早办完，早完事。"

郑博士见状却摇了摇头，伸手将女人的手从脖子上拽下来，又将她从自己怀里移出去，轻轻放在一旁的沙发上，潇洒一笑道：

"我都理解，如果有办法，谁也不愿意做这行。今晚我是你们的客人，顾客就是上帝。我说了不想做那些事，你们就都放松一晚，正常喝点自己想喝的酒就是了。"

郑博士的举动看得李察德是一头雾水，挥了挥手示意女人们出去。过了一会，李察德才凑过去，小声道：

"您这是，怎么个意思啊？嫌脏？"

"不是。我拿这种女人没办法。因为她们本来就已经低自尊了，决定躺着赚钱那一刻，她们已经抛弃一切了。我再怎么尊重她们，她们也只觉得我是个伪君子。

"可我刚才那一手，对高自尊，尤其是认为自己很有能力的女人，就很好用。就像你说的那个凌胜楠，我虽然没见过她，但对她来说，越着急脱裤子的男人越没戏；越显得我对你没企图，我不图你漂亮，就是欣赏你的能力，她就对对方就越有好感。"

李察德听了这话如梦初醒，一拍大腿猛地点头道：

"您说得太对了！就是这么回事！我跟您说，就周思源那货，就是用这一手，让凌胜楠觉得他特别了不起。一比吧，我就连句完整话都说不上。"

"周思源？哪个周思源？"

李察德这话一出口，一直气定神闲的郑坤鹏顿时脸色一变，停下了喝酒的手。

"就这个，'真爱碰碰对'您听过吧，他——"

郑坤鹏一改之前的稳重，直接抢过李察德还在百度的手机，盯着上面周思源的照片看了一会，忽然将手指掰得嘎嘣直响，冷笑道：

"我当谁呢！这不是周师弟吗？老朋友了。"

李察德见状吓得大气也不敢出，赶紧狗腿地又给郑坤鹏满上酒，连连点头道：

"这、这我绝对相信您啊。他、他算哪根葱啊，怎么可能弄得过您啊！"

又是一个周末，胜楠依旧忙着联系各种客户，休息的时间就用"真爱碰碰对"的视频填满，她在白纸上写着各种品牌的名字，并不断分析合作的可能性。

另一边，梦楠老大不愿意地在镜子前面梳妆，今天是她去见社科院博士的日子。

博士和她约在一栋老旧高楼三层的某伦哥。

梦楠赶到的时候，里面正在搞活动，很多孩子跑来跑去，手中举着香肠和蛋糕互相打闹着，上面沾满了蛋黄酱和番茄酱，稍有不慎，便会沾到衣服上。

梦楠有些尴尬地穿过人群，找了个靠窗的位置，静静地打开手机开始看书。过了约莫四十分钟，纪宸宇才姗姗来迟。

梦楠抬头一看，对面的男人穿了一件黑色的羽绒服，上面沾了不知哪蹭的白色粉末。整个人看上去邋遢疲惫，头发凌乱，四下翘起，脸上胡子拉碴，比照片上还要再颓废三分。

纪宸宇匆匆落座，见梦楠表情不太开朗，赶紧开口道：

"凌小姐，你别误会，我、我知道自己迟到了。对不起，真的对不起。我已经是紧赶慢赶了。昨天、昨天我家里聚会，选在京郊，特别远，我刚把他们都送回家就赶过来了。"

梦楠本也没抱什么希望，见他外形不如照片上斯文俊秀。迟到，又选了这么个破地方，直接默认这男人十有八九也是被家里逼的，当即摇头应付道：

"都无所谓了。反正都是应付事，你要是累了，咱们今天就不吃了。各回各家，和介绍人说声，这就散了也行。"

纪宸宇听出梦楠语气中不耐烦，知道她是真的生气了，赶紧又道歉补救道：

"别啊！凌小姐，我不是不愿意，今天时间真不凑巧。我一直特别欣赏会写东西的女孩，你早年间写的散文啊，短篇小说啊，我都管阿姨要了看了。我是真的觉得你有写作天赋的。你别这么快拒绝我啊！你、你给我一个弥补的机会。"

梦楠听了纪宸宇的话，确实没有那么生气了。毕竟，比起一直说她想写作不靠谱的母亲，和周围对她写作嗤之以鼻的同事，忽然出现这么个陌生人，真诚赞美她的写作水平的，不管真假，她都很受用。

　　"你等我一下，我马上回来。"

　　纪宸宇起身拿了几盘子不同类型的食物，虽然受限于价位，菜品质量一般，也都有些凉了，但从类型丰富的程度不难看出，纪宸宇想要赔礼道歉的诚意。

　　原本也没打算和他交往，还这么摆脸色，自己也有不对的地方。

　　梦楠想到自己之后还要和纪宸宇解释赵涛的事，顿时又觉得自己有些理亏，也不再刁难纪宸宇，反而开口关心道：

　　"你是每个礼拜都要去家庭聚会吗？"

　　没想到这个例行公事的问题，却让纪宸宇陷入了长时间的沉默。低头用薯条蘸着番茄酱，将整个盘子都涂成了红色，纪宸宇犹豫了一会，才又开口道：

　　"我也不想每星期都去。但我，很小的时候爸妈就离婚了。我妈带着我跟着大姨他们生活。从那时候起，我们每周就必去她家一次。不过……"

　　纪宸宇抬眼看了下梦楠，见她好像没有不耐烦，吞了吞口水，有些兴奋道：

　　"不过，要是咱俩交往了，那就不一样了！只要我有约会，就可以说没空去大姨家了！"

　　梦楠闻言皱眉摆手道：

　　"你要报恩，要尽孝，是应该的。就算以后真的谈恋爱，估计也没有谁想占用你陪家人的时间啊。"

　　纪宸宇显然没想到梦楠会这么说，愣了一会才开口道：

　　"没关系，我不在乎的。为了你，不去聚会，我心甘情愿的，不会为难。"

　　梦楠盯着纪宸宇看了一会，若有所思道：

"所以你找对象，是为了利用和相亲对象约会来逃避家庭聚会吗？"

纪宸宇没想到梦楠会这么问，一时间不知怎么回复，再次陷入沉默。过了好一会，才争辩道：

"原本婚姻不就是为了用来逃避原生家庭的吗？不然，人为什么要组建新的家庭呢？"

梦楠闻言只是摇头。

没遇到姐姐之前，她其实和纪宸宇很像，大部分都是"大事化小小事化了"的心态。也不是没想过，借助婚姻逃出母亲控制的火坑。遇到胜楠后，她却想明白了……人是否被控制和自己是否有明确目标，能否自立有关。缺乏目标又不能自立的人，和谁在一起，也只是从一个火坑跳进另一个火坑罢了。

要不就直接和介绍人说，不再见他得了，也省得解释赵涛的事。原本就是妈自作主张安排的，解释起来反而麻烦。

想到这，便没了胃口，撂下筷子开口道：

"时间不早了，我还有点工作要处理，得回家了。"

纪宸宇有些茫然，随即反应过来梦楠可能还在生自己迟到的气，当即点头道：

"好，这次迟到是我不对，下次不会了。"

另一边，周思源在家中整理"真爱碰碰对"的资料，忽然看到一旁牛皮袋子里装着胜楠当初的标书和拍好的宣传片，周思源打开电脑看了一会，叹了口气。

"人和人的爱情宛如一支合唱曲，想要演唱出和谐音需要不断地磨合锻炼，适应彼此的节奏。也就是说，两人都要调音、练习，才能有美满的结果。"

很巧妙的比喻，配上背景音乐，和"真爱碰碰对"的主旨"遇到合适的人？No！成为适合彼此的人？Yes！"不谋而合。

凌胜楠应该是平时不怎么会看综艺的类型，也就是说，接手这个项目之前，她对"真爱碰碰对"没什么了解。来北京这么短时间，千头万绪，她这么快就能拿出这样符合节目内核的宣传片来，可以说理解力、悟性、执行力都很顶尖了。

周思源正想着，手机就响了，拿起来一看，是电视台台长助理打来的。

"周老师，新节目改版有点事需要和您确认下，您看，方不方便来趟电视台？"

周思源站起身，随便披了件皮夹克，便出门去了。

半小时后，电视台大门前。

何 PD 一见到周思源，便将他拉到隔壁的小会议室，锁上门，语重心长道：

"思源啊，那个男嘉宾，有个叫钱晟的，得加回来啊！那可是鸿发集团钱总的亲侄子啊！"

周思源闻言皱了皱眉，从记忆中找到了那个所谓的钱晟。

四十多岁了，连份正经工作都没有，游手好闲，谈了二十多个乱七八糟的女友。这种人，就算凌胜楠不提，策划部的每个人第一次看到他资料，都是属意换掉的。

想到这，周思源摇了摇头道：

"竞标的事还没尘埃落定，最后哪一批赞助商会上节目也还没定下来。万一到时候他不投资了，侄子还上了节目，咱岂不是白白被占了便宜？"

何 PD 没想到周思源会拒绝得这么干脆，怒气冲冲地拍了下桌面，却把自己的手拍得直发麻，有些尴尬地插兜掩饰道：

"我是 PD，你不过是个策划！没有我，这个节目改版后能不能播都是回事！我劝你不要太得意忘形！"

周思源闻言扯出一抹不屑的笑意，手放在会议室大门的扶手上，甩给 PD 一个背影，开口道：

"如果您对我个人有意见，不满意我做策划，可以换掉我。"

何 PD 一看周思源油盐不进，面对自己的威胁连脸色微变的尊重都没给到，气急败坏地追上去道：

"你以为就你懂心理，我拿你没辙是吧？我早就找到替代人选了！实话告诉你吧，我已经报台领导批了，要是通过了，你就等着被开吧！"

周思源听了这话，终于转过了身，靠在门边挑了挑眉，云淡风轻道：

"还有事吗？没事我先走了。"

何 PD 目送着周思源出门，在他背后无声地大骂傻 ×，没好气地打开桌上的牛皮档案袋，抽出心理师的个人简历，头像处，赫然是刚才和李察德传授追女经验的郑坤鹏！

周思源从屋里一出来，策划部的小策划方敏便迎了上来。羊毛卷，大眼睛，正是那天穿着白色连衣裙问周思源各种事情的小姑娘。

"周策，何 PD 是不是为难你了？"

"别胡说，PD 有自己的考量，要说有分歧，那也是为了节目好。再说我，哪是一两句话就能打倒的？"

周思源比了个"嘘"的手势，将方敏拉得离会议室远了些。方敏后知后觉感到周思源在保护她，不由得有些脸红，将手中的稿子递给周思源小声道：

"周、周策，您能、能帮我看看稿子吗？"

"行，给我吧，批好了就还你。"

周思源爽快地接过稿子转身欲走，方敏涨红了一张脸，鼓足勇气嗫嚅道：

"周、周策，您，方不方便、方不方便和我一起吃个饭？"

周思源听见"吃饭"这两个字，不由自主地就想起了胜楠，闻言转过身摇头道：

"不了，谢谢你的好意，家里还有点事，饭我就不吃了。"

方敏盯着周思源离去的背影，失落地叹了口气。

策划部组长温青目睹了一切，同情地揽了揽方敏的肩膀，叹道：

"革命尚未成功，同志仍需努力啊！你也是死心眼，电视台哪个女孩不知道这周总策划未婚妻走了，心也跟着死了，早就不打他的主意了。就你，还不死心。”

方敏盯着周思源的背影沉吟了一会，低头叹气道：

"我、我觉得周策变了。之前他，对谁都温和有礼，但明眼人都知道他对谁都没有那个意思。可现在，他、他明显对那个叫凌胜楠的广告总监和别人不一样。"

温青听了拍了拍方敏的肩膀，安慰道：

"那个凌总监一看就是女强人，周总策划骨子里也是喜欢拿主意的男人。硬碰硬走不到一起。你也做了这么多期相亲节目了，这点道理，你能不懂？"

方敏听了这话，稍稍松了口气，任由温青揽着向食堂走去。

方敏口中让周思源另眼相待的凌总监，此刻正在和"恋家"的少东家邵志杰谈判。

"恋家"总裁办公室里，邵志杰一身定制西装，坐在转椅上，摸着下巴，盯着面前这个侃侃而谈的女人。

他接手"恋家"以来，见过的合作方多了，女领导也不是没见过，但始终还是觉得，大部分女人到了关键时刻就"三板斧"：

再怎么女强人，最后想要谈成事，还是要回到"示弱、撒娇、给福利"的老路上来。

"邵总想必也知道多个朋友多条路的道理。这风陵汽车虽然牌子不大，但男女嘉宾牵手成功后有辆车撑场面，确实要比僵化的一味打植入广告效果要好得多。"

邵志杰盯着胜楠看，见她目光坚定，虽是来拉赞助的，却没有一般乙方见到甲方时候的卑微。不由得产生了点兴趣，起身来到窗边，盯着马路上往来的车辆，沉吟道：

"风陵……我倒是也听说过这个牌子，主打电动车的。可是……汽车品牌那么多，凌总监给我个理由吧，为什么我非得选风陵呢？"

二十六岁便接管了父亲的电器公司，海归留学派的邵志杰显然也不是个草包。

若不能从营销的利害方面说服他，想来说什么，他都不会答应这个合作了。

胜楠盯着邵志杰的背影脑子转得飞快。

谈生意，最重要的就是要让对方相信能够获益，商场上讲人情，那都是不上台面的小买卖才有的做法。

"邵总，在我看来选择风陵原因有三。其一，国家大方针上鼓励使用清洁能源，电动车以后必将逐渐替代油车，这是一个大趋势问题。

"其二，电动车的品牌虽多，但很多都已经形成自己一套固有的销售模式了。邵总自己把持'恋家'，想必也清楚，任何企业发展到一定阶段，基本类型和品牌属性就固化了，都想分大蛋糕，和其他品牌合作的概率就不大。

"听闻邵总闲暇时很喜欢看历史书，想必也看过很多类似的实例。任何新帝继位，都要培植自己的势力，这就要说到第三点了。

"风陵这个品牌乍一看现在名气不出众，但性价比和核心科技方面，在国内现有的品牌中都是名列前茅的。不花什么资源就和未来可能占领市场的汽车企业深度合作，从您个人角度我认为应该抓住这次机会。"

邵志杰听着听着，从最开始的敲打玻璃窗，到后来转身看向胜楠，再到最后坐回转椅上，胜楠已经看出这个邵总的动摇。

邵志杰双臂撑在桌上沉默了一会，看向胜楠的眼神带了一些混着怒气的欣赏。

这女人真的很敢讲，冒着自己生气拒绝整个项目的风险，切中要害，点出了自己最核心的诉求。

"可以，我答应你。不过，节目总冠名只能有'恋家'一个，这个风陵汽车不能出现在贴片环节，更不能变成联名出现在冠名里。"

凌胜楠看了眼邵志杰，见他目光灼灼毫无退让之意，心知这可能是她能为风陵争取到的最佳方案了，当即也爽快地点头道：

"邵总眼光独到，相信这次合作将迅速打开'恋家'在年轻一代中的市场。我保证，瑞恒不会让贵公司失望的。"

邵志杰起身，绕过办公桌握住胜楠的手，趁机打量了下面前这个女人。

层次分明的中短发，自信而张扬的欧美妆，耳畔水滴形的银色耳坠，锐气中不失女人味。紫色的丝质衬衫，黑色阔腿裤，高跟鞋。

刚才光顾着谈事也没注意，这个凌总监，不但能力很强，甚至还算得上个美人。

邵志杰握着胜楠的纤长的手有些心猿意马，感觉到胜楠往外抽手的力度，这才轻咳一声，松开手道：

"凌总监如果不忙走，一会一起吃个便饭，如何？"

胜楠一听吃饭，第一时间便想起了周思源，随即暗自心惊。

这在她看来太不寻常了，即便是之前和李铭谈恋爱的时候，工作时间，她从没有想起过李铭。

胜楠还在出神，邵志杰却是个行动派，见她没拒绝，伸手叫来了等在一旁的秘书，开口道：

"上次那家法餐还不错，去，打电话订个位置。我和凌总……凌小姐，一会要一起吃个饭。"

秘书领命出去了，胜楠才回过神来，起身跟着邵志杰和司机向楼下走去。

才一上车，胜楠便主动开口道：

"邵总，这顿饭务必由我来请，就当是感谢您一直这么支持瑞恒——"

"哎，这是什么话？哪有男人和女人吃饭，让女人请客的道理？"

胜楠听了这话，不知为何心中升腾起一股不悦来，强压下胸口的纠结，胜楠勉强笑笑开口道：

"邵总，咱们是甲方和乙方的关系，乙方请甲方吃饭，天经地义。"

察觉到胜楠话里话外有公事公办的意味，邵志杰摇了摇头，摸摸鼻子道：

"凌小姐，我以为，你现在已经下班了。"

"抱歉啊邵总，对我来说——现在还是上班时间。"

邵志杰见胜楠油盐不进，也懒得进一步撩拨，当即转头看向了窗外。

另一边，林诗雅坐在某花园酒店的秋千椅上，泫然欲泣地看着对面大腹便便的秃顶老板。

"我能理解，只是……我也只是年轻时候被骗了，这才——我真的不是那种轻浮的女人。"

老板看了眼哭得梨花带雨的林诗雅，头一次有些后悔，自己为什么要在给平台的择偶标准上写"一定得是处女"。

"别哭了，宝贝别哭了，都是我不对——这事其实、其实也没那么重要，我不在意那些了，我回头和平台说，咱俩还好好的哈。"

胖老板伸手抓过林诗雅攥着纸巾的手，怜惜地拍了拍她的手背，却看到林诗雅挣开了他的手掩面而泣，边哭边道：

"你可以，我不行。我……我知道……知道你心里还是嫌弃我脏的，我……我们不要再见面了。"

没给胖老板反驳的机会，林诗雅就像狗血伦理剧里目睹了男友琵琶别抱、伤心欲绝的女一号一样，抓过手包洒泪跑远了。

"哎，宝贝儿，诗雅——哎！"

"先生您还没结账呢。"

服务员不失时机地上前阻拦，胖老板不耐烦地结了账，追出去的时候，林诗雅已经跑没影了。

"您拨打的电话已关机，请稍后——"

胖老板懊恼跺脚的空当，林诗雅已经擦干了泪痕，躲进洗手间，娴熟地换好了一套新衣服，戴上墨镜，趾高气扬地上了大街。没走两步，对面就走来了一个身穿条纹西服、脚踩鳄鱼皮鞋的男人。

林诗雅赶快拿出手机挡住半边脸，装作一边打电话，一边往停车场走。

那男人见到林诗雅，有些狐疑地频频转头看了好几眼，直到身边的模特女友不悦地开口道：

"你要死了啊，我就在边上呢，往哪看呢！"

这才有些不甘心地转移了视线。

那男人走远了，林诗雅才松了口气。

坐在街心公园的长椅上，揉了揉已经被高跟鞋磨得有些发红的脚后跟，心想：

以后来金融街，可要小心一点了。这地方就是渣男集中营，北京虽然大，但在这遇上那些前男友的概率还是挺高的。

林诗雅摆弄着手机叫了辆豪华车，靠在真皮椅子上闭目养神，不由得想起前两天那帮"癞蛤蟆想吃天鹅肉"的高中同学打电话说聚会的事。

谁有工夫和那帮男屌丝聚会啊？林诗雅想都没想就拒绝了。

想让她参加，除非他们有本事把程峰找回来。

想到程峰，林诗雅心里就有点不舒服，中学时的往事如鲠在喉，每每想起，她都不由得感叹时运不济。

高一下半学期，身材高挑的林诗雅坐在教室最后一排，被班里那些毛都没长齐的男孩围着送水，送情书，她却只是笑，水照喝，情书照看。

但想要约她？

哼，做梦。

程峰转学过来，成了林诗雅感情的转折点。

老师在讲台上介绍程峰的时候，林诗雅就两眼放光。

这才是自己该攻略的对象！家境优渥，外形出众，性格开朗阳光，篮球打得好，学习成绩也不算赖。

可让林诗雅没有想到的是，这个转学过来的"超级新人"，竟然对她这个班花不闻不问。不甘心就这么错过优质男友的林诗雅，派当时自己的小跟班梦楠去和程峰套近乎。

一来二去，她和程峰没有进展，反倒是梦楠，和程峰越来越亲近。听说程峰临出国，甚至还单独见了梦楠一面。这件事一直横在林诗雅心里，成了一根拔不掉的毒刺，任何时候想起，都觉得隐隐作痛。

林诗雅越想越气，眼珠一转，计上心来，拨通了赵涛的电话：

"赵老师，哎哟，对不住，前两天我真的是太忙了。我们梦楠怎么样？还不错吧？照说我是媒人，应该多关心点你们两位的，我的错，我的错——"

赵涛哪里知道林诗雅的即兴发挥，完全是出于对梦楠的嫉妒。正愁没有理由再约梦楠的赵涛，对于林诗雅这"送上门的枕头"表现出了极高的热情：

"林小姐哪的话，您这电话真是及时雨。我啊，上次去凌小姐单位，给她送了张舞台剧的票。本想着离看剧还有半个月呢，之前怎么也得再约一两次，增进增进感情。可这凌小姐也不知是怎么了，又不理我了，也不知是我哪做得不到位了。如果林小姐有时间，我请您吃个饭，再和您了解了解情况？"

林诗雅着实没想到这谢顶的数学老师，竟然这么满意梦楠！听了这话，不由得翻了个白眼。

梦楠那种老实巴交没看头的女孩哪里好？现在这些男的也都是疯了，把草当成宝。估计是觉得梦楠傻乎乎的，比她这样的好骗吧？

心里这么想，嘴上却依旧维持着温和的口吻，继续道：

"赵老师哪的话，帮人帮到底，送佛送到西。梦楠是我最好的闺蜜，您要对她好，我高兴还来不及，怎么会拒绝呢？您订好位置把时间地点发给我就行。"

赵涛闻讯，赶紧让秘书小陆订了一家高级餐厅，宴请林诗雅。

常年混迹上流圈的林诗雅又怎会不知道这个地方有多难订，想到这赵涛每个月不过四位数的收入，竟然能订到这种位置。盲猜他是托了人情的林诗雅不由得有些嫉妒梦楠得到了一个对她用情极深的男人。

赵涛却顾不得分析林诗雅的酸葡萄心理，一向目标明确的他，一见林诗雅便连珠炮似的开口道：

"林小姐，凌小姐除了喜欢看书写作，平时还喜欢什么户外活动吗？你看我俩也交往了一阵了，我是想多和凌小姐出去走走的，可是又怕太唐突了——"

"林小姐，凌小姐平时喜欢吃些什么啊？也怪我，前几次见面光顾着和她聊书的事了，这种事也没顾上问，也不知道之前的菜合不合她胃口——"

"林小姐，您说您和凌小姐上中学时候就是闺蜜了，那凌小姐……凌小姐以前谈过恋爱吗？她、我看她属于比较保守的那种姑娘，应该、应该是没谈过太多次恋爱吧？"

赵涛一连串的问题，问得林诗雅几乎没时间拿起刀叉享用一口晚餐。有些无奈地放下刀叉回复后，林诗雅托着腮好奇地盯着赵涛看了一会，才又开口道：

"赵老师，您和我说实话，您到底喜欢梦楠什么啊？我俩也是好多年的朋友了，这我见过的男人也不少，女人就更多。梦楠，照理说——也没有特别到让您这么死心塌地的地步吧？"

赵涛闻言先是一愣，然后挠了挠头，开口道：

"凌小姐是我遇到过的最单纯的女孩，她聪明内秀却有同理心；不强势，温柔贤惠却有自己的坚持和原则。不拜金，不攀比，小小的幸福就很知足。在这个物欲横流的社会，这样的女孩现在太少了。"

赵涛的话，听得林诗雅一头雾水。只觉得赵涛描述的，和她认识的凌梦楠，根本就不是一个人。

但林诗雅也懒得去纠正赵涛。

他喜欢梦楠是好事，省得程峰回国了，梦楠再和自己抢程峰。

想到这，林诗雅难得好脾气地喝了口柠檬水，清了清嗓子道：

"您这么看好梦楠，我作为闺蜜肯定也是希望她能幸福的。您有什么想问的，尽管问，我一定知无不言。"

赵涛闻言感激地又开始了新一轮的问题轰炸，甚至掏出了个黑皮本子——记录，林诗雅看了不由得咋舌，心想：

自己这点私心，没准真成就了一对"有情人"也不一定。

另一场，宴请在城市另一端的某豪华法国餐厅进行，胜楠举起高脚杯冲邵志杰点了点头，笑道：

"谢谢邵总支持瑞恒的工作，以后有机会一定多合作。"

邵志杰闻言刚准备说两句题外话，就见胜楠已经放下了酒杯，起身道：

"抱歉，我去下洗手间。"

说完，拉开椅子，不顾邵志杰挽留的话，径直向前台走去。眼见胜楠显然是去抢先结账的，邵志杰有些无奈地摇了摇头，此刻的他，才算是彻底没了别的心思。

结完账回来的胜楠像是了却了一桩心事，举手投足间更多了些风情，不过此刻的邵志杰已经彻底放弃他的"撩妹"计划了，反而岔开话题道：

"不知凌总监还记不记得，原先在上海的时候，咱们在总公司见过一面。只是，当时我还不是'恋家'的少东家，只是一名下放的市场总监。"

胜楠闻言愣了一下，不过很快反应过来，笑道：

"看来邵总也是从基层做起的，怪不得对市场营销策略了如指掌。'恋家'由您领导，一定会发展得更好。"

邵志杰一边感慨胜楠的随机应变能力，一边陷入回忆，开口道：

"说起来，那时候贵公司负责接待我的，好像也是一个基层的员工，叫——李铭？不知凌总监认不认识这个人？"

胜楠听到李铭的名字面色微变，可她实在不想在公开场合和生意伙伴谈论自己的前男友。

邵志杰一看胜楠不说话，心知多半是有什么内情，也不再逼问，岔开话题道：

"凌总监，谢谢你请我吃饭。只是，有几道菜，我女朋友也很爱吃，不知方不方便再点些，给她也带一份？"

胜楠听了一愣，很快调整情绪点了点头，脑中却想起这邵志杰刚才在车上还有意撩拨她，此刻听他提起女友，不由得腹诽：

这男人真是吃着碗里的看着锅里的。

忽然就想起上次和周思源一起吃饭时，周思源曾说：

"男性播种繁衍体现了一种心理层面的动物性，多多益善嘛！后代越多，存活概率就越大。所以别总说我们花心，那不是花心，那是一颗为了让自己的基因能千秋万代的心啊！"

一个没控制住，胜楠忽然笑出声来。

邵志杰一头雾水地看向忽然笑颜如花的胜楠，有点懊恼。如果不提女友的事，是不是再过一会，也有可能撩到这位冷美人。

梦楠才进家门，母亲楚芳华马上迎上来解释道：

"介绍人刚来电话了，他替纪宸宇道歉。我都听说了，那小伙子迟到了一会，对吧？都不是什么大事，你不是也迟到过？下次再弥补就是了。"

梦楠盯着母亲看了一会，摇了摇头，一边脱鞋一边道：

"我不喜欢他也不只是因为迟到的事。吃饭选个危房改造的地界，穿衣服邋邋遢遢的，迟到还找借口。那看着，根本就不是想和我交往的样子。估计啊，他也是被家里逼的。"

"什么叫也是？怎么说话呢?！搞学术的人嘛，难免有些不修边幅。你不是一直说想要找个内秀的男人吗？这按照你的标准给找了，你又不乐意了。"

梦楠本想回屋，却被楚芳华拉到客厅沙发上接着数落，顿时一肚子委屈全都爆发出来，没好气地往沙发上一瘫，争辩道：

"要论内秀，赵涛比纪宸宇强多了！纪宸宇看着就和没接触过社会的大学生似的，什么都不懂！赵涛就成熟稳重得多。妈，那个纪宸宇胆小懦弱，还没有责任感，我不喜欢那样的男人。"

楚芳华怒极反笑，冷声道：

"是，赵涛当然成熟了，再熟一点都可以和我配一对了！那是老成持重吗？分明就只是老。哦，比你大了十岁，再没点社会阅历，那不成笑话了吗？纪宸宇就不同了，虽然现在不太成熟，但以后一看就有出息，肯定是优绩股。"

梦楠不服气地爬起身，盯着楚芳华看，还没等她想明白怎么反驳，楚芳华便又开口道：

"我已经答应让你再见纪宸宇一面了，下周末你准备准备。再去见他一次，相信这次——"

"你根本就不在乎我的感受！你就想着别人说你找了一个什么样的女婿，根本不顾我开不开心，愿不愿意！"

梦楠的哭喊让楚芳华瞬间回到当年和父母争执的现场，摇了摇头，抓住梦楠的手臂，语重心长道：

"你不懂，我当年就是一意孤行，不听你姥姥姥爷的话，非要嫁给凌玉成。你看现在——我、我是不会放你走我的老路的！"

梦楠甩开楚芳华的手，头也不回地跑回卧室锁上门，直接拨通了胜楠的电话。

"姐、姐！妈又逼着我去见我不喜欢的相亲对象。她、她非说诗雅给我介绍的那个数学老师不成。其实她、她那个更不好！姐，我怎么办啊？"

胜楠忙了一天，听见梦楠哭哭啼啼不由得有些头疼，说实话，要不是她没做好思想准备，不知道怎么面对自己的生母，就梦楠这吵架频率，她都想主动出面"摆平"楚芳华了。

想了想，终究还是觉得现在不是合适时机，叹气开口道：

"要不，你来我这住一晚？你在家一直哭，估计她听了更心烦。"

梦楠有些不好意思，假意推脱了一下，还是收拾东西去了姐姐家。

另一边，和赵涛吃过晚饭的林诗雅一出饭店便拨通了梦楠的电话。

手机占线？

林诗雅顿时气不打一处来。

从高中她和梦楠成为闺蜜以来，梦楠从来都是随叫随到，这么多年来，手机也从未打不通过。

林诗雅瞬间猜到梦楠多半又是和胜楠在一起，心中难免有些不悦。

梦楠一直都是她的专属小跟班，可自从这个凌胜楠来了北京，梦楠就好像忽然有了主意一样。

这样下去可不行！

"梦楠，咱们也有日子没聚了，周末有空一起吃个饭呗？"

编辑好微信的林诗雅自信满满地等着梦楠秒回自己的信息，却在二十分钟以后才收到梦楠的回信。

"不好意思啊诗雅，周六我得去见我妈安排的相亲对象，周日我答应我姐了，陪她一起逛街。这周我是真没空了，下周可以吗？"

原本就小心眼的林诗雅见了微信，更坚定了自己的看法。

凌梦楠就是飘了，有了个有钱姐姐，就不要她这个闺蜜了！

想到这林诗雅冷笑一声，回了一句：

"没空就算了，我找别人了。"

便将手机收了起来。

梦楠看出诗雅生气了，可又不知怎么回这条信息，只得揣着手机惴惴不安地来到姐姐家。

胜楠拉开门一看，梦楠又是一副受气的小媳妇样站在门口，有些无奈地拉她进屋，问了句：

"又怎么了，我的小祖宗？"

"我、我，诗雅刚才约我这周末吃饭，但是这周六我要去见那个相亲对象。这周日，我、我说好了要和你一起逛街的。就没答应她，说下周再约。诗雅就、就生气了。"

胜楠闻言收敛了笑意，有些严肃地扶着梦楠的肩膀开口道：

"不是我挑拨离间，这个叫林诗雅的根本没把你当朋友。指使你做这做那，要求你完全配合她的时间表，对你的事，看心情帮忙，这根本就不能算朋友。"

梦楠听了忽然陷入了沉默，在姐姐的提醒下，她想起中学时的一件小事。

程峰告诉梦楠，林诗雅把他们做了一周的联欢会版画功劳完全据为己有，事后还散播谣言说都是她的创意和功劳。

一瞬间，梦楠有些恍惚。

一直以来她都是听着诗雅的指示混日子的，从来没想过那些指示里包含着怎样的意义。

"可是姐，我、我太普通了，没有诗雅，根本就没有人会注意到我啊！"

梦楠想得太阳穴都有些突突直跳了，才憋出这么一句辩白的话来。

"你错了，恰恰相反。就是因为你俩总在一起，她又习惯性地揽走所有功劳显得太耀眼，才一直没有人注意到你的。每个人，都是独立的个体，总想着依附别人获得关注，当别人不再继续给你的时候，往往就会人财两失。"

梦楠听出胜楠话里有话，犹豫了一会，小心翼翼道：

"姐，你是不是、是不是被什么人背叛过啊？为什么会这么想啊？"

胜楠惊讶于梦楠的敏感，想了一会，决定坦言相告。

"你上次问我，有没有喜欢的男人，其实，没来北京之前，我有个未婚夫——叫李铭。遇到他之前，我从来没想过要依靠任何人。小时候，徐颖是继母，更宠弟弟凌霄，爸又比较懦弱，不敢当着徐颖的面关心我。

"好不容易，我习惯了所有事亲力亲为，李铭出现了——我本以为，他从甘肃一个小村庄来，也不被家里肯定，自己奋斗到今天，一定可以理解我那种没人可以依靠的感觉。我们，也不必再去想什么原生家庭，只要彼此依靠就可以了。没想到……他表面鼓励我一起努力，心里早就觉得这样压力太大了。

"他嘴上总说：男人哪能图女人的钱财，但他也和其他人一样，一旦发现有机会可以走捷径，攀高枝，第一时间，就把我推了出来。"

梦楠没想到胜楠还有这样的前史，愣了一会才开口道：

"姐，其实你很优秀。我虽然不知道那个李铭怎么回事，但听你这么说，他条件恐怕还不如李察德，更不要说周大哥了。你俩分开，没准是好事。而且，我不觉得女孩子追求物质和精神契合是什么不合理的要求。毕竟走入婚姻以后，女方为家庭的付出要更多，成本也更高些啊。"

梦楠说完这番话，见胜楠还没有接话的意思，想了想，再接再厉道：

"姐，人是动物变的。雌性的天性就是如何让自己的幼崽过得更好的母性。这可能就是男女之间最大的不同。大部分雄性如果有条件，考虑的都是怎么增加幼崽数量，说到底他们在乎的是基因的生存率；可对于大部分女性来说，那个幼崽是她身上掉下来的肉，是割舍不掉的，她们不但希望孩子能够活下来，还希望他能活得比自己好。"

胜楠听了这番话有些惊讶，她上上下下打量着这个平日里看上去懦弱的妹妹，见她厚厚的镜片后，眼中闪烁着智慧的光辉，有些感慨地拉过梦楠，开口道：

"你说的这些，周思源也说过类似的话。你从哪看到的这些理论？"

梦楠猛地被姐姐一夸，还有些不适应，有点害羞地低头道：

"我、我和周大哥肯定是没法比。就是为了写小说，看了一些心理学的书。"

胜楠盯着妹妹细细打量，想起周思源对她的评价：像你妹妹这种外貌平平又不太主动的女孩，在相亲市场上太吃亏了。

有些感慨地拍了拍梦楠的肩膀，叹气道：

"周思源说得对，你跑去相亲，真的太吃亏了！那种把男女价值都放在秤上衡量的相亲市场，确实不适合你。外形，年轻就占八十的比重，其他条件因为没有感情基础，根本没人在意。

"第一印象是决定性的，现在会化妆的女孩又那么多。本来，你就是个普通姑娘，碰上那种铆足了劲想要飞上枝头当凤凰的，普通姑娘就成了没人要的'赔钱货'。再加上年龄，说到底，大部分男性结婚还是为了繁衍后代，年龄和生育成本又是正相关，一过三十，就更吃亏一些。"

梦楠没想到从未相过亲的姐姐这么理解自己，有些感动地抽了抽鼻子道：

"是啊，可惜我不是你，没有勇气去追求我喜欢的男人。我总怕自己这副样子，还没开口，对方就已经在找理由拒绝了。工作单位又都是娘子军，也不会有什么合适的男性来追求我。一来二去，这不就剩下了？"

胜楠盯着低头红着眼抽泣的梦楠看了看，摇头道：

"没关系，梦楠。要知道，在人的各种素质里，外形是最容易短期内提升的，只要有心，很容易就有质的飞跃。相反，学习能力、眼界、善良、知识储备这些内涵的东西是从小形成的，短期内根本就改变不了。"

说到这，胜楠忽然就想到了梦楠总提起的那个闺蜜林诗雅，当即继续道：

"你知道你那个闺蜜为什么一直找不到合适的对象吗？因为她就是空壳子，骗点只看脸的肤浅男人也就罢了，真长期一接触，她脑袋空空就是个草包的事实就暴露了。真正见过世面的男人，是不会甘于只找一个空有外貌的女人的。"

胜楠还想再多说两句，发现一旁的梦楠脸上还带着泪痕但已经靠在床头睡着了。不由得失笑，帮梦楠盖上薄被，轻手轻脚地走出卧室，到客厅点上小夜灯，靠在沙发床上睡下。

第二天一早，梦楠起床发现了睡在客厅的胜楠，正盘算着做个早餐表达下感激，赵涛的信息便发了过来。

"凌小姐，你喜欢的那个著名作家老墨今天在人民大学礼堂开讲座，我找人占了位置，你要不要一起来听听？"

梦楠收到信息激动得忘了回家换衣服，直接赶到现场，看到赵涛居然占到了头两排的位置！

兴奋地坐在赵涛身边，一双眼盯着台上侃侃而谈的知名作家老墨，充满了崇拜与欣喜。

赵涛见状满意地点了点头，心想：这小陆还是有靠谱的时候，等回去了不如真的给他发点奖金，鼓励鼓励。

讲座结束了，梦楠就像做了一场美梦，坐在原地好久都没动。她不动，赵涛也不便走，没想到两人竟然成了整个会场最后离场的人。

"赵老师，谢谢你，我、我想见墨老好久了，学生时代我就是他的粉丝。我特别喜欢他质朴但是厚重的写作风格。大道至简，直指人心，说的就是墨老。"

赵涛见梦楠是真的高兴，也跟着心情好起来，笑道：

"这是哪的话，谈恋爱嘛，不就是得让对方开心吗？"

梦楠猛地听见赵涛说恋爱，有些不好意思，犹豫了一会，才坦诚道：

"赵老师，我，对不起。其实我一直瞒着你一件事。我妈、我妈她特别固执，我都说了和你这边谈着恋爱了，她还非要给我介绍别的对象。既然、既然你这么认真，我，这周末，我就去见那个相亲对象，这次、这次我一定鼓足勇气和他说清楚。以后、以后也不会再见任何我妈介绍的对象了！"

赵涛听了一愣。梦楠相亲的事，早些时候他已经听林诗雅添油加醋地说过了。

现在这个不过是个没进社会的博士生小子，他深知，在见过自己之后，这种毛头小子根本入不了梦楠的眼。

不过此刻梦楠坦诚，他也乐得轻松，想到这，一边帮梦楠拉门一边笑道：

"都能理解，不过凌小姐说得也对，谁都不希望自己的女友还和别的男人有瓜葛，早点说清楚比较好。"

"嗯，好，赵老师，谢谢你，我一定尽快处理。"

梦楠看向赵涛眼带感激，愈发觉得赵涛善解人意，成熟稳重。

与此同时，赵涛也对梦楠的单纯善良感到满意。

原本他盘算着——若是梦楠不主动交代，他便旁敲侧击派小陆或者别的下属搅黄了那门亲事就是了。这一来，倒省得他出手了。

"凌小姐，这附近有家不错的川味小馆，如果方便的话一起吃个饭如何？"

梦楠本来有些愧疚，闻言赶紧接口道：

"好啊好啊，不过这次务必让我请客吧。每次出来都让您请，您还请我看讲座，过两天还看舞台剧，我心里都过意不去了。"

经过一段时间的接触，赵涛深知梦楠这不是虚与委蛇，是真的觉得对不住，当即笑容满面道：

"好啊，那我可要多点几个特色菜，吃回本喽。"

胜楠难得睡了个懒觉，爬起身的时候发现梦楠已经留字条离开了。

"我去听偶像讲座了，拜拜！"

多大人了，还去听什么偶像讲座，小孩似的！

胜楠心里这么想，却不自觉地笑出声。

吃过早饭，胜楠便开始专注于工作方面的安排，"恋家"的加入让她的大盘彻底成型，重新做好策划书，胜楠再次来到某钻戒品牌大楼门口。

不出她所料，周末，高层都已经回家休息了，剩下上次那个叫王超的小实习生，又被留下来"看家"。

"凌总监！"

或许是周末公司没人的缘故，王超看上去要比第一次见面时热情周到得多。见胜楠来了，直接递上了一瓶没开封的山泉水，然后微笑着带她去了会议室。

"您留下的策划案我给领导看了，只是……他说我们这一季度的预算都花得差不多了，而且钻戒赞助婚恋节目也太俗套了些，他们不愿意。我真的尽力劝了，您的名片我也塞给领导了。"

"我知道，谢谢你。不过，现在情况又有了新的进展，还要麻烦你再把这份策划书上呈一次。"

胜楠听到噩耗，不慌不忙地拿出新版的策划书，递给王超。王超随手一翻，顿时惊叹道：

"您、您拿下'恋家'的总冠名了？！我的老天啊！上礼拜我们开会，总监还说呢，他们正在争取和'恋家'一起参加婚博会，您这就——您是有千里眼顺风耳吧？"

上次会面时胜楠的照顾，让王超显然对胜楠的崇拜到了一个新的境界，根本也没考虑这么说话是不是泄露了公司机密，直接就把最新的消息透给了胜楠。

胜楠闻言挑了挑眉，知道事情多半有转机的她，不由得露出一丝微笑，开口道：

"商场的事，总是瞬息万变，不到最后一步，都不能放弃。一个人加班挺累的吧？快中午了，我看这个时间，除了我，应该也不会有人再来你们公司了。走吧，我请你吃个午饭。"

王超闻言一副受宠若惊的样子，跟在胜楠身后一直絮叨：

"凌总监，您真是我见过最平易近人的领导了。"

胜楠带着王超往美食街走，忽然看到上次在电视台缠着周思源问问题的白裙女孩和李察德走在一起，两人进了一家日料店。

胜楠见状皱了皱眉，装作不经意带着王超也进了那家日料店。

"这、这不好吧？凌总监，我随便吃一口就行了。又没做成什么，哪好意思让您请这么贵的啊！"

胜楠的心思却根本不在这顿饭上，她一直怀疑竞标的事和李察德脱不了干系，但又没有实质证据。

"你随便点，不用和我客气，我去趟洗手间。"

胜楠嘱咐了一句，便起身离开。拿起菜单遮挡了一下脸面，走到李察德和那姑娘的桌子背面坐下。

"最近周思源和那个凌总监有什么新进展没有啊？"

李察德的声音还是一如既往得腻耳朵。

还没等他再问什么，小姑娘便不高兴地回了句：

"少问这些有的没的——我都说了几次了，周策只喜欢他出车祸死了的那个未婚妻。你要是没别的正事要说，我还得写稿呢，走了！"

"哎哎哎，别走啊！行行行，算我错。但方敏你想想，你喜欢周思源，我对凌胜楠有那么点意思。他俩感情没进展，对咱俩来说都是好事，你干吗这么反应过激啊？"

"别咱、咱的，谁和你是咱啊？周策才不会喜欢凌胜楠呢！他俩总在一起就是因为'真爱碰碰对'。要是项目成不了，他们自然也就分开了。有琢磨怎么追人的工夫，先把项目的事搞定再说吧。"

方敏说完拎起手包，头也不回地走了，李察德慌慌张张喊了"结账"，跟着跑了出去。

李察德两人一走，胜楠也回到了座位上。王超只点了两道凉菜，热菜还在等着胜楠拿主意。

胜楠弄清了事情始末，心思再次回到了生意洽谈上，趁着等菜的工夫开口道：

"如果这次瑞恒和贵公司能合作成功，相信你们领导对你的评价也会上升。"

"谢谢凌总监给我这么宝贵的机会。"

王超赶紧起身给胜楠倒了杯热茶。

其实谈下"恋家"，这策划案就成功了一半。按理说，胜楠可以直接凭这份策划案找公司高层的，但她还是把这个机会留给了他。

"机会留给有准备的人，如果你今天没有留在公司加班，也不会遇到周末来送资料的我。"

两人边吃边聊，王超显然没想到胜楠私下里这么好说话，当即将自己这些年来的辛酸吐露：

"其实……我一个人出来打拼，每个月的工资交完房租，基本就见底了。前阵子，老家的女友也是，因为等不了，和我分手了。现在我一个人在北京，不敢管父母要钱，又着实没什么晋升希望。如果不是遇到您，其实，我本打算再应付一个月就换工作的。"

胜楠闻言也有些感慨，她着实没想到自己一个无心之举，居然改变了一个孩子的人生规划。

她忽然有点明白李铭的想法了。

像他们这种出身的人，如果有捷径可走，谁又愿意苦哈哈地奋斗呢？

王超还在喋喋不休，胜楠的思绪却已经飘到了和李铭相处的岁月。

记忆中的李铭总是疲惫不堪又强打精神的。

现在想想，让已经奋斗了二十多年的他，陪着自己再过十几、二十年那种独立奋斗，凭自己杀出血路的日子，恐怕太强人所难了。

说到底，她再怎么"独立女性"，上海的家底还是殷实的。退一万步讲，就算她没了这份总监的工作，日子也能过得不错；而李铭，想要跟上她的步伐，就必须得像个陀螺一样昼夜不停。或许对于任何一个出身不如她的男性而言，和她在一起，既占不到家族的便宜，还要跟着一起努力，只是徒增压力而已。

"你继续吃吧，我一会还有个事要谈，先走了。别妄自菲薄，等这个项目结束了，你再看看情况。"

胜楠甩下一句安慰的话，扔下一头雾水的王超，出门取了车，漫无目的地四处逛。

梦楠总说：姐，你有什么不开心可以告诉我。

可是——妹妹自己尚且都挣扎在工作不如意、感情一团乱麻的旋涡中。自己又是她姐姐，怎么能再给对方添麻烦？

想要打电话回家，想起继母徐颖和凌霄的面容，终于还是将手指从父亲凌玉成的名字上移开。

通信录最下面，是周思源的名字。胜楠犹豫再三，还是没能拨出那个电话，最终只是有些疲惫地趴在方向盘上，无声地哭泣。

梦楠和赵涛到了饭馆，点了几个家常菜，边吃边聊前几年很火的一部小说——《遥远的救世主》。

"没想到你涉猎还挺广，我认识不少知识女性，都说不喜欢这部作品，说丁元英被塑造得太神化了。芮小丹也好，肖亚文也好，欧阳雪也好，表面是独立女性，其实也是围着男主转。她们说这作品太'媚男'了，你怎么看？"

梦楠闻言沉默了一会，才开口道：

"男权社会，任何一个女性成功的路上都难免有男性的存在，如果涉及男女关系就叫'媚男'的话，这世界上恐怕没有一部不'媚男'的小说了。我倒是觉得，这本书的本质不是讲男女关系的，也不是讲救赎的，这本书恰恰是讲——人不能被救，也不能拯救别人，只能自救。那些期待救世主的人，不管男女老少，最终，都只有失望而已。"

赵涛没想到梦楠对这部书的理解这么深刻，兴奋之余就想邀请梦楠去自家书房看看。话到嘴边，忽然想到，在梦楠眼中，自己只是一个数学老师，便改口道：

"我家里，不，你家……知道我是老师，我的意思，你对老师这个职业怎么看？"

这一番欲言又止，让梦楠误会赵涛可能工作上遇到问题了，又不知怎么开口和自己讲，当即开解道：

"赵老师，当老师不容易。现在的孩子和以前不一样了，信息爆炸，孩子们从短视频还有网络上获取了大量的碎片信息。很多孩子甚至认为他们的知识广度可以凌驾于很多成年人，也都越来越个性化。说到底，你只是老师而已，不用那么大压力，教书育人，教书是工作，育人就要看对方是否配合了。"

梦楠说完这番话，抬头一看，赵涛表情更凝重了，心里打鼓：

难道自己交浅言深了？也是，赵涛比自己大那么多，这点道理，原是不需要自己多嘴的。

两人陷入尴尬，沉默了数分钟，赵涛还没有开口的意思。梦楠盯着他阴沉的脸，越来越紧张，忍不住又开口道：

"其实我在单位，经常遇到那种孩子明明根本不学，家长却一意孤行非要把孩子送出国拔苗助长的。真正的教育是沟通，是感化，而不是强制灌输自己认为正确的价值观。赵老师，你说呢？"

这是赵涛头一次听梦楠主动谈起自己的教育观。

他面色不愉的原因，并非如梦楠所想，是嫌她多嘴。而是，他忽然意识到，眼前这个女孩并不像表面那样乖巧。

读了这么多书，她是有自己的主见的。很多问题上，她也都有自己的立场，只是不问的话，平时她是不会主动表达的。

赵涛伸手给梦楠倒了杯新茶，沉吟了一会才开口道：

"我感觉你……虽然没出过国，但是教育观方面思想还是挺开放的。说起来，咱们好像没怎么聊过观念上的问题，有什么是你特别不能接受的吗？"

梦楠见赵涛并没有误会她，言语之中还有欣赏的意思，瞬间放松下来，笑道：

"有一个刚才已经说过了，自以为是的强制是我最不喜欢的。你自发你的光，不要去灭别人的灯。还有一个，就是自以为是的说谎。

说实话，看我爸妈……我就总想，在一段亲密关系中，或许最愚蠢的事就是——男人以为撒谎能骗过女人，女人以为揭穿能挽回男人。"

赵涛听了如遭雷击，不自然地拿过桌上的湿巾，擦了擦额角并不存在的汗，心虚地表示：

"明、明天还有个公开课，咱们今天，就到这吧。"

说完，赵涛几乎是落荒而逃，结完账以后，连"再见"都没说，推门就出去了。

在回家的车上，赵涛一直阴沉着脸坐在后座上，过了好一会，才打电话给秘书小陆道：

"你去给我查一下凌梦楠家里的情况，汇总一份资料给我。"

梦楠回到家，将小说上传后，便开始叼着笔开始思索胜楠上次拜托她的午夜情感专场的开场白。

原来，胜楠所在的广告公司在喜马拉雅开了一家电台，公司看胜楠他们部门业务能力强，便让他们策划做这个电台，胜楠便把文案工作"外包"给了梦楠。面对姐姐的信任，梦楠非常激动，立刻放下所有事开始策划。

她发着呆，忽然想起来胜楠上次和她的谈话：

"有时候夜深人静了，就不自觉地伤感起来，觉得自己一天天忙忙碌碌的，好像是前一天的重复。人活着究竟是为了什么？车子，票子，房子，孩子？渐渐地我们就忘了最初的梦想，只想着就过好一天就已经很不错了。"

梦楠也经常有这种感觉。她忽然想起，回家路上小区门外的快递车上，总是贴着一张篮球巨星科比的剪影。

"没有哪个男孩子小时候的梦想是买车买房。"

不知道为什么，梦楠忽然想到前阵子网上大热的一句"说说"。

其实，也没有哪个女孩子，小时候的梦想只是当一个漂亮的新娘子啊。

想到这，她忽然来了灵感，动笔开始写：

大家有没有注意到，工作越来越忙，我们喊着累，却不自觉地越睡越晚……

　　夜色深沉，胜楠端着一杯咖啡，书桌上是合同，电脑屏幕上是定格的"真爱碰碰对"的节目；李察德的车载着郑博士两人奔驰在灯红酒绿的街区；林诗雅卸了妆穿着丝绸睡衣躺在床上，娴熟地回着每一个贴着不同名字手机的信息；周思源将衣服堆在床的另一头，在空荡的床上叼着笔修改方敏的稿子；许代柔抱着哭闹不止的婴孩，拍打哄着，屏幕上的仙侠剧孤独放映着……

　　时钟指向十二点，没有一个人睡，夜还长……

　　第二天，胜楠没去单位，电话也联系不上，崔晓雪怕挨骂，在秦笙和罗昕的催促下，打电话给周思源探听情况。

　　周思源才到电视台，接到电话有些惊讶：

　　"凌总监？不在电视台啊。可能出去接洽业务了吧。放心，凌总监做事妥帖，她要是忙完了，肯定第一时间会联系你们的。"

　　话虽然这么说，但放下电话，周思源不顾方敏期待的眼神，将修改好的稿子从包里拿出来递给她，嘱咐道：

　　"看不懂的先问温青，还有不懂再打电话给我。有点事，我先走一步。"

　　说完，就直接请假离场。

　　方敏听见了那句"凌总监"，知道周思源多半是去找胜楠的，嫉妒不已，但又没有办法，气鼓鼓地盯着稿子，心想：

　　下次见到李察德，一定把他骂得狗血喷头。

　　周思源打听到了胜楠的住所，站在门前，有些犹豫。

　　自己这样会不会太过界了？可是，他真的不放心。

　　按响了门铃，胜楠披着一件大衣走出来，双眼无神地盯着周思源看了好久，迟迟没有下一步动作。

　　周思源一看她面色潮红，就知道她一定是发烧了，也顾不得礼仪了，将人推进房内，扶着走到沙发边，让胜楠坐下，找到放在一旁已经没电的手机，熟练地充上电，然后给胜楠倒了一杯温水。

胜楠好半天才反应过来是周思源，她又不确定这究竟是做梦还是现实，周思源伸手摸了下胜楠的额头，发现她温度很高。随便找了几件挂在外面的衣服，给胜楠胡乱披上，打电话叫了车，拿上钥匙，便送胜楠去了医院。

一通忙活下来，胜楠终于打上了点滴，烧渐渐退去，胜楠稍微恢复了精神。

医院的消毒水味渐渐鲜明起来，她睁眼，看到周思源，有些迷茫。

周思源见状主动解释道：

"你这段时间太累了，病倒了。"

胜楠躺在病床上，挣扎着起身看向一旁喝水的周思源，开口道：

"策划案……我答应今天给公司传最终版，大家一起讨论的。"

周思源一副拿胜楠没辙的样子，回到胜楠家取了笔记本电脑，坐在胜楠床边帮她改策划案。

胜楠没想到周思源帮她至此，再加上身体的虚弱，终于忍不住落下泪来。

周思源头一次看见胜楠哭，不知为何心中柔软的部分被触动了，叹了口气劝道：

"不用急，什么都耽误不了。先养好身体，再计划下一步。"

周思源说完，下楼给胜楠买了粥。胜楠一边喝粥，一边看着周思源调整 PPT 的色差，一直以来的疑惑终于脱口而出：

"你到底为什么要对我这么好？"

周思源叹气，摇了摇头道：

"不由自主吧。你总让我想起之前奋斗期的自己。那时候我也一样，也是什么都抛弃，全力以赴，那时候但凡有人能说一句理解，有人能多关心我一点，我也不至于一意孤行，谁都不理，闷头努力，结果……"

周思源苦笑一声：

"你不是知道了吗？事业成了，别的都没了，彻底孤家寡人了。"

梦楠接到周思源的电话，第一时间赶到了医院，马不停蹄地又打电话给林诗雅取消了中午的饭局。

林诗雅听说梦楠又是因为胜楠放她鸽子，心中一百个不信，借口要去看看"咱姐姐"，买了个果篮，气势汹汹地往医院赶来。

梦楠赶到的时候，胜楠已经清醒不少了，坐在床上打着点滴和周思源有说有笑，梦楠看了松了一口气，看周思源眼神带了些试探，表面还是温顺地开口道：

"谢谢周大哥照顾我姐姐。"

周思源听了这声"大哥"，不知想到了什么，耳后有些发红，摆了摆手道：

"我也是忙糊涂了，现在还在竞标期，按理说我应该避嫌的。你来了，我就放心了，先走了啊。"

胜楠看着周思源离去的背影，想要说些什么，却又觉得说什么都显得有些矫情，最终还是沉默以对。

"姐，你也是，病成这样了，怎么也不叫我？还是周大哥给我打电话，我才知道你病了。"

胜楠见梦楠眼眶发红，知道她是真的关心自己，叹了口气，撑着坐起身道：

"你自己都剪不断理还乱了，我这个当姐姐的，哪有还给你添麻烦的道理？"

梦楠见状不由得也有些感动，伸手将胜楠扶起来，将枕头垫在她腰后，这才小声道：

"我虽然没有周大哥那么厉害，但照顾病人的事，我还是做得了的。其实，自从你来了北京，每次心情不好，都是你陪在我身边。现在你病了，换我陪在你身边了。"

梦楠拉着胜楠的手，姐妹俩正说着话，林诗雅便风风火火地走了进来。看到一向强势的凌胜楠病倒在床上，虚弱地陷在一片白色中，顿时也没了言语，愣了一会才开口道：

"怎么弄成这样的？"

"工作太累了，谢谢林小姐关心。"

胜楠一贯对林诗雅没什么好印象，回复起来敷衍至极。

"既然是真生病了，我就不打扰了。梦楠，你还欠我一顿午饭。忙你的吧，我和别人吃好了。"

林诗雅走后，梦楠便一直陪着胜楠，直到夜里。体力不支的梦楠终于趴在床边睡着了。电话响起，胜楠觉轻，先醒了。拿起手机，发现是梦楠的电话，见她睡得正沉，下意识地便用自己的生日解了锁，手机直接被打开了——

惊讶于梦楠的单纯，胜楠压低声音问了句：

"哪位？"

"是我，赵涛。你今天为什么没来看歌剧？"

胜楠一听对面的声音，当即反应过来这人多半就是梦楠一直说的那个数学老师，清了清有些沙哑的嗓子，回复道：

"我是凌胜楠，我生病发烧住院了，梦楠在医院照顾我。"

赵涛一听也是愣住了，随即反应过来——这人应该就是资料里梦楠的双胞胎姐姐，最近因调职来北京才相认的。

"你们现在在哪？用不用我也过去——"

"不用了，谢谢赵先生。梦楠睡着了，爽约的事，应该是因为我忽然病了，这孩子六神无主地忙忘了。等她醒了，我一定转告她。"

"好好，你告诉她，都没关系，我都能理解，让她别往心里去。你、你也快点休息吧，我就不打扰了。"

赵涛挂断了电话，若有所思地盯着天花板沉默了好久。

秘书小陆在一旁胆战心惊，问也不是，不问也不是，过了好久才开口道：

"赵、赵总，这、这凌小姐怎么回事啊？"

"她……姐姐病了。亲人病了她忙着去医院照顾了，这种情况，忘了约会也正常。"

小陆听着这话，见赵涛表情阴转晴了，这才鼓足勇气又插嘴道：

"赵总，我感觉，您对凌小姐，总是格外宽容——"

赵涛沉默了一会，才开口道：

"不是我宽容，是现在大部分人都被社会污染了。不管男人还是女人，都只看外表，只注重经济条件。我隐瞒了我的收入，年龄长相都不占优的情况下，凌梦楠不嫌弃我大了她十岁，还经常开口鼓励我。她对我的欣赏是灵魂层面的，这份真情，才是最难能可贵的。"

小陆虽不明白赵涛什么意思，但为了讨好老板，还是赶紧满脸堆笑道：

"对对对，您和凌小姐都是内秀的人，本来就很相配。"

赵涛听了这话盯着窗外亮起的霓虹灯，露出了一个淡淡的笑容。

梦楠半夜醒了，一睁眼看到胜楠还没睡。笔记本电脑的屏幕亮着，胜楠还在专注地研究策划案，不由得哑然失笑。

"姐，你也忒拼了，这干起活来怎么不要命啊！"

胜楠看了眼揉着眼睛爬起来的梦楠，赶紧开口道：

"不忙教训我，刚才赵涛来过电话了，说你放人家鸽子了，不过已经解释清楚了。人家挺理解你的，倒是你明天得空了，别忘了给人家打个电话。"

梦楠先是纳闷胜楠怎么打开自己的手机的，随即后知后觉地想起——自己手机密码是生日，有些不好意思地挠头道：

"我知道了，姐，你早点休息吧，工作总是做不完，明天再说吧。"

胜楠见梦楠并没因她侵犯隐私而生气，有些窝心，揉了揉梦楠头顶的软发，笑道：

"我已经好得差不多了，你也回去休息吧。"

"不了，我还没和纪宸宇，哦，就是妈介绍的那个社科院的博士，我还没和他分手呢。现在，回家见了妈，也不知道说什么，就是互相添堵而已。还不如在这陪你。"

梦楠说完，便转身去给胜楠投了条湿毛巾，擦了擦她额角的细汗，这才又坐回床边。

"梦楠，你要不要——搬出来和我一起住？"

突如其来的建议，让本已经又开始打瞌睡的梦楠瞬间清醒，愣了好一会，也不知该怎么回答。

胜楠看出梦楠显然没准备好，也不再多话，只是又笑笑道：

"你可以慢慢考虑，我只是表达一下自己的立场而已。我这边随时——"

梦楠闻言感动地点了点头，想了一会，主动请缨道：

"姐，你把PPT给我吧，我帮你改。"

"其实改得差不多了，你看看也好，多个生眼看，感觉不一样。"

胜楠将笔记本电脑交给梦楠，自己靠在枕头上盯着梦楠瞧。

梦楠瞪大眼睛一页页地仔细浏览，赞不绝口道：

"姐，要不是知道你是学传媒的，我几乎以为你是美术专业毕业的呢。我见过的PPT也挺多的，这是我看过的最抓人眼球但是又不会让人看着觉得累的PPT了！"

胜楠闻言唇边忍不住露出一丝笑意，开口道：

"你觉得，周思源——人怎么样？"

这话一出口，梦楠眼睛顿时就亮了起来，一脸笑意地拉长了声音：

"哎？这个PPT是他做的吗？那还用说吗？周大哥，那绝对是姐夫的最佳人选啊！"

胜楠听后，没好气地给了梦楠一个爆栗，心中却有种异样的甜蜜蔓延开来。

第二天一早，周思源按照惯例在自己的工位坐下。还没等屁股坐热，策划组一个男同事便神秘兮兮地跑来跟他咬耳朵。

"周策，你听说了吗？他们要拿下你心理分析师的职务，说是，请了个什么医科大学的著名心理学专家，叫郑博士。"

"郑博士？他全名叫什么？"

周思源微微皱眉，似并没因为这个重磅消息惊慌失措。

"具体的我也不清楚，台长那边的决定，估计一会PD就要来找您了，我这，先给您提个醒。"

"好，谢谢你了小齐，忙去吧。"

周思源从来都不是坐以待毙的性子，整理了一下手头的材料，便向楼上台长办公室走去。

才走到半路，便碰到了拿着郑博士资料的何PD。

"哎哟，周大策划，这么行色匆匆的是要去哪啊？是不是听说了啊？没想到吧，没了你，我们请到了郑博士，你说这算不算塞翁失马——哎，你干吗啊？"

周思源劈手夺过PD手中的简历，盯着郑博士的照片看了眼，将简历扔回PD怀里，沉默了一会，退后一步，冷声道：

"换掉我，我没有意见。只是，绝不能换成他！这个人我也认识，他自己心理都有问题，不能作为节目心理分析环节的总策划。"

何PD见周思源阴沉着个脸，也有些未战先怯，壮胆似的挺了挺胸脯，咳嗽一声，摆足了架子开口道：

"周思源，你别以为我不知道你怎么回事。你这就是嫉妒人家郑博士！人家现在是首席情感分析师，咱们国家两性关系领域最知名的心理学家。你、你分明就是担心人家太厉害，抢了你的饭碗——"

两人的争执，显然惊动了不远处在办公室内的台长，只见他探出半个身子，伸手示意周思源和何PD都进办公室里来。

何PD走路还不忘继续刺激周思源：

"别以为我不知道，我都听说了，你自从出了那个事故，就辞去学校教授的职务不干了。说到底，你现在就是个不再接触心理学的门外汉！和人家一直在专业领域深耕的博导根本没法比！"

周思源听到"事故"两个字，脚步一顿，面若寒霜地转头看向何PD，拎起他的领子，一字一顿道：

"PD可能贵人多忘事，我应该从进组第一天就说过，不管是谁敢在我面前再提那个事故，我都不会放过他！"

"哎哎，思源啊，思源，这是干吗呢！咱们都是文化人，君子动口不动手啊。小何也不是故意的，他、他这不是，也就是随口。小何，快着，给思源道歉。"

何PD被周思源的力道吓得魂飞魄散，他平日里看周思源吊儿郎当一副什么都不在乎的模样，早就不记得刚入职那阵，周思源几次参加电视台的运动会，任何一项，都能轻松拿冠军。

"我、我、我真不是那个意思。我，确实，台长啊，郑博士知名度更高这件事——它、它也不是我编的啊。"

"思源，你给我个面子好不好，快点放下小何。哎……短视频抢收视，网络平台又傍大款，电视台这么不好混，咱们都是一根绳上的蚂蚱，还互相打架，节目就没法做了！"

"要不你看这样好不好？能请到郑坤鹏我们也没少搭人情，钱也没少花，先让他来几期，你也一起。咱们改改模式。说到底，我肯定是更支持你的嘛！思源，你就是太低调了，你要和他一样，真人出镜，多参加综艺多曝光，肯定现在比他还有名。"

台长出面打了圆场，周思源放下何PD，哼了一声，看向窗外的飞鸟。

覆水难收，看来郑坤鹏的事，已经是定局了。

"好，既然这是您的决定，我也没什么好说的，只是我真的不想看好不容易做起来的节目，就这么被毁了。"

周思源说完便推门出去了，剩下神魂未定的何PD和台长抱怨个不休。

周思源走后不久，端着咖啡准备送进去的方敏便从茶水间转出来。

刚才走廊里发生的争执她都听到了，一听说周思源要被换，也顾不得给领导送什么咖啡了，直接敲开了温青办公室的大门。

"青姐，周策要被换掉的事，你知道吗？这，台长怎么能这样呢！"

"我不清楚，不过前两天确实有传闻说PD那边接洽了一个教授，是周总策划的师兄，叫郑坤鹏。他啊，据说大学时候还追求过周策那个出车祸的未婚妻。后来周策未婚妻死了，两个人好像就结仇了。"

方敏听了温青的话方寸大乱，直接推门跑出去给李察德打了个电话。

"你、你之前不是这么说的啊！你说我帮你打听消息，你帮我搅黄'真爱'这个项目，让那个凌总监滚蛋。现在、现在怎么弄成要换掉周策了！我不管，你找来的人，你、你负责让他回去，那个什么郑博士，你让他走！"

李察德开着免提，一边应付着，一边看向一旁喝酒的郑博士。

好不容易挂断了电话，李察德转头看了眼郑博士，犹豫了一会开口道：

"哥，我问你件事儿呗。您都这么出名了，何必和周思源那小瘪三计较呢？多大仇啊？"

"多大仇？要是有个男的把你喜欢的姑娘骗了去，还给弄死了，你不恨他？装得人模狗样的，他周思源才是 PUA 的鼻祖。

"空手套白狼，居然能追到传媒大学的系花。现在想躲在幕后洗白了？他休想！我就是要把他揪出来，在节目上揭穿他的真面目！"

李察德被郑博士说得一头雾水，嘴上捧着郑博士，心里却想：

那这么看当年是郑坤鹏没弄过周思源啊，这次不会又失手吧？

郑博士一看李察德一直言不由衷，直接点出了他的心结，笑道：

"这次不可能有问题，因为我手里攥着那家伙最大的把柄。你就等着看他在几千万观众面前露怯吧！有担心我的工夫，你那个凌胜楠，又不追了？"

李察德闻言有些沮丧，放下酒杯哭丧着脸道：

"她也得给我机会追啊。上次方敏，哦，就是刚才那个小姑娘，都说了，我上次那个乌龙反而撮合了凌胜楠和周思源——"

郑博士闻言慢条斯理地给自己倒了杯酒，自命不凡地晃着酒杯道：

"呵，到底是小孩子，不懂专业知识。凌胜楠和周思源都是极端自尊极端自负的人。两强相遇，谁都不服软，当合作伙伴可以，做情侣，没戏。"

李察德将信将疑地摇了摇头，往郑博士眼前凑了凑，压低声音道：

"可您上次说——想要追凌胜楠这种高自尊的女人，就得听她们瞎 BB 那些观点。问题我，我也不愿意耽误那时间，我就想能怎么赶紧说了算，为所欲为。"

郑博士听了哈哈大笑道：

"你又不要娶她，不就是想睡她吗？睡一次容易；娶了就等于得忽悠一辈子，别说你了，我都没把握。这结婚和上床就是养鱼和钓鱼的区别。钓都好钓，养，可就费劲喽。"

李察德听了这话又有些犹豫了，挠了挠头道：

"我其实也不太清楚，对凌胜楠到底是怎么一种感情。您说征服欲吧，性欲，想睡，这肯定都有；但一想，要是真能娶这么个有能力又好看的老婆，面子上多有光啊！"

郑博士闻言放下酒杯摇头道：

"鱼和熊掌不可兼得。你呀，想要女人听话，就得放弃有能力；想要她八面玲珑技能点全满，就别指望对方什么都能听你的。"

"那不是寻常说法嘛，您、您肯定有绝招——那么些女明星都让您收拾得服服帖帖的，凌胜楠再傲气能有那些明星难搞？"

李察德一边给郑博士添酒，一边讨好地看向这个戴着金丝眼镜、神秘莫测的男人。

"去，甭给我戴高帽。女明星比她傲气不假，但是有脑子的就没几个。女明星说到底是靠脸吃饭，几句甜言蜜语，真金白银地砸几次也就晕乎了。

"凌胜楠可不一样，在长得漂亮之前，她首先是脑子好使。本来被 PUA 的概率就不大，睡一次那都是运气好了，你还想和她过一辈子？就凭你？再让人当成冤大头。"

"好好好，您说就是，听您的，不娶了，不娶了，睡一次解解气就行。"

另一边，胜楠抵达办公室以后却得到了全体下属们的热烈欢迎。

崔晓雪最先按捺不住，跑上前开心地一把抱住还有些虚弱的胜楠道：

"领导最伟大了！刚才电视台那边来信了，说他们考虑了一下，决定采用咱们的策划案了！咱们竞标彻底成了！"

"头你可真厉害！我听说您昨天还生病住院了，这还办成了。您这，决胜于千里之外啊！"

秦笙见状也不失时机地上前拍马屁，剩下罗昕站在不远处看向还有些虚弱的胜楠，一时不知该说些什么。

"好，大家都辛苦了，我知道了。今天就都早点下班回家吧。我还有些不舒服，庆功宴，改日再办。"

胜楠说完这话便转身向门口走去，走到大门处不自觉地趔趄了一下，却发现罗昕扶住了她，低声道：

"总监，您，注意身体，回去休息吧。后续的事我这边盯着，有什么，第一时间汇报给您。"

胜楠见状有些感动，拍了拍罗昕放在手臂上的手，以示勉励。罗昕欲言又止，却看到胜楠已经上了快车。

坐在快车后座上，胜楠拨通了周思源的电话：

"周总策划，我出院了，刚到公司听说了电视台采用我们方案的事。你，要不要一起出来吃个饭，庆祝一下？"

"你这是要坐实了走后门啊。行，怎么不行，那地方就我定了，你跟司机说，白纸坊这边……"

得益于上次梦楠的鼓励，胜楠搅着眼前那碗皮蛋瘦肉粥，忽然开口道：

"你，当真不考虑再找对象了？"

周思源叼着半根腊肠闻言一愣，三两口嚼碎吞进去笑道：

"怎么，我要是考虑，你不会准备竞争上岗吧？"

"如果是呢？"

周思源闻言终于收起一贯的嬉皮笑脸，正色道：

"这玩笑可开不得。我就是个灾星，害死那么多人，不能再祸害别人了。你是个很不错的合作伙伴，咱俩也是很好的朋友。可你要对我有什么额外的想法，我不能答应。要是我之前的一些做法，害你误会了，那我还是少和你接触吧。"

这还是胜楠长这么大第一次告白被拒绝，怒极反笑，啪地摞下筷子道：

"我是真的不明白，周大策划，周总策划。你也是个正常男人，对吧？你难道没点边界意识？要是对女人没那个意思，就不应该对对方这么好。起先我也怀疑过，是不是我多心了，但连梦楠都这么觉得。没那个意思，好，没有那个意思，那就是我想多了。服务员，结账。"

周思源有些尴尬地在服务员的注视下，看着胜楠怒气冲冲地结了账，往门口走，却因为虚弱打了个趔趄。周思源跟在身后，下意识地伸手想扶，忽然想起胜楠的责难，当即又收回了手，一言不发地目送胜楠离去。

另一边梦楠终于想起了昨天被她放了鸽子的赵涛，借口接水跑到茶水间，给赵涛打电话。

赵涛有些惊讶，这还是梦楠第一次在工作时间给他打电话，叫停了正在开着的会议。赵涛走到会议室外的休息区，低声问：

"你姐姐怎么样了？好点了吗？"

"好多了，谢谢赵老师关心。对不起啊，昨天我太不应该了，为了照顾我姐，就把您的心意浪费了。那么珍贵的票呢——都怪我不好，忙起来就忘了，也没和您解释，您等了好久吧？"

赵涛听了梦楠的话，原本心里还残留的那点小小的不满，瞬间也烟消云散了，开口道：

"哪的话，都能理解。要是我家里人病了，怕是要比你更六神无主呢。你又不是故意爽约的，姐姐生病你着急，说明你们姐妹感情好——这是好事啊。"

见赵涛这么善解人意，梦楠也终于下定了决心，握了握拳，开口道：

"赵老师您放心。我这周末就去和最后那个相亲对象说清楚。以后也不见任何其他对象了，您、您要是不嫌弃，我、我以后就专心和您一个人谈恋爱。"

赵涛没想到自己这次的关怀会让梦楠下决心和他确定关系，当即兴奋地开口道：

"那好，等你忙完了，咱们就去看电影，看话剧。总之，你喜欢什么，咱们就去看什么。"

"好，谢谢您一直这么理解我。"

挂断电话，梦楠一边平复心跳，一边给纪宸宇信息，和他敲定周末见面的时间地点。

胜楠忍着眼泪回到家，想起周思源的冷漠拒绝，不知为何回忆起高中时候班里一个被她拒绝的男生所说的话：

"你那么强势，这辈子都不会有人喜欢你！也就我敢追你，你还不领情是吧？等着孤独终老吧！"

胜楠想起这句话莫名地有些痛心。

回想起李铭也经常说她做事雷厉风行，却鲜少考虑别人感受，和她在一起压力太大。

胜楠无声地哭了一会，忽然一拍镜子，自我安慰道：

"凌胜楠，不是你的错，男人本来就靠不住，事到如今，你还没看透吗？什么李铭，什么周思源，全都一样！都是一丘之貉！"

胜楠正想着心事，上海总公司的下属黄箐打来了电话，胜楠清了清嗓子，想让自己的声音听起来不那么虚弱狼狈，还没等她开口，黄箐就慌慌张张道：

"凌总监不好了！李铭，李铭失心疯了。他把陈羽何的肚子搞大了，他俩现在已经订婚了！我还听说——李铭为了表忠心，疯狗一样地要求陈总把你从公司开除！"

胜楠万没想到李铭会绝情至此，不想让黄箐卷入到他们的争端中来，尽管头痛欲裂，胜楠还是强撑着开口道：

"谢谢你告诉我，我知道了，我这边自有处理的办法。你就不要再宣扬这件事了。毕竟，你人在总公司，太向着我，对你也不好。"

黄箐挂断电话从天台下来，径直来到李铭的办公室，李铭开门见山地劈头就问：

"她都知道了？她怎么说？"

"凌总监没什么反应，依我看，她应该已经没那么在乎你了。"

"胡说！！不可能——你、你先出去。"

李铭双目充血，手撑在实木办公桌上满眼难以置信。

不可能，不可能，不可能！！！

他了解胜楠，她是不会甘心就这么认输的。凌胜楠不是爱这工作胜过爱他吗？就算不为了他，为了继续能留在公司，她怎么能不回上海来处理这件事？

李铭自以为计划天衣无缝之际，黄箐却拐个弯进了市场部的顾问室。

"小箐，坐。他俩的事，怎么样了？"

谁能想到，黄箐这个平平无奇的小组长竟然是陈羽何的表亲！

"表姐，你这回可是失算了。我看啊，李铭那家伙贼心不死呢，都这个节骨眼了，还想着把凌胜楠那狐狸精弄回来——"

"混账！李铭，你不仁，别怪我不义！看我先开了这凌胜楠，李铭这王八蛋，也别想有什么好下场！"

陈羽何说完黑着一张阿修罗脸，直接上了顶层的总裁办公室，又是不敲门直接进去。

陈诚看着因怀孕有些丰腴的女儿，不由得头痛欲裂。

他怎么生了这么个胡闹的闺女！不知还要给他惹出多少事来！

"爸，你现在马上给北京分公司打电话，这就开除凌胜楠，你要是不答应，我就带着孩子从这跳下去！"

"胡闹！"

陈诚一个头两个大，起身将半骑在落地窗栏杆上的陈羽何拉回来，叹气道：

"好、好，只要你别寻死觅活的，我找个错处开了她就是了。谁让我就你这么一个女儿呢？"

另一边，拒绝了胜楠的周思源并没有回家，而是骑着摩托去了面馆。

夜里的面馆空荡荡的，老板见了周思源便打了烊，半开玩笑地端上来几碟小菜，拿了三四瓶啤酒，坐在他对面道：

"今天怎么没带女朋友来？"

"哪有什么女朋友，别拿我寻开心了——"

就着小菜和酒，周思源把和胜楠之间的事原原本本地说了，老板从唏嘘到感叹，最后不无遗憾地摇头道：

"思源啊，咱俩认识也快十年了，我知道那件事对你来说是很大的心结。可就因为认识这么久，我才肯定，你都这么长时间没这么发自内心地去关心一个人了。你骗别人也就罢了，想骗你魏大叔，是不是还嫩了点啊。"

周思源闻言将玻璃杯中的啤酒一饮而尽，叹了口气道：

"郑坤鹏回来了，我不想……当初就是因为我和他的争执，害慧珊出了车祸，还连累了爸和妈。如今他又回来了，还掺和到'真爱碰碰对'这个节目里。郑坤鹏恨我那么多年，若是知道我对凌胜楠……少不得用她做文章。"

面馆老板听着颇为感慨地摇头道：

"思源你这人哪点都好，就是同理心太强，优柔寡断，心慈手软。你要是当年早点收拾了郑坤鹏，也不至于现在为了这事，再辜负一个心仪的姑娘。"

周思源沉默不语。虽不是亲眼所见，但汽车在山上高速滑落，父母和未婚妻死亡的那场景，却早就无数次地出现在每一个惊醒的夜晚。

老板看周思源不说话，也知道骨子里的性格改不了，只得沉默着陪他喝酒。

周六一早，梦楠便梳妆打扮去见纪宸宇，两人约在北海公园见面。

纪宸宇上次回家似乎挨说了，这次见面便换掉了那件脏兮兮的羽绒服，换上了一件灰色的长风衣。被发胶竖起的头发和发亮的皮鞋，脖子上挂着的灰色长围巾，让梦楠一瞬间有看到民国时期地下党的错觉。

梦楠心里又有些愧疚。可她深知，别说他今天这打扮不符合自己审美了，就算他忽然突破自身颜值极限打扮成一个男明星，她还是一样的决定。

答应了赵涛要和纪宸宇说清楚，干脆利落地分手，就不能再有任何犹豫。

纪宸宇显然对于自己已经被三振出局的事实并不知情，一边走一边开口道：

"我们学校选人编纂新版的词典，我被选中了。其实也算不得什么了不起的事，但这不是……我家说让我也和你说说我工作的事，别显得好像一天到晚没正事就知道聚会似的。"

梦楠听着，心思却全都在组织语言上，想着到底说些什么，才能在不伤害纪宸宇的基础上，来个"和平分手"。

脑子里想着事，嘴上的回复自然就变得敷衍起来：

"哦哦，那挺好的。能参加编词典的肯定不多，说明你文字基本功扎实，这是好事啊。"

走在公园里，纪宸宇跟在梦楠身侧，脑子里却盘算着另一件事：

已经是第二次约会了，牵个手而已，不算过分吧？

纪宸宇觑得一个拐弯的机会，往梦楠右手边靠了靠，注意到周围路人的目光，又默默地将手收了回来，尴尬地在风衣上蹭了蹭，憨笑道：

"穿太厚了，出汗、出汗。"

几次想要伸手，都没找到合适的机会，纪宸宇偷眼看到梦楠一直沉默不语地跟在旁边，终于鼓起勇气道：

"我、我平时都不怎么出门的。之前来这，还是好多年前在少年宫学习的时候，我妈带我来的。那白塔，也不知道……也不知道现在怎么样了。不然，咱俩去看看白塔吧。"

梦楠听了，本想拒绝，转头看到纪宸宇有些尴尬的笑意，顿时心生愧疚。

他估计是实在不知道和自己说什么吧？毕竟今天自己是来分手的，从见人家开始就没怎么搭理人家。左右也出来了，看看风景也好。中午吃饭再说分手，人家也觉得没白来一趟。

"那走吧。"

纪宸宇看着梦楠上山的背影，暗暗盘算着下山的时候挑后面的小路。

那里是土路，没有台阶，到时候自己就可以名正言顺地拉梦楠的手了。

走在前面的梦楠根本不知道纪宸宇的盘算，心里默默地想：

他也挺可怜的，爸爸那么早就离开他了。家里妈妈、大姨都逼着他出来相亲。大周末的，想休息也不能休息，还得在这绞尽脑汁地讨好自己。只可惜，她已经答应赵涛了。这纪宸宇不管做什么，她肯定是要拒绝的。

梦楠和纪宸宇平时都缺乏运动，只是爬了一段台阶，走到白塔前面，便都有些气喘吁吁了。纪宸宇为了掩盖自己的真实目的，故作开朗地开口道：

"梦楠，你帮我照个相呗！回头，也让我妈看看，小时候我也在这照过相！"

梦楠耐着性子给纪宸宇拍了几张照片，轮到纪宸宇给梦楠拍了，梦楠却摆手道：

"我就算了，我不喜欢照相。快到饭点了，咱们赶快去吃饭吧，不然该排队了。"

梦楠说完，就准备原路返回，纪宸宇一见，赶紧拦在梦楠身前摇头道：

"别走这条路啊——我、我知道你可能不信那些个，但老话总说'上山下山，别走回头路'，我知道这边有一条小路，下山还更快点。我们走那条吧。"

梦楠一心惦记着吃饭，把事情和纪宸宇说清楚。也没去考究他到底为什么忽然又讲什么迷信，跟着纪宸宇转身走了另外一条土路下山。

走了没两步，梦楠就站在原地了。

小路太陡峭，而且周围还没有什么可以扶着的栏杆，只有几棵快要枯死的歪脖子树。梦楠这种常年缺乏锻炼的人，沿着土路往下蹭了两步，腿就开始打战。

梦楠下意识地看了眼纪宸宇，见他已经走到下面一点了，对她做了个"白鹤亮翅"的手势，看架势是要扶她。可梦楠却敏锐地发现，纪宸宇的腿也在抖。当即有些失笑，伸手揽过一旁的树干，站稳后才开口道：

"你别管我了，咱俩都扶着树走吧，这么拉着，回头再摔成一团。"

纪宸宇也没想到计划这么不顺利，没在对象面前争到脸，反而让梦楠对他印象更糟了。有些懊恼地红了耳根，固执地站在原地伸手道：

"我没事，真的，我能拉着你——"

话还没说完，一位老登山客从纪宸宇旁边快步走过，撞了他一下，吓得纪宸宇四肢并用，紧紧扶住旁边的老树枝。

那老人走了两步，还不忘回头嘲讽道：

"小伙子，就这两下子，就别学人走小路了。你看那姑娘吓得——姑娘，这路年久失修，你俩还是原路返回吧，这样还能快点。"

老人说完步履轻盈地下山了，剩下梦楠和纪宸宇各自抱着树干面面相觑。

"别听他胡说，他那么大岁数都下得去，咱俩也肯定没问题。"

纪宸宇脸涨成猪肝色，过了好久憋出这么一句来。说完，还颇有气势地松开了抱着树干的手，伸手又要拉梦楠。

梦楠叹了口气，心想：好人真是难当，早知道就不要同情心泛滥陪他看什么白塔。现在倒好，还不知多久才能下去。

好不容易下了山，情形却完全和纪宸宇勾画的甜蜜牵手南辕北辙。两人就像耄耋之年的老夫妻一样，相互搀扶着双腿颤抖地走下山。一下山，梦楠就甩开纪宸宇的手，快步向一旁的假山走去。

纪宸宇的磨叽和显而易见的居心，终于让一直耐着性子打算给他留个好印象的梦楠也没了耐心。做主选了一家附近的老北京融合饭馆，梦楠不顾纪宸宇还想给她讲一讲北海公园历史的热情，快步向饭店走去。

两人点完菜，梦楠就执意表达了她要结账的意愿。

毕竟是她要提分手，总是不能再让纪宸宇吃亏请她吃饭。

"纪宸宇，其实，上次咱俩见完面，我回家就想过了，我觉得咱俩还是不太——"

为了避免再节外生枝，梦楠难得开门见山。还没等梦楠说完，纪宸宇便抢白道：

"对不起，对不起，真的很对不起。我，上次的事都是我不对，是我准备不充分，迟到，打扮也没用心，让你误会了。我知道，你对我第一印象肯定挺糟的，但这真不是我的本意。上次我回家以后，大姨和妈都说我了，她们说，你这么好的女孩子我要是错过了，回去肯定饶不了我！我，哎呀，我这人笨嘴拙舌，不太会道歉。我真心实意的，你要是还生气，你说吧，怎么办才能让你消气。"

梦楠没料到自己一句话招出纪宸宇这一连串的道歉来，眼看面前这个男孩急得脸涨得通红，筷子也放下了，梦楠有些无措。倒水的手顿时僵在那里，继续倒也不是，不倒也不是，想了想，最终给纪宸宇添了一杯茶。

她最怕的就是这种场面，虽然她根本不理解明明只见过一次面，为什么纪宸宇能像已经和她交往了四五年，马上要结婚了被她甩了一样，有那么强烈的感情。

其实她自己心里清楚，以纪宸宇的条件找一个自己这样的女孩并不会太困难，只是赵涛玉珠在前，她实在是没心思考虑他的处境，只想尽快了结这段感情。她本以为纪宸宇一个博士会顺水推舟放弃，没想到一直这样非她不可，倒叫她很为难了。

"纪宸宇，实话讲，我自己什么样我心里有数。我先谢谢你家里人都那么看好我，但是相亲这个圈子条件比我好的女孩子多了，其实，就算你不和我在一起，后果也没有你想得那么严重。"

纪宸宇听了梦楠的话，将热茶一饮而尽，深吸了一口气，才鼓足勇气开口道：

"你和我说真心话，我就也和你说点掏心窝子的话。我没房没车，单亲家庭长大，妈妈又没有工作，就是个家庭主妇。这么多年，我们母子二人全都靠大姨家帮衬。

"我虽然是北京的，但之前介绍过来的本地姑娘，人家自己有学历，有份事的，根本都不会出来见我。

"我这博士看起来光鲜，但是换不成钱，在大家眼里也就是个头衔而已。你、你起码不嫌弃我，愿意见我。我觉得，咱们也有些共同语言。我能不能请你再考虑考虑，不要那么快就拒绝我？"

梦楠听了纪宸宇发自肺腑的长篇大论，更加坚定了，摇头道：

"不，我……我也实话实说吧，不是你不好，是我已经有喜欢的人了。只不过，我妈不太同意我俩的事，介绍人又正好说了你的情况，我妈就逼着我来见你——我一直没想好怎么跟你说这件事。

"但我想着，你话都说到这份上了，我再不说实话，倒显得我和那些姑娘一样挑你家里条件了。其实，你挺优秀的，一定能找到个比我更好的姑娘。"

纪宸宇听了这话，忽然眼眶发红，过了一会泫然欲泣道：

"你不明白！我，要是我妈知道我又被人拒绝了，一定会骂我的。她含辛茹苦把我带大，为了让大姨家出钱供我读书，这么多年在自己姐姐家就和个佣人似的。我……"

梦楠长这么大，头一次见到男人掉眼泪，也吓傻了。愣了好一会，才抓了两张抽纸递给纪宸宇，安慰道：

"不会的，你想太多了。比起你，我相亲失败的次数应该更多。我妈也失望，但还是不断给我介绍对象啊。恋爱嘛，是两个人的事，不是'剃头挑子一头热'就能解决问题的。"

纪宸宇一看梦楠盯着他，眼神温柔而专注，不由得就想把心里的委屈都和面前这个有些面善的姑娘说了。

"其实……我妈虽然是个主妇，但也是那种特别吃苦耐劳的人。我大姨就更是，家里公认的能人，要是放《红楼梦》里就是王熙凤那种能人。我其实从小就想找个能让我说了算的女朋友。没想到，家里给我介绍的都是那种条件比我好，需要我讨好的，有主见又强势的姑娘。"

纪宸宇说了一阵，低头喝了口汤，脸上泪痕还没干，嗓子却已经哑了：

"我、我当然也明白，找这种姑娘，以后、以后结了婚，负担会更小。但、但我也是个大老爷们啊。我不需要负担小，我只想找个崇拜我的姑娘，找个能谈那种甜蜜校园恋爱的姑娘就好了。"

梦楠见他边哭边吃，眼泪滴进了汤里又喝到嘴里，不由得有些失笑，又给他递了几张纸巾，摇头道：

"那你为什么不告诉你家人，你喜欢小鸟依人的女生啊？再说，你家不给你介绍，你在学校教课，遇到合适的女孩就追呗？大学里都是成年人了，又不涉及什么道德问题。你要是觉得追学生不妥，那不还有学妹呢吗？你想找个崇拜你的，就去找啊！"

梦楠觉得有些莫名其妙。

都是成年人了，这纪宸宇又在学校教书，长得虽然说不上特别英俊，但也没什么大毛病。偶尔有几个崇拜他的，有教师情结的学生对他有好感应该也正常。怎么至于就沦落到相亲市场来，死抓着自己不放了？

兴许因为心里的困惑，梦楠难得说话声音高了些，纪宸宇被吓得缩了缩脖子，连汤也不喝了，吸了吸鼻子继续解释道：

"可、可我不敢，我怕，我说了实话，我妈会特别失望。之前，之前我还和妈说过要搬出去住，结果我妈坚决不同意，我后来，就没好意思再提。毕竟，我很小时候爸爸就离开了，从那以后，我就再没见过他。我也知道，妈养大我不容易，可是……"

纪宸宇的剖白让梦楠忽然反思起自己和母亲的关系来。

其实她和楚芳华之间又何尝不是？一直担心伤了母亲的心而不敢离家。事实上，这些年两人越来越话不投机半句多。尤其在嫁人这件事上，母亲给她带来的几乎只有伤害。

一直以来，她总想着满足母亲的心愿，却忘了问自己想要的究竟是什么。

纪宸宇的经历让梦楠感同身受，感觉到周围几桌人因纪宸宇忽然哭起来而投过来的好奇视线，梦楠叹了口气，给纪宸宇加了勺热汤，又劝道：

"你别哭了，你看这样好不好？我回头和介绍人解释清楚，是我这边拒绝你的，你努力争取过了，这样你也不会太被教训。我也会和阿姨（纪宸宇大姨）那边解释清楚，是我自己有喜欢的人了，不关你的事。我还会把你的想法和她说一说，毕竟，是你找对象，不是她找对象，对吧？"

"真的？你人真好！你太好了！"

纪宸宇又喝了两口汤，原本已经收回去的眼泪因为梦楠的体贴又落了下来。

"可惜……呜呜呜呜，可惜你不喜欢我……"

梦楠一个头两个大，在周围几桌的纷纷议论下，前台小妹的注目礼下结了账，忙不迭地打了包，拉着纪宸宇出了饭店。

送走了纪宸宇，梦楠却没有打车回家。走在空荡荡的街上，冷风吹过，梦楠忽然前所未有地清醒，她打电话给母亲：

"妈，我有点事想和你说，是很重要的正事。您在家，对吧？"

楚芳华听了梦楠的话，难得惴惴不安起来。

她养女儿这么多年，梦楠从未用如此坚定的语气和她说过话。

她刚从介绍人那得知——自家女儿已经拒绝了纪宸宇。但从小就和她事事报备的梦楠，刚才在电话中，居然没有第一时间告诉她这件事。这样的反常，让楚芳华有些慌乱。

开门声响起，楚芳华故作镇定地放下手中捏得已经有些发皱的纸巾，看向梦楠。梦楠走到楚芳华面前，坚定地开口道：

"妈，我想明白了，我打算和赵涛在一起，认真谈一段恋爱——"

"可是那赵涛——"

"这么多年都是我听你说，妈，这次我想请你先听我把话说完。赵涛在您看来或许各方面条件都很一般，但他为人处世的能力，智商情商包括他的成熟稳重，可以说完胜相亲市场上大部分男人。

"我知道，妈你是为我好，想给我选个以后有璀璨前程的，有潜力、有后劲的对象。可人家，要不不喜欢我，要不就是现在凑合能和我将就，真功成名就了，以我的综合条件，也守不住那人人都想要的香饽饽。"

"你不能一棵树吊死啊，你听妈说，妈也不是没想过——"

"妈你听我把话说完。我现在说的都是最真心的话，您听了可能会有些难过，但是这些话我憋在心里好久了，不吐不快。您总说我不自己出去看世界，不自己出去接触新人。我也反思了，您说得都对。

"一直以来，这么多年以来，我的朋友圈就是您朋友圈的向下延伸，除了您同事同学的孩子，我几乎不认识一个同龄的朋友。这又怎么能有新的感情发展？我想好了，姐姐来北京发展，正好，我搬出去和她住——"

"什么？你要搬去和凌胜楠住？！"

楚芳华耐着性子听梦楠说了一段又一段，再听说她要搬出去和胜楠住的时候，终于忍不住站起了身，怒道：

"凌玉成啊凌玉成！你毁了我一辈子还不够，还弄个凌胜楠又来撺掇我的梦楠。楠楠那是多听话的孩子，看看现在！"

楚芳华不顾梦楠惊恐的目光抓过梦楠的手机，直接拨通了胜楠的电话。

"梦楠？怎么——"

"我是楚芳华。凌胜楠，你和梦楠胡说什么了？她不但铁了心要和那个大她十岁的数学老师在一起，还说要搬出去和你住！到底是徐颖那贱人带大的啊，好本事啊！这才不到两个月，就把我养了三十年的闺女策反了！"

胜楠还没从周思源和李铭的双重打击中恢复过来，楚芳华的话，又给了她致命一击。老实说，她模拟过无数次和生母见面的场景，却没想到，会是如今天这样，劈头盖脸地一顿指责。

胜楠毕竟不是梦楠，短暂的震惊之后，面对楚芳华"带坏梦楠"的指责，胜楠冷笑一声道：

"我也是你女儿，你想过没有，我这种性格，比起你说的徐颖，和我那不敢担事的爸，更像是从谁那继承来的？梦楠根本不需要被带坏，这些想法她一直都有，只是不敢告诉你罢了。

"我倒是挺好奇你的。你说，都这个岁数了，被凌玉成那样不靠谱的男人折腾成这样，你居然还能将女儿毕生的幸福寄托在钓个金龟婿上？是你没想清楚，还是我没想清楚？难道你希望梦楠变成第二个你？"

楚芳华闻言彻底愣住。

她不得不承认自己嘴上不屑，其实一直试图模仿孙菲菲。让梦楠通过结婚这条捷径，实现她当年没能实现的阶级跃升。却忽略了一个事实——事成了倒也罢了；如果事情不顺利，梦楠恰恰是走了她的老路！

"我还有事，就先挂了，如果你想见我当面讨论的话，随时候教。不过我提醒你，梦楠在是你闺女之前，首先是她自己，她是个独立个体。不要再用欺负她，来彰显你对自己人生失去把控后的极端控制欲了！"

楚芳华听着电话挂断的嘟嘟声，茫然若失。

她在单位是大领导，在家族中又排行老小。所有人都倾向于捧着她，哄着她，这些年来，谁也不会说这么直白的话刺激她。

梦楠虽然听不清姐姐和母亲喊了些什么，但从母亲发红的眼眶来看，多半受了不小的刺激。想了一会，梦楠还是开口道：

"妈，其实，我、我不是太明白，你为什么总想让我走你走过的路啊？考公务员，嫁富豪，这些只是人生的一种选择而已，却不是唯一的选择啊。"

楚芳华闻言惊讶于双胞胎的心电感应，她很清楚刚才梦楠应该是没有听到胜楠说什么的，但姐妹两人的看法竟然出奇地一致。

想了好一会，楚芳华平复好了情绪，才跌坐在沙发上，开口道：

"因为那是我知道的唯一一条安全的路。经济学有个概念叫保本，让你走我走过的路，这就是保本。"

梦楠闻言也叹了口气，拉过母亲仍旧紧握着手机的手，将手机从她手中夺过，放在茶几上。又伸手握住母亲变得冰冷的双手，摇头道：

"我知道你觉得是为我好。可是为我好，和对我好，是两个概念。就好比，你觉得肉好吃，于是你喂一只兔子吃肉。肉是好东西，这谁都不会否认，可兔子不爱吃肉，这怎么办呢？有谁问过兔子是怎么想的吗？"

楚芳华有些惊讶，她忽然发现梦楠发表起观点来，并不输给看似更犀利的胜楠。而且，梦楠说话要更加委婉柔和，将尖锐的道理说得像故事一样婉转动听。

为什么这么多年来，她却一直误认为自己的女儿落于人后，事事不如人呢？

师范大学毕业，写得一手好文章。脑子也好使，随自己，若说有什么缺点，就是性格像了凌玉成，懦弱了一些；可相应的，同理心也更强，对人对事更加敏感细腻，更多了几分女性的体贴与温柔。

仔细想想，这些年来，梦楠极少和她起冲突。学校专业，工作恋爱，每件事上都听她的意见。就是这样一个好孩子，生生让自己逼成了一个追着一堆剩男不放的相亲狂。

楚芳华握着梦楠的手有些发愣，感觉到女儿的手在自己手上摩挲着，给自己提供着温暖，她冰封的心渐渐开始有了一道裂痕，过了好久，才强忍着泪水道：

"楠楠，你想搬出去住，我不拦着了。你想去找凌胜楠，就去吧。"

梦楠没想到母亲会这样说，强忍着的泪水夺眶而出，伸手抱了抱母亲，边哭边道：

"就算是搬出去了，我也，一定每周都会回来看你的。"

楚芳华摆了摆手，强忍泪水回屋去了。

另一边，胜楠拿着中标的策划案去电视台找周思源敲定细节。在楼梯口，便看到了打扮夸张的李察德身边跟了个斯文俊秀的男人。胜楠以为自己看错了，刚准备追过去确认一下，却被一头羊毛卷的方敏拦住，拽到了一个无人的会议室。

"凌胜楠，你还好意思来？！周策都被你连累得快被电视台开了，你怎么还有脸过来？"

面对这没头没脑的指责，凌胜楠不由得随手将会议室的门关上，皱眉道：

"你什么意思？"

"我什么意思？要不是你和那个什么李察德不清不楚的，电视台会因为生气你跟周策的事请来郑坤鹏吗？现在郑博士要和周策一起担任节目嘉宾了，你知道吗？周策这么多年只做幕后不做台前，就是因为怕被人肉。

"当年的事故相信你也知道了。我还告诉你，这个郑博士，当年也追过周策的未婚妻。这次他来，绝对不只是抢工作这么简单。都是你！回头郑博士在节目上一提这事，周策又不得不回应！肯定会被炒上热搜，到那时周策就干不下去了！"

凌胜楠盯着方敏，见她声色俱厉，一副兔子急了咬人的模样，也知道干系重大。只是，她昨晚才下定决心，从今以后不再相信任何男人。今天就得知了这样不得了的消息。

看来周思源拒绝她，除了可能是真的没那个意思，更多的还是因为郑坤鹏忽然加入了战场。就如周思源自己所说"他不想再连累别人了"，恐怕这才是他拒绝自己的真正原因。

而且，就算他是真心拒绝自己，就凭他帮助自己和梦楠相认，帮助自己拿下"真爱碰碰对"的广告代理，他遇到这么大麻烦，她也绝不可能袖手旁观。她一向公私分明，周思源是个好人，她不会因为人家拒绝她，就希望这个人走背字，丢了工作。

方敏见胜楠一直不说话，还以为她被自己的气势压倒了，当即又加码道：

"我劝你以后离周策远一点。打从你认识他，就没好事发生。先是被电视台怀疑胳膊肘往外拐，现在连私生活也不保，甚至工作都要丢了。你要但凡还有点人情味，就换个人来接洽这个项目吧。"

两人的对话，被路过的温青听了个一清二楚。她本想在会议室里整理下资料，却没想到听到了这样的对话。

她忽然想起上次在电视台门口，见到方敏上了李察德的车，不由得若有所思。

周思源走到办公室门口，正看到从会议室里拐出来的凌胜楠，不由得有些尴尬地摸了摸鼻子，刚准备说些什么，胜楠已经抢先打了招呼。

"我来送最新的策划案，没什么事，我就先走了。"

见胜楠"公事公办"且神色如常，周思源看着她的背影欲言又止，过了好一会，有些无奈地摇了摇头。

方敏出来看到周思源，赶紧小跑上前道：

"周策，我都听说了，您放心，不管咱们这边来多少个心理专家，我肯定只听您一个的。"

周思源闻言只是摆了摆手，笑着敷衍道：

"倒也不必，都是心理学专家，郑坤鹏要是说得有理，也不必为了站队刻意不听他的。"

周思源无心的话，听在方敏耳中却有了别样的意味：

难道，周策是在关心自己？

想到这，方敏鼓足勇气拉住已经要离开的周思源，磕磕巴巴道：

"周、周策，您要是不忙，一会，咱们能不能一起吃个饭？"

周思源愣了一下，不着痕迹地后退了几步，拉开了和方敏之间的距离，摇头道：

"不了，我找 PD 还有事，谢谢你的邀请。"

方敏看着周思源上楼的背影有些失落，刚要转身回办公室，就看见了身后用试探的目光打量她的温青，顿时有些尴尬地开口招呼道：

"青姐——"

"好啦，我陪你一起吃饭。"

这边温青挎着方敏去了食堂，那边胜楠回到车上，坐在驾驶席上开始发愣。手机微信提示音忽然响起，胜楠拿起来一看，是梦楠发来的信息：

"姐，我想好了，我准备搬到你那和你一起住！"

胜楠本来因为周思源的事有些心烦意乱，梦楠发来的喜讯冲淡了纷繁的情绪，下意识地拨通了手机：

"喂，是我。我在电视台这边，你那边东西多不多，需不需要我过去接你？"

"不用不用，我这没有什么大件，衣服我放在行李箱里能拖过去。要不，咱们就在你家门口见吧。"

妹妹的声音透过手机传过来，让胜楠的情绪莫名地高涨起来。挂断电话，她竟难得地拐到了一家街边的小店，买了一些熟食小菜，还有几瓶小酒。

这一折腾，再加上堵车，胜楠反而比坐地铁过来的梦楠晚到家了。

姐妹两人在门口一见面，便抱在一起。

梦楠开心地拖着箱子走进大厅，虽然这不是她第一次到胜楠住的地方来，但一想到以后自己也要住在这，就止不住地四处打量。

看到妹妹兴奋得像只小松鼠似的四处张望，胜楠忽然想到什么似的把酒菜往茶几上一撂，拉过梦楠带着她来到阳台，指着角落里一张折叠床道：

"看，我都准备好了。一会吃完饭，咱们搬到厅里，回头我就睡厅里。"

"不不不，是我到你这来住，哪有让主人睡客厅的道理，我睡折叠床吧！"

胜楠见状，也不再坚持，笑了笑，摇头去厨房拿盘子，边拿边道："咱俩之间不需要那么生分。我生病你也过来照顾过我，以后住在一起，很多事更是要和你说。这是我家，但以后也是你家。"

梦楠听了这话，正在擦茶几的手顿了顿，眼眶有些发红，有些不好意思地"嗯"了一声示意知道了，然后岔开话题道：

"对了，刚才你说你在电视台那边——难不成，你是去见周大哥了？"

胜楠将小菜摆盘，酒倒上，坐在梦楠旁边的沙发上，迎着妹妹好奇的目光，叹了口气道：

"还周大哥呢，你那个周大哥啊，要气死我了！上次他不是来医院照顾我吗？"

胜楠就着酒菜把她和周思源告白失败，周思源工作受挫，方敏跑出来宣示主权，以及方敏和李察德私下的关系都原原本本说了。

梦楠听得入神，一时间竟也忘了吃饭，举着筷子怔怔地盯着姐姐瞧。

"……所以，你怎么看？"

胜楠的问题终于将梦楠从听故事的状态中拉了出来，放下筷子，歪着头想了一会才开口道：

"其实，姐，我觉得周大哥和郑坤鹏的事，倒没那么严重。以周大哥的才华人品，那个郑坤鹏想要把周大哥拉下马，怕也不那么容易。反倒是，李察德居然也在那个节目里！你说——照那个方敏的说法，这李察德不会和郑坤鹏有什么交情吧？他俩要是台上台下一起给周大哥使绊子，那就不好说了。"

经梦楠这么一分析，胜楠也如梦初醒，她终于意识到她不安的来源在哪了。李察德和郑坤鹏有私交，这点确实需要提醒周思源注意。

"对了姐，你们公司是他们的广告合作方，应该有最新的嘉宾名单吧？你方不方便要一份过来看看？要是有什么新变化，咱们也好先想对策。"

胜楠执行力极强，认可妹妹计划的可行性，第一时间便发信息给罗昕，要来了最新一期的嘉宾名单。

"林诗雅？！"（诗雅？！）

梦楠凑过去看胜楠手机上的名单，姐妹两人几乎是异口同声地喊出了那个名字。

姐妹两人对视了一眼，梦楠做了个"嘘"的手势，然后拨通了林诗雅的电话。

"诗雅，我……我刚才看到你也在'真爱碰碰对'的嘉宾名单上，你怎么了啊？不是一直在网上相亲呢吗？"

"哦，没什么，就是网上这些人多不靠谱你不是也说过嘛。我想想，你说得也有道理。前两天我一个模特朋友病了，她报名了，但是身体原因去不成，反正钱也交了，不去白不去。我正好利用这次机会，找个合适对象。"

"可是，诗雅那个——"

"我一会还要出门呢，你回头就等着在电视上看我吧！"

还没等梦楠反应过来，林诗雅便挂断了电话。梦楠和胜楠面面相觑，姐妹俩都觉得这件事多半没有她说得这么简单。

第二天一早，胜楠就出发去公司了，姐妹俩住在一起的第一天，梦楠又是吃了胜楠准备的早餐后才匆匆赶到办公室的。

"梦楠，你的快递。"

一进门，李双双便冲她眨了眨眼，梦楠有些不解地接过快递，发现是国外寄来的。

三下五除二地拆开外包装，里面是英文原版的 Things fall apart，梦楠想看好久的一部作品，再一看落款，美国加利福尼亚州：Feng Cheng。

是程峰。

过往的尘封的记忆，随着这个名字一起被揭开。

高中时候梦楠和程峰是同桌，程峰是转校生，短短一个礼拜就因为帅气阳光的外形和优渥的家境成了班里的人气王。

林诗雅喜欢程峰，梦楠虽然也对程峰有好感，却从来不敢宣之于口，只是偷偷地盯着程峰趴在桌上的睡颜看；又或者站在一众高喊加油的女生中，假装自己是为了诗雅，一起给程峰鼓劲，看着他在篮球场上飞驰。

本以为出国后，程峰早就把自己忘了，没想到他不但记得，还给自己寄了一直想看的书。

"梦楠，梦楠。哎哟，梦楠宝贝我可爱死你了！"

梦楠还在捧着书出神，王倩却展现出了前所未有的热情，直接伸手抱过她，直把梦楠从工位上拽得站了起来。

"我表姐说了，你姐前两天去那个瑜伽馆了。一次性就办了一百次的卡，可帮着冲了不少业绩。我表姐不是介绍人嘛，据说啊还送了她好几次私教呢。她让我务必谢谢你。"

"我听说你一直在相亲？别的我帮不上，但我老公啊，在一家游戏公司工作，认识不少单身的程序员，你要是有什么想法，随时找我，我让他给你介绍哈。"

"啊？哦哦，谢谢倩姐，暂时、暂时不用了，我现在有、有交往着的人。"

梦楠还是不适应王倩这么热情，要知道平日里因为忌惮许代柔，王倩和李双双都倾向于把她当成透明人的。

但她更没想到的是，姐姐居然已经办了卡，也没告诉她。

感动肯定是挺感动的，但又开始自卑。

双胞胎哎。胜楠这么优秀，反观自己，年过三十了，出去吃顿饭还得琢磨一二。

"没事没事，你要是有需要，随时和我说哈。"

王倩说完便回到了工位，她的话让梦楠忽然想到了赵涛，想着，便给赵涛发了个微信：

"赵老师，我已经和家里说清楚了。这周末，您要是不忙的话，咱们一起去看《卡门》吧！难得来中国巡演，听说是 A 角来，千载难逢的机会！"

"小陆，去，订一束雅致一点的鲜花到梦楠单位。等等，再、再给选个差不多的礼物。价格你斟酌着，我还没和她说呢，别太贵，但是得显得花心思。"

小陆听了马上表示明白，立即执行。

午饭过后不久，梦楠就收到了赵涛送来的礼物和花。顶着许代柔羡慕嫉妒恨的眼神，小心翼翼地打开礼物盒子——里面是一条漂亮的手链。

梦楠吓得赶紧去网购平台查了下手链的价格，发现手链因为在打折，目前是三百多，这才松了口气。笑着将手链戴上，拿着花给赵涛拍了一张手持花的特写，然后写道：

"谢谢你，花很好看，手链也很精致，我很喜欢。但是下次不要再送了，不年不节的，我都有点不好意思了。"

赵涛看了，露出了满足的笑意，招招手叫来一旁有些担心的小陆，道：

"花了多少钱？"

"都加一块，八百左右吧。赵总，您可以去打听下，这花越素雅的反而越贵。手链是我老婆帮着选的，三百多，我担心凌小姐去查，买太贵的，就像您说的——怕她起疑心。"

"做得好，自己去财务支一千。以后也按照这个规格来就行。这女人啊，说是不喜欢礼物，就是嘴上客气，哪有不喜欢的呢。"

赵涛颇为自负地转动着黑色皮椅，笃定地发言。

小陆在一旁也不敢多话，赶紧给赵涛沏了杯热茶，狗腿道：

"还是赵总深谋远虑，最懂女人的心思——"

留学中心，茶水间内。

"双儿啊，你说梦楠会不会是那个？"

许代柔环顾四周忽然神秘兮兮地拉住正准备走的李双双，小声道。

"哪个？"

李双双一头雾水地盯着许代柔，但也不自觉地压低了音量。

"就那个啊，就那种有钱老头在外面养的——"

"哎！代柔你这就过分了啊！我知道你一直不喜欢梦楠，但也不至于这么抹黑人家吧。就梦楠，恋爱都没谈几回，怎么可能——"

李双双闻言，一直压抑的正义感忽然爆发了。原本她只是觉得许代柔仗势欺人有些过分，但没想到，她竟然为了贬低对手如此不择手段。

"王倩，你看她——双都不向着我了！你说我说得对不对？这梦楠左一个对象右一个对象的，就算不是小三，脚踩几条船总是没跑吧！"

一向和许代柔维持表面和平的王倩听了这话，却忽然一反常态道：

"梦楠还单身嘛，单身时候多挑挑也没错啊！"

许代柔闻言就差一个白眼翻过去了，她可太懂了：一定是瑜伽课的事让王倩变了口风。

"主任叫我了，我先走了。"

王倩显然不想再和许代柔纠缠，没有给许代柔还嘴的时间，便端着水杯走了出去。剩下许代柔气得拉住李双双道：

"双，你说这什么人哪！平时装得和好姐妹似的，一个瑜伽课就跟我翻脸了，这个势利眼！"

另一边，胜楠到了单位，却发现和平日不同，走廊里的同事见到她没有打招呼的不说，反而都躲避着她的视线，更有个实习生，见到她看过来，直接从她身边跑了过去。

"杨总监？"

胜楠正准备进自己的办公区，半路却被和她平级的策划部总监拦住了。

"凌总监，您……您方便过来一下吗？祁总有事找您。"

胜楠已经感觉不对，但仍强自镇定地清了清嗓子道：

"祁总在六楼对吧？我去趟洗手间，一会自己过去找他吧，麻烦你了。"

杨总监见状松了口气，点了点头转身回自己办公区去了。

胜楠从安全出口出去，直接拨通了远在上海的黄箐的电话。

"胜楠姐！你可打电话过来了——你听说了吗？陈羽何以死相挟，非要开除你，但是李铭说得把你调回总公司。两边僵持不下，我听说，你母亲还介入了，最后陈总也不知咋想的，居然同意把你调回来了！"

"好了，我知道了，谢谢你，这件事你别管了，我直接找李铭吧。他现在精神状态不稳定，你不要招惹他，省得因为我牵连到你。"

胜楠深吸了一口气，拨通了那个熟悉的号码。

"凌胜楠，我说什么来着？这次是你输了，我劝你最好现在乖乖回来，要是执意留在北京和你新认识的那个小白脸在一起，就等着被开吧！"

胜楠听着李铭恶狠狠的胜利宣言，忽然体会到了所谓的遍体生寒是怎样一种感觉。

说实话，她自以为是很了解李铭的。所以才知道——出人头地对他来说大过天，所以才主动退出，不想再介入到陈羽何和他的感情中。却万没想到，自负理解他，却识人不清，李铭分明是"人心不足蛇吞象"，有了事业又抓着她这个所谓的"真爱"不放。

"李铭，够了，就算我留在公司，能操纵我的也不是你。你想当陈家的傀儡我管不着，但是我不想陪你一起演戏。大不了这工作，我不干了。"

胜楠说完，便挂断了电话。

上海瑞恒市场总监办公室内，李铭铁青着脸拿着发出断联声的手机，面目逐渐狰狞。

胜楠弄清了事情的始末，上楼见祁总的时候自然也就没有那么慌乱。祁总是瑞恒北京分公司的老总。这次开除，因为涉及内情太多，高层便让混迹商圈多年的祁总来挑大梁。

一来，是怕凌胜楠闹事不依不饶；二来，也是为了探查凌胜楠的真实态度，也好和徐颖有个交代。

"小凌啊，其实我一直都非常看好你，这次回上海——"

"祁总，您能听我说下我的想法吗？"

"你说，你说——"

本来就是被派出来当和事佬的，祁总并没有在意胜楠的顶撞，展现出了超乎常人的耐心，坐回转椅上，一副洗耳恭听的模样，招招手示意胜楠在面前的椅子上坐下说。

胜楠一落座便开口道：

"大致怎么回事我已经知道了。我和李铭也通过电话了，您这边也不用替陈总遮掩什么。不瞒您说，大概三个月前，陈羽何小姐来过北京一趟，私下见过我一面，该说的，不该说的，她也都说了。

"我不是那种无理取闹的人，也和李铭明确表示过和他一刀两断的意思了。我知道公司现在调我回去，是因为我妈妈找过陈总。可留下我，陈小姐和孩子又会有危险，相信这种两难的局面，陈总也很为难，才会派您来见我——毕竟，开除一个员工只需要人力那边通知就行了，原本用不着您来出面。"

一番话有理有据有节，说得祁总倒有些愣住了，不过他毕竟久经沙场，很快就反应过来，既没有承认也没有否认，连连摇头道：

"小凌啊，人不要那么偏执嘛！抛开这些情感问题不谈，公司还是很看好你的个人能力——"

"祁总，公司是陈总家的公司，虽然我妈应该也有一些股份，但我不想公司因为我和陈小姐还有李铭的事有什么不好的发展。更不想让李铭觉得，我回去是还想和他有什么发展。我回去，事情只会非常难看。

"我知道您的顾虑，出了这种事，如果北京分公司留我，您也没法和陈总交代。那现在摆在面前的选项其实就只有一个了——我主动离职，对您，对总公司，对项目都好。

"我妈那边，我去解释。但就是一点，李铭你们自己想办法吧。这次的事让我对他的偏激程度有了新的认知，虽然是情敌立场，我还是想劝陈小姐一句，小心一点。"

祁总听了胜楠这番话，彻底愣住了。

他原本以为，胜楠这么痛陈利害肯定是想借机讹他一笔，甚至找个理由留在北京分公司。没想到，她格局竟然这么大，出了这种事，首先想到的还是公司利益。顿时有些惜才心理地站起了身，走到胜楠身边道：

"小凌啊，哎……我有个朋友也是广告界的，在北京这边也有公司，你要是忽然离职暂时没去处——"

"不用了，谢谢祁总。我想把手头'真爱碰碰对'这个项目交接给罗昕。作为我的助理，前些日子我病了，也是他一直带队在推进。这样我离开，有他带队，项目损失会降到最低。虽然我人不在公司了，但还是希望这个项目能成为公司这个季度业绩最好的。"

胜楠交代完，不顾祁总的欲言又止，便推门出去了。没有和任何人打招呼，胜楠一个人坐在办公室默默写完了辞呈，这才拨通了内部电话叫罗昕进来。

"凌总监……"

罗昕进门的时候，胜楠正看着窗外发愣，听见罗昕的招呼声才转身道：

"你来了，坐。"

罗昕见胜楠面色苍白，以为是病没好全，还没坐下便又起身道：

"凌总监，我看您身体不太舒服，要不我去给您弄点热水吧。"

"不用了，反正一会就回家了。罗昕啊，你一直是咱们团队的骨干，晓雪年纪小，不稳重，秦笙虽然圆滑，却太浮夸，做事也毛躁；我想了又想，项目还是交给你，我最放心。若你接着把这个项目做完了，相信转个总监也不是什么难事，提拔了你，也算我没白来北京一趟。"

胜楠有些疲惫地把这些话都交代了，其间罗昕几次想要打断，但看到胜楠虚弱的样子还是没有插话。好不容易等胜楠说完了，罗昕才开口道：

"凌总监您怎么了？是要休病假吗？一两天的话，我代班还是没问题的。您就放心休息——"

胜楠看了眼罗昕的表情，见他真是一脸茫然，有些欣慰却也有点为难。

欣慰之处，是她确实没看错人，公司八卦都这么沸沸扬扬了，罗昕居然不知情；为难在于，她还要强忍着头疼再把事情和罗昕说一遍。说实话，她着实不想再和别人说一遍自己"识人不清"的黑历史了。

"家里有些事，我要回上海去了，北京分公司的项目需要人接手。祁总找我也是这件事，让我推荐个人，我向他推荐了你。"

"什么？"

罗昕腾地站起身，这恐怕是胜楠头一次见罗昕表露出这么明显的情绪来，见状也有些失笑摇头道：

"天下无不散之筵席，这段时间蒙你照顾了，谢谢。你是个很不错的助理，相信以后当上总监，也会是个负责任的总监。"

胜楠站起身冲罗昕伸了伸手，罗昕有些茫然地拉住胜楠的手握了握，然后开口道：

"凌总监，您，那您以后，还回来吗？"

胜楠摇了摇头，将手抽回来，转身道：

"我也不知道……我，一时还不会离开北京，毕竟交接的事，也不是一两天就能办完的。这个月之内我都会留在这边，有什么需要接洽的，你可以再找我。晓雪和秦笙今天都外采去了，对吧？你先熟悉熟悉资料，回头等我好一些了，找一天大家一起坐坐，就当吃个散伙宴。"

胜楠说完，便拿过搭在椅背上的西装外套穿上，自顾自地向门外走去。

上了车，胜楠下意识地想往电视台开，却想起自己现在已经不是项目负责人了。叹了口气，在路口往另外一个方向拐去，将导航终点改成了禾拾瑜伽。

"诗雅，我是程峰，你知道梦楠的工作地址吗？我有点东西要寄给她！"

林诗雅又看了一遍那条微信，气得将手机摔在了床面上。

一周前，林诗雅正在家里忙着给各位金主发信息，忽然一个陌生的号码打来电话。

不同于一般女生见到奇怪号码就不敢接，林诗雅因为接活的缘故，经常会接到一些大佬的海外来电，倒也不新鲜，接起电话开口道：

"您好，哪位？"

"诗雅吗？是林诗雅吗？我是程峰！"

"程峰？！"

几乎是条件反射地，明知道电话里程峰看不到她的样子，还是跑到镜子前面再三确认自己的外形处于最佳状况，又理了理丝绸睡裙，才继续道：

"哎哟，你个大忙人，我还以为你去了美国就把我忘了呢！"

程峰闻言也不生气，笑嘻嘻道：

"哪能啊？班花大人我也敢忘那就是皮痒了。我是听说这几年国内商机好，过几个月打算回去看下市场——对了，梦楠怎么样了？你俩现在还有联系吗？"

林诗雅本来都笑得合不拢嘴了，一听梦楠顿时面色一沉，不愉道：

"咱俩才说几句话你就问她？联系着呢——干吗？你找她有事的话，干吗不直接打她电话，还找我干什么？"

林诗雅本来是情商极高的那种女人，但当着程峰的面，她总忍不住撒个娇，耍个赖，就想证明——程峰对她是特别的。

"啊？那我没有渠道找她的电话啊！她又不像你，ins上面都有账号和联系方式。她在国内的社交网上也没有个人首页。"

程峰也是厉害，这么多年就从来没看出林诗雅撒娇的意图来，每次都直来直去，让林诗雅一点幻想余地都没有。

"不说她了，你什么时候回来啊，回头我上机场接你去啊？"

林诗雅强装着笑意迎合，心里却打定主意——决不能让程峰和梦楠接触上。

重新拿起手机，看到那行刺目的微信，林诗雅坐在床上，咬着水晶指甲，想着对策，忽然灵机一动，拨通了赵涛的电话。

"林小姐？"

赵涛一愣，下意识地看了眼墙上的挂钟，下午两点三十四。

这大下午的，普通人都工作的时候，林诗雅怎么这会打电话来？

"赵老师不好啦，梦楠啊，因为不再相亲的事，和她妈妈吵架了您知道吗？闹得可严重了！阿姨还从来没这么生气过呢！听说，把梦楠都赶出家门了。梦楠现在连住的地方都没有，只能寄住在姐姐家。我知道您这边情况可能也不是太宽裕，但她怎么也是您的女朋友啊，这事，您不能不管啊！"

林诗雅这一番带着哭腔的"姐妹情深"彻底把赵涛给演蒙了，过了好一会才开口道：

"我、我肯定是要管，但是怎么个管法呢？"

"求婚啊！赵老师您不是对梦楠很满意吗？阿姨不高兴是因为她觉得我介绍的都是社会上的人，肯定不靠谱，所以才不同意的。您要是拿出点诚意来，阿姨自然也就不生梦楠的气了。"

赵涛着实没想到，事情在他不知情的情况下，进展到了这么个地步，当即开口道：

"谢谢林小姐告诉我这些，我会好好考虑下的。晚些时候我会找凌……不，我会找梦楠聊一聊的。"

赵涛撂下电话，按铃叫过门外的小陆，示意他坐在对面，然后沉吟了一下才开口道：

"林小姐的电话，说是梦楠因为不相亲的事被她妈妈赶出来了，现在没地方住，寄住在她姐姐家。我觉得，我和梦楠认识也有段时间了，趁这个机会告诉她我的真实身份，顺便接她来住一阵，你觉得如何？"

小陆听了这话，有些紧张。他隐约觉得老板的做法不妥，但一抬头，看到赵涛一副志在必得的样子，想了想还是开口道：

"我……我觉得这事，贵在真诚。咱们把事情原原本本说了，相信凌小姐那么善解人意，也不会太生咱的气。"

赵涛闻言满意地点了点头，示意小陆去订个座位，自己则拨通了梦楠的电话：

"喂！梦楠吗？我是赵涛。你今天晚上有空吗？我有很重要的事要和你说。"

梦楠从未见赵涛如此一本正经，也头一次听他喊自己名字，虽不知他找自己是什么事，还是答应了晚上见面。

另一边，胜楠躺在普拉提床上心不在焉地做着拉伸，旁边的教练见她无心训练，便柔声道：

"凌小姐今天状态看起来不太好，不如我们把普拉提改成烛光冥想课吧。治愈身心，您也平复一下心情？"

"嗯。"

伴着轻柔的音乐和烛光，听着教练柔柔的引导词，胜楠的情绪好不容易舒缓了下来。

冷静下来之后，脑子终于得以正常运转，胜楠的第一反应便是去银行查下自己的存款余额。

正想着，手机却振动起来，胜楠够过来一看，是周思源发来的微信：

"我听你下属说你离职了，怎么回事？"

"和上级产生了点矛盾，不想因为我的事拖累其他同事，也不想耽误项目进度，就自己请辞了。"

胜楠回得云淡风轻，实际却百感交集，思绪万千，一直盯着屏幕，等着周思源回复。

而屏幕那头的周思源，看到胜楠的回复，也是一愣。他曾想过无数种可能性，唯独没想到是胜楠主动提出的离职。

依照她的性格，事情能严重到让她主动放弃项目和多年来奋斗的平台，想来不可能是她说的"产生一点矛盾"那么简单。即便自己拒绝了她，她在关键时刻还想着项目……果然，自己的判断没有错。

就算双胞胎受到外界影响表现形式会很不同，内核差异也不会太大。凌家姐妹都是骨子里的好人，和他一样，是在这浮华社会里，堂堂正正凭本事吃饭的那种人。

"你人在哪？要不，我们一起吃个饭？"

"不必了，还有些后续的事务要处理，以后有机会再说吧。"

明明心里万分想见周思源一面，但胜楠也知道，此刻见面只会让自己空前失态，全线崩盘，在周思源眼中的形象一落千丈。与其这样，还不如给自己留些尊严。

或许李铭说得对，一个在情感中还讲自尊的女人，或许从一开始，就得不到男人向下施舍的那种怜爱。

上海，瑞恒市场部顾问处。

"电话打完了？"

陈羽何转着一支限量版的钻石钢笔，靠在转椅上盯着黑着一张脸的李铭，神情妩媚却带了一丝不易察觉的嫌弃。

"打完了，她不回来，直接离职了。要我说——就是不识好歹，给脸不要脸！你看她这么不择手段要坐实了你我之间的感情不光明，咱也不用给她脸！你和咱爸说呗，让广告公司都别再让她入职，也让她见识见识，以后少说不该说的！"

李铭这番恶狠狠的话一出口，陈羽何倒对他有些刮目相看了，放下钢笔撑着下颌道：

"一日夫妻百日恩，她毕竟是你前女友，你何必——"

"这都是为了向咱爸表忠心！我把她调回来，原本也是这个意思。我现在就想和你好好过日子。"

李铭抢白，顺势伸手拉起坐在桌前的陈羽何，将她抱在怀里，将回头浪子演绎得淋漓尽致。

陈羽何听了这话，却伸手推开李铭，表情莫测地坐回椅子上，低头玩了会车钥匙上的皮草，忽然抬头，嫣然一笑道：

"好，难得你有这份心，回头我就跟爸说——"

黄箐汇报完，没来得及出去。在陈羽何的私人衣柜里躲着，将李铭的话听得一清二楚。不由得暗暗咋舌——这凤凰男狠毒起来真的没有底线，竟然因为胜楠不愿意原配变小三和他在一起，就置人于死地，未免太小心眼了些。

好不容易等到陈羽何和李铭都走了，黄箐出来第一件事，便是寻了个僻静所在，给胜楠发语音。

此时的胜楠正在银行查存款，她一向是想到就做，不给自己敷衍拖延的机会。

"麻烦您帮我打印一下这几份存单。对了，我看有两笔快要到期的理财，到时候我想取出来做些别的投资。"

"没问题，请问凌小姐还有什么需求吗？"

胜楠摇摇头，将打印出的存单放进手包中，昂首阔步地拎着包走了。

出门上了车，胜楠才叹了口气，翻出从刚才就在振动的手机，看到黄箐发来的语音，便一条条打开来听。

黄箐鲜少发语音过来，这让胜楠第一时间意识到事态多半严重了。

等将所有语音都听完，胜楠已经面沉如水，清了清嗓子，直接拨通了黄箐的电话：

"胜楠姐！"

"事情我了解了，谢谢你顶着这么大压力还来报信。你和我说的这些事，就不要再和其他人扩散了。你放心，就算李铭和陈羽何真打算让我在圈子里混不下去，陈总却是明理的人，不会放任他们胡来的。我这边有自己的打算，不会因为他俩的事受影响的。"

另一边，梦楠赶到和赵涛约定的地点，是一家颇为高级但比较冷门的西餐厅，外观是一座老旧的教堂。

梦楠一边感叹一边往里走，却在走廊处遇到了一反常态、西装革履的赵涛。梦楠有些不好意思地扯了扯斜挎包的带子。她从办公室赶来，身上只穿了条普通的碎花连衣裙，有些尴尬地停下脚步，支吾道：

"对不起啊赵老师，我、我不知道您这么精心准备了。我以为就和平常一样，一起吃个饭呢！"

赵涛见状却摆了摆手，示意梦楠跟她走，两人来到餐厅入口处，整个大厅富丽堂皇，却空荡荡的，只有门口站着一个有些像服务员的年轻人。

"小陆，把准备好的东西推出来吧。"

"梦楠，坐。"

赵涛拉开椅子，示意梦楠坐下，自己却维持着站姿，直到那个小陆又回来，递上了一个丝绒的小盒子，赵涛才认真地拿着盒子单膝跪地道：

"梦楠，我们以后一起生活好吗？"

梦楠一愣，随即有些慌张地摆手道：

"赵老师？！这、这也太突然了，您这是——"

一旁的小陆见梦楠一脸惊恐，也知道可能有些操之过急了，赶紧出来帮衬，先伸手拉起了赵涛，扶着他坐下，然后主动上前解释道：

"凌小姐，您可能觉得有些突兀，但是我们赵总……哦，对了，凌小姐您还不知道呢吧，我们赵总啊是银河之星的副总裁！就是那个总在央视四套打广告的互联网公司。

"之前呢，是因为害怕社会上那些钓鱼的物质女，才说是老师的。不过，凌小姐您显然不是那种人。我们听说您因为和赵总谈恋爱的事和母亲有点矛盾，现在没有地方住。赵总因为这事——"

"因为这事就跟我求婚？因为害怕社会上那些物质女就骗我，说是数学老师？赵老师，哦不对，现在应该叫赵总了，你到底是因为喜欢我，还是喜欢那个忽然成了救世主的你自己？！"

梦楠一番话说得不但赵涛变了脸色，就连负责解释的小陆也一时间哑口无言，他们都没想到看上去柔弱没主见的梦楠，爆发起来说话竟然这么一针见血。

"不说话了，是吗？"

梦楠说着眼泪就落了下来，直接拉开椅子站起身，摇头道：

"你想要理想的爱情，你想找个单纯的姑娘，就是你撒谎骗人的理由吗？"

赵涛万没想到梦楠会是这样的反应，他预想中梦楠应该会非常激动地答应他的求婚，在知道真相后，也会因为钓到一个金龟婿狂喜。

他预测了很多种结果，并没有一种是被拒绝，而且如此当面指责。

"咳，小陆，你先出去一下，和总经理说那个拉小提琴的，不必来了。"

小陆也有眼色，见老板吃亏，一溜烟地就跑了，整个大厅就剩下赵涛和流泪的梦楠。

"梦楠，你听我说。我、我知道这样做不妥。但、但自从我当了这副总，想来占我便宜的女人就源源不断地出现，我也是实在没办法才出此下策的。我这不是、这不是告诉你真相了吗？再说，你也不是那种拜金的姑娘，如果不是这样，咱俩也走不到这一步，不是吗？"

梦楠闻言连连摇头，退后了几步，像是从未见过赵涛一样惨笑道：

"我不拜金？是吗？我也在乎钱，这么说或许不准确。确实，我在意的不是钱本身，但是，你因为有钱有权，才能像现在这样自信、风趣、大度、见过世面，这些事是抹不掉的。

"我欣赏你，难道仅仅是欣赏这些空洞的品质吗？没有钱和社会地位的支撑，你还是现在的你吗？赵总，你想找个完全不看钱的人，抱歉，世界上没有这种人。

"我说过，我最讨厌的就是别人骗我。赵涛，你不要以为生活也是小说，是电视剧，只要有钱有权，不管怎么撒谎，怎么践踏别人真心，最后还可以获得对方的真爱。不可能。我们以后，不要再见面了。"

赵涛一看梦楠是真的生气了，也有些慌了。他实在不懂表明身份怎么会带来这样的后果。慌乱之下，赵涛也失去了往日成竹在胸的平和，对于梦楠的不领情，他始终是觉得面上难看的。

想到这，便拉过梦楠的手臂，皱眉反驳道：

"你还是好好考虑一下吧。我知道你现在情绪很激动，猛地一听可能接受不了。但是你岁数也不小了，我这条件是非常好的，你就算跑出去相亲，也遇不到我这种条件的男人了。"

梦楠听了这话露出了一个了然的表情，擦掉了眼泪，然后又往后退了两步，挣开了赵涛的手，继续道：

"好，非常好。你终于露出马脚了。我也、也终于可以放心地放弃你了。我之前还纳闷，一个发自内心尊重女性、有绅士风度的男人，怎么能干出这样的事来！

"我现在明白了，你想找的，是一个让你省心、省钱还能欣赏你，满足你成就感和控制欲的机器人。抱歉，我不是那种机器人。我是人，我有尊严，我也需要被当成人看待。"

梦楠说完转身就走了，推门而出的一刻，她觉得内心空荡荡的，却前所未有地轻松。

梦楠回到出租屋，胜楠正在收拾工作剩下的资料。

"姐？你这是？"

"我不干了，李铭用辞退我，威胁我回上海去和他苟且，我不愿意。我的脾气，你是知道的，与其这样，还不如另谋出路。"

梦楠听了胜楠的话大受触动，伸手抱过姐姐，边哭边道：

"姐，我也……我刚和赵涛分手了。他一直骗我，原来他是互联网公司的副总，说什么数学老师，就是怕拜金女讹他的钱——"

"分得好，放心，有我在，咱们都没问题的。"

胜楠紧紧抱住妹妹，这是第一次，她虽然在流泪，但再不怕梦楠看到了。一种血脉相连的倔强，在抽泣声中缓缓流淌。

新一期的"真爱碰碰对"终于开机。

录制现场后台，正在化妆的林诗雅忽然接到了赵涛的电话。

"林小姐，你有空吗？我刚才和梦楠求婚，她、她不但没答应，还骂了我一顿。你说她、她这忽然怎么了啊？您可得帮我打听打听啊！"

赵涛避重就轻，仍不愿承认事情真相，想着从林诗雅这边曲线救国。

"我在外面录节目呢，这样吧，赵老师，等这边忙完了，我去找梦楠聊聊！"

林诗雅嘴上答应着，挂断电话却银牙紧咬，面目狰狞。

她就知道梦楠没安好心！一定是知道程峰快回国了，和程峰一比，赵涛哪里还入得了她的眼？想和自己抢程峰？做梦！

补妆的工作人员站在林诗雅背后，见她眉头紧锁，一脸嫌弃，吓得赶紧放下粉扑小声道：

"林小姐您是怎么了？是不满意我们的服装吗？"

林诗雅这才想起来自己还在录节目，当即卸下一脸怒容，微笑道：

"没有，就是家里有一些杂事。是不是要上台了？让你担心了，真是不好意思！"

在化妆间附近瞎转悠的李察德，目睹了林诗雅变脸的一幕，颇为玩味地盯着她看了一会，若有所思。

林诗雅上台彩排，助理导演问女嘉宾们：

"台词都记住了吗？"

"一点问题都没有，要知道，我有播音主持的功底，这点台词根本就是小意思。"

林诗雅这话一出口，助理导演立马引起重视。再一看，开口的女人长相着实出众，顿时就起了别的心思，笑道：

"有自信是好事，林诗雅小姐是吧？哎呀，您这种大美人也来录节目真是——等一会节目录完了，方不方便一起坐一坐啊？"

助理导演这话一出口，旁边一个女模特顿时大翻白眼，伸手捅了捅一旁一起来参加节目的好姐妹，小声道：

"林诗雅那个绿茶婊，我听 Emilia 说她那个富二代男友被林诗雅迷得都和她分手了。结果林诗雅连手都没让碰，骗了点钱，就和那男的分手了。你可得小心她。"

"嘘，小心摄像头，这话咱们下台再说——"

后台休息室里，李察德跷着二郎腿翻了翻自己的台本，有些无语道：

"有这个必要吗？我心里清楚，我上去就是 24 灯全灭。你们就让我想说什么说什么呗，干吗还得给我一份台词？"

方敏被派来对接李察德，见他这么说叹了口气，劝道：

"你不懂，这台词有爆点才能上热搜，上了热搜，这期播放量才能上去。再说，你不是一直想宣传你那个酒吧吗？播放量高对我们有好处，对你也有好处啊？凌胜楠负责这边广告招标，节目她肯定也会看，你表现好一点，兴许你俩的事还能有转机——"

李察德一副吊儿郎当的样子，用右手小拇指掏了掏耳朵。方敏看他这副满不在乎的模样，有些恨铁不成钢。

真是哪哪都和周策没法比，那凌胜楠要是不瞎，肯定不会选李察德啊！

方敏正在赌气的当口，休息室便又迎来一位贵客。方敏转头一看，那人竟然是新来的心理分析师郑坤鹏！

"走啊。"

郑博士招呼了一声，头也不回地走了，李察德顶着方敏狐疑的目光，跟着郑博士去了一间空无一人的会议室。

"这什么玩意？"

郑坤鹏看到李察德递来的剧本皱了皱眉。

"剧本，周思源那货搞的。说是就算我是全灭灯，有个台本更好上热搜，为了帮我宣传酒吧弄的。"

郑博士随手翻了翻那"台本"，直接双手一撕，甩在桌上，冷笑道：

"扯淡！他能有那么好心？和当年一模一样，好人全他当，心里全是利用算计。"

李察德听郑博士这么说，也不敢反驳，坐在转椅上转了两圈半，才找到个话头道：

"行了行了，甭管他什么居心了。你说帮我追凌胜楠，什么时候追啊——你再不出手，他俩都快开房了！"

郑坤鹏一看李察德一副急色鬼的模样，摇了摇头，走到他身后，拍了拍他的肩膀道：

"要不说你不行呢——这凌胜楠工作都没了，你不赶紧去表现表现，还在这看什么破剧本！"

李察德闻言一愣，赶紧起身看向郑坤鹏摇头道：

"不能吧？她不是才竞标成功吗？"

"她那个前男友，和他们董事长的女儿睡了，孩子都有了。前男友为了表忠心，就把她给卖了。兴许是不想影响到项目吧，就自己离职了——

"这我也得佩服，一个女人，感情到这份上还能不撕破脸的，真的少见。我劝你，别追她了。我看啊，她就是男性思维，感情虽然也重要，但在她那，永远排在事业和亲情友情后面。"

郑坤鹏分析完，扔下一头雾水的李察德推开会议室的门走了，剩下李察德一个坐在椅子上，一直喃喃地重复："不能吧？"

郑坤鹏走后不久，周思源从旁边的办公室走出来，盯着会议室的大门若有所思。拿出手机，手指停留在"凌胜楠"的名字上，良久，终于还是没有拨出那个电话。

胜楠一下没了工作，夜里在客厅辗转反侧，怎么也睡不着。梦楠听到外面一直窸窸窣窣有响声，便知道姐姐一定是失眠了，想了想，还是强打精神起身去了厨房，煮了银耳莲子羹，端到客厅胜楠床前，柔声道：

"姐，喝点吧，知道你心情不好，咱俩聊会天吧，别一个人硬撑。"

胜楠喝着暖胃的汤羹，只感觉星星点点的热慢慢地在胸口扩散开来，想了一会，才开口道：

"这些年来，除了工作，我没什么个人生活。就算有什么安排，也都是围绕着工作进行的。现在离职了，明天该干什么，忽然就想不到了——"

梦楠见胜楠难得吐露心声，当即伸手拉过姐姐有些微凉的手道：

"姐，其实你不必总这么逼迫自己的。你看我，这么多年，天天被妈骂，说我不上进。每个月也就四位数的工资，对象也没着落，外形也不算出众，这不也活得好好的？你想啊，当初你都能进瑞恒，在广告业干了这么多年，又当到总监，再找一份工作，也不会太难。不用想得那么严重啦！实在不成，不还有我呢吗？"

梦楠一边说一边摩挲着姐姐的手背，察觉到她的手温度渐渐回暖，不由自主地拍了拍她的手，以示鼓励。

"也对，从头再来就是了。不过，打了这么多年工，这次我打算就为自己打工一回。我算了算，剩下的钱虽然不多，开个小工作室应该足够了——"

胜楠回握住梦楠的手，点点头，说出了自己的计划，梦楠闻言兴奋地附和道：

"姐，我支持你，如果有任何用得到我的地方，我一定帮忙！"

聊着聊着，梦楠便开始眼皮发沉，胜楠也有些困倦了，看看肩头的梦楠，自知挪不动，便索性靠着她尝试着睡了过去。

第二天一早，发现自己和梦楠挤在一张小床上睡了一晚的胜楠，心中柔软的部分被触动了。笑着看了一会妹妹的睡颜，伸手拽过一旁的毯子轻轻盖在梦楠身上，起身外出跑步。

梦楠迷迷糊糊揉着眼睛爬起来的时候，茶几上已经摆着胜楠准备好的早餐了。一如既往的，白水煮蛋和鲜牛奶。梦楠有些不好意思地挠挠头，盘腿坐在沙发上一边吃鸡蛋一边琢磨有什么可以让姐姐稍微提起点精神。

思考再三，梦楠骑着小黄车回到家，盘算着把儿时的相册拿过来和胜楠一起看一看。

没想到，才到家附近，却看见了带着秘书小陆的赵涛，更让梦楠震惊的是——赵涛身边那个女人自己无比熟悉——楚芳华！

妈是怎么认识赵涛的？还是说，赵涛不甘心被自己拒绝，直接找了母亲？

梦楠着实担心，却又不敢靠近，只得蹑手蹑脚地远远跟着。到了咖啡厅门口，小陆却并没有跟进去，而是留在门边站岗。

这一来，梦楠就无法进去打探情况了，只得心乱如麻地坐地铁去了单位。

进了办公室的门，还没坐稳，就看到王倩慌慌张张地迎面跑来，拉住梦楠的手道：

"出事了！出事了！！昨天晚上校长带着家长们给的学费，跑到国外去了！现在根本联系不上了！"

梦楠被吓得一激灵，刚想安慰王倩不要听风就是雨。一转头，却看到一贯耀武扬威的许代柔，此刻眼眶发红、披头散发地瘫坐在工位上发呆，平时那副颐指气使的气势消散殆尽，不由得信了七成。

另一边，一大早出门的胜楠则是结合昨天的银行存单，将存款集中在了两家知名银行，取消了几家小银行的户头。

现在她没了工作，不比以往每月还能有固定收入，更应该集中本金，才能成为银行的 VIP，从而了解到收益更高的一些项目。

整理完银行的户头，胜楠便回到家开始分析自己开工作室的可能性。主营项目是需要考虑的重中之重。

不同于一些头脑一热，还没"单"就已经大张旗鼓租房子招兵买马的创业新人，胜楠步步为营，她打算先不急着开工作室，去调查一下有什么项目可接，接洽到一定程度了，再开始才是最保险、节约成本的做法。

胜楠分析资料的同时，周思源刚完成了一轮和郑坤鹏的角力。头一次出镜，从幕后走到前台，和游刃有余的郑博士相比，周思源要疲惫得多。坐在台下抬眼看着宣传片的首播，周思源忽然想起胜楠已经离职的事，不由得有些唏嘘。

温青坐在周思源身边看得分明，见他面色沉重，当即主动开口道：

"周策是不是想起凌总监了？"

周思源闻言摇了摇头，没有看温青，也没有回应。

温青见状犹豫了一下，环顾四周，见工作人员都站得很远，这才压低声音耳语道：

"周策，我……其实，方敏和李察德最近走得挺近的。我也一直在想要不要多这个嘴，但我觉得，这事你还是知道比较好。对了，我听上面说，郑坤鹏也是那个李察德推荐的。"

"我知道了，谢谢你。"

和以往的云淡风轻不同，周思源捏了捏眉心，像是想到什么似的摇了摇头，叹了口气起身道：

"你就当不知道这件事，台里最近乱，知道越少对你越有利，我会想办法处理。"

温青见周思源难得显露出对自己的信任来，也有些感动，赶快也跟着站起身，表忠心道：

"咱俩自节目初始就在一起合作了，我不向着你向着谁啊，说这话就生分了！说得跟你要被整垮了，我还能在这工作似的。"

周思源闻言苦笑一下，拍了拍温青的肩膀道：

"我自然是信你的。只是，我真不想再拖累人了。李察德也罢了，郑坤鹏可不是好对付的——"

这边周思源得知了事情真相，那边同样得知真相的梦楠和同事们浑浑噩噩熬到了下班，却发现自工作伊始从未请过假的教导主任都没有来单位。梦楠心知，这谣言多半是真的了。

梦楠一边收拾工位上的私人物品，一边想起昨晚自己还开导姐姐"凡事有她"，今天就来了个"现世报"，立马没了工作。

失魂落魄地抱着一箱子东西往外走，却惊恐地发现母亲站在留学中心门口。

梦楠恍恍惚惚上了母亲的车，紧紧抱住箱子，咬着下唇拼命地思考怎么解释才能让母亲接受自己也没了工作的事实。

没想到，还没等梦楠开口解释，一贯严肃的楚芳华忽然露出了一个满意的笑容，转身拉过梦楠抱着箱子，已经有些僵硬的手臂道：

"楠楠啊，是妈一直误会你了！妈还以为，你是铁了心不听妈的话，非要和那些个底层人士纠缠。没想到，你居然自己找了个金龟婿。哎哟！银河之星的副总裁呀！那可是妈妈都没有的门路哦！你和赵涛交往吧，妈妈支持你。你说他也是，一个副总裁，装什么数学老师呀！"

梦楠闻言，将箱子放在汽车后排座椅上，然后转头看向楚芳华，就好像第一次认识母亲这个人似的，看了好一会，才开口反驳道：

"妈，你、你怎么能这么说呢？你明知道赵涛之前骗我。欺骗这种事，再一再二，就会再三再四，这不是你从小教我的吗？别的都可以，但是欺骗这件事，绝对不能原谅。"

楚芳华闻言哈哈大笑，然后伸手摸了摸梦楠的头发，见梦楠不耐烦地躲开，终于收敛了笑意，再次开口道：

"梦楠，穷人装富叫骗人，富人装穷，那不是意外之喜吗？再说了，你原本不知道他有钱的时候都觉得他人不错，这怎么有钱了，你反而不喜欢了呢？"

"重点就不是有钱没钱！重点是，赵涛从来就没相信过我！是，他现在多了有钱有势的优点，但是也多了疑心病、心机重的缺点。我就是不想找一个在感情中处处算计，什么都计较的人结婚，不可以吗？"

楚芳华闻言怒极反笑道：

"凌梦楠！你不要仗着妈忍让你，你就觉得自己可以为所欲为！这么多年，除了这个赵涛，你找到过一个对象吗？啊？我给你找那些，你嫌东嫌西的都不要，你自己喜欢的那几个，人家都不见你第二面。

"为什么，你心里没数吗？哦，这好不容易来一个条件不错，还能看上你的，你还端着，还想拒绝？我可告诉你！过了这村，就没这店了！这么下去，你这辈子都结不了婚了，你知不知道！"

梦楠闻言，泪水瞬间蓄满了眼眶，滴答滴答落在纸箱子上。

为什么？妈妈明明之前已经理解自己了，为什么现在又旧调重弹，开始干涉自己的感情生活？

"又哭，遇到事就会哭！和你爸一个模子刻出来的！哭有用吗？你大姨都告诉我了，凌胜楠最近工作没了，对吧？你赶快搬回来——我说她怎么这么好心呢，接你过去住。我还以为那小丫头多少念点姐妹情，没想到，是为了让你去给分摊房租啊！都是一个妈生的，你看看人家这心机，再看看你自己！"

梦楠听了母亲的话，更不敢告诉她自己单位也出了问题，强忍着恐惧咬牙顶撞道：

"你说我就说我，别往姐姐头上赖！她叫我搬过去是辞职之前的事。不就是找对象吗？我找就是了，赵涛的事，你不要再提了，我不会再考虑了。"

楚芳华见状，鼻子都要气歪了，心里将徐颖那个贱人和凌玉成那个王八蛋骂了千百遍，然后面色铁青地盯着梦楠道：

"好啊，那咱俩打赌。你要是能在一周内带回一个比赵涛条件还好的男朋友，我就不再干涉你的私生活了。要是带不回来，你就乖乖给我搬回来，然后去找赵涛复合！"

梦楠盯着母亲，头一次心头涌上一股叛逆的冲动，点头道：

"好，就这么说定了！"

梦楠说完拽开车门，抱起箱子，头也不回地走了。

看似气势汹汹，实际梦楠却早就心如擂鼓，一进出租屋的门，便瘫成一团，倒在沙发上，脸顿时就垮了下来。

以前她有份工作，尚且找不到合适的对象。如今连工作也没了，凭什么能在一周内找到个条件不错的对象？

梦楠正抱着枕头，茫然地吐着泡泡，林诗雅的电话便打了过来。梦楠像是见到了救星，爽快地答应了见面，也忘了姐姐之前的警告。

梦楠赶到的时候，林诗雅一袭白裙坐在江南小馆的包厢里，看着宛如画中人。

梦楠还没坐稳，林诗雅便开口道：

"你觉得李察德人怎么样？"

梦楠一听这个名字便皱起眉头，连包都没顾上摘，便坐下开口道：

"不怎么样，就是一个有点钱，但是脑袋空空的土豪。"

"对吧？我也觉得是这样。"

林诗雅说完呷了一口明前龙井，然后伸手盛了一碗西湖牛肉羹，喝了两口，润了润嗓，才继续道：

"今天录节目，下了节目啊，李察德就溜达到我的休息室来了，和我套了好半天近乎，都被我糊弄过去了。你不说之前他还追过你姐姐吗？你说他——是不是泰迪精转世啊！自己那小矬个，圆胖身子，跟个紫茄子似的。"

梦楠本来因为丢了工作又找不到对象的事挺难过，忽然听见诗雅好久不见的刻薄嘲讽，不知为何竟笑出声来。

过了一会，才反应过来。自己的处境恐怕不比这所谓的"泰迪精""紫茄子"好多少。

"诗雅，我这也有个事——我不是和赵涛分手了吗？我妈特别生气，让我一周内找到个比赵涛强的对象。否则、否则就、就要让我搬回家。"

梦楠避重就轻，没敢和林诗雅提赵涛的真实身份。她心里很清楚，按照诗雅的价值观，她要是说了实话，诗雅肯定和她妈妈一样，觉得是自己不配，不理解自己为什么不答应。

"嗨，我还当是什么事，你先把包放下。不就找个比他强的吗？

那太容易了！一个重点中学数学老师而已——你这样，直接在网上注册个账号，网大好捕鱼嘛！网上这么多人，找个金龟婿还不容易？"

梦楠起身摘下书包，又重新坐下，喝了口茶，不解道：

"可是诗雅，你不也是因为觉得网上的都不靠谱，这才决定上节目的吗？"

"你又不是真的要和那些个男的在一起，这不就是救急吗？你先找个条件不错的，把你妈糊弄过去。等你找到新对象，再和她说不就得了？"

梦楠想了想，觉得也是没有办法的办法，只得在林诗雅的帮助下注册了一个账号。

没想到，菜还没上完，就有四十多个私信发了过来。

梦楠被吓得连连咳嗽，从小到大，她从未见过如此猛烈的攻势，顿时两眼圆瞪，举着手机凑到林诗雅身边道：

"诗、诗雅，这、这怎么办啊？"

林诗雅是情场老手，见状完全不慌，嫣然一笑，伸手点了点梦楠的额头道：

"小傻瓜，你忘了设置择偶条件了。"

林诗雅拿过手机，在梦楠注视下，熟练地将身高拉到一米七五，月收入拉到一万到两万，房车不限，有的话有加分。兴趣爱好：居家的有加分，户外的身材好有加分（须附照片）。

这么一改，梦楠的手机顿时像是被静了音，十分钟过去了，都没有一个人来。

梦楠有些尴尬，想了想，借口去厕所，想要克制一下自己想哭的冲动。

果然大家都很现实。自己不是诗雅，在这种网站上，除了一些娶不到老婆的底层男性，估计是不会有什么好男人看上自己的。

不过也不怨诗雅，是自己魅力不够，而且，也挺对不起诗雅的。自己之前听姐姐的话，刻意疏远诗雅，没想到自己都和赵涛分手了，诗雅不但不生气，还愿意帮自己的忙。

梦楠在厕所里自我道德谴责的时候，林诗雅正盯着梦楠的手机发呆。一个熟悉的号码打来了电话，竟然是她这些天联系不上的程峰！

林诗雅环顾四周，见梦楠还没回来，当即麻利地将号码拉黑然后悄悄删除了通话记录，装作若无其事地返回了相亲软件界面，帮梦楠挑选虚假对象。

胜楠整理完资料，正准备开车去瑜伽馆放松一下，没想到，一出门便撞见了周思源。

胜楠一时有些语塞，倒是周思源先开口道：

"感情的事，拒绝你我也很抱歉，但你不用为了避嫌放弃工作。我一直把你看作很优秀的合作伙伴。李察德和郑坤鹏……就凭他俩，哪怕联起手来，也未必能把我怎么样。"

胜楠刚见到周思源，本以为他是赶来关心自己的。没想到，这一开口，好像是在影射自己为了害怕李察德报复他，这才放弃工作的。顿时气不打一处来，双手抱臂冷笑道：

"周总策划未免自我意识太过剩了。的确，我以前是对你有过好感，可也没有痴情到需要为了你放弃这么多年事业的地步。我确实是因为和高层有矛盾这才离职的。我一贯讨厌受人威胁，也不愿因为我私人的事牵连其他同事。周总策划就不要往自己头上揽了吧？"

周思源猛地一听胜楠这么说，先是一愣，随即也火气上头。

原本新节目录制，他作为总策划本就分身乏术，挤时间来看胜楠，她不但不领情，还恶语相向。一副好像已经对他没有感情的模样，让周思源一贯高傲的自尊心颇为受挫。当即也没了好脸色，冷声道：

"那是我多管闲事了。凌总监不是冲着我离职的，想必就是为了那个前男友了。我明白了，以后也不会再来打扰了。"

两人不欢而散，胜楠自然也没了去瑜伽馆的心情。回到家，看到客厅角落里堆积的离职箱子，有些难过地蹲在木地板上，无声地哭泣。

周思源走了两步，站在楼下望着胜楠的窗子好久，最终还是叹气离开。

梦楠见完林诗雅，回到出租屋，发现胜楠还在忙，各种资料摊了一茶几。胜楠坐在木地板上，整个人头发凌乱，眼角泛红，有些担心地凑上前问：

"姐，你怎么了？"

胜楠揉了揉发酸的鼻头，将即将流下的泪水随着吐沫咽回去，哑着嗓子开口道：

"我是不是真的很别扭？……我是不是，很不会表达真实的感情？"

梦楠听了一愣，伸手将沙发上散落的资料整理到一堆，然后靠近胜楠，也在地板上坐下道：

"姐，到底怎么了？"

"刚才……你周大哥来过了。说是，让我不用因为担心项目，担心他就离职……他以为我是因为怕李察德和郑坤鹏联手害他才辞职的。我、我本来……本来看他来了是很高兴的。

"可是，上次、上次我和他说想当他女友被拒绝了，就有点没面子。总觉得，这么不清不楚的，总让他关心，我心里过不去那道坎。就……就说了些话，把他气走了。"

梦楠没想到姐姐还有这样一面，犹豫了一会，才揽着胜楠的肩膀安慰道：

"姐，你放心，周大哥不是那种小心眼的男人。只要你们都还在北京，你还在广告这个圈子里，总有一天还能有机会合作，到时候再解释也不迟。再说，周大哥现在确实还有李察德和郑坤鹏要对付……来找你，估计也是挤时间过来的，着急走，兴许是真有急事，也不一定是真生气了。"

胜楠闻言好像头一次见梦楠一样，盯着这个妹妹仔仔细细打量，看得梦楠脸都有些红了，将手从姐姐手中抽出来，低头起身欲走，却被胜楠拉回了地板上。

"你平时看着没什么主见，真出了事，就看出你那些书啊，真是没白读！是啊，我光沮丧也没有用，反正他已经走了。当务之急，还是赶快把事业搞好，以后再见面，也有个谈话的筹码！"

胜楠说完，便起身去洗手间洗了把脸。梦楠一看，胜楠打起精神了，松了口气，从地板上站起来，躲进了卧室，拿出手机，打开了相亲软件。

偷偷看了好几个林诗雅帮她选的网络型男。相貌气质一等一也就罢了，身高、职业和收入也都好得难以置信。梦楠有点不相信这种条件的男人会喜欢自己，正在自我质疑的时候，忽然想起诗雅临走时说的那段话：

"小傻瓜，你这么想，其他女人也都这么想。最后这些个帅哥就只能孤芳自赏了，没有女人敢追他们。想找优质男啊，就得放弃你以往那套矜持，就得主动。光听说过猎人抓猎物，没听过猎物站着不动还想套牢别的猎物的，对吧？"

梦楠想了想，鼓足了勇气选了个看起来颇为阳光的帅哥。照片里帅哥坐在一张林荫树下的长椅上，身侧放了一个滑板，棒球帽反戴，看起来能量满满。

梦楠小心翼翼地点开私聊，发了一句：

"您好，我看您给我的资料点了个赞，留言说想了解一下。我想问下您，您这周末有时间吗？可以见面聊一下吗？"

梦楠本来没抱什么希望，正准备放下手机，去看下胜楠怎么样了，还没等走出房门，手机便再度振动起来，拿起来一看，那男人竟然已经回复了：

"好啊。你果然和我想的一样，是那种思路很清晰、有文化的女性。我也觉得见面说效率会高很多。"

梦楠捧着手机，觉得简直难以置信。正准备点开阳光帅哥的首页仔细研究下资料，胜楠收拾完资料便推门走了进来。梦楠吓得起紧将手机塞在了枕头下面，转身道：

"姐、姐你都整理好了？工作室的事，怎么样了？"

胜楠不是第一次见梦楠一惊一乍了，已经习惯了妹妹谨小慎微性格的她，没太去在意梦楠为什么又一副吓了一跳的模样，坐到床沿上回复道：

"我准备从一些小项目做起，刚才上网锁定了几个有策划需求的公司，我都记下来了。下周准备挨个去拜访，看看有没有能构成合作关系的。不过在那之前，得先注册个公司，然后找人做个靠谱的网站。"

梦楠闻言，暗暗佩服姐姐的执行力。

离职不过两三天，下一份工作马上就初具雏形了。自己的工作其实也马上就没有了，这对象也没有着落，还不知要怎么和姐姐还有妈交代。

想到这，不由得有些愁眉不展。胜楠见了，以为梦楠在担心对象的事，便主动开口道：

"我虽然一直不相信相亲那一套，但如果你想去，其实好多社区街道，周末都有那种单身男女配对的活动。你要自己不好意思去，我可以陪你去。"

梦楠闻言，摇了摇头。她嘴上不说，心里却还惦记着刚才软件上的那个帅哥。

胜楠见梦楠兴致不高，还以为她几次为情所伤，暂时不想找了，为了将自己和楚芳华区别开来，连忙开口表态道：

"我不是逼你找对象，你要是不想找，暂时也可以不找。还有，好不容易搬出来了，你要不想相亲，想自己出去找，只要人靠谱，我也不拦着。今天也折腾挺久了，早点休息吧。"

胜楠说完，便出门去了。梦楠又赶快摸出手机，趁还没到深夜，赶紧和那个软件帅哥又聊起天来。

第二天一早，胜楠出去跑生意。已经没了工作的梦楠在家无所事事，打开电脑，看到当年和自己一起写小说的小姐妹，如今都已经成了小有名气的网络写手，不由得有些失落。

心念电转，梦楠向后台提出了签约申请，然后惴惴不安地开始等待平台审核。梦楠几分钟动一次鼠标，看一次屏幕，却迟迟没有回信。无聊中的梦楠再次打开相亲软件，却惊讶地发现了帅哥网友发来的私人照片。

照片上的阳光帅哥穿着一身运动服靠在某座高架桥的栏杆上，敞开的运动服随风飘起，帅哥一脸轻松写意。梦楠看得有些脸红，手指飞舞忙问道：

"你这是到哪去了啊？跑步？"

没到一分钟帅哥就回信了：

"对啊，单位过阵子有运动会，哈哈，我提前锻炼锻炼。"

"你单位……单位那么多女同事，你长得这么帅，肯定好多人追你吧？"

梦楠没想到帅哥还能对自己这么热情。但同时又开始自卑心理作祟，忙发信息询问。

"嗨，什么追不追的。本来女孩主动的就少，再加上，我这人也就是私底下比较开朗，上班时候还挺严肃的，就没什么人喜欢。再说我们那单位，不是国企嘛，女同事都比我大十岁起步，人家早就都结婚当妈了。"

梦楠见状松了口气，看了一会帅哥的主页，心里又开始打鼓。

一个月两万多的工资，搞程序的，不应该都挺邋遢的吗？怎么他看着这么精神？会不会是那种"照骗"呢？就是那种中年谢顶大叔，故意找自己侄子之类的，来假装聊天，到时候见面再换人？

"你，我听说程序员都挺——都工作比较忙，不太爱运动，你为什么——"

梦楠犹豫了一会，想起姐姐说得找靠谱的，冒着被帅哥嫌弃啰唆的风险，还是小心翼翼地问出了自己的疑惑。

"哦你说这事啊。这就说来话长了，我本科确实不是学程序的，我本科学的体育管理。后来有次和朋友去攀岩出了点小事故，家里就害怕了。我独生子嘛，家里就非逼着我换专业，学了两年体育管理后来转学编程了。落下课太多，大学就没顾上谈恋爱，光顾着补课了，一毕业就进这个单位了。"

帅哥似乎很有耐心，不但没生气，还耐着性子长篇大论地解释。

这一来，轮到梦楠不好意思了，思来想去还是问了那个最想问的问题：

"你、你到底喜欢我什么啊？这网站好看的小姐姐挺多的，为什么、为什么会给我留言啊？"

"我一直喜欢有书卷气的姑娘，现在市面上那些整容脸，太风尘。说句不中听的，就她们那照片卸了妆，是人是鬼都不知道，我不喜欢。"

这番捧一踩一，让梦楠彻底如坐云端，恍惚间就答应了和帅哥网友周六在商业街的咖啡厅见面。

另一边，林诗雅缺席的第二期"真爱碰碰对"正在录制。

第一期视频播出后，林诗雅由于出众的容貌和极高的情商，加上她自己捏造的白富美身份，让她迅速积累了一批粉丝。

电视台力主林诗雅作为第二期女嘉宾的重点拍摄对象。不但如此，甚至还给她安排了私人小编，负责对接台词，以巩固她的人设。

然而，这次的无故缺席，却让成竹在胸的何PD顿时没了手中的王牌，急得对手下不停发火，催促他们赶紧去找人。

"那个谁、谁，方敏……啊，不行，方敏你是男嘉宾组的是吧？你继续忙你的——温青！温青在不在？温青你去给林小姐打个电话，这人怎么还能没——"

"何永亮，温青和方敏都是策划部的骨干，有专人要对接。你自己想要培养女明星就派自己手下人去办！不要拖着整个制作组和你玩什么捧新人的游戏！"

何PD话音还没落，周思源便走过来打断他，厉声斥责。

"周思源，你！"

何PD没想到一向置身事外的周思源，出门一趟回来，和吃了枪药一样，居然敢当众撑自己！顿时被气得说不出话来，拿着稿子的右手直抖，嘴唇也跟着发颤。

"哎哟，我们周大善人不装了？我还以为您老贵为刽子手，已经练得宠辱不惊了呢！"

郑坤鹏见周思源发火，从旁走过，当即阴阳怪气道。

"慧敏的死都是你那通莫名其妙的电话闹得。我没找你算账，你还敢主动和我提当年的事？！"

周思源说完，一个箭步来到准备离开的郑坤鹏面前。单手抓住他的领子，直接把比他高半头的郑坤鹏拎离了地面。

郑坤鹏也不甘示弱，反应过来后当即双手用力甩开周思源的钳制，脚一沾地便一脚踹了过去。

两位心理专家因为陈年往事打得脸红脖子粗，台里众人见状赶紧拉架。

与此同时，林诗雅捧着一束鲜花来到了国际机场，迎面走来了一个打扮入时的帅哥。

只见他身穿时下流行的墨绿色飞行夹克，下面一条褪色牛仔，反戴棒球帽，脸上一副飞行员的蛤蟆镜，酷劲十足，却又兼具运动时尚。

这位帅哥一走出来，生生把机场大厅走出了高定 T 台的既视感。

"程峰！！！"

林诗雅三步并作两步，几乎要扑进程峰怀里。程峰在美国却习惯了这种热情，不但没拒绝，还笑着抱了抱林诗雅。

林诗雅一颗心跳得飞快，双颊绯红，主动开口道：

"我开车过来的，走，我送你去酒店。"

"今天不上班？怎么还有空来机场接我？"

林诗雅眼看着自己昔日的男神坐在副驾驶上，一颗心早就飞上了云端，也不在意程峰话里话外问她工作的事，反而兴奋地回道：

"自己做了点小生意，现在不用坐班了——哎，你不说这次回国是来考察市场的吗？考察什么呀？你以后要回国发展了吗？"

林诗雅磨刀不误砍柴工，一边开车一边问程峰的近况。

"哦，不是我，是我爸。你也知道他在美国那边投资一些休闲俱乐部嘛——这两年国内的中产增长迅速，我是判断有这方面的需求，所以主动请命回来看看。"

两人有一搭无一搭地聊着，程峰似乎觉得一直说自己好像没什么意思，打开窗户让风吹进来，然后话锋一转道：

"哎，梦楠是不是换电话了？你上次跟我说那个电话，我打了，没打通。打了好几遍，她都不接——"

"没换，估计是不想接吧？毕竟人家谈恋爱呢，忙得很。再说了，她男朋友应该也不喜欢她接别的男人的电话吧？"

林诗雅表面轻描淡写，心里却是五味杂陈。

程峰果然还惦记着梦楠，她早就知道他俩不简单！

"她谈恋爱了？也对，她那软毛兔的脾气，国内应该挺多男人喜欢的，哈哈。那就不勉强，礼物有机会见面再送吧。要实在不方便，留到婚礼时候送，也行。"

两人说话的当口，胜楠已经走访了好几家需要广告的公司。拿着各公司的需求，又驱车到大学城附近转了转。

胜楠发现附近的一些商铺和周围的店铺同质化严重，下车在附近走了走，打听了一下行情，发现不少老板都着急怎么能让自家店铺个性化一点，打开局面。

胜楠见状，开动脑筋构思。大学专业是传媒的她很快就找到了突破口，综合分析几家商铺的酬劳和时限，她找了一家中等偏上的奶茶铺子，接了一单设计。

手机忽然响起，胜楠接起来一听，居然是许久未见的李察德：

"凌胜楠，我听说——你不干了？嗨，一破广告公司而已不干也无所谓。那你现在应该有空了吧？来我酒吧坐坐？不然，你帮我这设计设计？"

"李先生，我这才离职，很多事情要处理，没有时间接新的项目。再说，您不是已经报名'真爱碰碰对'了吗？那是很好的宣传机会，您还是专注那件事吧！"

李察德见胜楠油盐不进，也觉得有些无趣。这些天追胜楠让他意识到还真有砸钱也泡不到的女人，想了想，觉得她也没什么了不起，实在不值得为她花这么多心思，跑到后台找到导演助理，开口道：

"哎，你们这儿有女嘉宾的电话吧？那个叫林诗雅的——"

胜楠被李察德这么一耽搁，倒想起梦楠提到过喜欢吃附近一家双皮奶，便决定买些回去，给妹妹打打气。

林诗雅带着程峰开车路过大学城，程峰看到窗外的老字号的奶酪店，忽然开口道：

"诗雅，你能不能停下车？我好久没回国了，以前上学时候经常吃这附近一家的双皮奶。刚才看到了，想去买来再尝尝。真挺好吃的，你喜欢什么味的，我给你也买一个？"

程峰无心之举，在林诗雅看来却是约会的信号。顿时有些小鹿乱撞，春光满面道：

"我先去找车位，你先下来吧。我一会过来找你——这双皮奶，还是在店里吃口感更好。"

程峰下了车，没走两步便看到一个熟悉的身影。

高马尾，剪裁得宜的正装，侧脸却和记忆中那个侧头看自己睡觉的女孩重叠在了一起。

"梦楠？"

程峰试探着开头，伸手拍了拍前面队伍里女人的肩膀，胜楠回头看到一个打扮新潮的帅哥，挑了下眉，开口道：

"我不是梦楠，我叫凌胜楠，梦楠是我妹妹。"

"妹妹？"

这一来，两人也忘了买双皮奶的事，从队里出来，移步到一旁的长椅处。

一番解释之后，程峰不由得啧啧称奇。

高中三年，他从没听说梦楠还有一个姐姐！

不过他刚才不敢确定也是这个原因。胜楠虽然和梦楠外貌很相似，但气质却大相径庭。他刚才还在想呢，到底发生了什么，能让当年那个软萌懦弱的女孩，变成这副样子。

"你就是程峰——那就怪不得了。"

胜楠上下打量着程峰，终于把眼前这个潮男和梦楠口中高中的暗恋对象对上了号。

如果是这个男人，不难理解为什么梦楠和林诗雅都对他青眼有加。

"程峰！我回来——凌胜楠？！"

林诗雅好不容易找到车位，几乎是飞奔过来找程峰，一过马路就看到一个倒胃口的身影。

"诗雅你认识胜楠啊。"

才见面没两分钟，胜楠都喊上了。

林诗雅气得鼻子都要歪了，银牙紧咬，又怕程峰看出自己暗吃飞醋，只得强作笑脸道：

"梦楠的姐姐嘛——我当然认识。好了好了，这你也刚回国，梦楠才丢了工作，估计一时半会不想见人。胜楠啊，你就做个好姐姐，先别告诉梦楠程峰回来了好不好？省得她那个性格，想聚会，但没钱，又开始左右为难。"

林诗雅眼珠一转，马上出言打断了两人的交谈。

胜楠猛地一听梦楠没了工作，便也无心再试探妹妹这个昔日的暗恋对象了。可她一贯对林诗雅没有什么好印象，闻言便装作早已知情，冷笑一声道：

"林小姐还是那么关心闺蜜啊？我妹妹有我，你还是专心陪远方来的客人吧。"

胜楠说完，便驱车回家，一路上都在盘算怎么才能让梦楠开心一点。

而此刻，梦楠正趴在床上和网络帅哥聊得火热，忽然一看姐姐回来了，吓得差点将手机摔在地上！

胜楠见状还以为梦楠怕她看到自己找工作，不想她知道离职的事。话到嘴边，终究是咽了回去，装作什么都没发生，伸手将双皮奶递给梦楠道：

"刚才路过大学城，想起你喜欢，就给你买了。"

梦楠见状有些感动，一骨碌爬起来给胜楠拿了勺子，姐妹俩坐在沙发上默默地吃双皮奶，气氛顿时有些尴尬。

梦楠想了一会，便打开电视，开始胡乱换台，却不小心拨到了最新一期的"真爱碰碰对"。

"我觉得男嘉宾没必要在VCR里这么强调自己难忘旧情吧？要我说——周策才是全场最难忘旧情的那个！观众朋友们可能不知道，周策的未婚妻出车祸去世后，再没找过对象。要是每个男嘉宾都像周策这样，这节目也就没有存在的必要了。"

梦楠本来想换台，正赶上郑坤鹏慷慨激昂地拿当年的事影射周思源"活在过去"。胜楠看到，顿时心中一动，伸手按住了梦楠想要换台的手。

嘴上虽然没说什么，但看向电视的眼神已经有些急切了。

"我不觉得男嘉宾在VCR里实话实说自己忘不了之前美好的感情是错误的。我也不认为男嘉宾说前女友因病逝世是在博同情。

"正相反，我倒想问问郑博士，在恋爱中坦诚自己的最真实的状态，而换来的彼此欣赏，不是要比拼命掩饰自己的过往，装成一个没有过去的情圣更来得持久吗？

"男嘉宾如此真实地展现出了自我，如果还有女嘉宾愿意和他走，不正说明女嘉宾真心实意的——"

周思源说到一半现场已经响起掌声了，可就在他即将赢得这次对攻胜利的时候，周思源却忽然站起了身，直接拉开观察室的门跑了出去。

嘉宾从观察室里消失，场面顿时一片混乱。

梦楠看了也是一愣，拽了拽一旁胜楠的袖子，开口道：

"姐，你要不要——给周大哥打个电话，他、他怎么了？别是出什么事了吧？你，这会关心他，也不会很奇怪。兴许、兴许这是个缓和你俩关系的好机会呢？"

胜楠拿着手机有些犹豫，从小到大的高自尊，让她很难放下身价主动联系一个被她恶语刺激过的男人。

犹豫不决间，门铃忽然响了起来，梦楠赶快上前开门，被周思源抱了个正着。

梦楠满脸通红地挣开小声道：

"周、周大哥，我、我不是姐姐。"

周思源有些尴尬地看向屋内，胜楠眼眶发红却捂着嘴在笑。周思源放开梦楠向胜楠走去，两人拥抱在一起。

梦楠在一旁看了，满眼的羡慕。

看到姐姐找到了如此好的爱情，梦楠更坚定了——自己一定也要找个喜欢的人。

转眼到了周末，周思源担心胜楠因为没了工作心情不好，过来接人出去兜风。出租屋里，顿时就只剩下梦楠一个人了。

原本应该阴郁的一个周末，却因为帅哥网友的邀约变得光芒万丈起来。梦楠打扮停当，有些不安地赶往商业街，心中一直在想：

他不会只是开玩笑的吧？那么帅，肯定好多人追，兴许只是随口答应的。

梦楠下车，整理裙摆的工夫，对面已经传来招呼声。帅哥网友一身休闲装，竟然真的在咖啡厅门口向她挥手。

梦楠满脸通红地坐在帅哥网友对面，小口地吃着对方给她买的焦糖布丁，那神情做派，不由自主地就淑女了起来。

帅哥像是见惯了梦楠这样的女孩，并没有笑话她，反而主动开口道：

"一会吃完，要不要去看个电影？"

梦楠连连点头，根本也忘了自己和对面这人原是第一次见面。

两人一起看了部偏冷门的爱情文艺片，帅哥还意犹未尽，带着梦楠去抓娃娃、溜冰。

没有恋爱经验的梦楠哪里扛得住这样的攻势，瞬间被撩得晕头转向。太阳西沉，帅哥见状，提议去酒吧喝一杯，梦楠犹豫了一下，还是答应了。

另一边，胜楠和周思源吃过饭回到家，发现梦楠不见了，给她电话她也不接，便有些担心。赶紧发了个微信给妹妹：

"你去哪了？看到微信，记得给我回个电话。"

而此刻的梦楠已经被帅哥网友灌了四五杯长岛冰茶，头晕到根本没注意正在嗡鸣的手机。

"我……我有点晕了，得回家了，要不，咱们，下次再约吧。"

梦楠摇摇晃晃地起身，一个趔趄，被帅哥网友扶了个正着。

帅哥网友不依不饶道：

"这就走了？我陪你玩了一天，这还没玩我喜欢的呢，你就要走，这不合适吧？我想去KTV，你就陪我去嘛——"

梦楠有些为难，但还是强打精神上了去KTV的出租车，上车没多久，便靠在把手上睡着了。

帅哥网友见状一改刚才的柔情，拍了拍前排司机的椅子背，压低声音开口道：

"师傅，去××酒店。"

司机在后视镜里看到梦楠打扮保守，又不省人事，心知这姑娘十有八九是上了贼船，当即高声道：

"哎我说！后面那个姑娘！你喝多就别坐车嘛，我这车新换的坐垫回头你再给吐脏了！下车下车，喝多的我可不拉！"

说完一个急刹车，停在了路边。

帅哥网友眼见梦楠迷迷糊糊睁开眼，问了句：

"到了吗？"

心知煮熟的鸭子要飞，帅哥咬牙切齿地跟司机说了句：

"你等着，回头我就举报你拒载。"

架着梦楠下了车。

冷风一吹，梦楠有些清醒过来，迷迷糊糊地推开帅哥揽着她的手道：

"我是真喝多了，没法陪你唱歌了。咱们、咱们改天再约吧。我、我得回去了，我姐还等着我呢。"

帅哥网友一见真的要坏事，也顾不得什么绅士风度了，一个手刀摔倒了梦楠，扛着人往最近的酒店走。

林诗雅送完程峰从酒店出来，在门口正撞见抱着梦楠的陌生男人。第一反应是"报警"的她，忽然想到刚才程峰又问起梦楠的近况，顿了顿取手机的手，眼珠一转，走近那个男人道：

"我是不知道你怎么把她灌醉的，但是她是我喜欢男人的前女友，你要是答应配合我演一出戏，我不但不举报你，还可以再给你一些钱。"

帅哥网友莫名其妙，但一看眼前这个美女气场满满，心知不按她说的办，恐怕要节外生枝，当即点头同意了她的提案。

夜里将近十一点，程峰又被林诗雅从酒店房间喊了出来。

揉了揉有些凌乱的头发，程峰皱着眉头，颇不耐烦地来到大堂，走向林诗雅，开口道：

"又什么事？都这么晚了——"

"这不是遇见熟人了吗？你一直着急见梦楠，我刚一出门，就碰上她和她对象了。本来想介绍给你认识一下，可人家俩人忽然就亲密上了，我都不好意思过去。你自己看看吧，省得你老说我不让你见梦楠。"

一听说梦楠来了，程峰倒难得清醒了些，顺着林诗雅的手一看，梦楠正靠在一个帅气的男人怀里，虽然看不清面目，但依稀能看到两人正在接吻。

"这……梦楠不会这样吧？你认错人了吧？"

程峰看了一眼觉得有些难以置信，正准备走近了确认下，却被林诗雅拉住了手臂。

林诗雅听程峰为梦楠辩白，心中更添一分醋意。

若此刻在大厅和人接吻的人是她，程峰绝对不会为她辩白。

想到这，刚才心里那点说不清道不明的愧疚，顿时烟消云散，冷笑一声道：

"你没听说过——人都会变吗？我劝你早点忘了上学时候的那个梦楠。上学时候谁不清纯啊，社会可是个大染缸。"

程峰不想再和林诗雅纠缠，回到酒店房内，坐在床沿上，想起上学的时候给他递水都脸红的梦楠，摇了摇头。

怎么可能呢？再怎么，梦楠也不会变成那样啊？难道——是林诗雅喜欢自己，故意骗自己？楼下那个，很有可能是胜楠。这么一分析，程峰顿时起身给胜楠打了个电话。

快十一点了，梦楠还没到家，本就在等着妹妹回信的胜楠，忽然接到程峰的电话，也是一愣。

"你刚是不是在辉煌酒店大厅里呢？"

胜楠闻言一头雾水，微微皱眉略一思忖，忽然慌张起来，接口道：

"我没在那——但是，已经这个点了，梦楠还没到家。不管你刚才在哪见到我了，一定都是梦楠。以她的性格，这个时间还没回来，我也联系不上她，很可能是出事了！你在哪看到她的，告诉我，我马上赶过去！"

程峰一听，也知道兹事体大，当即边穿外套边回复道：

"辉煌酒店大厅。就金融街这边，我刚看到她和一个不认识的男人在一起，搂搂抱抱的好像还接吻了。我现在马上下楼，看能不能拖住他们！"

程峰跑到楼下的时候，帅哥网友早就带着梦楠上了林诗雅的车。坐在后座上，帅哥网友也是一脸劫后余生，随即纳闷地开口道：

"这位美女，你到底和她多大仇啊？你真打算帮我？"

林诗雅盯着已经昏过去的梦楠眼中有些恨意，想到程峰即便目睹了这样的场面对自己还是没有好脸色。

都是梦楠闹的！上学时候也是，没有她，程峰早就和她在一起了！

帅哥网友见林诗雅脸色铁青并不说话，也不敢多问，拍了拍椅子背道：

"美女，你既然不想搅黄我的事，把我放前面那条街就行，剩下的事你就别管了。我也不要干吗，人是我约出来的，我总得负责到底不是？"

林诗雅自然是不相信这个男人的鬼话，可想到程峰看自己不信任的眼神，犹豫再三，还是一脚油门，把梦楠留给了帅哥网友。

胜楠赶到酒店见了程峰，程峰一见胜楠便迎上去开口道：

"前台说他们早走了，不过同行的还有刚才和我在一起的那个美女。哦，就是林诗雅。"

两人对视一眼不约而同地拿出手机，准备打林诗雅的电话。程峰伸手按住了胜楠的手，摇头道：

"还是我来吧。你平时也不找她，忽然找她，肯定是因为梦楠的事，她不会接的。"

胜楠收起手机盯着程峰看了一会，她忽然有些理解为什么梦楠和林诗雅都对他这么念念不忘了。文学小说和漫画里的那种男人走进现实，大概就是程峰这个样子。

只可惜，他这样的男人，在现实中，是既不会找梦楠也不会找林诗雅的。

"诗雅？是我，程峰。我回去想了想，你说得对，梦楠不是以前的梦楠了，她这么不洁身自好，我还因为她迁怒你，是我不对。我知道，你一直对我挺好的，也知道你对我的心意……其实这次回国，除了考察业务，也有想回来看看你的意思——你——"

程峰话还没说完，林诗雅便激动地接话道：

"我、我，你等我，我马上回酒店。这事，咱们得开瓶酒庆祝一下。"

程峰挂断电话，点头示意胜楠提前藏好，自己找了张皮沙发坐下，还颇为淡定地点了一杯咖啡解乏。

林诗雅风驰电掣地赶回酒店，风风火火地推开玻璃门，疾步走到程峰面前。一见面便抓住他的手臂摇晃起来：

"程峰——你真讨厌！明知道人家喜欢你，你还——"

程峰顺势站起身，揽过林诗雅的肩膀笑道：

"咱俩要真在一起了，说起来，梦楠还得算媒人。咱仨这么多年的朋友了，回头啊，还是约上她聚一聚，彻底了了当年那些烦心事。"

林诗雅闻言脸色先是一变，随即不由自主地回忆起这些年自己和梦楠的点点滴滴。

"诗雅、诗雅，我熬了热粥，你再肚子疼也多少喝点。"

"诗雅，外面太冷了，还拍什么泳装海报啊！我去和他们说，咱不拍了，狗眼看人低，这钱咱们不赚了！"

"诗雅我陪你去，不就是妇科吗？他混蛋不愿意陪你，我陪你。你别害怕！"

"开门开门！！"

"这么晚了谁啊？关门了！"

"快点，十万火急的事，给我一盒避孕药。"

"什么玩意？现在这些小姑娘啊！"

"诗雅，诗雅你快吃。"

凌晨一点，几乎空无一人的街道上，梦楠献宝似的捧着避孕药在二十四小时便利店前递给林诗雅，还有那瓶从便利店暖箱里拿出来的热水。

想着想着，林诗雅的眼眶渐渐开始发红，程峰见状拍了拍她的肩膀，开口道：

"诗雅？你怎么了？"

"对不起！！对不起——刚才那个男的是个骗子，要带梦楠去酒店。现在、现在去，应该还来得及。"

林诗雅说完，转身就往酒店大门外跑，程峰赶紧跟上，胜楠见状赶紧招手叫了出租车，紧跟在两人身后。

另一边，帅哥网友开了房，将梦楠放在床上，拉开窗帘盯着楼下看了一会，确认没人跟上来，这才松了口气，坐在床沿上开始打电话：

"我去，累死我了。没想到，这家伙这么难搞定，赶紧扛着家伙来。丫看着挺清纯，运气好的话，没准还是个雏。"

挂断电话，帅哥网友伸手戳了戳躺在床上的梦楠，见她没有醒过来的迹象，便转身去浴室洗了个澡。

程峰和林诗雅来到刚才帅哥网友下车的地方。

林诗雅妆都哭花了，一边哭一边表忠心：

"程峰，我真、真不是故意的。我就是、就是一时没想通。我、我虽然一直，觉得梦楠就是我的朋友兼跟班，但、但我从来没想过要害她。"

程峰闻言叹了口气，此刻梦楠正在危机之中，他实在没心情再演戏安慰林诗雅了。结账下车，开始在周围打听。午夜的街道一片寂静，程峰跑了一条街，才在附近找到一个遛狗老大爷。

"姑娘？哦，是不是一个挺肉乎的姑娘和一个弄得跟搞摇滚似的男的？看见了看见了，就在前面一点那个快捷酒店，要我说，现在的年轻人啊！"

程峰闻言，谢过大爷，向酒店飞奔而去。

随后赶来的胜楠也赶快加入了去酒店的队伍，两人赶到前台的时候，帅哥网友那群狐朋狗友也准备上楼。

"抱歉先生们，一个房间一张大床最多睡两个人，我们这不登记，不让串房留宿，您要上楼，先得登记身份证。"

"我必须得上去，我有个朋友被人骗了，就在楼上，再不上去，她就要出事了。"

程峰上前解释情况，前台小姑娘看程峰长相帅气，不由得有些脸红道：

"这个……我们原本是不允许上楼的，但是您、您知道您朋友在哪个房间吗？叫什么名字？说下房间号，要是核实——"

狐朋狗友之一见状当即挑眉抢上前道：

"哎哎哎，你可得一视同仁啊，我们不能上去，他也不能上去！"

众人还在对峙之际，胜楠带着警察走了进来：

"警察同志，我要报案。我老公在楼上，我刚去酒店有人目击他和一个女的搞在一起了，我怀疑他嫖娼，一路跟到这边来的。这个男的，对，这个小伙子就是目击证人！"

程峰愣了一下，马上配合开口道：

"原来他是你老公，我还以为他是人贩子呢！光看见他在酒店拖着一个醉酒的女孩往酒店这边走了。"

警察见状，便要上楼搜查。警察一来，前台和保安也不敢再拦，送几人上了楼。胜楠在门缝中看到了昏倒在床上的梦楠，随即开口道：

　　"没错，就是这间房！我老公一定洗澡去了！"

　　警察们踹开门进去一看，床上那个和凌胜楠长得一模一样，顿时也愣在原地。

　　他办案这么多年，还头一次见抓嫖娼抓到长相一样的人身上的。

　　"这是我妹妹，对不起，警察同志。里面那个男人是个骗子，他要迷奸我妹妹，我也是实在没办法，这才举报嫖娼的。"

　　警察见状一个头两个大，当即大手一挥：

　　"都带走，回警局做笔录。"

　　胜楠扶着梦楠下楼，帅哥网友连衣服都没顾上穿就被铐起来带下了楼。

　　程峰看到梦楠没事，也终于松了口气，倒是楼下一众狐朋狗友看到帅哥网友被铐了，顿时就不干了，争相开口道：

　　"这女的撒谎，这不明摆着吗？我们朋友根本不可能是她老公！"

　　"就算他不是我老公，你们这么多大老爷们大晚上的，把我妹妹灌醉了，大包小包的，在这干什么呢？"

　　胜楠说完给程峰使了个眼色，程峰见状一把抓过其中一个男人手中的包，一个 DV 顿时掉了出来，另一个包被随行的警察拉开，里面装的是一套打光工具。

　　林诗雅终于妆发凌乱，踩着断掉的高跟鞋，抹着眼泪走了进来。看了一眼那帅哥网友，开口道：

　　"确实是他，企图对我朋友图谋不轨——"

　　帅哥网友完全没想到林诗雅能临阵倒戈，当即也不顾什么颜面了，怒道：

　　"你揭发我？！那你也跑不了——警察同志，刚才这个女的给我钱，说让我装成是这个女的男朋友气这个男的。"

　　林诗雅看了一旁面无表情的程峰一眼，摇了摇头道：

　　"我都跟他说了，我不怕你揭发我，我只担心自己后悔。"

林诗雅说完把另一只鞋跟掰掉，走到胜楠面前，眼神颇为真挚，开口道：

"对不起，我、我其实一直很在乎梦楠。虽然我嫉妒程峰对她好，曾经想过，要是没有她就好了。

"可是，这么多年，我一个朋友都没有，梦楠是唯一和我关系好的女孩了。不管今天结果如何，我希望，你看在梦楠没事的分上，不要告诉她今天发生的事，好吗？"

胜楠本想拒绝，但看了眼怀中睡得安稳的梦楠，又瞥了眼一脸残妆盯着她看的林诗雅，忽然想起梦楠曾经说过：

"诗雅确实有时候比较强势，也处处争先，但她其实很多时候对我也挺好的。上学时候，别人送她的东西会分给我吃。

"上班以后，赚了钱也总惦记着买什么给我带一份……其实，她也未必是不拿我当朋友，只是每个人表达好意的方式不一样罢了。"

想到这，胜楠最终还是点了点头，伴着林诗雅如释重负的表情，先把梦楠送回了出租屋，然后又奔赴警局做了笔录。

第二天一早，梦楠迷迷糊糊从床上爬起来，头痛欲裂地满地找拖鞋。

推开门一看，胜楠已经衣着整齐地坐在茶几旁翻看工作资料了。胜楠见梦楠走过来，起身道：

"昨天吓了我一跳——你怎么忽然就和一个不认识的人出去了啊？还好我从程峰那得着信，在他带你去酒店之后，就把你救回来了。"

梦楠揉了揉太阳穴，虽然她已经想不起昨晚发生什么了，但给姐姐添麻烦的愧疚还是让她万分不好意思。低头沉默了许久才开口道：

"这不是妈逼着我自己找一个（对象）给她看看嘛，我又（刚没了工作）……我也是太着急了。"

"你要真那么着急，就把程峰带回家，那她肯定不会再说什么。"

胜楠见梦楠为难，忽然开口提议。

"那不行——我、姐，我明知道诗雅也喜欢程峰，怎么能做这种事呢？原本、原本程峰也不可能喜欢我，就算、就算有那么点意思，我也不会和朋友抢对象的。"

梦楠忙不迭地摆手，一颗头摇得和拨浪鼓一样。

胜楠见状欲言又止。

她忽然有些理解昨晚林诗雅为何会悬崖勒马了。大概是因为梦楠始终是比起她自己，更在意别人感受的那种人。

梦楠洗了个澡，回到卧室打开笔记本电脑，在网上看了会碎片信息，忍不住还是点开了网络小说连载平台的后台。

一看之下，发现是网站发来的签约回复。屏住呼吸点开一看，却失望地发现自己信心十足的小说并没达到过审标准。

胜楠端着水进屋的时候，梦楠正趴在床上哭。胜楠赶紧放下杯子走上前去，拍了拍她的后背安慰道：

"怎么了这是？对象的事你要是觉得解释不了——姐帮你去解释，这又不是菜市场买菜，说有就有合适的。再说，你被骗的事，我也不会告诉妈，你哭什么啊！"

梦楠抽抽噎噎地调整了一会，从床上爬起来，摇头道：

"姐，不是因为对象的事——是因为，我、我之前不是一直在写网络小说吗？其、其实，我们那个留学中心，它、它黄了。我已经好几天没工作了。本、本来想着要不就拿这事当工作吧，发了签约申请，但是——刚才回复来了，说我没能签约。"

胜楠听了一愣，她平时是不看这类作品的，也不知道妹妹写的东西为什么通过不了。若说看，她只看过梦楠之前写的电台主持词，她倒是觉得写得挺不错。

但兴许那种慢悠悠的东西和网络上大家都追求快节奏、强刺激不一样吧？

想着便开口道：

"你也别太难过了。这事本来就是——能写东西的人多，但能靠写东西养活自己的人本来就是凤毛麟角。再说，各行业有各行业自己的规矩，你也没仔细研究，就着急入行——可不是就——"

胜楠说到一半忽然觉得不妥，想起上次周思源和自己说：

"说实话，你和你妹妹啊心理都挺奇怪的。她呢？总想着谁来救救我。你呢？总想着我能救救谁？但其实人哪，不能拯救别人，也不能被别人拯救，只能自救。"

周思源的话她还是信服的。

或许比起打击妹妹，然后大包大揽地替她处理所有事，不如让妹妹自己想明白，振作起来。不然没人能帮得上她，可能这才是更重要的。

授人以鱼，不如授人以渔。

"姐……你说这些我都懂，我就是，有点侥幸心理。没事，这样挺好，我也想明白了。好多事不是一拍脑袋想、想着能干成，就一定能成的。"

梦楠伸手抹了抹眼泪，抱着床上的条形抱枕坐了一会，又继续道：

"我写文案肯定没问题，但是写小说还是新人中的新人。哪就第一次就成了？就算这次成了，下次能不能成也是回事。因为我也没想明白怎么成的，就是撞大运。我还是先、先投简历，找份工作，然后再慢慢琢磨怎么写吧。"

胜楠见梦楠这么检讨自己，也对刚才自己那一瞬间的好为人师有点愧疚，赶紧上前拉住梦楠的手道：

"姐不是怀疑你的能力，只是想说，好多事急不得。你先把手头这个写完，在这个过程中，多看看别人写的，慢慢摸索，总会找到规律的。我相信，就凭你的文笔，如果是合适的题材，一定没问题的。"

姐妹俩手拉手，相视笑了一会，梦楠忽然低头犹豫道：

"姐……其实有件事，我一直没好意思和你提。你能不能、能不能，陪我一起回去见妈啊？这对象也没着落，工作又暂时没有，我实在是……不敢……"

胜楠听了一愣，见楚芳华的事，她虽然口头答应过，但猛地一被提起，还是有些犹豫。

这么多年未见的亲生母亲，之前又有那样的误会。骤然见面，还不知要生出怎样的波澜来。可抬眼看到梦楠哀求地看向自己，竟不由自主地点头同意了这个提议。

自己就是个劳碌命，这妹妹啊，坚强不过三秒，这不，又打回原形了！

梦楠见状开心地抱住胜楠，笑道：

"我就知道姐最好了！"

傍晚的时候，周思源来送外卖，见到姐妹两人并排坐在沙发上亲昵的模样，由衷地笑了起来。

"昨天虚惊一场，我担心你有什么后遗症，就把你周大哥喊来了。周总策划，还不快给我这妹妹专业诊断下？"

周思源闻言看了胜楠一眼，见她看自己的目光带着些俏皮，就知道她多半又是拿他寻开心，有些无奈地一边拆外卖包装一边道：

"诊断什么？吃一堑长一智的事。嫌贫爱富看长相，男女都一样，人性罢了，怪不得你。下次别这么冲动也就是了。"

周思源随口总结，梦楠起身从厨房拿了筷子，听他这样说，争辩道：

"可是周大哥，我没有嫌贫爱富啊，我要是嫌贫爱富，那我早跟赵涛在一起了。"

周思源摇了摇头，指着一道鱼香茄子道：

"你不是不喜欢油水大的，可这鱼香茄子毕竟不是鱼。其实不光是你，大部分人都是，又想追求物质，又盼着这物质里还掺和了那么点理想和真心。"

胜楠听了，若有所思地接口道：

"那照你这么说，要是有个男人又有钱又帅气又真心，岂不是所有女人都喜欢他？"

周思源听了没好气地拽过旁边胜楠用来记读书笔记的纸，刷刷刷在上面画了三个圆圈，然后写了几笔让胜楠和梦楠看。

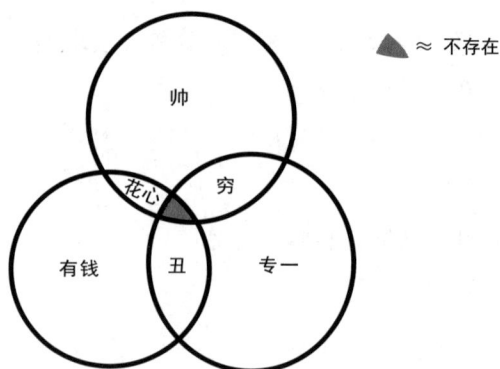

帅

花心　穷

有钱　丑　专一

≈ 不存在

胜楠看后哈哈大笑，随即一拍周思源肩膀道：

"你怎么能这么损呢？你说这话，不怕全天下希望得到完美爱情的女性骂你吗？"

梦楠看了也跟着帮腔道：

"就是就是，周大哥你怎么这样，一点希望都不给别人。"

周思源闻言挠了挠头，见姐妹两人联手挤对他，便岔开话题道：

"好了好了，是我不对，宇宙这么大，谁知道有没有那外星生物他就在中间那个三角里啊。

"梦楠，你姐说你心情不好让我过来的，我也不是来给你添堵的。这样，你姐一会要出趟门，让我在这陪你，你有什么好奇的，随便问。"

周思源这样一说，梦楠顿时眼睛一亮，刚才看到胜楠收拾东西准备走，她本来是有点失落的，但想到可以随便问周思源问题，又高兴了起来。

胜楠出门跑业务去了，屋里就剩下梦楠和周思源。梦楠起先还有些局促，但又吃了一会饭，两人无言了一阵，还是没忍住开口问道：

"周大哥，我最好奇的是，你当心理医生的时候，被问到最多的问题是什么啊？"

梦楠坐在沙发上，周思源坐在木地板上望天，想了一会才回复道：

"还当心理医生那阵，好多已婚女性过来找我看诊，被问得最多的问题就是：为什么男人变心这么快？

“追我的时候什么条件都能答应，恋爱的时候也是宠我爱我，答应把我当公主看待；一结了婚，一生了孩子，什么都变了。”

这话一出口，梦楠顿时就起身蹲到周思源身边兴奋道：

“那周大哥你怎么说？”

周思源挠了挠头“嗨”了一声：

“能怎么说，人性呗。你去看钓鱼的那些人，为了钓上某种鱼，换鱼饵，看水质，甚至会认真研究某种鱼的习性。

“这就是古时候狩猎基因刻在雄性骨子里的东西。等鱼上钩了，你再看，有几个钓鱼的还会喂饵，还关心鱼怎么想啊？”

梦楠听了这话，颇不赞同地噘嘴道：

“合着你们男人就没真心吗？都是手段——但话又说回来了，那不是也还有好多男的，结婚后还宠着老婆的吗？那种你怎么看？”

周思源从地板上起来伸了个懒腰，活动了下脖颈才又继续道：

“那鱼的类别也不一样啊。你要是条草鱼鲤鱼鲴鱼，我最大化你的价值就是把你炖了，对吧？顶多换个做法——有的生孩子有的伺候公婆。

“但你要是条观赏鱼、美人鱼，甚至稀世到快灭绝的珍稀鱼种，我肯定好好养着你啊，因为价值不一样嘛——”

梦楠听了这话也爬了起来，凑到周思源面前，两眼放光地追问：

“那你觉得我姐是什么鱼啊？”

面对这道明显有陷阱的“送命题”，周思源还是一副游刃有余的架势，耸耸肩摇头道：

“你姐啊，非要说，小鲨鱼吧，反正能看出来不用我喂。人家自己能找食吃，真惹急了，改天，还能把我吃喽。”

第二天一早，胜楠便驱车将梦楠带回了楚芳华的住所。

梦楠用钥匙打开熟悉的大门，一进门便闻到一股酒气。

一贯在人前打扮得一丝不苟的楚芳华穿着一件丝质睡袍，颓然地坐在饭桌前，桌上是几桶吃剩的泡面桶，桌子下面的地板上滚落着各式的酒瓶子。

楚芳华见梦楠回来，一时不敢确认是真实还是梦境，起身道：

"楠楠？你怎么……？"

话还没说完，便看到梦楠身后跟着的胜楠，顿时停下前进的脚步，颇为戒备地皱眉，打量起自己这个三十多年未谋面的大女儿。

淡蓝色的T恤外面是颇有垂感的风衣，牛仔裤包裹着结实修长的腿，高马尾和精致的妆容，朦胧间楚芳华有一瞬间的恍惚，她好像看到三十年前的自己站在了面前。本想开口责问两人的来意，最终却只是愣愣地站在原地，盯着两个女儿看。

胜楠看到梦楠低着头，两手绞紧，咬着下唇不敢说话，强忍住帮她说实话的冲动，站在一旁，抬抬下巴，示意梦楠勇敢表达。

"我、我……妈，对不起，我和你撒谎了。其实、其实我们单位、我们单位领导卷钱跑了，我现在——我现在也没工作了。"

梦楠说这话时手心里全是汗。这么多年了，一想到母亲对自己的重重要求和责难，她就觉得难以启齿。她对母亲敬有之，爱有之，但更多的还是害怕。

这么多年她一直害怕母亲对她失望，一直害怕自己在母亲眼中不够优秀，一直担心自己的不优秀，给本就压力很大的母亲，带来更大的负担。

出门前，胜楠帮她整了整衣领，看着妹妹飘忽不定的眼神，叹了口气道：

"人活着，在对别人负责之前，首先应该对自己负责。我知道你不想让她失望，但留学中心解散也不是你的问题。你不是也想好要找新工作了吗？实话实说就行。"

梦楠好不容易鼓起的勇气，因为楚芳华长时间的沉默又开始分崩离析，路上积攒的那点勇气一点点随着时间的流逝被蚕食。

"……没了工作，你还拒绝赵涛，你——"

楚芳华有些头晕，酒精作用下她本来就发烫的太阳穴此刻突突直跳，想要说两句什么，脑子却慢半拍，一时想不起来后半句要说些什么。

还没等她组织好语言开口，胜楠便抢先一步道：

"赵涛的事，若你不想梦楠重蹈覆辙，就不该劝她在没工作的情况下再去攀什么高枝。原本他就瞧不起梦楠，要是这种情况下依附于他，就等于一辈子受制于人，你想过没有？"

楚芳华见胜楠拦在梦楠身前，一副保护者的姿态。

和女儿相依为命三十余年的楚芳华，顿时有一种宝贝被抢走的感觉。

挺了挺胸，楚芳华有些摇晃地走到胜楠面前，提高调门道：

"什么受制于人？我希望她能过得好，有错吗？她和你不一样，三十年前她有我，如今我老了，不给她找个依靠，她怎么办？倒是你，三十多年没联系，你现在跑出来，上来就想扮好姐姐。跟着那女人别的没学会，捡现成你倒是学了十成十！"

胜楠打量了一下楚芳华，这是她第一次见自己的亲生母亲，温言软语她不期待，但也没想过一张口就是恶语相向。

胜楠脾气上头，上前两步冷笑一声道：

"我也是你的女儿！是，你们娘俩在北京经历的那些辛苦，我没亲眼见到，没资格评判。可这些年，我和徐颖、爸爸在一起生活，还有那个名义上的弟弟凌霄。

"我不否认你的辛苦，但我的辛苦你知道吗？今天我回来，不是要找你讨什么公道，也没指望你对当年把我留给父亲有什么歉意。

"我只是需要你正视一件事——你嘴里的过得好，当真和梦楠想要的'好'是同一种吗？当初你选择把我留给父亲，是不是也是基于所谓的为了我好？什么叫过得好，有钱就一定好吗？是不是只要有钱，一辈子手心向上求人施舍，一辈子看着别人眼色活着也无所谓呢？"

楚芳华看着胜楠那张面容精致的脸，入时的装扮，振振有词的样子，这个女人忽然和年轻时候向父母据理力争，非要嫁给凌玉成的那个自己重叠在了一起。

真像啊，那时候自己也是认为自己的判断世界第一正确，没有半点可商量的余地。

"当然……不是……我只是后悔，当年的我，没有那个实力，就生下了你们！当年的我误信了凌玉成，我以为我可以给你们好的生活。可我不能，我没有，我被迫放弃了你！！都是我身上掉下来的肉，你和梦楠有什么区别？可那时候……我养不起两个孩子，你懂吗？

"你说得对，你受的苦我不知道，但什么样的人会说出这样的话，我太清楚了。没人可以依靠才会这样的，不是吗？……胜楠啊，我是恨凌玉成，但你、但你和梦楠，你们不该这样的啊——

"我不知道、我不知道。我既不想让你们走我的老路，凡事都只能靠自己，这辈子不再谈感情；也不想你们把希望寄托在一个男人身上，赌自己的运气——可是、可是，除了这两条，难道身为一个女人，还有什么别的路可走吗？"

胜楠看了眼楚芳华，见她已经没有进门时刚看到她时候那么强硬，听她承认母女关系，心头的怒火顿时消散了大半。

理了理有些皱了的风衣下摆，胜楠眼眶微微发红上前一步道：

"自然是有别的路可走。时代变了，现在我们有事业可以养活我们自己，它也不会阻碍我们去谈感情；相反，会让我们在情感中有更多的筹码；有可以选择或离开任何一段感情的底气。

"再者说，我和梦楠，也和你当年不一样。我们有对方，有彼此。我现在有对象，可我并不打算依附于他，我准备自己开工作室；当然，需要他帮忙的时候我也会开口；梦楠也一样，虽然现在还没有对象，可等她找完工作，再次接触社会，总会有欣赏她的人出现。"

楚芳华闻言忽然有些欣慰。

胜楠虽然是徐颖那个贱人带大的，但显然没有被她的自私自利影响，作为姐姐，不但给梦楠做表率，显然还给了她很多勇气，去表达过往不敢表达的真实。

但长久以来身为官员的架子，让她很难直接出言夸奖这个三十多年不见的女儿，闻言还是维持着家长的尊严，刚准备教训胜楠两句，手机便响了起来。

楚芳华接起手机，表情从不耐烦，到难以置信，最后归于一声叹息：

"你又何必。算了，这么多年了，也算干了件明白事。胜楠就在我这呢，你要不要——"

话还没说完，对方便挂断了电话。

两姐妹闻言面面相觑，楚芳华见状拢了拢已经有些凌乱的头发，走到一直低头不语的梦楠面前，拍了拍她的肩膀，似是下定了什么决心，点头道：

"赵涛的事……既然这是你的决定，你也是大人了，自己不后悔就行。工作没了，可以再找，自己没了，可能就永远找不回来了。"

梦楠有些欣喜地抬起头看向母亲，她万没想到自己搬出去之后，母亲能有这样的思想转变。

一路上，她本来已经想了无数种母亲斥责她的场面，无论如何都想不到如何化解的她，其实直到进门的一刻都在不断地打退堂鼓。

要不是胜楠就一直在她身旁，她其实根本就不敢和母亲说实话的。

"刚才，是你爸……凌玉成他、他和徐颖……离婚了。"

楚芳华这话一出口，不但梦楠一脸震惊，就连一贯淡定的胜楠也是一愣。

爸和妈离婚了？她怎么不知道？

楚芳华见胜楠的表情，便猜到她多半也是不知情，一手一个拉着两个女儿在客厅的沙发上坐下，清了清嗓子才继续道：

"这不是……说是上海总公司那边同意了你的离职。凌……不，你爸就去找徐颖想办法。没想到徐颖死性不改，又威胁你爸。说要是她想办法把你留在公司，你爸就得搬出去，和她，跟你那个挂名弟弟一起住。"

胜楠闻言一愣，她着实没想到，这么大的事，父亲居然没有告诉她。

楚芳华见胜楠惊讶，伸手拍了拍胜楠的手背，叹了口气道：

"这就是逼着他在儿子和你这个闺女之间做选择啊——好在那没良心的，上了岁数倒能看明白事了。这次，他没有放弃你。要是他再选错，我看，干脆你也别回上海了，和我们娘俩住一起得了——他就不值得同情。"

胜楠闻言眼眶发红，直接起身，拿出手机，转身对梦楠和楚芳华道：

"我去打个电话——"

话还没说完，蓄在眼眶里的眼泪便落了下来。

梦楠这还是头一次看胜楠掉眼泪，刚想安慰两句，便被楚芳华拉住，低声道：

"让她去吧，说到底，凌玉成是为了她才离婚的，估计，他俩有很多话要说。"

"爸，我听妈说，你和……我……"

胜楠鲜少这么失态，她只是没想到，在她眼里委曲求全、无比懦弱的父亲，在继母、弟弟和她之间，会选择她。

"囡囡，爸现在……已经回到家里老宅了。爸也快六十岁了，大半辈子都过去了。原本就对不住你，对不住梦楠……你和李铭闹成那样，爸也帮不上忙……总不成，你回上海来，连个家都没有。"

"爸——"

"囡囡啊，我听你、你妈说了，你现在在她那边是吧？

"帮我、帮我跟梦楠问声好，就说我——更对不起她，把她一个人留在北京……

"这么些年，楚芳华什么脾气我最清楚，她吃了多少苦，我也心里有数。等你不忙了，带着梦楠回来上海，爸、爸等着你们。"

"嗯。"

胜楠好不容易收住了眼泪，挂断了电话回到客厅里，见楚芳华揽着梦楠坐在沙发上，便走过去道：

"我……爸说想见梦楠一面，毕竟——"

楚芳华闻言先是一愣，随即叹了口气，拍了拍梦楠的肩膀道：

"去吧，就像你有见我的资格。如果梦楠想，自然也应该可以去见自己的父亲。"

梦楠没想到母亲忽然变得如此开明，激动得抱住母亲号啕大哭，胜楠见状也抱过梦楠，母女三人抱成一团，都落下了眼泪。

胜楠本就是行动派，从楚芳华的住处出来，立马就订了去上海的机票。

第二天晚上，梦楠便跟着胜楠回到了上海，两人一起坐车，往凌家老宅走。

"姐，要不还是不去了吧？我……这么多年没见过他，我怕他——"

"说什么呢，我都敢为了你去见咱妈，你怎么胆子这么小啊，不敢见咱爸？"

胜楠觉得有些好笑，自己的妹妹这兔子似的性格几乎就是父亲的翻版，虽然还没见面，但她已经可以脑补出两人互相客气、谦让的场面了。

"那我——"

"别胡思乱想了，还有我在呢——"

说话间，两姐妹到了凌父所在的老宅，老宅年久失修，外墙已经有些斑驳。

弄堂里窄，车已经无法再往里开，姐妹俩深一脚浅一脚地顺着青石板地往里面走。没走两步，便看到一个身形有些佝偻的男人，穿着一件灰色的针织衫，长裤布鞋，头发灰白，戴着圆框金丝眼镜，三步并作两步地走到姐妹俩面前。

"爸！"

胜楠一声招呼，身旁的梦楠也意识到眼前这个男人就是她三十多年没见过的父亲。

梦楠本想也跟着叫一声，可那声"爸"卡在喉咙里，不知怎的却发不出来，挣扎了好久，最终只是冲那男人点了点头，权作招呼。

"梦……梦楠啊，我……"

凌玉成一见梦楠不肯喊他，也不好以父亲自居。赶紧背过身去，擦了擦眼角的泪水，然后领着姐妹俩进了屋子。

"你们来得太快了，我昨晚订了蟹，这还没到——搬出来得也着急，就剩下点梨子。下次你们再来，一定都准备好——对了，蟹是囡囡爱吃的，梦楠、梦楠你爱吃什么？"

"我什么都爱吃，梨也爱吃。"

梦楠边吃边哭，胜楠起先觉得有些好笑，但渐渐也被身边泪眼蒙眬的父女俩感染，眼眶也有些发红，清了清嗓子圆场道：

"爸，她没和你客气，梦楠不挑嘴，真是什么都爱吃。反正以后有的是机会，蟹就下次再吃。我们还得回去，她要写她的小说，我这也接了新工作，要给人家出策划案。等手头的事忙完了，我们再回来陪您。或者，您待闷了，也可以到北京去找我们。"

"一定一定。"

凌玉成用针织衫擦了擦被泪水染花的老花镜，频频点头。

三人又说了会话，胜楠便带着梦楠走了。

回到北京后，梦楠便又开始四处投递简历，最终在一家不大的书店找了一份店员的工作。满足了她又能读书，业余时间又能写作的需求。

胜楠积少成多，一单单设计接下来，在大学城的各种小铺子里，也打开了市场，工作室也开得有声有色。

姐妹俩的事业终于都步入了正轨。

再平凡不过的一天，胜楠正在办公室里整理甲方发来的策划需求，忽然，面前出现一份纸质简历。

胜楠接过来一看，上面赫然写着"周思源"三个大字。

"又不忙了？大工作日的跑我这小庙来寻开心？我这小店可雇不起你周大策划。"

周思源笑眯眯地往桌沿上一靠，摆手道：

"这不就是觉得电视台那些尔虞我诈没劲了吗？反正对象也找到了，我现在不想努力了。你这有一辈子能发工资呢，我这支持白条和分期付款。"

两人正在打趣，梦楠拎着买好的热粥走了进来，又撞见两人"虐狗"的梦楠，见状顿时撇嘴道：

"好啊姐，才和我抱怨完孤独寂寞冷，我这小说都不写了，过来给你送温暖，就让我看你和周大哥'虐狗'。"

"嫌我俩碍眼，你就赶快找一个呗。"

胜楠美滋滋地打开热粥，边喝边开妹妹玩笑。

"周大哥——你看姐又损我。"

"好了好了，我们地方电视台新转来个小伙子我看还不错。还有啊，上次路过你们小区，看到社区街道那也在办相亲活动——梦楠，对象老天爷可不包分配，自己不争取，走大街上可捡不着。"

周思源难得有些无奈，虽然他也很高兴。胜楠渐渐打开心房，逐渐开始展露出一些女性化的特质，但这无疑也增加了姐妹俩之间互相调侃的次数。

他这个和事佬，在中间可没少受"夹板气"。

"对了姐，前两天赵涛送了个结婚请帖到家里。妈收的时候，还给我打电话教训我来着——说什么我不珍惜，你看人家结婚了吧？"

"就那个假装数学老师的副总？"

胜楠边吃边问，周思源也颇为好奇地盯着梦楠看。

梦楠闻言点了点头，直接打开手机给胜楠和周思源看赵涛发来的请帖，上面还附了新郎新娘的照片。

"这不最后还是找了个女网红吗——"

胜楠一看照片便有些不屑地坐下继续喝粥了，反倒是周思源看了一会才道：

"这女网红，学历不低吧？"

"嗯，据说人家研究生毕业呢，还是985、211那种——

"你说他能找这样的，当初为什么还显得挺愿意和我在一起的啊。"

梦楠看了眼照片，有些埋怨地收起了手机，转头看向一旁的周思源。

"嗨，这不管男的女的，当然都想对方喜欢自己本来的样子，才跟自己在一起的，这也是人之常情。但说到底，喜欢这东西吧，不管男女，其实喜欢的都是某类人，而不是某个人——"

周思源这话才一出口，梦楠就跑到胜楠身边开玩笑道：

"姐，你看周大哥说他不喜欢你——"

胜楠闻言也不生气，慢条斯理地喝完了最后几口粥，这才用餐巾抹抹嘴，伸手在梦楠额头上拍了拍道：

"你就不要挑拨离间了，我的好妹妹。你周大哥说得没错——对他来说，我这种女人就吸引他，但我是凌胜楠、赵胜楠、张胜楠都没区别——

"只要我们类型相似，遇到他的时候他想谈恋爱，就能在一起。我也一样，他是周思源、李思源、马思源都无所谓——"

凌胜楠说完这话，转头一看身旁的梦楠一脸的不敢苟同。

抬眼一看，桌子对面周思源的脸也跟着黑了。

胜楠有些莫名地起身绕到周思源身前，盯着他看了一会，拍了拍他的肩膀道：

"你又怎么了？这不是你自己提的吗？哦，只许州官放火，不许百姓点灯啊——"

周思源见状盯着胜楠看了会，迎着姐妹俩不解的目光，挠了挠头，嘟囔道：

"本来是无所谓，问题——我们台，真有个人叫李思源。"

（全书完）

后　记

　　这本书起草于2019年，时隔四年成书，数易其稿，感慨颇深，此篇权作小结。

　　作为一个偏爱现实主义题材的作者，我一直推崇文学创作要言之有物，不能为赋新词强说愁。和绝大多数著书立传的前辈们相比，我太年轻，人生阅历不足也还罢了，阅读量也远远不够。但我始终认为，人在每一个人生阶段所要面对的问题大相径庭，待到成熟之后，或者多年后再来写年轻时候的事，明悟更多，但是心境却截然不同了。

　　我的创作理论说来稚嫩，大略可以总结为——"一个阶段有一个阶段的主题"。在我人生奔三又越过三十的这五年间，作为一名女性，职业不论，我和这个社会上绝大多数女性朋友一样，面临着婚嫁生子等一系列问题。个人认为女性视角下事业和爱情的抉择，是不论哪个时代的女同胞们都要面临的重要课题。

　　事实上，下定决心写这本书对我个人来说绝非易事。和绝大多数在情感方面有着卓越创作天赋的女性写手不同，感情于我一直是一个比较薄弱的环节。甚至，由于女性创作者在圈内经常遭遇到某种天然的"歧视"，很容易被贴上只会写言情小说的标签，导致我一度非常排斥在我的作品中提及与情感相关的主题。一方面，这局限了我的创作；另一方面，也使得我过往的作品呈现出一种避谈感情，强装理性的破碎感。

我一直排斥着，直到一篇艺术历史学的论文《为什么没有伟大的女艺术家》（琳达·诺克林著）出现在我的视野里，使我意识到——真正需要做的不是排斥自己与生俱来的感性天赋，也非强行拔高一些言过其实的作品自我安慰；而是，在此基础上，探寻如何深入浅出地让大家认识到，"言情""感情"从来不只是表达感情本身这么简单。尤其是，谈到感情，往往也离不开对事业、家庭、环境，以及男性凝视的表述。

关键的问题不在于选题，而在于选题背后，是否能从历史的、社会的、心理的、经济的、人性的层面去剖析问题的本质。"性价比"这一标题是我苦思良久的结果，不只是因为它精准概括了两性关系下男女各自的价值追求，也是因为它从经济和心理层面解释了现在普遍存在的社会现象。

一位文学前辈曾和我说过，小刘你要警惕，要在创作中避免自己使用已经看破一切的上帝视角。这样一来，你会缺乏同理心，会以自身价值观去贬损角色，并无法展现他们因各自情况不同而提出的差异性观点。我深以为然，将该语录放入手机内时刻自勉。

我爱写群像，也是这个原因。因为它能最大限度地展现社会百态。有态度的是角色，而非作者本人。我认为作者的灵魂应该分散在诸多的观点当中，而非找到某个角色（主人公），为自己代言，借此向读者说教。

这部作品探讨了很多人关心的问题：究竟我们这一代年轻人为什么恋爱结婚这么困难？为什么那么多闪婚闪离？我相信读过这部书，每个人可能都会有自己的答案。选择用幽默和相对通俗的方式来呈现这本书，一来和我性格有关，二来——我不想以说教的方式去谈论一个每人心里都有潜在答案的东西。

无论如何，这本书最后能出版我心怀感激。感谢您打开此书，并一直读到此页。看到我这点浅见，看过这本书，能会心一笑，心有所悟，这一切努力便也值得。

　　最后的最后，感谢在出版期间给予支持的各位编辑、老师、前辈、家人、朋友以及在创作过程中出谋划策、助我精进的同僚们。

2023 年 11 月 15 日

图书在版编目（CIP）数据

性价比 / 刘紫薇著 .—北京：作家出版社，2024.6
ISBN 978-7-5212-2684-3

Ⅰ . ①性… Ⅱ . ①刘… Ⅲ . ①长篇小说—中国—当代
Ⅳ . ① I247.5

中国国家版本馆 CIP 数据核字（2024）第 010804 号

性价比

作　　者：刘紫薇
责任编辑：郑建华　赵文文
出版发行：作家出版社有限公司
社　　址：北京农展馆南里 10 号　　　邮　　编：100125
电话传真：86-10-65067186（发行中心及邮购部）
　　　　　86-10-65004079（总编室）
E-mail:zuojia @ zuojia.net.cn
http://www.zuojiachubanshe.com
印　　刷：北京盛通印刷股份有限公司
成品尺寸：152×230
字　　数：347 千
印　　张：25
版　　次：2024 年 6 月第 1 版
印　　次：2024 年 6 月第 1 次印刷
ISBN 978-7-5212-2684-3
定　　价：56.00 元

作家版图书，版权所有，侵权必究。
作家版图书，印装错误可随时退换。